나 혼자만 레벨업

파피루스

나 혼자만 레벨업

Only I level up

추공 장편소설

VII

파피루스

목 차

1. 새로운 헌터협회장

1. 새로운 헌터협회장

공석인 협회장 자리를 메우기 위해 임원 회의가 열렸다.

부협회장에서부터 각 지부의 지부장, 그리고 본부의 부장급까지.

30명이 넘는 임원들이 대회의실을 가득 채웠다.

그런데 헌터협회의 위상 덕분에 웬만한 국가 기관이나 거대 그룹 중역들 이상의 파워를 자랑하는 임원들의 얼굴에서 하나같이 근심이 엿보였다.

그렇게 무거운 분위기 속에서 현재 상황을 정리하는 몇 마디가 오고 가던 중.

"이제 협회장님의 뒤를 이으실 분을 정해야겠군요."

드디어 올 것이 왔다.

부협회장의 한마디에 임원들 전체의 얼굴에 긴장한 기색들이 스쳐 지나갔다.

꼴깍.

여기저기서 침 넘어가는 소리가 들렸다.

헌터협회의 운명을 결정지을 수 있는 자리다.

늘어나는 헌터들과 잦아지는 게이트들.

헌터협회가 흔들리면 국가 전체가 흔들릴 수도 있음을, 헌터들의 사령탑에 해당하는 그들이 모르지 않았다.

"그럼……."

회의 진행을 주도하는 부협회장은 이야기에 앞서 자신의 앞에 놓인 보고서를 덮었다.

지금부터 시작될 이야기에 비하면 보고서에 적힌 활자들은 아무것도 아니라는 제스처였다.

"심도 깊은 대화를 나눈 끝에 저와 이사님들은 새로운 협회장의 자리에 우진철 부장님을 추천하기로 했습니다."

그때까지 위로부터 아무 언급도 들은 적이 없었던 우진철이 화들짝 놀라며 부협회장을 돌아보았다.

어째서 저를……?

눈빛으로 묻는 우진철을 바라보며 부협회장이 마이크의 머리를 자신의 입술 쪽으로 당겼다.

"우진철 부장님은 협회장님을 가장 가까운 곳에서 보좌하며 실무를 배워 왔고, 헌터들을 움직이기에 부족하지 않은 힘을 가지고 계십니다."

사실이다.

고건희 전대 협회장은 대형 길드들의 러브콜을 마다하고 협회를 택한 우진철을 아껴 왔었다.

S급에 가까운 A급 헌터, 우진철.

마력 측정 수치가 조금만 더 위로 올라갔으면 그는 고건희에 이어 협회의 두 번째 S급 헌터가 되었을 터였다.

4년에 달하는 실무 경력과 A급 최상위의 강한 능력.

협회에 소속된 많은 헌터들을 통솔하기에 적합한 인물이라는 사실에 이견은 없었다.

우진철을 추천한다는 소리를 듣고 웅성거리던 임원들이 부협회장의 설명에 잠잠해지기 시작했다.

그러나 정작 본인은 아직까지 납득하기가 어려웠다.

"저는 그 자리를 맡기에 여러모로 부족합니다. 저보다 직급이 훨씬 높으신 분들도 많으시고, 나이도 너무 어리지 않습니까?"

30대 중반의 나이.

감시과에 몸담은 4년 동안 무시할 수 없는 경험을 쌓았지만, 한 단체의 수장이 되기에는 턱없이 모자란 나이였다.

적어도 우진철의 생각은 그랬다.

"부협회장님도 계시고 이사님들, 또 여기 모여 계신 각 지부의 지부장님들까지."

우진철은 쟁쟁한 임원들의 면면을 둘러보며 다시 부협회장에게 물었다.

"이런 분들이 계신데 어째서 저를 고건희 협회장님의 후임으로 앉히시려는 겁니까?"

후.

부협회장은 고개를 옆으로 돌리고서 나직이 한숨을 내쉬었다.

예상되었던 반발이다.

그게 우진철 본인 입에서 나올지는 몰랐지만 말이다.

부협회장이 마이크를 껐다.
이사회의 공식적인 입장은 방금 전 밝혔다.
이제부터는 공식적이지 않은, 진짜 속내를 밝혀야 할 차례.
마이크가 꺼지자 오히려 임원들이 더 귀를 기울였다.
부협회장은 말했다.
"나나 다른 협회의 임원들은 한국 최고의 전력을 움직이게 만들 만한 힘이 없습니다."
헌터협회에 소속된 최강의 전력.
굳이 이름을 거론하지 않아도 모두의 머릿속에 한 사람의 얼굴이 선명하게 떠올랐다.
"한국과 일본, 미국에서 그는 자기의 힘을 충분히 증명했습니다. 지금도 그러하지만 앞으로도 계속 그 없이는 헌터협회가 돌아가지 않을 겁니다."
개인이 국가를 움직일 수 있다는 '국가 권력급 헌터'.
그 국가 권력급 헌터 중 하나가 성진우 헌터에게 무릎을 꿇었다.
그런 이에게 고작 헌터협회가 무엇을 요구할 수 있을까?
협회가 할 수 있는 일이라곤 정중히 부탁하고는 대답을 기다리는 것뿐.
고건희 협회장이 성 헌터의 힘으로, 전멸당할 뻔한 제주도 레이드팀을 구해 냈듯, 이후에도 성 헌터에게 도움을 청할 수 있는 소통의 창구가 필요했다.
현재 협회에서 성진우 헌터와 가장 가까운 사람.
그것만으로도 자격은 충분했다.
부협회장은 자신의 생각을 이사회에 털어놓았고, 이사회도 부협회장의 결론을 부정하지 않았다.

그리고.

이제는 대회의실에 앉은 임원들조차 모두 고개를 끄덕이기 시작했다.

"성진우 헌터님에게 그러하듯 우진철 부장님께도 우리의 결정을 강요할 수 없습니다."

힘은 헌터에게 있다.

그것만은 분명히 해 두고 싶다는 부협회장의 발언이었다.

"그러니 우리의 결정을 신중히 받아들여 주지 않으시겠습니까?"

모두의 시선이 우진철에게 꽂혔다.

잠깐의 정적.

피부 위로 와 꽂히는 따가운 시선을 느끼던 우진철이 조용히 입을 열었다.

"저는……."

* * *

"헐."

주로 진아의 입에서 나오던 말투가 자신의 입에서 무의식적으로 튀어나올지는 몰랐다.

핸드폰으로 인터넷 기사 내용을 넘기는 진우의 손놀림이 빨라졌다.

[고건희 전 협회장의 뒤를 잇는 헌터협회의 새로운 주인은 우진철 협회장!]

실시간 검색어 1위에 우진철 부장의 이름이 떠 있어서 무슨 사고라도 생긴 게 아닌지 놀랐던 가슴이 빠르게 진정되어 갔다.

좋은 소식이었다.

가까이 지내던 우진철 부장이 협회장 자리에 오르다니.

마음속으로 축하의 메시지를 보내며 미소 짓던 진우가 전원을 끈 핸드폰을 뒤쪽으로 가볍게 던졌다.

진우 뒤의 개미 병사가 아슬아슬하게 받았다.

진우는 핸드폰을 가방에 챙겨 넣는 개미 병사에게 주의를 주었다.

"네 전임자는 그것보다 훨씬 잘했어. 신경 좀 써야 할 거다."

부사장으로 바쁜 시간을 보내고 있는 유진호 대신 짐꾼으로 발탁된 개미 병사가 쑥스러운지 연신 고개를 굽실거리며 뒷머리를 긁었다.

"좋아."

웃으며 개미 병사의 어깨를 툭 쳐 준 진우가 돌아섰다.

점심도 먹었겠다, 다시 사냥을 시작할 시간이었다.

그런데.

"하아…… 또 이놈들이냐."

진우는 시야를 푸르게 물들이고 있는 울창한 수해를 보고 이마를 긁적였다.

불과 얼마 전, 거인들에게 짓밟히기 전까진 마을이었던 곳에 아마존 우림을 연상시키는 숲이라니.

굳이 마력으로 판단하지 않아도 너무 수상하지 않은가?

그러나 동물들에게는 그 수상쩍음이 느껴지지 않는 듯 여기저기 잡아먹힌 흔적들이 남아 있었다.

진우는 뼈만 남은 채 파리가 윙윙거리는 동물들의 사체를 보고 혀를 찼다.

그러고는 바닥에 널린 돌멩이를 하나 주워 들어 던졌다.

쉬익-!

평범한 돌멩이가 아니다.

무려 S급 헌터, 그것도 진우가 힘껏 던진 돌덩이다.

딱!

얼굴이 있었던 자리에 돌이 박혀 들어간 수목형 마수 하나가 감고 있던 눈을 부릅떴다.

이어 오만상을 찌푸리며 일어선 놈이 달려왔다.

"끼에에에에엑!"

얻어맞으면 화가 나는 건, 인간이고 식물이고 다 마찬가지인 모양이었다.

'악마왕의 단검'을 불러낸 진우가 튀어 나갔다.

거대한 나무가 덤벼드는 인간을 향해 굵은 가지를 붕붕 휘둘러댔다.

'느려…….'

이놈은 느리다.

주먹처럼 쓰고 있는 두 개의 가지를 여유롭게 피하며, 진우는 나무의 얼굴을 주시했다.

나무는 자신의 움직임을 눈으로도 못 좇고 있었다.

'반응도 형편없고.'

가지가 땅을 칠 때마다 땅이 움푹 들어갔으나, 진우는 그걸 보고 혀를 끌끌 찼다.

'덩치에 비해 파워도 부족하네.'

몸뚱이가 워낙 커서 강해 보이는 것이지, 막상 파괴력은 비슷한 크기의 거인형 마수들과 비교하면 형편없었다.

하지만.

그 대신이라고 할까?

굳게 쥔 진우의 단검이 나무 마수의 몸통을 몇 번이고 들락날락했다.

"끼에에엑, 끼에엑!"

나무는 비명을 지르면서도 쉽게 쓰러지지 않았다.

'난도!'

순간적으로 쏟아진 산탄 같은 칼질이 나무에 박혀 들어갔다.

~~두두두두두두두두두두두두두두두~~!

"끼에에에에엑!"

나무는 쏟아지는 공격에 아예 눈을 감아 버리고서 주먹을 휘둘러댔다. 주먹을 피해 내며 접근한 진우가 단검을 창고로 돌려보내고 주먹을 움켜쥐었다.

마력을 끌어모은 오른팔의 근육이 급격히 팽창했다.

그리고 한 방.

우직!

반으로 접힌 나무가 멀리 나가떨어졌다.

"끼에엑!"

고통스러운 비명을 지르며 바닥을 뒹굴던 녀석이 이내 손으로 부서진 몸을 끌면서 다가왔다.

"허……."

놀라운 내구성.

일본에서 새로이 발견된 이 나무형 마수는 그야말로 가공할 만한 체력을 자랑했다.

진우는 몇십 번이나 더 두들겨 팬 후에야 놈의 움직임을 멈출 수 있었다.

"끼엑."

죽은 나무가 단말마와 함께, 입으로 고약한 냄새가 나는 수액을 내뿜었다.

"윽."

진우는 코를 틀어막았다.

질긴 생명력보다 더 짜증 나는 게 이 지독한 냄새였다.

유진호의 후임인 개미 병사가 열심히 사체를 뒤져 마정석을 챙기는 동안, 진우는 마수들이 모인 수해를 노려보았다.

'이 짓을 저만큼이나 반복해야 한단 말이지…….'

근처에서 던전 브레이크가 터진 지 얼마나 됐다고.

벌써 숲 단위를 이뤄 버린 녀석들을 보고서 진우는 이맛살을 찌푸렸다.

하지만.

인간은 지혜의 동물이다.

놈들과 싸우며 약점을 알게 된 진우에게는 비책이 하나 있었다.

'이럴 줄 알고 대기시켜 놨지.'

진우는 웃으며 그림자 병사 몇을 불러냈다.

"나와."

기다렸다는 듯 어금니와 마법병 셋이 스르륵 올라왔다.

다른 그림자 병사들이 모두 출정을 나가 있는 동안 이 녀석들을 대기시켜 놓은 보람이 있었다.

"시작!"

진우의 명령이 떨어짐과 동시에 거대화가 끝난 어금니가 불기둥을 뿜어내고 마법병들이 불쇼를 시작했다.

쿠아아아아아아아!

펑! 퍼벙! 퍼엉!

불이 번지자 나무들이 온몸을 비틀며 비명을 질러 댔다.

"끼에에에엑!"

"끼에엑!"

"끼아아아아악!"

마력이 담긴 불꽃이라 그런지 마른 나무가 아니었음에도 잘 타들어 갔다.

고약한 수액도 열기에 금방 증발되어 적당히 떨어져 있는 진우는 쾌적하게 지켜볼 수 있었다.

작전이 딱 맞아떨어진 진우가 미소를 띠는 동안에도 시스템 메시지는 차곡차곡 쌓여 갔다.

[적을 처치했습니다.]

[적을…….]

[적을…….]

무수히 올라가는 메시지.

마수의 번식력이 빠르다는 말은 나쁜 소식인 동시에 좋은 소식이

기도 했다. 그만큼 경험치가 늘어나는 것이니.

아니나 다를까?

띠링, 하고 평소보다 훨씬 더 경쾌한 기계음이 울렸다.

[레벨이 올랐습니다!]

그렇지!

진우가 주먹을 불끈 쥐었다.

올라간 스탯을 확인하기 위해 진우는 바로 상태 창을 불러왔다.

'상태 창.'

띠링.

이름 : 성진우

레벨 : 133

직업 : 그림자 군주

칭호 : 악마 사냥꾼 (외 2)

HP : 78,230

MP : 136,160

피로도 : 3

[스탯]

근력 : 308 체력 : 307 민첩 : 316

지능 : 321 감각 : 298

(분배 가능 능력치 포인트 : 0)

133까지 올라간 레벨.

일본 전역으로 흩어져 레이드를 하고 있는 병사들 덕분에 레벨업은 빠르게 진행되었다.

게이트에서 쏟아져 나온 수많은 마수들은 진우에게 호재였다.

이미 거의 모든 스탯이 300을 넘어선 가운데, 유일하게 감각만이 300까지 2포인트를 앞두고 있었다.

'내일 일일 퀘가 끝나면 감각 스탯에 몰빵이다.'

진우는 웃으며 상태 창을 닫았다.

거인들의 왕이 말한 전쟁.

고건희 협회장님께서 말씀한 그들의 계획.

그것들이 뭔지 정확히는 알 수 없었다.

하지만 무슨 상관인가?

어떤 일이 터져도 대비할 수 있도록 철저히 준비해 놓으면 그만이다.

지금은 착실히 레벨업에 임해야 할 때.

그런데.

개미 군단을 이끌고 진우와 가장 먼 곳에서부터 마수들을 처치하고 올라오던 베르에게서 연락이 왔다.

[왕이시여……. 아뢰옵기 황송하오나 드릴 말씀이 있사옵니다.]

"응?"

베르가 무슨 일이지?

의아해하던 진우가 베르에게 신호를 보냈다.

'무슨 일이야?'

* * *

—……없으신 분은 한국 헌터협회를 통해 제게 연락하십시오.

진우의 인터뷰가 퍼져 나간 뒤로 헌터협회에는 수많은 문의가 빗발쳤다.

대부분 세계 각국 최고의 헌터들 전화였다.

그중에서는 진우에게 상담을 받기 위해 극비리에 한국을 찾아오는 헌터도 있었다.

독일 최강의 헌터, 레나트 니어만도 그중 하나였다.

'국가 권력급과 대헌터도 당했다. 내가 뭐라고 안전하겠어?'

그는 뛰어난 감각과 겸손함을 지닌 남자였다.

불안에 떠는 것보다 대비책이 있다는 성진우 헌터의 말을 믿어보자.

그렇게 그는 한국행을 택했다.

인천 공항에 도착한 그가 독일이나 미국과는 또 다른 한국의 공기를 크게 들이마셨다.

'이것이 한국의 냄새…….'

처음 찾아온 아시아의 분위기에 들뜬 그가 상기된 목소리로 입국심사대 직원에게 물었다.

"여기가 성진우 헌터의 나라입니까?"

"예? 아, 예에……."

직원이 당황하며 고개를 끄덕이자, 레나트가 만족스러운 미소를 지었다.
곧 세계 최강의 헌터와 대화를 나눌 수 있다.
국제 길드 컨퍼런스 연회에서는 간발의 차로 자신을 외면했던 진우였다. 그런데 이렇게 만나게 되다니, 생각만 해도 가슴이 떨리는 기회였다.
그가 설레는 마음을 다잡으려고 크게 심호흡을 하는 동안.
그의 뒤에 딱 붙어 선 장신의 남자가 한마디 했다.
"꾸물거릴 거면 비켜."
평온하던 레나트의 얼굴에 순간 힘줄이 돋아났다.
감히!
세계 최고의 헌터 중 한 사람인 자신에게 이런 무례한 태도라니!
버릇을 단단히 고쳐 주리라.
레나트가 조심한다고 챙겨 쓴 선글라스를 벗으며 돌아섰다.
"이봐! 방금 그 말, 내 얼굴을 보면서 똑같이 말할 수 있겠나?"
미간을 잔뜩 찡그린 레나트 앞에서, 레나트보다 머리 하나는 더 큰 남자가 똑같이 자신의 선글라스를 벗으며 말했다.
"비. 키. 라. 고."
그의 얼굴을 알아본 레나트의 표정이 돌처럼 굳어졌다.
주저하던 그의 입술이 열렸다.
"머, 먼저 쓰세요."
토마스는 자신의 넓디넓은 어깨로 레나트를 밀쳐 버리고 입국 심사대에 섰다.
물론 사과는 뒤따라오는 로라의 몫이었다.
국가 권력급 헌터.

세계 최고의 헌터로 불리는 토마스의 실물을 직접 보게 된 공항 직원은 숨이 턱 막혀 오는 기분을 느꼈다.

거인.

그에게 괜히 골리앗이라는 별칭이 붙여진 것이 아니었다.

핏기가 사라져 가는 직원의 얼굴을 발견한 토마스가 다시 선글라스를 쓰고는 웃음 지었다.

"여기가 성진우 헌터의 나라입니까?"

* * *

[왕이시여……. 아뢰옵기 황송하오나 드릴 말씀이 있사옵니다.]

갑작스러운 베르의 호출.

개미 군단을 이끌고 가장 먼 곳에서 싸우고 있는 최강의 병사가 무슨 말을 하려는 걸까?

'무슨 일이야?'

진우가 속으로 물었다.

그러자 베르는 조심스럽게 주인의 허락을 구했다.

[제게 먹잇감들을 몰아주시면 안 되겠습니까?]

먹잇감을 몰아줘?

베르가 말하는 먹잇감이란 던전 브레이크로 인해 현재 던전을 빠져나와 있는 마수들.

베르는 자기 혼자서 마수들을 처치하겠다고 말한 것이다.

같은 장군 등급인 그리드조차 눈을 마주치지 못하는 베르에게 수하들이 반란을 일으켰을 리도 없고.

잠깐 이유를 생각해 보던 진우의 머릿속에 뭔가가 번뜩 스치고 지나갔다.

'설마……?'

[먹잇감들을 처치할수록 점점 탈피할 때의 느낌과 비슷한 감각이 온몸에서 느껴집니다.]

역시나!

예상이 옳았다.

탈피.

즉 다음 단계로의 성장.

그림자 군단에 들어온 뒤 항상 최전선에 서서 그 어떤 병사들보다 많은 적과 싸워 왔던 베르에게 드디어 승급의 가능성이 열린 것이다.

이그리트나 아이언 같은 상급 병사가 승급을 통해 얼마나 강해졌는지를 떠올려 보면.

'환영할 만한 소식이다.'

베르는 그림자 병사가 되기 전에 이미 S급 헌터들을 농락했던 수준의 병사.

등급 역시 현존하는 모든 병사들 중 최고 단계였다.

'그럼 이제 장군 등급 다음을 볼 수 있게 되는 건가?'

승급으로 베르의 능력치가 훌쩍 뛰어오른다면 어떤 결과물이 나올지 벌써부터 궁금했다.

진우는 대답을 애타게 기다리고 있을 베르에게 말했다.

'좋아.'

[감사합니다, 왕이시여. 그럼 개미 병사들을 지금 즉시 왕이 계

신 곳으로 돌려보내겠습니다.]

'아니.'

진우는 씩 웃었다.

물론 수십 킬로나 떨어져 있는 베르 녀석이 자신의 표정을 볼 수 있을 리는 없지만.

'그림자 군단.'

진우의 부름에 이제 천을 훌쩍 넘어 천이백에 달하는 병사들이 일제히 신호를 보내왔다.

기사들을 이끄는 이그리트, 하이오크 군단을 이끄는 어금니, 나가들을 이끄는 지마, 거인들을 이끄는 6호, 아이스 베어들을 이끄는 탱크, 그리고 남은 병사들을 전부 맡게 된 그리드까지.

그들의 함성이 들리는 듯했다.

그들 하나하나가 진우의 호출에 모든 신경을 집중했다.

그들에게서 흘러나오는 긴장감이 진우에게도 느껴졌다.

기분 좋은 고양감을 느끼며, 진우가 명령을 내렸다.

'전원 회군.'

[……!]

'전부 돌아와라.'

명령이 떨어짐과 동시에 그림자 군단 전체가 이동을 시작했다.

그림자 형태로 돌아간 병사들이 각지에서 진우가 있는 방향을 향해 빠르게 모여들었다.

[왕이시여…… 어째서 병사들을 전부 돌리시는 겁니까?]

놀라고 있는 베르에게 진우가 웃으며 말했다.

'이제부터 남은 마수들은 나와 너, 둘이서 처리한다.'

베르의 승급을 앞당기기 위한 최고의 선택.

게임에서 고렙이 저렙을 키워 주듯, 자신이 베르와 함께 싸우며 사냥 속도를 극대화시켜 경험치를 몰아준다.

일명 '쩔'이었다.

아직 던전 브레이크가 일어난 지역이 많으니, 둘이서 같이 돌아다니면 금방 레벨을 올릴 수 있으리라.

지역이 광범위해서 그림자 병사들을 총동원해 싹쓸이하는 것보다 효율은 떨어지겠지만 지금은 무엇보다 베르의 승급이 우선이었다.

[왕이시여…….]

베르가 감격한 목소리로 말을 잇지 못했다.

이 녀석.

갈수록 목소리에 감정이 풍부해지는 것이, 어머니와 진아를 지키라고 했을 때 그림자 속에 숨어서 TV만 줄곧 봤던 게 틀림없다.

그림자들의 귀환이 거의 마무리되어 갈 때쯤, 진우가 물었다.

"혹시 베르 말고 또 자기 승급이 머지않은 것 같다 느껴지는 병사?"

당연히도 대답은 돌아오지 않았다.

승급이 그리 쉬운 것도 아니고, 승급 타이밍을 알 수 있으려면 뛰어난 감각이 필요할 테니까.

모든 병사들 중 유일하게 베르만이 자신의 승급 타이밍을 알려온 데는 다 이유가 있는 거다.

거기까지 생각이 미쳤을 때.

스르륵-

주군과의 단독 사냥을 기대하며 대기하고 있던 베르 옆으로 또 하나의 그림자 병사가 솟아올랐다.

베르의 얼굴에 실망스러운 표정이 스쳐 지나가는 것과 반대로 진우의 얼굴은 환해졌다.

"좋아."

이그리트는 늘 하던 것처럼 정중하게 무릎을 꿇었다.

전에는 필요 이상으로 깍듯한 격식이 부담스럽기도 했지만 이것도 오랜만에 보니까 반가웠다.

이그리트의 승급.

그것 또한 전부터 기대하고 있던 일이었다.

"그럼 시작하자."

진우는 '악마왕의 단검'을 불러내며 미소를 지었다.

어찌나 대단한 번식력인지.

까맣게 타들어 가며 죽은 나무 형태의 마수들 사체에서 어느덧 새싹이 올라오고 있었다.

"키에에에엑!"

"키에에엑!"

여기 말고도 남아 있는 던전 브레이크 장소가 아직 40곳.

셋이서 전부 다 잡으려면 일분일초가 아까웠다.

* * *

아진 길드 사무실.

이제는 집보다 더 편안하게 된 사무실에서 유진호는 1분이 1시간 같은 순간을 맛보고 있었다.

유진호의 시선이 벽면에 걸린 시계로 향했다.

오후 4시 10분.

'그'가 사무실에 도착한 지 2시간이 넘었다.

꼴깍.

혹시 저도 모르게 넘긴 침 소리가 너무 큰 것은 아닌지, 유진호는 연락도 없이 사무실을 방문한 '그'를 곁눈질했다.

선글라스 너머로 눈이 마주친 '그'가 유진호에게 싱긋 미소를 보였다.

유진호는 경직된 얼굴 근육을 힘겹게 움직여 미소 비슷한 것을 만들어 보이고는 급히 고개를 돌렸다.

이마에 진땀이 맺힌다.

애꿎은 휴대폰을 들고 다시 형님께 전화를 돌려 보지만 헛수고.

뚜르르- 뚜르르-

벌써 이틀째 연락이 두절인 형님은 어떻게 된 일인지 오늘도 역시 전화를 받지 않으셨다.

"……."

"……."

유진호는 핸드폰을 내려놓으며 입을 굳게 다물었다.

직원들도 마찬가지.

아진 길드의 가능성을 보고 입사를 선택한 우수한 직원들이 어색한 분위기에 압도되어 마치 약속이라도 한 것처럼 다들 침묵을 지켰다.

하지만 그게 그들의 잘못은 아니었다.

아니.

누구라도 같은 상황에 처하면 그들과 같은 반응을 보이게 될 것이다.

사무실 한쪽 구석 의자에 앉아 있는 남자가 세계에서 가장 강한 헌터 중 한 사람이자, 또한 세계에서 가장 성격 더러운 헌터 중 하나라면 말이다.

거기다 자신이 일하고 있는 사무실의 주인이 그 남자를 두들겨 패서 병원으로 보냈기까지 했단다.

과연 누가 그 앞에서 웃고 떠들 수 있을까?

토마스 안드레.

세계 최정상의 헌터가 진우를 만나기 위해 직접 아진 길드를 방문했다.

덕분에 연락도 없이 찾아온 손님을 맞이하게 된 유진호 부사장과 아진 길드의 직원들은 완전 죽을 맛이었다.

한 번 더 형님께 전화해 봐야 하나, 말아야 하나 유진호의 고민이 깊어 가는 때.

스르륵-

사무실의 자동문이 열렸다.

유진호 포함 직원들 전원의 고개가 동시에 그리로 획 돌아갔다.

유진호의 눈이 커졌다.

반가움에 자리를 박차고 일어난 유진호가 직원들 전체의 간절한 심정이 담긴 목소리를 냈다.

"형니임-!"

* * *

'무슨 일로 기자들이 쫙 깔려 있나 했더니…….'

진우는 자신에게 미소를 보내고 있는 토마스를 바라보았다.

얼굴을 봐서는 앙금이 남았다거나 한 것은 아닌데, 이 먼 곳까지 무슨 일로 찾아온 것일까?

하지만 토마스보다 유진호가 먼저 진우를 반겼다.

"형님! 왜 이렇게 연락이 안 되셨습니까?"

"바빴어, 좀."

"그러고 보니 형님 옷이……."

유진호가 멈칫했다.

진우의 복장에서 수를 셀 수 없는 전투의 흔적들이 보였다. 마치 거인 사냥이 끝났을 때의 차림을 보는 듯했다.

'형님이 이틀간 연락도 못 할 정도로 바쁘게 싸웠을 정도면…….'

얼마나 많은 마수들이 형님의 단검에 목숨을 잃은 것일까?

생각만 해도 소름이 돋았다.

그때.

느긋하게 몸을 일으킨 토마스가 성큼성큼 다가왔다.

토마스의 신장이 어마어마하게 크다 보니 몇 걸음 걷지 않아도 금방 간격이 좁혀졌다.

토마스는 진우 앞에 섰다.

'헉…….'

'설마 저 두 사람 여기서 싸우는 건 아니겠지?'

아직 두 사람의 관계를 잘 모르는 직원들이 마주한 두 사람을 보고 침을 꼴깍 삼켰다.

그들의 심장 뛰는 소리가 너무 노골적이라 진우는 귀가 아플 지경이었다.

“미스터 성.”

토마스가 손을 내밀었다.

진우도 씩 웃으며 토마스의 손을 맞잡았다. 두 사람은 그렇게 짧은 인사를 나누었다.

그런데.

토마스의 얼굴에서 금방 미소가 사라졌다.

어떻게.

‘어떻게 이런 일이?’

어째서인지 성진우 헌터가 이전과 달라졌다는 느낌이 들었다.

아주 조금이지만 분명 자신이 만났던 성진우와 다르다.

인상이 달라져서?

확실히 처음 만났을 때나, 연회에서 봤을 때와 다르게 지금의 그는 옷차림이 엉망이다.

하지만 그런 것과 전혀 관계없는 다부짐이 그에게서 느껴졌다.

단단하다.

이전의 그도 단단했었지만 지금의 그는 더 단단해졌다.

하지만.

‘그런 일이 있을 수가 있는 건가……?’

없다.

적어도 자신의 상식선에서는.

토마스의 예리한 감각은 레벨의 차이에서 오는 진우의 변화를 감지해 냈으나, 그것이 정확히 무엇을 의미하는지 해석할 수 있는 지식이 없었다.

그렇게 토마스가 의아해하는 동안 악수가 끝나고.

진우가 물었다.

"한국엔 무슨 일입니까?"

"아."

그제야 정신을 차린 토마스가 다시 미소를 지었다.

"약속했지 않습니까? 손이 다 나으면 같이 식사하기로."

토마스는 멀쩡해진 왼쪽 팔을 흔들어 보였다.

"그리고 또……."

힐끔.

진우의 시선이 벽면의 시계로 향했다.

지금은 오후 4시 30분 가량.

점심을 먹기엔 너무 늦었고, 저녁을 먹기엔 너무 이르다.

"저녁 시간까지는 아직 많이 남았으니…… 잠시."

진우는 토마스에게 양해를 구한 뒤, 재빨리 유진호에게 다가갔다.

토마스에게 특별한 용무가 있는 것이 아님을 알았으니 일단 시간이 급한 쪽을 우선하기로 한 것이다.

"지금 서울에 생성되어 있는 게이트 중에 가장 규모가 큰 곳 좀 알아봐 줄래?"

진우의 부탁에 유진호가 눈을 동그랗게 떴다.

"크기만 하면 됩니까, 형님?"

"예약 잡혀 있는 게이트도 상관없으니 무조건 등급이 높은 걸로."

"알겠습니다, 형님."

순식간에 키보드를 두드려 원하는 정보를 찾아낸 유진호가 환한 얼굴을 했다.

"A급 중에서도 위험한 놈이 하나 있네요, 형님."

"그래?"

"그런데 헌터스 길드가 이미 선점한 게이트입니다."

하지만 유진호의 예상과 달리 진우는 전혀 실망한 기색이 아니었다.

"괜찮아."

누가 공략 허가권을 가졌는가는 관심 없었다.

오히려 헌터스라면 아는 사람도 있고 하니 이야기가 쉽게 풀리겠다는 생각에 진우의 얼굴에 미소가 떠올랐다.

가벼운 발걸음으로 사무실을 빠져나가려던 진우가 다시 돌아와 토마스에게 인사했다.

"볼일이 생겨서 잠깐 어디 좀 다녀와야겠습니다. 저녁은 이따 나중에 다시 얘기합시다."

"……."

당혹스러워하는 토마스를 남겨 두고 진우는 바람같이 사라졌다.

토마스는 진우가 나간 문을 멍히 바라보다 실소를 터트렸다.

"하하. 이것 참……."

어쩔 수 있나?

먼 길을 찾아온 손님에게는 야속한 일이지만 약속 없이 불쑥 찾아온 사람은 자신이었다. 성진우 헌터 정도 되는 인물이라면 자신보다 더 바쁠 수 있다는 사실을 예상했어야 했다.

"그럼…… 연락은 여기로."

토마스는 유진호에게 자신이 묵고 있는 호텔의 연락처를 남기고 떠났다.

"휴-."

유진호는 떠난 토마스의 빈자리를 보고 안노의 한숨을 내쉬다 그

옆자리의 인기척에 화들짝 놀랐다.

"헉, 아직 계셨어요?"

토마스가 사무실을 방문하기 한참 전부터 도착해 있었던 레나트니어만은 안타깝게도 한국말을 전혀 모른다.

하지만 아진의 부사장이 자신을 잊고 있었음은 확실히 알 수 있었다.

"나는 약속까지 잡고 왔는데……."

독일에서는 VVIP 대접을 받는 자신이 이렇게까지 초라해질 수 있다는 사실을 깨달으면서 레나트는 고개를 숙였다.

그러나 천하의 토마스도 얌전히 떠난 사무실에서 자신이 무엇을 할 수 있단 말인가?

마수도 헌터도 목숨은 하나다.

"……."

레나트는 힘없이 일어서 토마스가 남긴 메모 옆에 조그맣게 자신의 연락처를 써 넣었다.

* * *

진우가 나타나자 레이드 준비에 한창이었던 헌터스의 최정예 공격대원들의 시선이 집중되었다.

웅성웅성.

미리 연락을 받았던 차해인만 그나마 평정을 유지했다.

"갑자기 던전을 빌려 달라니 무슨 일이에요?"

"말 그대로 가능하면 던전을 좀 빌렸으면 합니다."

오랜만에 만난 얼굴이 반가워 진우는 미소를 지었다.

그동안 아무 연락도 없다가 갑자기 나타나서 하는 말이 레이드 직전인 던전을 빌려 달라니.

화를 내려 했었던 차해인은 반가움이 잔뜩 묻어 나오는 진우의 미소에 시선을 돌렸다.

차해인이 할 말을 찾지 못하고 머뭇거리는 동안, 진우를 기다리고 있었던 최종인이 뛰어나왔다.

“성 헌터님!”

설명은 이미 끝난 상태.

보스를 제외한 마수들만 죽이고 그 외에는 아무것도 손대지 않겠다는 제안을 받아들이지 않을 길드 마스터는 없었다.

그렇지 않아도 높은 게이트 등급에 부상자가 나오지는 않을지 노심초사하던 최종인은 두 손 들고 환영했다.

물론 공격대 대원들도 티를 안 내서 그렇지 내심 반기는 분위기였다.

진우는 게이트로 향했다.

그러다 누군가 뒤에서 소매를 당겨 돌아보니 뺨이 붉어진 차해인이 목소리를 낮춰 물어 왔다.

“안에서 뭘 하려고 그래요?”

“테스트해 볼 게 좀 있어서요. 내 소환수가 좀 달라졌거든요.”

진우의 소환수.

차해인은 협회 체육관에서 자신이 맞붙었던 두 소환수, 이그리트와 베르를 차례대로 떠올렸다.

소환수라기에는 너무도 강한.

S급 헌터인 자신의 목숨까지도 위협할 수 있는 괴물들.

그들에게 어떤 변화가 생겨서 시험을 해 본다는 걸까?

호기심이 생긴 차해인이 더 낮아진 목소리로 물었다.

"그럼…… 저도 같이 들어갈 수 있을까요?"

약간의 사심이 들어간 질문에 진우는 바로 고개를 저었다.

"위험할 겁니다. 마음껏 날뛰게 할 생각이라서요."

딱 잘라 말하는 진우의 눈빛은 몹시 진지했다. 차해인은 고개를 끄덕이더니 조용히 물러났다.

그녀의 아쉬운 눈빛을 뒤로한 채 진우는 게이트로 들어갔다.

[던전에 입장하였습니다.]

언제나처럼 뜨는 메시지.

진우는 그림자 속에서 대기하고 있는 베르를 불러냈다.

'나와라.'

* * *

진우가 떠나고 헌터스의 최정예 헌터들은 누가 먼저랄 것도 없이 앞다투어 던전으로 뛰어 들어갔다.

"어어, 밀지 마!"

"던전이 어디 도망가는 거 아니니까 다들 그렇게 뛸 필요 없다고!"

우르르-

천하의 성진우 헌터가 A급, 그것도 최근에 공략 난이도가 부쩍 올라간 던전에서 무엇을 테스트하려고 남의 게이트를 빌리기까지 한 것일까?

던전에 발을 디딘 헌터들의 호기심 가득한 눈빛이 내부를 샅샅이 훑었다.

하지만 곧 그들의 눈빛은 경악으로 변했다.

그야말로 피의 길!

박살 난 마수의 사체들이 피의 길을 이루고 있었다.

길은 동굴 안 어둠 저편까지 끝없이 이어졌다.

헌터들은 더 들어가 볼 엄두도 내지 못하고 다들 말을 잃었다.

"저…… 저거 봐."

헌터 한 사람이 팔꿈치로 옆 사람을 쿡쿡 찔렀다.

그가 가리키는 방향을 따라 무심코 고개를 돌린 헌터는 상상을 초월하는 광경에 입을 쩍 벌렸다.

무얼 하면 던전 천장에 저런 그로테스크한 형태로 마수가 박혀 있을 수 있는 건가?

던전의 구성 물질은 일반 동굴과는 비교도 할 수 없을 정도로 단단하다는 것을 감안하면 정말 놀라운 장면이었다.

"오늘 저녁은 다 먹었네……."

비교적 비위가 약한 헌터들은 마수 학살의 현장에 얼굴이 하얗게 질렸다.

더 놀라운 사실은 최상위 A급 던전의 마수들을 10분도 안 돼서 이 모양으로 만들어 놓았다는 것이다.

여자 헌터가 충격적이라는 표정으로 혼잣말했다.

"성진우 헌터…… 전혀 그렇게 안 보이는데 임칭……."

깊은 곳으로 들어갈수록 여실히 드러나는 압도적인 폭력의 증거.
던전 내부 벽면이 이렇게 형편없이 무너지고 터져 나간 걸 보는 것은 5년 헌터 경력을 통틀어 처음이었다.
내부를 둘러보던 남자 헌터 하나가 그녀 말에 맞장구를 쳤다.
"이게 뭐라더라? 내면의 야수성? 뭐 그런 건가?"
그러나 차해인은 고개를 가로저었다.
이건 성 헌터가 한 게 아니다.
진우가 싸우는 모습을 가까운 곳에서 몇 번이나 지켜본 그녀였기에 확신할 수 있었다.
그녀가 아는 진우는 누구보다도 깔끔하게 적을 처리할 줄 아는 헌터였다.
예술.
처음 그의 싸움을 목격했을 때는 매끄러운 기술 연계에서 나오는 아름다움에 넋을 잃기도 했었다.
그렇다면.
'성 헌터의 소환수 중에 이런 짓을 할 만한 건…….'
그때.
아가리를 쫙 벌리고 포효를 내지르던 괴물 개미를 떠올린 차해인은 순간 소름이 돋았다.
그 괴물은 포악함의 절정!
진우는 말했다.
자신의 소환수에게 어떤 변화가 생겼다고.
괴물 개미가 어떻게 변했다는 걸까?
던전 곳곳에 남아 있는 베르의 흔적에 놀라고 있는 동료들을 남겨 두고, 차해인은 의문을 해결하기 위해 밖으로 뛰어나갔다.

하지만.

금방 게이트를 나왔던 진우는 이미 어디에도 보이지 않았다.

“뭐가 이렇게 빨라…….”

차해인은 주변을 빙 둘러보며 볼멘소리를 했다.

묻고 싶은 말이 많은데.

‘또 기회가 있겠지.’

눈앞에 앉은 나비도 쫓지 못할 정도로 나직하게 한숨을 내쉰 그녀는 옅은 미소를 지으며 천천히 돌아섰다.

* * *

진아는 고양이처럼 발소리를 죽이고 설거지를 하고 있는 엄마에게 살금살금 다가갔다.

달그락. 달그락.

그녀는 발소리를 듣지 못했는지, 아니면 듣고도 모른 척하는 건지 뒤에서 거리를 좁혀 오는 딸을 신경 쓰지 않았다.

그러다 결국.

숨소리가 들릴 정도로 다가선 진아가 엄마를 와락 껴안았다.

“엄마!”

그러나 그녀는 놀라는 기색도 없이 다정한 목소리를 냈다.

“우리 딸 심심해?”

“응– 심심해. 오빠는 안 들어오고, 엄마는 안 놀아 주고.”

엄마가 병원에 잠들어 있었을 때, 진우는 엄마 대신이었다.

진아가 공부에 전념할 수 있도록 돈벌이는 물론이고 가사까지 전담하며 최선을 다했다.

진우는 진아의 형제이자, 부모이며, 친구였다.

그렇기에.

동생은 요즘 얼굴 보기 힘들 정도로 바쁜 시간을 보내고 있는 오빠가 문득 그리워지는 때가 잦아졌다.

이제 오빠의 얼굴과 이름을 모르는 국민이 없게 되었지만, 정작 본인이 오빠의 얼굴을 볼 수 없으면 무슨 소용인가?

진아는 진우의 빈자리에서 나오는 허전함을 엄마에게 위로받으려 했다.

"그래도 엄마가 있어서 참 좋다."

진아는 엄마의 등에 얼굴을 파묻고 행복한 미소를 지었다.

뒤가 보이는 것도 아닌데, 그녀 또한 진아와 똑같은 표정으로 식기들을 닦아 나갔다.

한참 그렇게 엄마의 등에 매미처럼 붙어 있던 진아가 말했다.

"엄마, 우리 이사 가자."

멈칫.

잠깐 손을 멈추었던 엄마가 다시 설거지하며 미소를 지었다.

"우리 딸, 이사 가고 싶어?"

"응."

"어쩌지? 엄마는 아직 이 집이 좋은데."

"이 낡은 아파트가 뭐가 좋아?"

진아의 핀잔에도 엄마는 웃으며 부지런하게 손을 움직일 뿐이었다.

실은 진아도 알고 있었다.

엄마가 오래된 아파트를 떠나지 않으려는 이유를.

오빠가 이미 평범한 사람들은 평생 만져 보지도 못할 돈을 벌었음에도 집세까지 내 가면서 여기 머물려는 이유를.

엄마는 아직도 실종되었다는 아빠를 기다리고 있는 것이다.

혹시나 아빠가 여기로 찾아오지는 않을지.

이제 아빠에 대한 기억조차 거의 남아 있지 않은 진아에게는 소용없는 일로 여겨지지만, 오빠는 어머니에게 사정을 들은 후 다시는 집을 옮기자는 이야기를 꺼내지 않았다.

"그래도 엄마는 이 집이 좋아."

이번에도 역시 엄마가 조용히 타이르자, 볼을 빵빵하게 부풀린 진아가 뒤돌아섰다.

"칫."

"너무 그러지 마렴…… 아!"

엄마는 깜빡 잊고 있었다는 얼굴로 진아를 돌아보았다. 그러고 보니 오늘 밤엔 비가 내릴지도 모른다고 했었다.

"우리 이쁜 딸, 밖에 빨래 좀 걷어 와 줄래?"

"엄마는 이럴 때만 이쁘대."

그래도 이쁘다는 소리가 딱히 싫지는 않은지 콧노래를 흥얼거리며 빨래가 걸린 베란다로 나온 진아.

엄마 없는 시간에 익숙했던 진아답게 바구니에 빨래를 담는 손길이 꽤 능숙했다.

그런데.

빠르게 빨래를 걷던 손이 갑자기 멈추었다. 어느새 하늘이 어두워져 있었다.

"어?"

먹구름이 엄청나게 몰려왔나?

무심코 하늘로 고개를 들어 올리던 진아는 눈을 휘둥그레 떴다.

진아의 손에서 빨래가 담긴 바구니가 툭 떨어졌다.

"어, 엄마!"

* * *

손에 자꾸 땀이 찬다.

축축한 자기 손바닥을 내려다보던 우진철 협회장이 죄 없는 양복 바지에 손을 문질러 댔다.

이렇게 긴장해 본 적이 얼마 만인가?

차라리 던전 브레이크 직전의 게이트 안으로 들어가는 게 더 마음이 편할 정도였다.

"너무 그렇게 긴장하지 마십시오, 우진철 협회장님."

우진철을 청와대로 불러들인 정부 고관이 능글맞은 미소를 지었다.

곧 나라님을 만나야 할 사람이 이리 긴장하고 있어서야 어디 제대로 된 대화가 가능하겠는가?

젊은 나이에 높은 자리에 올라 부담스러운 마음이야 십분 이해하지만, 실수가 없었으면 하는 것이 그를 초대한 고관의 마음이었다.

"죄송합니다."

우진철이 조금은 딱딱한 미소와 함께 고개를 끄덕였다.

고관은 격려차 그의 손등을 두어 번 두들겼다.

이어 별실의 문이 열리고 두 사람이 기다리고 있던 남자가 수행원들과 안으로 들어섰다.

"대통령님!"

"대통령님."

우진철과 고관이 동시에 자리에서 일어났다.

"아아, 편하게들 앉으세요. 전 괜찮습니다. 뭐 그리 대단한 사람이 왔다고."

김명철 대통령은 가벼운 농담으로 긴장된 분위기를 풀어 주며 자리에 앉았다.

그가 앉고 나자 고관과 우진철도 차례대로 자리에 앉았다.

대통령의 시선이 우진철에게 향했다.

"요즘 협회 일로 정신없이 바쁘지요, 협회장님?"

"아…… 아닙니다."

입으로는 아니라고 말하지만 우진철 협회장 눈 밑의 다크서클은 나날이 세력을 넓혀 가고 있었다.

고건희 전 협회장님은 어떻게 아픈 몸으로 이런 업무들을 소화해 오셨던 건지.

전 협회장이 타계한 이후로도 그에 대한 존경심만 점점 깊어지는 우진철 현 협회장이었다.

그래서라고 해야 할까?

우진철은 이 불편한 자리가 빨리 끝나 줬으면 하고 바라는 마음이었다.

"저기…… 대통령님께서는 무슨 일로 저를 호출하셨습니까?"

"어허, 이 사람!"

고관은 다짜고짜 본론으로 들어가려 하는 우진철에게 눈치를 줬으나 대통령이 그를 말렸다.

"바쁜 와중에 이렇게 시간 내주신 협회장님을 오래 붙잡고 있는 것도 도리가 아니지요."

이야기는 빠르게.

요점은 간단히.

빠른 진행은 김명철 대통령도 싫어하지 않았다.

"그럼 바로 본론으로 들어갑시다. 내가 협회장님을 여기까지 부른 이유는 다름이 아니라……."

아주 짧은 시간.

우진철은 최상급 헌터의 감각으로 대통령이 자신의 눈치를 보고 있다는 사실을 깨달았다.

그리고 어떤 예감이 들었다.

지금 상대가 아주 곤란한 부탁을 준비하고 있음을.

아니나 다를까.

김 대통령은 자신도 민망한지 웃으며 이야기를 꺼내었다.

"우진철 협회장님과 성진우 헌터님이 아주 각별한 사이라고 들었습니다."

우진철은 잘못된 소문을 바로 정정해 주었다.

"성 헌터님과 아주 모르는 사이는 아니지만 또 그렇게까지 깊은 사이도 아닙니다."

"허허, 그렇습니까."

"예, 고건희 전 협회장님께서 성진우 헌터님과 각별한 사이셨지요."

성 헌터와 술 한잔했으면 좋겠다고 하시던 고건희 전 협회장을 떠올리며 우진철은 혼자 고개를 끄덕였다.

잠깐 뭔가를 곰곰이 생각해 보던 김 대통령이 말을 이었다.

"그래도 성 헌터님과 연락은 주고받으실 수 있으시지요?"

"아…… 예."

"그럼 내가 우리 우 협회장님께 부탁 하나 합시다."

역시나.

올 것이 왔다고 생각하는 우진철은 떨떠름한 목소리로 물었다.

"무슨 부탁이십니까?"

"성 헌터님의 위명이 워낙 높으시니 홍보 대사로 좀 쓸 수 없을까 해서 말입니다. '성진우 헌터가 만드는 안전한 대한민국' 뭐 이런 슬로건으로요."

그렇게 말하며 대통령은 씩 웃었다.

국가 권력급 헌터를 때려눕히고 미 헌터관리국을 움직이게 만드는 대한민국의 헌터.

정계도 그의 행보를 주시하지 않을 수 없었다.

김명철은 대통령이라는 자신의 지위를 이용해 누구보다 빠르게 진우를 자기 편으로 끌어들일 생각이었다.

일단은 홍보 대사에서 출발.

그와의 친분을 쌓는다.

최고의 헌터라는 명성이 높아지면 높아질수록 그와 친분 관계는 그 무엇보다 강력한 카드로 쓰일 수 있게 될 터.

우진철 협회장은 그걸 위한 교두보의 역할이었다.

물론.

우진철도 김 대통령의 속셈을 모를 정도로 어수룩하지 않았다.

'겨우 이런 이야기를 하려고 여기까지 나를 불러들인 건가.'

맥이 탁 풀렸다.

그리고 어째서 자신이 협회장에 오르자마자 이런 잡음에 휘말려야 하는지 화가 치밀어 올랐다.

'……만만히 보고 있는 거겠지.'

자신은 고건희 전 협회장님이 아니니까.

그동안 협회의 방파제 역할을 해 오던 고건희 전 협회장이 없어지니 정계가 곧바로 자신을 지목했다.

우리를 위해 일을 하라고.

하지만.

우진철은 화가 나는 동시에 마음이 놓이고 있는 자신을 발견할 수 있었다.

고건희 전 협회장님은 누누이 말해 왔었다.

헌터협회는 헌터가 헌터의 일에 전념할 수 있는 환경을 조성해 줘야 한다고.

그리고 그건 헌터들만을 위해서가 아니라, 헌터가 아닌 이들을 위해서도 꼭 필요한 작업이라고.

그렇게 생각하자 마음이 편해지며 자연스레 미소가 떠올랐다.

우진철의 표정을 긍정으로 잘못 이해한 김 대통령도 덩달아 웃었다.

"허허허, 우리 우진철 협회장님은 누구와 달리 말이 좀 통하는구먼. 그래요, 나는 우 협회장이 수고 좀 해 줬으면 좋겠어. 그게 어디 나만 좋자고 하는 일인가?"

누구와 다르게.

그게 누구를 말하고 있는지 파악하는 것은 어려운 문제가 아니었다.

우진철은 소리 없이 이를 악물고는 말했다.

"고건희 전 협회장님은 참 신사다운 분이셨지요."

"그래그래. 그분은 신사다우신 만큼 너무 고지식하셨지."

"저는 고건희 협회장님과는 많이 다릅니다."

"허허허. 그렇지. 헌터협회도 그렇게 변해 가야지. 언제까지고 낡은 틀에 얽매여 있어서야 되겠는가?"

우진철은 싸늘히 웃으며 김 대통령을 바라보는 눈에 힘을 주었다.

"제가 나서면 경호원들을 포함해 이 건물에 있는 모두를 죽이는데 얼마나 걸릴 것 같습니까?"

"아니, 이 사람이!"

고관이 벌떡 일어섰으나 우진철이 내보내는 살기에 바로 얼어붙었다.

하급 헌터도 아닌 일반인에게, A급의 헌터는 그 어떤 맹수보다 더 강력한 위협이었다.

호랑이나 곰과 마주해도 속수무책인 인간이 무슨 수로 A급 헌터를 감당할 수 있을까?

"몇 시간? 아니, 채 몇 분도 걸리지 않을 겁니다."

자신의 살기에 새파랗게 질려 가는 사람들을 보면서 우진철은 차분하게 말을 이었다.

"그럼 난동을 부리는 저를 막기 위해서는 몇 사람이 필요할 거 같습니까? 글쎄요, 아마 서울의 모든 경찰과 군인을 동원해 제 마력이 떨어질 때까지 버틴다면 어떻게든 막을 수는 있겠지요."

끔찍한 소리를 아무렇지 않게 담담히 이야기하는 우진철의 표정이 대통령의 공포심을 더 자극했다.

"자…… 자네, 대체 왜……."

뭐라고 말이라도 하고 싶은데 살기에 짓눌려 입술 하나도 제대로 움직일 수가 없었다.

"하지만 난동을 부리는 사람이 성 헌터라면 어떠십니까? 몇 명을 동원해야 성진우 헌터님을 막을 수 있을까요?"

우진철이 뿌리는 살기 때문일까?

거인들을 죽이고 다니던 성진우 헌터가 마수 대신 사람을 사냥하기 시작한다고 상상하니 전신에 소름이 쫙 돋았다.

필요한 만큼 겁을 줬다고 생각했는지 우진철은 살기를 거두었다.

"그런 일이 발생하지 않는 건 모든 헌터들이 헌터가 해야 할 일에만 전념하고 있기 때문입니다."

헌터들은 헌터들의 영역에서.

정치인은 그들만의 영역에서.

세계가 올바르게 돌아갈 수 있도록 만드는 것이 헌터협회의, 아니 고건희 전 협회장님의 신념.

겁먹은 김 대통령의 눈을 들여다보며 우진철은 단호하게 말했다.

"저는 고건희 협회장님이 세우신 헌터협회의 정신을 더럽힐 생각이 없습니다. 물론 대통령님께서도 협조해 주시리라 믿습니다."

여부가 있을까?

우진철의 진심을 확인한 김 대통령은 머리를 굴릴 겨를도 없이 곧바로 대답이 튀어나왔다.

"다, 당연히 헌터님들은 헌터님들의 일을 해야지. 내 생각이 짧았네. 내가 실언을 했어."

새파랗게 질린 대통령이 거듭 고개를 끄덕이는 것을 보면서 우진철은 자리에서 일어났다.

그러나.

우진철이 떠나고 나서도 대통령과 고관은 다리에 힘이 풀린 나머지 한참 동안 자리에서 일어나지 못했다.

"……."

"……."

그들은 헌터들이 얼마나 무서운 존재인지 새삼 깨달았다.

* * *

"좋은 일이라도 있으셨습니까?"

출발하는 차 안에서, 운전석에 앉은 수행원이 우진철에게 물어왔다.

"그렇게 보이나?"

"그렇습니다, 협회장님."

수행원도 감시과 직원.

우진철은 새파랗게 어린 감시과 후배를 보면서 자신의 신입 시절을 떠올리고는 흐뭇한 미소를 지었다.

"처음으로 내가 협회장으로서 해야 할 일을 했다 싶어서."

우진철은 고건희 협회장님이 앉아 계시던 뒷좌석 의자에 등을 기댔다.

그리고 이렇게 보이지 않는 곳에서 헌터들을 위해 많은 이들의 미움을 샀을 그를 추억했다.

'……다행이다.'

사납게 생긴 눈매와 커다란 체격 덕분에 비움 사는 일에는 익숙했다.

그것도 협회장 일의 일부라면 달게 받아들이리라.

고건희 협회장님을 대신해 이 자리에 앉겠다고 마음먹었을 때, 이미 어느 정도 각오는 되어 있었다.

"어디로 모실까요?"

"……협회로."

집으로 갔으면 하는 마음이 굴뚝같지만, 하던 일을 내팽개치고 여기에 달려왔다.

아직 해야 할 일이 산더미같이 쌓여 있었다.

"그럼 출발하겠습니다."

우진철의 마음을 알고 있다는 듯 수행원은 액셀을 밟았다.

두 사람이 탄 차가 시원하게 청와대를 빠져나갔다.

얼마나 시간이 흘렀을까.

창밖을 바라보다 그새 깜박 잠이 들고만 우진철이 눈을 떴다.

도로에 꽉꽉 들어차 있는 차량들의 끝없는 행렬이 보였다.

아무리 서울의 도로가 혼잡하다고 하지만 평일에 이렇게까지 차가 막히다니?

'또 도로 한복판에 게이트라도 생성되었나?'

우진철의 걱정스러운 시선이 주변을 훑었다.

그러나 그리 간단히 생각하기에는 뭔가 도로의 분위기가 심상치 않았다.

운전자들 모두가 차를 멈추고 도로로 나가 하늘을 올려다보고 있는 것이 아닌가?

운전자만이 아니다.

인도를 걷던 보행자들도, 횡단보도를 건너던 사람들까지도 멈춰서서 하늘을 올려다보고 있었다.

심지어 앞 좌석의 수행원도 고개를 앞으로 빼고서 하늘을 올려다보는 중이었다.

'대체 무슨 일이……?'

놀란 우진철이 수행원의 어깨를 쥐고 흔들었다.

"이봐. 무슨 일이야?"

"혀, 협회장님."

수행원이 떨리는 목소리로 상체를 치우며 앞 유리의 위쪽을 가리켰다.

"저, 저기……."

우진철의 얼굴이 굳어졌다.

잘못 본 걸까?

아니, 그렇다면 다들 같은 표정으로 하늘을 보고 있을 이유가 없다.

자신이 본 것을 믿고 싶지 않았던 우진철은 다른 운전자들이 했던 것처럼 자신도 도로 위로 뛰쳐나갔다.

눈은 거짓말을 하지 않았다.

멍하게 하늘을 올려다보는 우진철의 얼굴에 경악의 감정이 드리웠다.

"어떻게…… 어떻게 이런 일이?"

* * *

테스트 결과는 대만족.

돌아가는 진우의 발걸음은 더없이 가벼웠다.

베르는 강해졌다.

예상보다 훨씬.

아쉽게도 이그리트는 아직 승급하지 못했지만, 베르의 승급만으로도 충분히 훌륭한 결과였다.

아마 헌터스의 헌터들은 던전 안의 광경에 지금쯤 벌어진 입을 다물지 못하고 있을 것이다.

눈을 동그랗게 뜨고 있을 차해인을 상상하며 진우는 피식 웃음 지었다.

간만에 만났으니 더 이야기를 하고 싶었지만, 안타깝게도 이쪽은 먼저 온 손님들이 있다.

진우는 토마스와 레나트 둘 중에서 고민하다 토마스 쪽에 먼저 연락을 넣었다.

레나트의 용건은 충분히 짐작이 가능한데, 연락도 없이 한국을 찾아온 세계 랭킹 2위의 헌터는 무슨 생각인지 도저히 알 수 없었기 때문이었다.

전화는 금방 연결됐다.

–미스터 성!

토마스는 또 진우에게 말이 잘릴까 봐 이번엔 좀 급하게 말을 쏟아 냈다.

–내가 미스터 성을 위해 환상적인 선물을 하나 가지고 왔지.

선물?

아니, 그런 게 있으면 먼저 말을 좀 해 주지.

진우가 장난 반 진담 반으로 그렇게 말했더니, 잠깐 수화기 너머의 목소리가 잠잠해졌다.

잠시 뒤.

토마스는 뭔가 억누르고 있는 듯한 목소리로 말을 이었다.

-……미스터 성이 그렇게 기대하고 있다니 나도 기쁘군. 그럼 어디서 보지? 일단 선물부터 넘겨주고 싶은데.

"어디든 편한 쪽으로."

-미스터 성이 이쪽으로 와 주겠어? 가지고 돌아다니기에는 여러모로 위험한 녀석들이라.

위험한 물건?

잠시 의아해하던 진우가 곧 그리로 가겠다 말하고는 전화를 끊었다.

'설마…… 폭탄은 아니겠지?'

물론 그럴 리는 없었다. 국가 권력급 헌터 정도 되면 폭탄을 터트리는 것보다 직접 달려드는 게 훨씬 효과적일 테니까.

그래도 어떤 종류의 선물인지 정도는 물어볼 걸 그랬다며 후회하는 진우에게 베르가 말을 걸어왔다.

[왕이시여.]

'응?'

[제가 그 외국인 남자와 한번 싸워 봐도 되겠습니까?]

'…….'

잠깐 고민해 보던 진우가 상념을 떨치려는 듯 고개를 빠르게 저었다.

내가 뭘 고민하는 건지.

베르가 어디까지 성장했는지 궁금하긴 했지만, 그래도 토마스와 싸움을 붙일 수는 없었다.

토마스가 다치는 것도, 베르가 파괴당하는 것도 원하지 않으니까. 둘의 성격상 맞붙게 되면 절대 조금 긁히는 정도로는 끝나지 않는다.

'그래도…….'

이런 고민을 할 수 있는 것 자체가 베르의 성장을 말해 주는 증거겠지.

베르의 말투에서 강해진 자신을 시험해 보고 싶은 티가 팍팍 났다.

'베르.'

[말씀하시옵소서, 왕이시여.]

'네 힘을 시험할 수 있는 때가 곧 올 테니 너무 성급하게 굴지 마라.'

[명심하겠나이다.]

'그리고 너 TV 사극 좀 줄여. 날이 갈수록 말투가 점점 더 느끼해진다니까.'

[주군의 명을 따르겠…….]

'그냥 네라고 하라고, 네. 네. 네, 알겠습니다.'

[네.]

좋아.

베르에게 하고 싶었던 말도 했겠다, 진우는 기쁜 마음으로 토마스와의 약속 장소로 향했다.

* * *

"오, 미스터 성! 내가 이 순간을 얼마나 기다렸는지 미스터 성은 모를 거야."

토마스는 자신이 머물고 있는 객실을 방문한 진우를 크게 환영해 주었다.

원래 선물은 받는 기쁨도 기쁨이지만 주는 기쁨도 그에 못지않은 법.

진우에게 단검이 필요하다는 소리를 들었을 때부터 지금까지.

토마스는 길드 창고에서 잠자고 있던 최고의 무기를 진우의 손에 넘겨주기만을 손꼽아 기다려 왔다.

괜히 이 먼 이국땅까지 한걸음에 달려온 것이 아니다.

과연 자신이 인정하는 세계 최고의 헌터는 그 두 녀석을 보고 어떤 반응을 보일까?

큰 기대와 함께.

딱.

토마스의 손가락이 맞부딪치자 경호원들이 천으로 가려져 있는 상자 하나를 가지고 나왔다.

선물이라고 해도 딱히 필요한 것이 없었던 진우는 대수롭지 않게 상자를 바라보다가, 경호원들과 거리가 가까워짐에 따라 눈빛이 점점 날카롭게 변해 갔다.

'뭐지……?'

우웅, 우우우웅.

상자 안의 뭔가가 자신의 마력과 공명하고 있었다.

진우의 표정이 바뀌는 것을 캐치한 토마스가 속으로 주먹을 쥐었다.

'그렇지!'

성진우 헌터는 무기를, 무기는 자신의 주인을.

서로가 서로를 알아볼 것이라는 토마스의 예감이 맞아떨어지는 순간이었다.

어쩌면 이 녀석들은 빛줄기 하나 들어오지 않는 스케빈저의 어두컴컴한 창고에서 지금 이 순간만을 그리며 숨을 죽이고 있었는지도 모른다.

탁.

상자가 토마스와 진우 사이에 있는 테이블 위에 놓였다.

"이것이 미스터 성이 나와 우리 길드원들에게 베푼 은혜에 대한 보답이야."

토마스는 상자를 가리고 있는 천의 끄트머리를 잡고 조심스럽게 벗겨 내었다.

스르륵.

천이 미끄러지며 안의 내용물이 드러났다.

내부가 훤히 들여다보이는 투명한 케이스.

그 안에는 거대한 비늘에 박혀 있는 두 개의 단검이 있었다.

아니, 저걸 단검이라고 할 수 있을까?

진우는 의구심이 들었다.

두 개의 단검은 검신이 장검들보다는 짧고, 보통의 단검들보다는 훨씬 길었다.

그러나 정작 눈길을 사로잡는 것은 단검의 길이가 아니었다.

눈처럼 새하얀 검신.

금속이 아닌 물질로 만들어진 단검은 진우에게 낯설지 않았다.

인던에서 생애 최초로 습득했던, '카사카의 독니'.

진우는 그때의 기억으로 지금 눈앞에 있는 단검들이 어떤 마수의 이빨로 만들어졌음을 눈치챘다.

그리고 사체의 일부로 이런 기운을 뿜어낼 수 있을 마수는 하나뿐.

"카미쉬……."

무의식적으로 흘러나온 마수의 이름에 토마스가 고개를 절레절레 가로저으며 박수를 보냈다.

"한 번 보는 것만으로도 이 녀석들의 재료를 알아맞히다니."

진우의 추측은 맞았다.

하지만 추측이 맞았기에 떠오르는 의문이 있었다.

"카미쉬의 사체는 헌터관리국에서 보관하고 있을 텐데……?"

"사체의 양도를 원했던 미국 정부의 뜻에 따라 우리는 사체를 깔끔하게 포기하기로 했지. 돈보다 더 많은 것을 받아 낼 수 있었으니까."

토마스는 레이드 당시를 떠올리며 씩 웃었다.

"하지만 카미쉬의 가장 거대하고 날카로운 이빨 하나, 놈이 나를 물었을 때 있는 힘껏 뽑아 버린 송곳니 하나는 내게 기념품으로 주어졌어."

그런데 문제는 드래곤의 사체에서 떨어진 부산물을 무기로 제작할 수 있는 각성자가 없었던 것.

단 한 명.

이 두 역작을 탄생시킨 장인마저 노환으로 세상을 떠났으니 더 이상 드래곤의 부산물로 된 무기는 나오지 못할 거라고 토마스는 설명을 덧붙였다.

"그때 송곳니의 길이가 장검을 만들기에는 좀 짧아서 단검을 만들었던 것이 이렇게 도움이 될 줄이야."

당시의 상황을 털어놓는 토마스의 얼굴이 해맑았다.

천천히 케이스를 제거한 토마스는 단검이 거꾸로 박혀 있는 드래곤의 비늘을 진우 쪽으로 스윽 밀었다.

"이제 자네 거야."

최고의 무기가 최고의 주인을 만나게 됐다.

떨리는 가슴을 진정시키며 토마스는 진우의 반응을 살펴보았다.

진우는 단검 하나를 뽑아 들었다.

스윽.

단검은 기다리고 있었다는 듯 거짓말처럼 가볍게 쑥 뽑혀 나왔다.

띠링.

단검이 뽑히자마자 들려오는 기계음에 진우가 꼴깍 침을 삼켰다.

곧 단검의 상세한 능력치가 눈앞에 떠올랐다.

'뭐라고?'

진우는 눈을 의심했다.

있을 수 없는 일.

터무니없는 능력치에 놀란 진우가 비교를 위해 지금껏 주 무기로 사용하고 있었던 '악마왕의 단검'을 불러왔다.

[아이템 : 악마왕의 단검]

입수 난이도 : S

종류 : 단검

공격력 +220

악마왕 바란에게서 얻은 단검입니다. '악마왕의 단검' 두 개를 사용하면 세트 효과가 적용됩니다.

세트 효과 '둘이서 하나' : 근력 스탯 수치만큼의 공격력이 각각의 단검에 추가됩니다.

300이 넘는 근력 수치가 더해지면 500을 훨씬 넘어서게 되는 공격력.

이 세트 효과만으로도 충분히 쓸 만한 단검이라고 생각해 왔었다.

그런데 지금 손에 들려 있는 단검의 능력치는 무려.

두 단검의 스탯을 비교하던 진우가 속으로 경악성을 터트렸다.

'……이게 말이 돼?'

2. 한국, 대위기

2. 한국, 대위기

진우의 시선이 카미쉬의 송곳니로 만들어졌다는 단검에 고정되었다.

거기에는 눈을 의심하게 한 능력치가 고스란히 떠 있었다.

[아이템 : 카미쉬의 분노]

입수 난이도 : ??

종류 : 단검

공격력 +1,500

드래곤의 이빨 중 가장 날카로운 송곳니를 장인의 손길로 다듬어낸 최고의 단검입니다.

그 예리함은 타의 추종을 불허하며, 마나에 대한 감도 또한 매우 뛰어나 사용자의 역량에 따라 훨씬 더 강력한 무기가 될 수 있습니다.

길게 늘어진 설명.

하지만 공격력 외에는 눈에 잘 들어오지도 않았다.

'1,500? 그냥 공격력이?'

옵션 같은 것 없이 깡 공격력이 1,500이다.

무려 1,500.

공격력이 높으면 높을수록 적이 잘 베였던 것을 떠올리면, 이 단검이 얼마나 어마어마하게 잘 들어갈지는 섣불리 예측하기조차 힘들었다.

'아니, 근데 공격력 1,500짜리 무기가 있긴 있던가?'

단검의 능력치에 흥분한 진우는 보는 눈이 많다는 사실에도 아랑곳하지 않고 상점을 불러왔다.

단검들은 당연히 비교하기가 민망할 지경이고, 무기 중 가장 공격력이 높은 대검류 쪽을 살펴보았다.

'허…….'

가장 비싼 대검의 공격력이 1,000을 겨우 넘는 수준이었다.

아무리 상점표라고 하지만 대검의 공격력이 1,000밖에 안 되는데 단검의 공격력이 1,500이라니.

'이거 그냥 단순히 수치로만 따지면 한 손에 하나씩 대검을 휘두르고 있는 거 아냐?'

묵직한 무게감이 단검을 쥔 손끝에 전해졌다.

뭐든지 한번 베어 보고 싶다는 마음이 강렬하게 떠올라 고개를 들었더니, 진우의 생각을 읽은 토마스가 어색하게 웃으며 고개를 저었다.

"오우, 미스터 성. 내가 강화 스킬로 방어력을 높여도 그거에는 뚫린다고. 설마하니 내가 선물한 단검으로 날 죽일 생각은 아니겠지?"

물론 그럴 생각은 없다.

진우는 토마스의 오버스러운 엄살을 웃음으로 되돌려 주며 다시 단검에 집중했다.

'마나 감도가 뛰어나다고?'

마나는 곧 마력.

마력 감도가 뛰어나다는 의미가 무엇인지 알아보기 위해, 진우는 자신의 마력을 아주 조금씩 단검에 흘려보냈다.

그러자.

"헉……."

필요한 소리 말고는 침묵을 지키고 있어야 할 경호원이 참지 못하고 탄성을 흘렸다.

경호원은 급히 자기 입을 막았으나 아무도 그를 탓하지 않았다.

그가 탄성을 터트렸다는 사실을 인지하지도 못할 정도로, 모두가 이미 진우의 단검에 시선을 빼앗기고 난 뒤였다.

"맙소사……."

산전수전 다 겪어 본 토마스 역시 놀라움을 금치 못했다.

진우의 손끝.

단검 전체에서 검은 오러가 스멀스멀 올라오고 있었던 것이다.

'단검이…… 내 마력에 반응하고 있다.'

단순히 오러만 올라오고 있는 것이 아니었다.

방금 전까지 손안을 묵직하게 채우고 있던 단검의 무게감이 순식간에 사라졌다.

마치 거짓말처럼.

단검은 깃털보다도 가벼워졌다.

'이야…….'

무게까지도 사용자의 의지에 따라 자유롭게 조절이 가능한 무기.

우웅, 우우우웅-

단검 '카미쉬의 분노'가 새 주인에게 인사라도 하듯 날을 부르르 떨었다.

손잡이를 움켜쥔 진우의 심장이 점차 거세게 뛰었다.

쿵쾅쿵쾅.

이 단검과 함께 싸우고 싶어졌다.

단검을 휘둘러 보고 싶어졌다.

이게 이 단검의 의지인지, 자신의 의지인지는 모르겠지만.

진우는 떨리는 가슴을 진정시키며 단검을 제 위치에 갖다 꽂았다.

푹.

그러자 단검이 진동을 멈추었다.

검은 오러에서 나오는 압박감에 호흡까지 부자연스러워졌던 로라와 경호원들이 일제히 참고 있던 숨을 토해 냈다.

진우를 바라보고 있던 토마스가 로라 쪽으로 고개를 돌렸다.

'이래도 내 선택이 실수라고 생각해?'

토마스의 눈빛에 로라가 절레절레 고개를 저었다.

저 단검들이 인간이 아니라 마수를 향하고 있는 이상, 토마스의 결정은 절대적으로 옳은 것이었다.

무기가 제 주인을 찾아갔다.

마력을 전혀 느끼지 못하는 일반인인 로라도 그 사실을 한눈에 알 수 있었다.

자신의 판단이 맞았음을 입증한 토마스가 싱긋 미소를 지었다.

"내 선물이 어때, 미스터 성?"

격한 감정의 표현은 말이 아니라 행동에서 오는 법.

진우는 조용히 엄지를 들어 올렸다.

"하하하-."

기분이 좋아진 토마스가 느릿하게 손뼉을 마주치며 기쁨을 표현했다.

이 단검들은 우호의 증거.

진우의 환심을 얻는 대가로 쓰는 거라면 조금도 아깝지 않았다.

오히려 부담감을 느끼는 쪽은 진우였다.

"그런데 이런 걸 정말 공짜로 받아도 되려나?"

"공짜라니."

내내 얼굴에 미소를 띠고 있던 토마스가 갑자기 진지한 얼굴이 됐다.

"나와 내 길드원들의 목숨 값이 겨우 그 단검 두 개라면 꽤 싸게 먹혔다고 생각하는데."

토마스는 사양하지 말고 선물을 받아 달라는 말을 그런 식으로밖에 표현하지 못했다.

로라에게 토마스의 표현 방식에 대해 전해 들은 바 있었던 진우는 웃으며 답했다.

"그럼 고맙게 받을게."

"미스터 성이 그래 준다면 나도 기쁘겠군."

정점에 선 두 헌터 사이에서 화기애애한 분위기가 오고 가던 그때.

진우와 토마스의 움직임이 동시에 멈췄다.

그리고 잔뜩 굳어진 두 사람의 얼굴에 로라나 경호원들이 당혹감을 나타내기 직전.

토마스가 먼저 입을 열었다.

"미스터 성, 방금……."

진우가 짧게 고개를 움직였다.

끄덕.

등골을 스쳐 지나간 오싹한 감각. 토마스도 같은 것을 느낀 모양이었다.

위치는 하늘.

진우와 토마스는 약속이라도 한 듯 벌떡 일어나 창가에 붙어 섰다.

"……."

진우가 침음을 흘렸다.

같은 것을 발견한 토마스도 동공이 흔들렸다.

어떻게 저런 것이 하늘 위에 나타날 수가 있단 말인가?

토마스는 저 먼 하늘 위에서 지면을 향하고 있는 게이트를 보고서 입을 다물지 못했다.

"믿기지가 않는군. 저만한 크기의 게이트는 난생처음이다."

카미쉬가 나왔던 게이트도 저 정도 크기는 아니었다.

게이트가 등장하기 시작한 초창기에 각성자의 힘을 얻었던 토마스조차 단 한 번도 본 적 없는 레벨의 게이트.

하지만.

진우에게는 비슷한 크기의 게이트를 봤었던 기억이 있었다.

그때, 천사상이 불러왔던 데이터에서.

날개 달린 병사들이 우르르 쏟아져 나오던 바로 그 게이트.

서울 하늘을 뒤덮어 버린 게이트의 어마어마한 크기는 당시의 데이터에서 봤었던 그것과 일치했다.

하늘을 까맣게 물들여 가던 병사들을 떠올리자 목 뒤에서부터 짜르르 전율이 일었다.

'설마 서울 하늘에 모이고 있다던 엄청난 양의 마기의 정체가 저거였나?'

진우는 말을 잃었다.

토마스도, 로라도, 그리고 뒤쪽의 경호원들도 모두 입을 열지 못했다.

그렇게 모두들 사이에 무거운 정적이 내려앉은 가운데.

하늘 위에 갑자기 모습을 드러낸 거대한 게이트는 세상 모든 것을 집어삼키기라도 할 것처럼 조용히 요동치고 있었다.

* * *

게이트 아래.

생성된 직후라 던전 브레이크의 위험이 없다는 걸 알고 있는 시민들이 그야말로 인산인해를 이루었다.

사람들은 휴대폰을 들어 하늘을 검게 물들인 게이트를 찍어 댔다.

최초로 공중에 생긴 게이트.

거기다 전례를 찾아보기 힘들 정도로 거대한 크기.

저 안에서 뭐가 튀어나올지 모르는 두려운 상황에서도 사람들은 호기심을 감추지 못했다.

몰려든 이들 중에는 외신 기자들도 많았다.

발 디딜 틈 없이 모인 인파를 촬영하는 외신 기자들의 카메라가 바쁘게 돌아갔다.

—네, 지금 저는 남한, 서울의 하늘을 뒤덮어 버린 게이트 아래에…….

—눈앞에 보이는 게이트는 마수들이 등장하기 시작한 이래로 규모가 가장 큰 게이트로서…….

—보시다시피 많은 시민들이 나와 게이트를 구경하고 있는데요, 그러나 그들의 표정이 밝지만은…….

—……이상으로 BBN 뉴스의 닉 폴웰이었습니다.

각국의 기자들은 심각한 얼굴을 하고서는 자기 나라의 언어를 쏟아 냈다.

이전부터 한국에 많은 관심을 기울여 왔던 일본은 특별 방송까지 편성해 대대적으로 '서울 하늘 위의 게이트'를 보도했다.

전문가로는 이전부터 하늘 위의 이상 현상을 주목했었던 노먼 벨저 박사가 초청되었다.

진행자의 짤막한 소개가 끝나고 벨저 박사가 마이크를 잡았다.

"저는 얼마 전부터 하늘에서 뭉치고 있는 커다란 힘을 경고해 왔었습니다. 서울 상공에 나타난 거대한 게이트는 시작에 불과하며, 앞으로도 많은 나라의 하늘에서 그 끔찍한 게이트들을 볼 수 있을 것입니다."

진행자가 어깨를 들썩였다.

"예에? 그럼 박사님의 말씀은, 그런 이상 조짐을 보이는 곳이 한두 군데가 아니라는 말씀인가요?"

"제가 바로 그 점을 강조하고 싶은 겁니다."

박사는 국제 길드 컨퍼런스에서 헌터들에게 강의한 내용을 카메라 앞에서 다시 설명했다.

연구하고 있던 대상이 실질적인 위협으로 나타난 이상, 세간에 정보를 공개해 위험을 알려야 할 의무가 있었다.

서울은 시작일 뿐.

남은 여덟 곳의 하늘에서는 여전히 마기가 덩치를 불려 가고 있었다.

박사가 항공 사진과 함께 아홉 곳의 지명을 하나씩 공개하자 방청객들에게서 탄성과 신음이 번갈아 흘러나왔다.

일본이 대상에 포함되지 않은 것에 안도하는 이도 있었고, 이웃 나라인 한국을 비롯한 여러 나라의 위기에 충격을 받은 이도 있었다.

어두운 표정으로 벨저 박사의 설명을 듣고 있던 진행자가 물었다.

"박사님은 아주 오랜 시간 게이트와 마수들을 연구해 오시지 않았습니까?"

"그렇습니다."

"그렇다면 박사님의 생각에는 우리가 어떻게 하는 것이 가장 현명한 대처일 수 있을까요?"

그 자리에 모인 방청객들도, TV 앞에 앉은 많은 시청자들도 모두 박사의 말에 귀를 기울였다.

하지만 박사의 입에서 나온 소리는 누구나 할 수 있는 말이었다.

"기도해야겠지요."

그는 방청객의 얼굴을 둘러보며 말을 이었다.

"이 전대미문의 사태가 비극으로 끝나지 않기를."

심각한 표정으로 자신의 말을 경청하고 있는 방청객들에게 박사는 설명을 이어 나갔다.

"하지만 딱 한 가지, 나쁘지 않은 소식도 있습니다."

방송이 끝나기 직전의 타이밍에 나온 박사의 한마디가 진행자의 표정을 바꾸었다.

내내 침울했던 세트장 분위기를 조금이라도 만회해 보고자 진행자는 밝은 얼굴로 질문을 던졌다.

"그게 뭔가요, 박사님?"

"이번 게이트가 생성된 곳이 다행스럽게도 한국이라는 겁니다."

박사는 한국에 개인적인 감정이라도 있는 걸까?

웅성웅성.

박사의 충격적인 발언에 방청석이 소란스러워졌다.

이번 프로그램을 기획한 CP는, 이거 잘못하다가는 국제적 분쟁으로 이어질 만한 방송 사고가 터지지는 않을까 하는 생각에 얼굴이 굳어졌다.

하지만.

우려했던 일은 일어나지 않았다.

박사는 오해가 깊어지기 전에 서둘러 설명을 보충했다.

"한국에는 세계급의 재앙을 몇 번이나 막아 낸 최고의 헌터가 있습니다."

그 헌터의 이름은 이곳에서도 결코 낯설지 않았다.

"예, 제주도의 개미들을 제거하고 일본의 거인들을 처치했던 성진우 헌터를 말하는 겁니다."

마기가 가장 많이 몰리는 곳에 하필 최고의 헌터가 있다.

박사에게는 이 모든 일이 우연같이 느껴지지 않았다.

"그가 막지 못하면 아마 어느 나라의 헌터도 막지 못할 겁니다. 그러니까 세계의 관점에서 보자면 이번 게이트가 한국에 나타난 것은 감사해야 할 일이지요."

감사해야 할 일일까, 위로해야 할 일일까.

갈피를 잡지 못하는 방청객들에게 박사는 다시 한번 더 자신의 요점을 강조했다.

"심각한 위기를 눈앞에 둔 한국에는 야속할 수 있는 얘기지만, 세계가 미리 한국을 위해 애도할 필요는 없습니다."

아, 역시 방송 사고인가!

양쪽 머리털을 잡아 뜯는 CP를 놀리기라도 하려는 듯, 노먼 벨저 박사는 의미심장한 표정으로 말을 끝맺었다.

"한국을 위로해야 할 상황이 오게 될쯤에는 서로를 위로해 줄 사람이 하나도 남아 있지 않게 될 테니까요."

* * *

지금까지 지구상에 나타났던 게이트 중 가장 큰 것은 미국, 카미쉬의 것이었다.

하지만 눈앞의 게이트는 족히 그것의 열 배 크기.

굳이 등급을 측정할 필요가 있을까?

하지만 누군가는 해야 할 일이었기에 헌터협회는 헬기를 띄웠다.

헬기 안에는 헌터로 이루어진 직원들만 탑승했다.

일반인 직원이 '극초대형 게이트'의 마력을 견디지 못해 몸이 방

가질 경우를 대비해서였다.

타타타타타타타—

조종사와 부조종사, 그리고 직원 두 사람을 태운 헬기가 게이트를 향해 날아올랐다.

블랙홀에 빨려 들어가는 기분이 바로 이런 것일까?

흔들리는 헬기 안에서, 직원은 점점 가까워지는 검고 거대한 원을 바라보며 물었다.

"선배, 이런 거 본 적 있으십니까?"

이미 해가 저문 뒤라 헬기에서 쏘는 조명에 시야를 의지해야 했지만, 그럼에도 이 무시무시한 게이트의 규모만큼은 확연히 눈에 들어왔다.

선배는 고개를 저었다.

"아니, 아마 누구도 이만한 크기의 게이트는 본 적이 없을걸."

이것 하나 때문에 전 세계가 모두 들썩이고 있었다.

단순히 하늘에 나타났다는 이유만으로는 절대 있을 수 없는 일이었다.

세계는 '상공'이라는 게이트의 특수한 생성 위치와 함께 믿을 수 없는 크기에 경악하고 있는 것이다.

그 토마스 안드레조차 자신의 눈을 의심했다는 사실을 그들이 알고 있었다면, 이런 게이트를 본 적 있냐 하는 멍청한 대화가 오가지는 않았을 터.

꼴깍.

게이트에 시선을 뺏긴 두 사람이 계속해서 마른침을 삼키는 동안, 어느새 목표 지점에 근접한 헬기가 서서히 속도를 줄여 갔다.

부조종사가 직원들에게 알렸다.

“이 이상 다가가면 헬기가 위험합니다.”

알겠다고 대답한 직원이 등급 측정을 위한 준비를 마쳤다.

원래 게이트의 등급을 측정할 때는 게이트 바로 앞에서 수치를 확인하는 것이 일반적이다.

하지만 이번 게이트의 경우 그럴 필요조차 없었다.

스위치를 올리자마자 퍽 소리가 터져 나온 측정기는 그대로 작동을 멈추었다. 측정기가 게이트에서 흘러나오는 마력을 감당할 수 없다는 증거였다.

당연히 예상되었던 결과.

“선배.”

측정기를 조작하던 직원이 선배를 응시했다. 선배는 그에게 고개를 끄덕여 동의를 표했다.

직원은 측정 결과를 협회에 보고하기 위해 통신을 연결했다.

그런데 그 순간, 창밖을 바라보던 선배가 소리쳤다.

“조심해!”

화들짝 놀란 직원이 급히 주위를 두리번거렸다.

“뭐, 뭡니까?”

“방금 창밖으로 뭔가 마수 같은 것이…….”

“예? 마수가 벌써요?”

생성된 지 하루도 채 되지 않은 게이트에서 마수가 튀어나온다?

있을 수 없는 일이었지만 마수를 목격했다는 선배는 상급 헌터 중 한 사람.

조종사나 직원이 제대로 본 게 확실하냐고 어떻게 타박할 수 있는 상대가 아니었다.

아니나 다를까.

"저기!"

선배는 방금 자신이 봤던 걸 다시 한번 정확하게 가리켰다.

그때 직원이 머리에 쓰고 있던 헤드셋에서 우진철 협회장의 다급한 목소리가 흘러나왔다.

—뭐야? 지금 무슨 소리야? 상원아! 유상원! 뭐가 어떻게 된 거야?

"혀, 협회장님. 마수가! 헬기 근처에 커다란 마수가 나타났습니다!"

—뭐?

"그런데…… 보통 마수가 아닌 것 같습니다."

—공중에서 마수와 마주치면 답 없는 거 몰라? 니들보고 그런 거 조사하라고 올려 보낸 거 아니니까 지금 당장 내려와!

"아, 아니요. 그게 협회장님…… 마수 위에 사람이 타고 있습니다."

—그게 무슨 소리야? 아니, 어떻게 사람이 마수를 타고…….

그때 머릿속으로 진짜 마수를 타고 다니기도 하는 남자의 모습이 스쳐 지나간 우진철의 목소리가 잠시 끊겼다가 다시 이어졌다.

—상원아…… 그 위에 타고 있는 사람 얼굴 보이나?

"잠시. 예, 어렴풋하게 보입니다."

—혹시 그거 성진우 헌터 아니냐?

"예?"

창가에 딱 붙어서 눈에 힘을 주고 마수를 바라보던 직원이 탄성을 터트리며 되물었다.

"어, 어떻게 아셨어요, 그걸?"

* * *

끼에엑—

비룡 '카이셀' 위에 탄 진우가 게이트에 가까워졌다.

게이트 바로 밑까지 날아 올라오니 게이트라기보다는 끝도 없이 펼쳐진 검은 호수를 보는 듯했다.

압도될 것 같은 크기.

평범한 헌터라면 게이트의 엄청난 마력을 견디지 못했겠지만, 진우는 직접 확인해 보자고 결심한 후부터 지금까지 초연했다.

저 아래에 머물러 있던 협회 헬기는 위험하다고 판단했는지 빠르게 지상으로 돌아갔다.

잠시 헬기를 내려다보던 진우는 게이트에 더 가까이 붙었다.

머리 위, 손만 뻗으면 닿을 거리에 지면을 향해 입을 벌리고 있는 게이트가 있었다.

물론.

아직 게이트의 검은 막이 가로막고 있으므로 안이 어떤 상태인지는 알 수 없다.

'…….'

저기에 손이 닿으면 그대로 통과할까, 아니면 레드 게이트처럼 빨려 들어갈까, 그것도 아니면…….

진우는 조심스럽게 손을 뻗었다.

어쩌면 이 게이트가 터져서 마수들이 쏟아져 나오기 전에 내가 해결할 수 있을지도 모른다.

그런 약간의 기대감이 담긴 손끝이 게이트의 막에 닿았다.
'어라?'
각성자가 되고 나서는 처음 겪어 보는 현상.
게이트를 통과할 수가 없었다.
손이 게이트로 들어가지 못하고 검은 막에 가로막혔다.
검은 막은 마치 벽처럼 단단했다.
'평범한 벽이라면 무너뜨릴 수라도 있겠지만…….'
있는 힘껏 손에 힘을 주고 밀어 보아도 벽은 꿈쩍하지 않았다.
똑똑.
막을 두드려 보던 진우가 입을 일자로 굳게 다물었다.
'다르다.'
각성자가 통과할 수 없는 게이트라니.
여태까지 볼 수 있었던 그 어떤 게이트와도 달랐다.
과연 이 안에 들어 있는 것들도 지금까지와 다를까?
'뭐가 됐든…….'
뭐가 나오든.
이 밑에는 가족과 친구들이 있다.
쉽게 보내 줄 생각은 없다.
내게는 그동안 올려온 스탯과, 함께 싸워 줄 용맹한 병사들이 있으니까.
그렇게 생각한 순간.
와아아아아-!
그림자에 숨어 있는 병사들의 우렁찬 함성 소리가 귓가에 들려오는 듯했다.

두근-

불안과 설렘이 교차한다.

처음.

진우는 자신이 플레이어가 되고 시스템의 힘을 얻게 된 후 거기에는 다 나름의 이유가 있을 거라고 생각했었다.

만약 정말로 그렇다면 혹시나 이것을 막기 위해서는 아니었을까?

'쓸데없는 생각…….'

진우는 괜히 비장해진 자신의 감정을 웃어넘기며 게이트에 대고 있던 손을 뗐다.

그때.

진동으로 맞춰 놓은 헌터폰이 주머니 안에서 힘차게 몸을 떨었다.

발신인은 일본 헌터협회.

부탁해 놓은 것이 있어 진우는 빠르게 전화를 받았다.

-여보세요? 성 헌터님?

"말씀하세요."

-아, 죄송합니다. 목소리가 잘 안 들리네요. 제가 다시 전화를 걸어 볼까요?

장난감 블록같이 작아진 건물들을 내려다보며 진우가 씩 웃었다.

"그럴 필요 없습니다. 제가 지금 좀 높은 곳에 있어서요. 부탁한 건 알아보셨습니까?"

-아, 예. 방금 위성으로 일본 전역을 스캔해 봤습니다. 그런데…….

일본 협회 측 직원이 평소와 달리 말꼬리를 흐렸다.

하필 이런 날 일본에서도 무슨 일이 일어난 걸까?

그러나 직원의 대답은 예상을 완전히 벗어나 있었다.

—게이트가 하나도 없습니다. 일본 전역에 새로 생성된 게이트가 단 한 개도 없어요.

'……!'

거인들을 퇴치한 이후부터 주로 일본에서 레이드를 해 왔던 진우에겐 청천병력과도 같은 소리였다.

"게이트가 나타나지 않는다고요?"

—네, 그렇습니다. 혹시 이게 저희 쪽에서만 그런가 싶어 타국의 헌터 관리 기구들에도 연락을 취해 봤더니…….

머뭇거리던 직원이 안타까움이 담긴 목소리로 말을 이었다.

—서울 하늘에 게이트가 생성되고 나서부터는 새로운 게이트들이 완전히 사라졌습니다.

극초대형 게이트가 상공에 나타난 지 3시간가량 흘렀다.

그 3시간 동안 우연히, 전 세계의 게이트들이 동시에 자취를 감추었을 확률이 얼마나 될까?

'……우연이 아니다.'

진우의 표정이 굳어졌다.

그렇게 굳은 얼굴로 머리 위의 게이트를 올려다보고 있는데 직원이 물어 왔다.

—저어…… 외람된 질문이지만, 혹시 최상급 게이트 위치를 알아봐 달라고 하신 이유가 있으신가요?

"……."

솔직히 대답하긴 좀 곤란했다.

이 쓸데없이 커다란 게이트가 열리기 전에 토마스에게 선물받은 공격력 1,500짜리 단검들을 한번 써 보고 싶었다고 어떻게 말할 수 있을까.

그러면.

“내일이 어떻게 될지는 알 수 없어도 누군가는 사과나무를 심어야 하지 않겠습니까.”

–아…… 사과나무. 그렇군요. 멋진 말씀입니다.

상대가 알아서 해석하도록 대충 대답을 얼버무려 버린 진우가 이만 전화를 끊으려고 했을 때였다.

–저기, 성 헌터님.

“예.”

직원은 부끄럽다는 듯 망설이다가 말했다.

–저는 사실 한국을 그다지 좋아하지 않았습니다. 헌터님께서도 잘 알고 있으시다시피 일본 헌터협회는 최근 몇 년간 제주도 개미들 문제로 골머리를 썩이기도 했으니까요. 협회 직원으로서, 그리고 일본으로서 전 한국인이 싫었습니다.

진우는 묵묵히 그의 이야기에 귀를 기울였다.

–하지만 헌터님은 제 생각을 바꾸셨습니다. 한국은 제게 은인의 나라가 되었습니다. 저는 저희를 도와주신 헌터님께 감사하고, 헌터님의 나라인 한국에 감사합니다.

이야기가 길어질수록 그의 목소리가 차츰 울먹이는 소리로 변했다.

–그러니 부디 한국에서는 우리가 겪어야 했던 끔찍한 일들이 생기지 않기를 빕니다.

거인들에게 짓밟히던 사람들.

불타는 도시, 울려 퍼지던 비명, 지워지지 않는 절망.

악몽은 오래된 이야기가 아니었다.

가장 가까운 곳에서 참사를 지켜보았기에 직원은 알 수 있었다.

그런 일은 누구에게도 일어나서는 안 되는 것이었다.

듣고 있던 진우가 담담하게 말했다.

"생기지 않을 겁니다."

이건 약속이 아니다. 자기 자신에게 하는 각오 같은 것.

끊임없이 성장을 추구하며 여기까지 달려온 이유와도 같았다.

이제 그 결과를 보여 줄 때.

직원은 진우의 대답을 듣고서 나직이 웃었다.

–하하, 한국을 싫어하던 제가 한국을 부러워하는 날이 올 줄은 몰랐네요. 성 헌터님이 계신 한국이 부럽습니다.

"그렇게 안 띄워 주셔도 됩니다. 전 마수를 잡는 것 말고는 취미가 없어서 마수가 존재하는 이상 계속 일본에 들를 생각이니까요."

–아, 들켰습니까? 역시 정상급 헌터님의 감각은 속일 수가 없네요. 모처럼 헌터님께 점수 좀 따고 싶었는데.

자칫 무거워질 수 있는 분위기를 유연하게 환기시켜 준 진우에게 감사를 표하며, 직원은 진심이 담긴 인사를 건넸다.

–그럼 '또' 연락 주십시오.

"예."

진우는 헌터폰을 주머니에 넣었다.

폭풍 전야처럼 기괴할 정도로 조용한 게이트를 진우가 말없이 응시했다.

'이것과 다른 게이트들의 던전 브레이크 기간이 같다면…….'

남은 시간은 대략 6일.

어둠속에서 진우의 두 눈이 조용히 빛을 냈다.

"……내려가자."
키아악-!
진우를 태운 비룡이 크게 날갯짓하며 아래를 향했다.

* * *

하루 정도가 지나고 사람들도 변화를 알아차렸다.
게이트가 사라졌다.
서울시 상공에 극초대형 게이트가 나타난 뒤로 생성되는 게이트가 없다!
이것이 다행인지 불행인지 알 방도는 없었지만, 이 현상을 반기는 사람들도 분명하게 존재했다.
바로 우진철이 이끄는 헌터협회 측이었다.
긴장된 얼굴로 보고를 받은 우진철이 결정을 내렸다.
"전국의 헌터들을 모두 서울로 소집합시다."
"예? 그건 너무 위험합니다."
"그러다 미처 발견하지 못한 게이트에서 던전 브레이크라도 발생하게 되면……."
"일단은 헌터들의 반 정도만 부르고 나머지는 남겨 두시는 게."
밀려드는 반발들에 우진철이 회의실 책상을 내려쳤다.
쾅!
최상급 헌터의 분노에 모든 이들의 어깨가 들썩 움직였다.
우진철은 이를 드러냈다.
"지금 보이지도 않는 위협을 준비할 만큼 저희가 여유로운 상황입니까?"

그러자 회의실에 모인 모두가 일순간 말이 없어졌다.

우진철이 회의실 밖을 가리켰다.

"우리는 현재 미증유의 사태와 마주했습니다. 지금은 저 빌어먹을 것에만 신경을 써도 막을 수 있을지 없을지 모르는 상황이란 겁니다!"

고성을 토해 낸 우진철이 모두를 둘러보며 말했다.

"다른 지역에서 발생하는 피해는 전부 다 제가 책임지겠습니다. 전 재산을 내놓으라고 하면 내놓고, 목숨 걸고 싸우라고 하면 싸우겠습니다."

우진철의 비장한 각오에 더 이상의 반발은 없었다.

던전 안에서 목숨이 위험한 절박한 상황일 때 서로의 의견이 갈린다면 리더는 부하를 죽이기도 한다.

일부의 잘못된 판단이 전체를 멸망으로 이끌 수도 있기 때문에.

던전 바깥에선 범죄이지만 던전 안에서는 다르다.

레이드는 서로의 생명을 걸고 하는 전쟁이지 아이들의 소꿉놀이가 아니니까.

그리고 지금.

그 전쟁이 던전 안이 아니라 땅 위에서 벌어지기 직전이었다.

우진철은 일분일초가 아쉬운 이때 반대 의견을 들어 주고 있을 만큼 허술한 헌터가 아니었다.

"지금 즉시 전국의 모든 헌터들을 서울로 호출해 주십시오. 싸울 수 있는 사람은 단 한 사람도 빠뜨리지 말고 전부."

우진철 협회장의 지시 아래.

대한민국의 모든 헌터들이 서울을 향해 움직이기 시작했다.

* * *

진풍경이 펼쳐졌다.

서울을 떠나려는 시민들과 서울을 지키려는 헌터들이 일제히 몰려들어 도로는 혼잡을 이루었다.

특히 극초대형 게이트 아래에 위치한 지역들은 극심한 피해가 예상되었기에 많은 이들이 협회와 정부의 권고에 따라, 혹은 자의로 서울을 빠져나갔다.

대피 행렬을 보여 주는 TV 뉴스을 보면서, 진우는 어머니에게 물었다.

"엄마도 진아랑 어디 내려가 있는 게 좋지 않아요?"

"여긴 대피 권고 지역도 아니잖니."

어머니는 서울을 떠날 생각이 없으신 듯했다.

진우가 사는 곳은 서울의 중심부에서 한참 떨어진 외곽의 아파트.

여기까지 마수가 들이닥친다는 것은 헌터들의 방어선이 무너졌다는 것이고, 그것은 아마도 방어선 가장 앞쪽을 지키고 있을 아들의 실패를 의미할 것이었다.

어머니는 믿었다.

화마가 절대 이곳까지는 들이닥치지 않을 것이라고.

진우도 싱긋 웃기만 할 뿐, 다른 말은 하지 않았다.

소파 앞의 낮은 탁상에 둘러앉은 어머니와 오빠와 달리, 소파 위에 양 무릎을 세우고 앉아 있던 진아가 진우 쪽을 내려다보며 물었다.

"오빠는 안 가 봐도 돼?"

헌터 소집령.

하지만 집이 서울에 있는 진우에게는 해당되지 않는 명령이다.

"저건 타 지역 헌터들이 서울에 도착해서 협회에 신고하러 가는 거야."

"아."

어머니가 내민 사과 접시를 받아 든 진아가 고개를 끄덕였다.

사실 이런 순간에 집에서 멍하니 시간을 보내야 한다는 사실이 누구보다 답답한 사람은 진우였다.

레벨을 올리자니 잡을 마수가 없고, 인던에 가자니 설계자를 처치한 이후로 열쇠가 나온 적이 없고.

집에서 보내는 시간이 많아지니 가족들은 좋아하지만, 진우는 만약을 대비해 자신을 좀 더 단련하고 싶었다.

'이거 일일 퀘스트를 미뤄서 페널티 지역이라도 가야 되나?'

그건 좋은 생각이면서 동시에 좋은 생각이 아니었다.

당장 눈앞에 떠 있는 게이트에서 뭐가 쏟아질지도 모르는데, 또 어떤 몬스터가 기다리고 있을지 모르는 페널티 존이라니.

'그럴 가능성이 낮다고 해도…….'

만에 하나, 아니 천만에 하나 페널티 존에서 자신에게 무슨 일이 생긴다면 이쪽에서 일어날 일은 감당할 수 없게 된다.

일부러 두 개의 리스크를 한꺼번에 짊어질 필요는 없다.

그래서 기각.

결국 '카마쉬의 분노'를 시험해 보기 위해선 다른 방법을 찾아봐야 한다.

어떻게 할까?

고민해 보던 진우의 눈에 TV의 어떤 장면이 스쳐 지나갔다.

헬기로 내려다본 헌터협회 건물의 모습이었다.

옳지.

'그걸 한번 써 볼까?'

입꼬리가 슥 올라가는 진우의 눈이 예사롭지 않게 빛났다.

핸드폰을 꺼내 든 진우가 저장된 번호를 찾았다.

뚜르르- 뚜르르-

언제나처럼 수신인은 대기음이 몇 번 울리기도 전에 칼같이 전화를 받았다.

-예, 성 헌터님. 우진철입니다.

"이제 우진철 협회장님이라고 불러야겠네요?"

쑥스러운 듯 웃던 우진철이 가볍게 말했다.

-좋으실 대로 부르셔도 됩니다. 저도 어쩌다 분에 넘치는 직함을 받게 돼서 어색해하는 중이니까요.

간단한 안부가 오고 간 후 적당한 타이밍이 되었다고 생각한 우진철의 목소리가 진지해졌다.

-혹시 무슨 일이 생기신 겁니까? 이렇게 갑자기 연락을 주시니 걱정이 앞서는군요.

시기가 시기인 만큼 우진철은 촉각을 곤두세우고 있었다.

그런 와중에 한국에서 가장 강한 영향력을 가진 헌터가 갑자기 연락해 왔으니 긴장이 될 수밖에.

"별일은 아닙니다만……."

긴장하고 있던 우진철이 꼴깍 침을 삼켰다.

'성 헌터에게는 별일 아닌 일도 우리에게는 심각한 상황일 수 있다. 아니, 성 헌터가 진지하지 않기에 더 심각한 상황일 수도 있어.'

잠깐의 정적 속에서 우진철이 애써 마음을 가다듬고 경청하려 하는 가운데.

정말로 별일이 아니었던 진우가 대수롭지 않게 물었다.

"협회 체육관 좀 빌릴 수 있을까요?"

* * *

우진철은 바쁜 와중에도 직접 나와 진우를 맞이했다.

"보시다시피…… 지금 체육관 상황이 이렇습니다."

진우가 옆머리를 긁적거렸다.

남의 눈에 띄지 않는 조용한 장소가 필요해서 체육관을 쓰려고 했던 건데, 안에는 이미 모여든 헌터들로 가득했다.

그들의 손에 들린 무기들을 보고서 진우는 체육관 창고에 뭐가 들어 있었는지를 뒤늦게 기억해 냈다.

"장비가 부실한 헌터들에게 무기를 지원해 주고 있는 겁니까?"

"예. 이럴 때를 위해서 고건희 협회장님이 준비해 두신 거니까요."

진우의 고개가 절로 끄덕여졌다.

어째서 쓰지도 않을 값비싼 장비들을 협회에 처박아 두고 있느냐고 손가락질했을 사람들에게 꼭 보여 주고 싶은 광경.

하나씩 건네받는 장비들을 착용하는 헌터들에게서 비장감마저 느껴졌다.

그때.

마력으로 코팅된 갑옷에 낑낑대며 팔다리를 넣고 있던 덩치 큰 헌터 하나가 무심코 고개를 들다 진우와 눈이 마주쳤다.

"어?"

뉴스로만 봐 오던 최고의 헌터를 직접 목격한 그가 놀라움에 탄성을 흘렸다.

"성진우 헌터?"

"뭐?"

"성 헌터가 여기 왔다고?"

체육관 안을 메우고 있던 헌터들은 일제히 뒤를 돌아보았다.

과연.

덩치 큰 헌터의 말대로 입구에는 협회장과 함께 성진우 헌터가 말없이 이쪽을 바라보고 있었다.

그 시끄럽던 내부가 한마디의 잡담도 없이 조용해졌다.

묵직한 기운.

화면으로는 느낄 수 없었던 압도적인 존재감이 눈앞에 선 정점급 헌터에게서 흘러나왔다.

범접할 수 없는 경지에 올라서 있는 사람은 그저 보고 있기만 해도 가슴이 뛰기 시작하는 법.

두근, 두근, 두근.

진우를 대하는 헌터들의 표정이 점점 상기되어 갔다.

선망과 경외의 눈빛이 진우에게 날아들었다.

그제야 진우는 전화로 해도 될 이야기를 굳이 여기까지 와서 한 우진철의 의도를 알 수 있었다.

여기 모인 이들은 전부 값비싼 마력 장비들을 마련하기 힘든 하급 헌터들.

신임 협회장은 갑작스러운 호출을 받고 불려 와 정신적으로 지쳐 있을 하급 헌터들에게, 최고의 아군을 보여 줌으로써 사기를 북돋아 주고 싶었던 것이다.

그의 생각이 맞아떨어졌는지 진우를 발견한 하급 헌터들의 눈에 생기가 넘쳤다.

오랜 시간 감시과를 이끌어 왔던 우진철의 재치에 진우는 피식 웃음 지었다.

속셈을 들킨 것이 부끄러운지 조용히 뒷목을 긁적거리던 우진철이 넌지시 물어 왔다.

"한데 헌터님, 체육관은 왜 필요하신 겁니까?"

진우는 주머니에서 꺼내는 척, 인벤토리에서 뭔가를 불러왔다.

"이걸 쓸 겁니다."

진우의 손바닥 위에 놓인 자두만 한 씨앗을 보고 우진철이 고개를 갸웃거렸다.

"이게…… 이게 뭡니까?"

"이걸 땅에 심으면 나무처럼 생긴 마수가 나옵니다. 녀석에게 테스트해 볼 게 있어서요."

"마수가 나온다고요?"

눈을 동그랗게 뜬 우진철에게 진우가 고개를 끄덕였다.

수목형 마수들은 죽기 직전 단말마와 함께 씨앗을 뱉어 내는데, 이걸 파괴해 두지 않으면 그 자리에서 다시 마수가 자라난다.

워낙 방어력이 높고 생명력이 질겨 반복해서 사냥하기엔 너무 비효율적이라 씨앗들을 전부 파괴했었지만 이놈, 보스급 마수에게서 떨어진 씨앗만큼은 혹시 후에 쓰일 일이 있을까 싶어서 따로 인벤에 보관하고 있었다.

철갑을 두른 듯 단단하다는 의미로 진우가 붙인 이름은 '철갑목'.

'그놈이라면 새 칼날을 시험해 보는 데 최적이지 않을까.'

문제는.

"요즘같이 혼란스러운 분위기에서 마수가 움직이는 걸 본다면 많은 사람들이 동요할 겁니다."

우진철이 걱정스럽게 말했다.

진우는 동의했다.

"그래서 남의 눈에 안 띄는 조용하고 튼튼한 곳이 필요했는데……."

헌터협회 체육관이라면 일반인들은 사용할 수 없고, 튼튼하기도 둘째가라면 서러울 정도니 말이다.

진우가 다시 헌터들 쪽으로 고개를 돌렸다.

아직도 많은 헌터들이 협회에서 받은 무기를 쥐고 진우를 흘깃거리면서 전의를 다지고 있었다.

"그런데 상황이 이래서야."

진우가 아쉬운 듯 혀끝을 찼다.

일본의 비어 있는 땅에서 씨앗을 쓰는 방법도 있지만, 그걸 위해서 날아가기엔 거리가 멀고 그림자 교환을 사용하기엔 스킬이 아깝다.

일본에 가 있는 2시간 동안 여기에서 무슨 일이 생길지 모르니까.

그렇게 걸음을 돌리려는 진우에게 결단을 내린 우진철이 단호히 말했다.

"좋습니다."

"예?"

"오늘 체육관 오후 일정은 헌터님을 위해 전부 비우겠습니다. 헌터님께서 수고하신 거에 비하면 이건 혜택 측에도 끼지 못하는 겁니다."

고건희 전 협회장님은 성진우 헌터를 위해 관련 법안까지 뜯어고쳤다.

뛰어난 헌터에게 그 정도의 편의도 봐주지 못해서야 어떻게 목숨을 걸고 싸워 달라고 부탁할 수 있겠느냐 하는 것이 그분의 말씀이었다.

그런데 그분을 대신해 협회장이 된 사람이 체육관 하나 빌려주지 못한다면 그게 말이 되겠는가?

"그래도 되는 겁니까?"

진우가 걱정스럽게 묻자 우진철이 씩 웃었다.

"그렇게 안 보이시겠지만 제가 여기 최종 책임자입니다. 열고 닫고도 제가 결정합니다."

우진철은 손뼉을 짝 마주쳐 시선이 모이게 만든 뒤 목에 힘을 주었다.

"담당자분!"

"예, 옛!"

진우는 저 멀리서 허겁지겁 달려오는 협회 직원을 보고서 어색한 직함이든, 어울리는 직함이든 역시 자리는 높고 봐야 한다는 사실을 새삼 느꼈다.

* * *

서울의 한 특급 호텔.

서울을 빠져나가려는 차들로 복잡한 도로를 말없이 창가에서 내려다보고 있는 남자.

토마스의 뒤로 로라가 다가왔다.

그녀의 손에는 짐이 한가득 들어찬 여행용 가방의 손잡이가 잡혀 있었다.

"마스터는 떠나지 않으실 겁니까?"

"그래."

토마스는 검지 끝으로 창문을 톡 두드렸다.

끝이 가리키는 것은 게이트.

"어떻게 저렇게 크고 아름다운 것을 두고 여길 떠날 수가 있겠어?"

"크긴 하지만…… 아름답다고요?"

토마스의 기행이야 이제는 익숙하지만 저 끔찍하리만큼 크고 불길한 게이트를 보고 아름답다니.

의아해하는 자신의 매니저를 향해 토마스가 돌아섰다.

"가슴을 뛰게 만드는 것들은 전부 다 아름다운 거야."

토마스는 가슴 위에 올려 둔 손으로 심장의 맥박을 확인했다.

게이트를 보고 나서부터 지금까지 심장은 지치지도 않고 열심히 쿵쾅거리고 있었다.

"불을 뿜었던 드래곤도, 저 커다란 게이트도, 성진우 헌터의 힘도 나에게는 다 아름다운 것들이지."

못 말릴 사람.

로라는 고개를 절레절레 흔들면서도 웃음을 감추지 못했다.

토마스도 가슴에 얹은 손을 떼며 씩 웃었다.

"그리고 어차피 게이트도 없는데 돌아가서 뭐 해?"

"하지만…… 헌터관리국에서 걱정하고 있습니다."

걱정.

자신의 안위를 누군가가 걱정한다고 하니 웃음이 나오는 토마스였다.

"걱정된다는 말도 우습군. 세계에서 성진우 헌터 옆만큼 안전한 장소가 어디 있어?"

토마스가 그렇게까지 말하니 로라도 말이 없어졌다.

이미 헌터관리국이 세계 최정상급 헌터들의 안전을 성진우 헌터에게 부탁했었다는 사실은 비밀도 아니었다.

토마스는 할 말을 찾지 못하고 있는 로라에게 미소를 보내다 돌아섰다.

초대형을 넘어 극초대형이라 불리는 게이트는 서울 하늘 위에서 조용히 꿈틀거리고 있었다.

"어차피 여기서 막지 못하면 이 뒤는 없어."

그 성진우조차 막지 못한 재앙이 앞으로도 여덟 번이나 더 이어진다.

그걸 누가 막을까?

자신이?

아니면 중국의 류즈캉이나 다른 국가 권력급 헌터들이?

어림없는 소리.

"그래서 나는 눈에 담고 싶은 거야."

토마스는 창에 반사되어 비치는 로라에게 웃으며 말을 이었다.

"이것이 인류 역사의 마지막이 될지, 아니면 새로운 시작이 될지."

* * *

텅 빈 체육관.

진우는 넓은 체육관의 중심부로 걸어갔다.

'이쯤에서 해 볼까?'

바닥에 씨앗을 놓은 진우가 그 위에 물을 뿌렸다.

씨앗과 물.

이 두 가지만 있으면 흙이나 햇빛도 필요 없이 마수가 자라남을 몇 번이나 확인했다.

우드득, 우드드득-

뼈가 뒤틀리는 것 같은 소리와 함께 씨앗이 빠르게 나무로 자라나기 시작했다.

"허."

몇 번을 봐도 장관이다.

살아남기 힘든 척박한 환경에서도 개체 수가 줄지 않을 것 같은 무지막지한 생명력.

진우는 천천히 안전하다 생각되는 거리까지 물러섰다.

"키에에엑! 키에엑!"

새끼 나무가 점점 몸집을 부풀리며 원래의 모습을 되찾아 갔다.

결국 씨앗은 채 5분도 되기 전에 체육관의 천장에 머리가 닿을락 말락한 거대한 괴물로 탈바꿈했다.

"키에에에엑-!"

체육관 안을 쩌렁쩌렁 울리는 괴물 나무의 포효에도 아랑곳하지 않고, 진우는 침착하게 업그레이드된 베르를 불러냈다.

'나와.'

땅 밑에서부터 베르가 스르륵 모습을 드러냈다.

[왕이시여!]

이전과 확연히 달라진 베르의 형태가 눈길을 끌었다.

곤충의 외골격 대신 체형에 딱 맞는 검은 갑옷이 몸에 착 밀착되어 있어 이전보다 훨씬 견고해 보였다.

어디 그뿐일까?

전신에서 피어오르던 검은 증기가 더 강해져 이제 아지랑이 따위가 아니라 타오르는 불길처럼 보였다.

흘러넘치는 힘!

진우는 베르의 정보 창을 다시 한번 확인했다.

[베르 Lv.Max]

원수 등급.

군단장에 해당하는 원수 등급은 단 하나만 존재할 수 있으며, 또 다른 병사가 원수 등급에 도달하는 경우 우열을 가려야 합니다.

'장군에서 원수 등급까지 도전할 가능성이 있는 건 그리드와 이제 곧 장군 등급으로 승급을 앞둔 이그리트, 이 둘 정도인가…….'

세 병사들의 원수 등급 쟁탈전도 재밌겠다고 생각하면서, 진우는 베르에게 턱짓했다.

"베르, 있는 힘껏 공격해 봐."

있는 힘껏.

주군의 지시대로 베르는 자신의 몸을 한껏 부풀렸다.

키에에에에에에에에에에엑-!

진정한 야수의 포효!

변화가 시작된 몸에 맞게 갑옷 또한 자연스럽게 변형되어 갔다. 이윽고 방금보다 두 배는 더 커진 베르가 쿵쿵 발을 내디뎠다.

빨라지던 걸음이 달리기가 되더니 결국은 전력 질주가 되어 철갑목을 덮쳤다.

쿠앙-!

베르의 눈이 커졌다.

젖 먹던 힘까지 짜내 내지른 일격이 철갑목을 두 동강 내지 못하고 손목까지밖에 들어가지 않았다.

S급 마수도 우습게 찢어 버리는 베르에게는 당황스러운 일.

마법 공격 외에는 거의 타격을 받지 않는 물리 방어 특화 마수 '철갑목'다웠다.

이만하면 됐다.

진우는 만족스러운 결과에 베르를 물렸다.

"비켜 봐."

베르가 빠르게 물러났다.

진우는 창고에서 '카미쉬의 분노' 두 개를 불러왔다.

스윽.

장검만큼 긴 단검 두 자루가 손에 와서 잡혔다.

'좋아.'

꾸에에엑-!

자신의 배에 구멍을 뚫어 놓은 범인을 찾아 헤매다 엉뚱하게 신우를 발견한 철갑목이 느릿하게 달려왔다.

느릿, 느릿.

정말 방어력 말고는 아무것도 볼 게 없는 녀석.

그러나 방어력만큼은 진짜.

그 방어력 앞에서 이 두 개의 단검은 얼마나 통할까?

손끝에서 불이 나듯 번지기 시작한 검은 오러가 순식간에 검신을 휘감았다.

'필요한 것은 파괴력인가?'

그렇게 생각하자마자 두 개의 검이 천 개의 추를 매단 것처럼 묵직해졌다.

무게를 버티느라 진우의 어깨 근육에 힘줄이 돋아날 정도였다.

'1,500의 공격력…… 어디 한번 느껴 보자.'

진우가 싸울 맘을 먹자 두 자루의 분노가 검신을 짜르르 떨기 시작했다.

열심히 뿌리를 흔들면서 바로 앞까지 다가온 철갑목을 응시하며, 진우는 '카미쉬의 분노'들을 역수로 쥐었다.

'일단 가볍게 한 대.'

오른손에 들린 단검이 사선을 그리며 올라갔다.

쉬익-!

날카로운 파공음과 함께 뭔가가 바닥에 툭 떨어졌다.

"……으음?"

철갑목은 밑을 내려다보았다.

손처럼 쓰고 있던 자신의 굵은 가지 하나가 깔끔하게 잘려 바닥을 나뒹굴고 있었다.

수액이 철철 흐르는 단면을 발견한 철갑목이 울상을 하고선 비명 같은 괴성을 질러 댔다.

"꾸에에엑!"

그러나 누군가의 고통은 누군가의 즐거움이 되기도 하는 법.

철갑목의 건물 기둥같이 굵은 팔을 일격에 베어 버린 진우는 놀라운 시선으로 단검을 바라보았다.

'와우.'

그저 가볍게 한 번 휘두른 정도가 이렇다.

악마왕의 단검으로는 아무리 찔러도 타격을 입지 않았던 철갑목, 그 철갑목들 중에서도 보스급 개체의 팔이 두부 썰리듯 잘려 나갔다.

손맛이라고 해야 할까?

찌르르-

오랜만에 느껴 보는 예리한 칼날의 진동에 가슴이 뛰었다.

[왕이시여!]

뒤에서 조용히 지켜보던 베르가 급히 말을 걸어왔다.

'알고 있어.'

여유롭게 대답한 진우가 고개를 치켜들었다.

울상에서 밉상으로 표정이 변한 철갑목이 눈을 부릅뜨고 잘린 오른팔 대신 왼팔, 아니 왼쪽 가지를 들어 올리고 있었다.

힘껏 내려쳐 짓뭉개 버리려는 생각 같지만, 목표를 이루기에는 상대가 너무 안 좋았다.

진우는 녀석의 왼쪽 가지가 떨어지기 전에 한 번 더 '카미쉬의 분노'를 빠르게 움직였다.

스걱!

"그어어억!"

졸지에 양손을 전부 다 잃게 된 철갑목이 하늘을 향해 울부짖었다.

'좋아.'

진우는 고개를 끄덕였다.

가볍게 휘두른 두 단검의 위력은 확인이 끝났다.

이제 최소가 아닌 최대의 힘을 확인해 볼 차례.

'용의 뼈로 만들어서 마력 반응이 뛰어나다고 했었지?'

단검의 손잡이를 쥐고 있는 진우의 오른손에 잔뜩 힘이 들어갔다.

좀 더.

좀 더, 더 강하게.

진우의 눈매가 예리해졌다.

전신의 마력을 전부 오른손에 끌어모으자, 검신에서 타오르던 검은 오러가 더 거세지며 급기야 폭주하기 시작했다.

베르의 눈에는 마치 오러가 공간을 왜곡시키는 것처럼 보였다.

이럴 수가!

베르는 의식하지도 못하는 사이, 한 걸음 뒤로 물러서고 만 자신을 발견했다.

분명 투기가 이쪽을 향하는 게 아니라는 사실을 알고 있으면서도 자신을 물러서게 만드는 섬뜩한 마력.

베르는 떨리고 있는 자신의 두 손을 바라보았다.

'주군…….'

충성 외의 감정이라고는 눈을 씻고도 찾아볼 수 없었던 베르가 처음으로 나무 모양의 마수에게 연민을 느낀 순간.

자신에게 다가올 미래를 전혀 예상하지 못하는 철갑목이 분노의 포효를 내질렀다.

“꾸에에에에에에에-!”

붉게 충혈된 철갑목의 두 눈이 향한 곳은 당연히 진우의 얼굴.

철갑목의 아가리가 건물 입구처럼 넓적하게 쩍 벌어졌다.

입안에 진우를 집어넣기 위해 놈이 커다란 몸뚱이를 뒤뚱거리며 뛰어올랐을 때.

진우는 오른쪽 단검 끝에 모았었던 자신의 마력을 일시에 해방했다.

‘가라!’

방금 베르에게 주문했던 것처럼 있는 힘껏.

발끝, 다리, 허리, 어깨, 그리고 손목까지 온몸을 이용해 전력으로.

그리고 그 결과는.

‘어?’

단검을 휘두르던 본인조차 무언가 잘못됐음을 바로 깨달을 수 있었다.

‘어!’

가가가가가가각!

단검 끝에서 수 갈래로 쏟아져 나간 검은 오러는, 어마어마한 크기의 흉포한 짐승이 발톱을 휘두른 것처럼 전방에 있던 모든 걸 쓸어버렸다.

1초를 수십, 수백 단위로 쪼개서 감지할 수 있는 진우의 동체 시력은 오러가 철갑목을 찢는 순간을 똑똑히 볼 수 있었다.

‘맙소사!’

그러고도 멈추지 않은 힘은 체육관 바닥과 벽에 단검 방향을 따라 무시무시한 흉터를 남겼다.

"허어……."

진우은 할 말을 잃었다.

후두둑.

툭.

발톱 자국처럼 길게 구멍이 뚫린 체육관의 벽에서 돌조각들이 하나둘 떨어지더니, 결국 버티지 못하고 일제히 무너져 내리기 시작했다.

와르륵-

쿵!

헌터들의 자유로운 활동을 위해 마력으로 보강시켜 놓은 체육관의 벽면이 단 한 번의 공격에 붕괴되고 만 것이다.

박살 나 산처럼 쌓이고 있는 벽의 잔해를 바라보던 진우가 경악했다.

"사용자에 따라 훨씬 더 강한 무기가 될 수 있다는 게 이런 의미였어?"

드래곤의 사체로 만들어졌다는 마력 무기.

이건 진짜였다.

"왕이시여!"

왕의 힘에 감동한 베르가 급하게 뛰쳐나와 진우 앞에 무릎을 꿇었다.

"주군의 강대하고 강대한 힘에 이 나약한 종은 실로 감격을 금치 못하겠사옵니다!"

"……."

아무래도 진짜 사극 채널을 당분간 막아 둬야 할 것 같다.

사극을 좋아하시는 어머니께는 슬픈 소식이지만.

그래도 베르가 이렇게 기뻐 날뛰는 이유를 이해하지 못하는 바는 아니었다.

진우 자신도 상상을 초월하는 힘에 심장이 쿵쾅거리고 있으니까.

'카미쉬의 분노'가 남긴 흔적.

하늘을 뒤덮을 정도 크기의 드래곤이 온 힘을 다해 할퀴면 이렇게 될까?

진우는 갈래갈래 찢어진 철갑목의 사체와 처참하게 무너진 벽, 그리고 깊숙하게 파인 바닥을 둘러보며 혀끝을 찼다.

'단검들 이름을 카미쉬의 분노가 아니라 드래곤의 발톱으로 해야겠는데?'

물론 사용자가 자신이기에 이만한 위력이 나올 수 있었겠지만 말이다.

그때.

'띠링' 하며 경쾌한 기계음과 함께 메시지가 떠올랐다.

[아이템 : '카미쉬의 분노']의 아이템명을 [아이템 : '드래곤의 발톱']으로 바꾸시겠습니까?

예상치 못한 시스템의 반응에 진우가 화들짝 놀랐다.

'이거 바꿀 수도 있는 거였어?'

급히 명령을 철회한 진우는 메시지가 사라지고 나서도 이름이 그대로인 것을 확인하고는 안도의 한숨을 내쉬었다.

"휴-."

큰일 날 뻔했네.

자기가 만든 아티팩트의 이름이 '카미쉬의 분노'에서 '드래곤의 발톱'으로 바뀌었다는 사실을 알면 제작자도 편히 눈을 감지 못할 것이다.

듣기만 해도 손발이 오그라들지 않는가.

예나 지금이나 한결같이 불친절한 시스템에 진우는 피식 웃음이 나왔다.

어쨌든.

새 무기의 위력은 만족스러웠다. 예리함도, 파괴력도 전의 단검들과는 궤를 달리했다.

흡족한 미소를 지으며 '카미쉬의 분노'들을 번갈아 보던 진우가 두 녀석을 인벤토리로 돌려보냈다.

'자, 테스트도 끝이 났으니…….'

슬슬 뒷정리를 해야 할 텐데.

무기들의 힘에 취해 있다 이제 현실이 눈에 들어오기 시작한 진우는, 무너진 체육관의 한쪽 벽면을 보고 자신의 가슴도 무너짐을 느꼈다.

잠깐 빌리기로 했던 체육관을 이 모양으로 만들어 놨으니.

……이를 어쩐다.

곰곰이 고민해 보던 진우가 우진철 협회장에게 전화를 넣었다.

"협회장님, 일단 흥분하지 마시고 차분히 들어 보세요. 저한테 정말 작업 하나는 끝내주게 하는 개미들이 3백 마리 정도 있는데……."

*　*　*

게이트들이 사라진 지 3일째.

그동안 레이드에 많은 시간을 할애해 왔던 진우는 최근 무료한 시간을 보내고 있었다.

침대에 누워 있는 진우의 위에서 '카미쉬의 분노'가 빙글빙글 회전했다.

손이 심심한 학생들이 볼펜을 돌리는 것처럼 진우는 따분함을 달래기 위해 '지배자의 권능'을 활용 중이었다.

물론 어떤 상황에서건 훼방꾼은 존재하는 법.

화장실에 가던 여동생이 갑자기 방향을 바꿔 방문을 열어젖히자, 순식간에 단검을 창고로 돌려보낸 진우가 딴청을 피웠다.

"오빠 또 칼 돌리고 있었지?"

정확히는 '지배자의 권능' 스킬 조작 연습이지만.

걱정 많은 여동생 눈에는 위험한 장난으로밖에 보이지 않는 것이다.

"아니."

증거를 완벽하게 인멸해 버린 진우가 오리발을 내밀자 진아의 눈이 실처럼 가늘어졌다.

의심스럽지만 아무 말도 할 수 없는 상황.

S급 헌터들 중에서도 남다른 오빠가 작정하고 증거를 숨기면 일반인인 자신이 어떻게 알겠는가?

한참 의심스러운 눈길로 진우를 응시하던 진아가 한숨을 내쉬었다.

"오빠."

"응?"

"그렇게 심심하면 밖에도 좀 나가고 그래. 오빠 이렇게 쉬어 보는 것도 오랜만이잖아."

어머니께서 해야 할 법한 잔소리를 늘어놓는 여동생.

진우는 피식 웃으며 잘 것처럼 눈을 감았다.

"내가 갈 데가 어디 있어?"

"오빠는 뭐 약속 같은 거 없어? 친구라든가."

친구, 친구라.

묘한 울림이 있는 단어에 감고 있던 눈이 다시 뜨였다.

많은 얼굴들이 진우의 머릿속을 스쳐 지나갔지만, 그중에서도 유독 선명한 얼굴이 하나 있었다.

모든 헌터가 강제로 임시 휴업이 된 지금, 그녀도 자신과 상황이 다르지 않을 것이다.

그림자 병사와의 시야 공유를 통해서 피치 못하게 그녀의 알몸을 봤을 때, 그녀에게 식사라도 대접해 속죄하겠다고 다짐하지 않았는가.

평소엔 자신도, 그녀도 바빠서 만나기 힘들었지만 지금은 다르다.

어쩌면 그녀도 심심함을 견디지 못한 나머지, 자신처럼 검 같은 걸 돌려 대고 있을지도 모른다.

마음의 빚을 덜어 낼 수 있는, 좋은 기회였다.

"좋은 생각이야, 동생."

진우가 벌떡 일어나 앞에 서자 흠칫 놀란 진아가 한 걸음 물러섰다.

"뭐, 뭐야?"

"실례."

진우는 자연스럽게 동생을 지나쳐 욕실로 향했다.

오빠의 표정이 심상치 않다는 사실을 직감한 진아가 씻으러 들어가는 진우에게 물었다.

"왜? 어딜 가려고?"

진우는 동생에게 미소를 지어 보이며 말했다.

"데이트."

* * *

"그만."

목검을 돌리던 차해인의 손이 멈추었다.

하얀 도복이 땀에 젖어 몸에 착 달라붙을 정도로 연습에 몰두하고 있던 차해인이 사범에게 몸을 돌렸다.

낡은 도복을 입고 있는 노인.

팔이 하나 없는 그가 그녀에게 잠깐 자리에 앉아 보라고 손짓했다.

고개를 끄덕인 차해인이 공손히 무릎을 꿇고 앉으며 옆에 목검을 내려놓았다.

노인은 그녀의 스승.

이미 S급 헌터로서 신체적 능력은 그녀를 따를 수 있는 이가 얼마 없었지만, 그녀는 자신의 신체 조건을 극대화시켜 줄 뛰어난 기술들이 필요했다.

그렇게 선택한 것이 한적한 검도장이었고, 그녀는 시간이 날 때마다 틈틈이 이곳에 들러 자신의 검을 갈고닦았다.

하루도 게을리 보내지 않는 그녀를 기특하게 여기는 스승, 송치열이 그녀 앞에 마주 앉았다.

"요즘 들어 부쩍 해인 양의 검 끝에서 주저함이 보이는 것 같구먼."

스승의 말에 차해인이 숙이고 있던 고개를 들었다.

그녀의 얼굴은 굳어 있었다.

그렇게 시선을 마주한 채, 송치열이 조용히 말을 이어 갔다.

"행여 마음속에 두려움이 생긴 것은 아닌지 걱정되는구먼."

"……."

대답하지 않는 차해인.

도장을 운영하면서도 협회의 요청이 있을 때마다 마수 사냥에 나서고 있는 송치열은 같은 헌터로서 그녀의 두려움을 충분히 이해할 수 있었다.

여태껏 보지 못한 게이트.

거기서 어떤 상상도 못 할 흉악스러운 괴물들이 튀어나올지는 아무도 알지 못하는 것이다.

강한 사람이라고 두려움이 없는 것이 아니다.

오히려 강하기 때문에, 그렇지 못한 사람들은 알지 못할 두려움을 더 뼈저리게 느낄 수도 있는 것이다.

송치열은 옛일을 떠올리는 듯 눈을 감고서 고개를 천천히 끄덕였다.

"두렵겠지. 왜 안 그렇겠는감. 나도 그랬지. 해인 양이 겪은 괴물들이야 내가 만났던 것들과 비교할 수 있겠느냐마는 나도 팔을 잃게 되었을 때……."

그때.

걸리지 않게 구석으로 치워 두었던 차해인의 헌터폰이 울렸다.

"헌터가 전화를 받지 않아서야 되겠는감?"

"죄송합니다, 사범님."

고개를 숙여 보인 차해인이 달려가 전화를 받았다.

그런데.

전화가 끝나고 다시 대화가 이어지길 기다리던 송치열의 눈에 환해지기 시작한 차해인의 표정이 들어왔다.

'음……?'

그녀는 최대한 내색하지 않으려 했지만, 평소 워낙 감정 표현이 적었던지라 송치열은 그 표정 변화를 쉽게 눈치챌 수 있었다.

통화를 끝낸 차해인이 조심스럽게 송치열에게 걸어왔다.

"사범님 저…… 약속이 생겨서 그만 가 봐야 할 것 같습니다."

붉게 상기된 뺨.

생기가 도는 눈빛을 보고 송치열은 자신의 생각이 틀렸음을 알았다.

그녀의 검 끝에서 보였던 망설임은 두려움에서 나온 것이 아니었다.

"가 봐야지. 그럼, 가 봐야지."

송치열은 얼떨결에 고개를 끄덕이며 승낙했다.

"그럼."

짧게 인사를 하고 가벼운 걸음으로 도장을 나가는 차해인을 바라보며, 송치열은 그제야 뒤늦게 슬며시 입가에 미소를 띠었다.

"그랬구먼…… 그랬었구먼."

허허.

저렇게 참하고 성실한 처자에게 사랑받는 운 좋은 사내는 누구일지 생각해 보면서.

송치열은 아끼는 제자의 들뜬 얼굴에 자신 또한 흐뭇한 얼굴이 되었다.

* * *

“저기 성진우 헌터 아냐?”

“어디, 어디?”

“헐…… 진짜 성진우야.”

주말을 맞아 놀이공원을 찾아온 많은 방문객들이 진우를 알아보고 신기하다는 눈빛을 보내왔다.

“옆에 여자는 누구야? 여친인가?”

“가만…… 저 여자 헌터스 차해인 헌터 아니야?”

“헐! 대박!”

“뭐야, 두 사람 사귀고 있었어?”

움직임에 걸리적거리지 않도록 항상 단정한 숏 커트를 유지하고 있는 여성.

차해인은 아직 자신을 둘러싼 사람들의 시선에 익숙하지 않은지 고개를 약간 떨어뜨리고는 자그마한 목소리로 물었다.

“이런 데 좋아했었어요?”

진우가 웃으며 말했다.

“딱히 좋아하진 않지만 꼭 한 번은 와 보고 싶었거든요.”

마수를 벨 때의 얼음장 같은 표정은 어디 가고 아이 같은 얼굴로 웃는 진우를 바라보며, 차해인은 자신의 가슴이 그 어느 때보다 빠르게 뛰고 있다는 사실을 깨달았다.

그런데 옆에 있는 이는 S급 헌터 중에서도 특출한 남자.

이렇게 시끄럽게 뛰는 심장 소리를 듣지 못할 리가 없다는 생각에 차해인의 뺨이 뜨거워졌다.

조금이라도 더 진우의 주위를 돌리기 위해 그녀는 다른 질문을 꺼냈다.

“꼭 한 번은 와 보고 싶었던 곳에 왜 저를…….”

“친구가 해인 씨뿐이라서.”

“네?”

언제부터 성진우 헌터와 친구처럼 지내기로 했더라?

없는 기억을 떠올리려 노력하던 차해인이 무심코 고개를 들어 올렸을 때, 서로 눈이 마주치게 된 진우가 장난스러운 미소를 지었다.

“왜, 그 이상한 조각상 앞에서…….”

아, 그날.

진우를 구하러 이중 던전으로 들어갔던 날, 거기서 만난 말을 하는 천사상이 물어 왔었다.

“너와 성진우는 어떤 관계냐?”

“……친구.”

아마도 진우는 그때의 대답을 기억하고 있는 듯했다.

“그거 듣고 있었어요?”

“들리더라고요. 남들보다 귀가 좋은 편이라.”

뭔가 조금 억울한 기분이 들었지만, 그때도 역시 진우를 구하기는커녕 역으로 도움을 받고 말았다.

진우의 도움으로 몇 번이나 목숨을 건졌다는 사실이 새삼 실감 났다.

"그런데…… 그 이상한 던전은 결국 정체가 뭐였어요?"

언젠가 듣기로 했던 설명.

하지만 진우는 아직 대답할 때가 아니라고 생각했다.

"다음에 생각이 좀 정리되면 그때 말해 줄게요. 나도 지금은 뭐가 뭔지 잘 모르겠어서."

차해인은 알겠다는 듯 고개를 끄덕거렸다.

잠시 대화가 끊긴 사이, 진우가 문득 주변을 둘러보았다.

"여기! 여기도 좀 봐 주세요!"

"저 헌터님 팬이에요!"

마치 유명 연예인이 번화가를 걸을 때처럼 벌 떼같이 몰려든 사람들이 휴대폰을 들이대고 있었다.

이제 사람들에겐 어지간한 슈퍼 스타들보다 진우의 얼굴이 더 익숙했다.

극초대형 게이트가 생성된 뒤로 채널 어디를 틀어도 진우의 얼굴이 보였던 탓이었다.

평소라면 웃어넘길 일.

하지만 동행까지 있는 휴식 시간을 방해받고 싶지는 않았다.

'나와라.'

진우가 지시를 내리자, 무보수로도 누구보다 열심히 일하는 진우의 개인 보디가드들이 모습을 드러냈다.

이그리트와 정예 기사들.

그림자에서 튀어나온 30기의 기사들이 진우와 차해인을 둥글게 에워싸고는 보조를 맞춰 척척 걸었다.

특히 이그리트는 카메라 플래시가 터지는 곳을 일일이 찾아가 검지를 세워 흔들며 주의를 주었다.

기사들의 에스코트를 받으며 걷게 된 차해인이 당황스러워했다.

"이렇게 하는 게 훨씬 더 눈에 띄지 않을까요?"

"우리 눈에만 안 보이면 됐죠."

어쩐지 설득력이 있어서 차해인의 고개가 절로 끄덕거려졌다.

아닌 게 아니라 사방에서 쏟아지던 시선들이 사라지니 정말로 마음이 편해지는 기분이었다.

그러고 보니 이렇게 가벼운 마음으로 외출한 적이 얼마 만이던가?

헌터가 되고 나서 약 2년.

그동안 그녀는 한 번도 마음 편히 쉬어 본 기억이 없었다.

레이드에서 빠지는 날은 동료들이 다칠까 봐, 레이드에 합류한 날은 행여 실수가 있을까 봐.

늘 촉각을 곤두세우고 긴장된 시간을 보내야 했다.

하지만.

'……이 사람과 있을 때는 달라.'

자신이 기댈 수 있는 남자.

진우와 함께 있으면 자신을 의지하는 동료들의 기대에 부응해야 하는 의무에서 벗어나, 그냥 한 명의 여자로 돌아간 것 같은 기분이 들었다.

한 걸음.

자신도 모르게 진우에게 붙어 선 차해인의 볼이 빨갛게 물들었다.

'향기가…… 나.'

한결 표정이 밝아진 차해인을 보고 진우가 뒤늦게 후회했다.

'진작부터 이럴걸.'

진우는 탈것들을 둘러보다 아찔한 높이에서 초고속으로 떨어져 내리는 놀이 기구를 가리키며 물었다.

“저거 타 볼래요?”

“네.”

너무 쉽게 나온 대답에 진우가 다른 놀이 기구를 가리켰다.

“저건 어때요?”

“좋아요.”

“그럼 그 옆에 건요?”

“그것도 좋아요.”

“다 좋아요?”

“네, 다 좋아요.”

상기된 얼굴로 대답하는 차해인을 바라보며 진우가 피식 웃었다.

‘뭐야, 나만 이런 데 오고 싶었던 게 아니었네.’

싫어하는 기색이 아니라 마음이 놓인 진우가 그녀의 손목을 가볍게 잡고 가장 가까운 놀이 기구로 이끌었다.

“그럼 전부 다 타 보죠, 우리.”

* * *

하지만.

기대했던 것만큼의 재미는 없었다.

꺅! 꺅!

으아-!

운 좋게 롤러코스터의 가장 앞 좌석에 앉게 된 진우는 비명을 질러 대는 사람들 속에서 별 감흥 없이 빠르게 지나쳐 가는 풍경들을 감상했다.

'어? 저 꼬마 저러다가 아이스크림 흘리겠네. 엇, 역시나. 잠깐, 음식점 코너가 저쪽이던가? 근데 아직 저녁 먹기엔 시간이 좀 이르고…….'

흠.

롤러코스터가 가속하는 순간, 모든 배경들이 저속 재생하는 영상처럼 느릿해진 까닭에 진우는 별수 없이 지루한 시간을 보내고 있었다.

마음만 먹는다면 롤러코스터가 멈출 때까지 서서 탈 수도 있을 것 같았다.

'…….'

나오려는 하품을 힘겹게 참아 내던 진우가 뒤를 돌아보았다.

타 보고 싶다고 지원한 이그리트와 병사들 몇몇 뒤로 즐거운 비명을 지르는 사람들의 모습이 눈에 들어왔다.

그들의 안면 근육 하나하나에서 현재 그들이 느끼고 있는 스릴감과 즐거움이 전해져 왔다.

터질 듯 박동하고 있는 그들의 심장 소리들이 들려왔다.

그 반면.

슥.

평상시처럼 차분히 뛰고 있는 자신의 심장을 손으로 느껴 본 진우가 슬며시 웃었다.

차라리 아득한 높이에 있던 초거대 신상의 얼굴에 한 방 먹여 주기 위해 온 힘을 다해 뛰어올랐던 때가 훨씬 더 신났다.

'페널티 존의 지네들에게 쫓겨 다닐 때는 또 어떻고.'

지금보다 백 배, 아니 만 배는 더 무서웠었지 그때가.

아차차.

진우는 상념을 떨치기 위해 고개를 빠르게 저었다.

'이런 곳까지 놀러 와서는 괴물들이나 떠올리고 있다니.'

나도 참 병이 아닌가 하는 걱정이 들 무렵.

진우는 자신과 비슷한 표정으로 앉아 있는 동행을 발견했다.

피식.

웃음이 나왔다.

진우는 멍하니 생각에 잠겨 있던 차해인에게 물었다.

"여기서 노는 거 재미없어요?"

"아…… 아뇨. 재밌어요."

상대의 감각이 예민하니 남들처럼 큰 소리로 외치지 않아도 된다는 사실도 좋았다.

"그런데 왜 소리 한번 안 질러요?"

그동안 갈아탄 놀이 기구만 무려 다섯 개째.

전부 스릴감 만점이라는 놀이 기구들이었지만, 그녀는 그 흔한 '아' 소리 한번 내지 않았다.

그녀도 S급 헌터.

진우 자신만큼은 아니라도 그녀 또한 일반인의 범주를 까마득하게 벗어나 있는 것이다.

왠지 자신만 혼자 동떨어져 있는 것이 아니라는 사실에 안심이 되었다.

그 순간.

문득 진우는 자신이 보는 세계를 그녀에게도 보여 주고 싶어졌다.

진우의 의도를 감지한 베르가 진우를 만류했다.

[왕이시여…… 그 여자에게는 위험할 수도 있습니다.]

'괜찮아. 해인 씨가 떨어지면 네가 책임지고 받아 내라. 혹시라도 놓치면…… 알지?'

[……뜻을 받들겠나이다.]

방해자도 사라졌겠다, 진우는 차해인에게 말했다.

"우리 이런 거 말고 진짜 재밌는 거 타러 갈래요?"

"진짜…… 재밌는 거요?"

롤러코스터가 멈춰 서자, 진우는 의아해하는 차해인을 데리고 광장으로 걸음을 옮겼다.

우와-!

사람들은 두 사람을 호위하는 검은 기사들을 보고 탄성을 터트렸다.

그러나 곧 그들의 탄성은 비명으로 바뀌었다.

"헉!"

"저게 뭐야?"

그림자 병사들이 사람들을 뒤로 물려 공간을 확보했다. 그리고 이내 그곳에서 솟아올라 온 거대한 검은 마수가 날개를 퍼덕거리며 하늘을 향해 포효를 내질렀다.

키아아아악-!

이렇게 가까이서 비룡을 보는 것이 처음인 차해인의 반응도 구경꾼들과 별반 다르지 않았다.

"세, 세상에……."

눈을 동그랗게 뜨고 있는 차해인에게, 진우가 손짓했다.

"올라와요, 일른."

어느새 비룡의 허리에 올라타 있는 진우를 보고 그녀가 아연실색했다.

“이걸…… 이걸 탄다고요?”

“말했잖아요.”

보다 못한 진우가 ‘지배자의 권능’ 스킬로 그녀를 끌어올렸다.

“아!”

보이지 않는 힘에 끌려가자 그녀가 놀란 듯 소리를 냈다.

하지만 진우가 기대하는 반응은 거기서 끝이 아니다.

이제 시작일 뿐.

입을 다물지 못하고 있는 차해인을 뒤에 앉힌 진우가 카이셀에게 지시했다.

“위로.”

키아악-!

기다렸다는 듯 카이셀이 큰 날개를 퍼덕거리며 날아올랐다.

점점 멀어지고 있는 사람들을 내려다보며 차해인은 침을 꼴깍 삼켰다.

확실히.

놀이 기구 따위를 탈 때의 긴장감과는 차원이 달랐다.

자연스레 손이 진우의 허리를 감게 되었다.

이제 구경꾼들의 모습이 보이지 않을 정도의 높이가 되자 차해인의 목소리가 커졌다.

“저, 저기.”

“예?”

“저 개미는 왜 따라 날고 있는 거죠?”

진우가 고개를 내밀어 아래를 내려다보니 카이셀 밑으로 따라 올라오는 베르의 모습이 보였다.

녀석의 비장한 표정에 진우는 자신도 모르게 웃음이 새어 나왔다.

"안전 요원요!"

"네?"

"꽉 잡아요. 지금부터 날 거니까."

"네에?"

더 이상 설명이 필요할까?

진우는 자신의 허리에 감긴 차해인의 팔에서 엄청난 압력을 느꼈다.

'이거 평범한 남자였으면 허리가 접혔겠는데?'

그만큼 그녀가 두려움을 느끼고 있다는 이야기.

작전이 벌써 반 정도는 성공한 진우가 신난 목소리로 말했다.

"카이셀, 최고 속도로!"

키악!

전력을 다해 비행을 시작한 카이셀의 뒤로, 오늘 처음으로 터져 나온 차해인의 비명 소리가 길게 이어졌다.

* * *

바람을 가르고 날아가는 한 마리의 작은 용.

쉬익-!

카이셀을 탄 진우는 뒤에 있는 이가 S급 헌터가 아니라면 갈 수 없었을 곳을 마음껏 날았다.

비바람이 몰아치는 구름 속에 들어가기도 했고, 높은 산맥을 스치듯 아슬아슬하게 날기도 했으며, 끝도 없이 펼쳐진 설원 위를 지나가기도 했다.

그중에서도 가장 아름다웠던 광경은 역시 바다 위에서 바라보는 석양이었다.

카이셀이 서서히 속도를 줄였다.

두 사람은 서늘히 뺨을 스쳐 가는 바닷바람과 함께 하늘을 주홍빛으로 물들이며 바다 저편으로 저물어 가는 태양을 지켜보았다.

물들어 버린 하늘처럼, 황홀한 풍경을 바라보는 차해인의 눈도 붉게 빛났다.

문득 그녀는 궁금해졌다.

“진우 씨.”

“네?”

“이런 경험을 하고 있으면서 왜 놀이공원 같은 곳에 간 거예요?”

“그 놀이공원…….”

감상에 젖어 있던 진우가 천천히 말을 이었다.

“우리 아버지가 실종된 게이트가 생성되었던 곳이에요.”

“아.”

아버지가 실패하고 던전 브레이크가 터졌다면 문을 닫았을 공원에는 지금도 사람들이 넘쳐 났다.

처음엔 가족들을 남겨 두고 그렇게 떠나 버린 아버지를 원망하기도 했었지만.

지금은 거기서 웃고 떠드는 다른 가족들을 보는 것만으로도 비어 버린 가슴속의 무언가가 채워지는 느낌이 들었다.

그러니까 그걸로 됐다.

"그래서 언젠가 꼭 한 번은 가 보고 싶었어요."

쓸쓸히 말하는 진우의 등을 차해인이 말없이 안아 주었다.

그녀의 따스한 온기가 등으로 전해져 왔다.

차해인은 말했다.

"고마워요."

갑작스레 나온 인사에 진우가 뒤를 돌아보았지만 등에 밀착해 있는 차해인의 모습이 보일 리는 만무했다.

"네?"

"인사…… 확실히 해 두고 싶었어요. 그동안 늘 도움만 받았으니까."

맞닿아 있는 등에서, 숨결이 와 닿는 목에서, 요동치고 있는 심장에서 그녀의 진심이 느껴졌다.

그래.

그러니까 그걸로 된 거다.

옅게 웃음 지던 진우가 카이셀의 방향을 반대로 돌렸다.

"이제 우리 어디로 가는 거예요?"

어쩐지 아쉬운 듯한 목소리로 묻는 차해인에게 진우가 대답했다.

"보여 주고 싶은 게 있어요."

* * *

먼 길을 날아와 도착한 곳은 한국이 아닌 일본이었다.

출입 금지 지역이 되어 인간이 없음은 물론이고, 동물들조차 흉흉한 마수들의 기운을 피해 도망가 아무도 살지 않는 곳.

작은 생물의 숨소리조차 들리지 않는 넓은 숲 지역에 카이셀이 내려섰다.

키악-!

바닥에 몸을 바짝 엎드린 카이셀 위에서 먼저 내려선 진우가 차해인을 도우려고 돌아섰다.

"조심해서……."

진우가 손을 채 뻗기도 전에 가볍게 안착한 차해인이 어깨를 으쓱했다.

잠깐 그녀의 직업을 잊고 있었던 진우가 실소를 흘렸다.

"여긴……?"

오늘 상상했던 것 이상만을 보아 온 차해인은 기대에 가득 찬 눈빛으로 주위를 둘러보았다.

하지만.

이 근방에는 끝이 보이지 않는 수해 말고는 볼 게 없었다.

진우는 시스템 상점에서 산 모포를 바닥에 깔며 말했다.

"미리 말해 주면 재미없으니까 일단 누워 볼래요?"

"네?"

잘못 들은 것일까?

그러나 S급 헌터의 청각이 이렇게 또렷한 발음을 잘못 들을 일도 없거니와, 모포 위의 진우는 벌써 누울 준비를 끝낸 상태였다.

"어서요."

아무렇지 않게 독촉하는 진우를 보는 차해인의 가슴이 터질 듯 쿵쾅거리기 시작했다.

"진심…… 이에요?"

차해인은 다시 한번 진우의 뜻을 확인했다.

그러나 진우는 조금의 흔들림도 없이 진지하게 고개를 끄덕였다.

머뭇거리던 차해인이 다가오는 것을 보고 진우는 천천히 자리에 누웠다. 곧 차해인도 큰 결심을 한 듯 진우 옆에 누워 다리를 반듯이 폈다.

"준비…… 됐어요."

눈을 질끈 감고서 말하는 차해인에게 진우가 말했다.

"그럼 눈을 떠 봐요."

살며시 눈을 뜨는 그녀에게 진우는 말없이 하늘을 가리켰다.

그리고 쏟아지는 별빛.

"아……."

하늘을 가득 채운 별빛들의 향연에 차해인은 자신도 모르게 탄성을 터트리고 말았다.

아름답다.

아름답다는 단어 말고는 그 어떤 수식어로 이 광경을 표현할 수 있을까?

차해인의 반응에 만족한 진우가 흐뭇하게 웃으며 말했다.

"던전 브레이크를 처리하러 여기 들렀다가 이 밤하늘을 보게 됐죠."

지친 몸을 뉘고 눈을 감았는데 주변이 너무 밝아서 도무지 잠을 청할 수가 없었다.

그렇게 짜증을 내면서 눈을 떴더니 펼쳐진 것은 온 하늘을 둘러싼 별들의 메아리.

그 별빛들을 지켜보는 것만으로도 가슴이 뭉클 벅차올랐다.

"누군가와 같이 이 밤하늘을 볼 수 있으면 얼마나 좋을까, 그렇게 생각했었습니다."

아무 소리도 들리지 않는 조용한 숲속에서 별빛만이 가득한 밤.

진우는 이 느낌을, 이 순간을 누군가와 공유하고 싶었다.

그 결과는 다행히.

자신이 느끼는 것을 같이 느낄 수 있는 사람이 가까이에 있다는 사실은 강한 안도감을 주었다.

덩어리져 있던 마음이 부드럽게 풀어지는 기분이 들었다.

그런데 그때.

'어……?'

진우는 자신의 손등 위로 올라오는 차해인의 손을 느꼈다.

"손…… 잡아도 돼요?"

이미 잡고 있으면서.

미소를 지은 진우가 손등의 위치를 바꾸어 깍지를 꼈다.

차가우면서도 부드러운 여성의 손이 손안에 가득 담기었다.

조용히, 아주 조용히.

겹쳐지는 두 사람의 머리 위로 무수한 별빛들이 쏟아져 내렸다.

3. 짐승들의 왕

3. 짐승들의 왕

다음 날.

운동선수나 인기 연예인의 소식 대신 헌터들의 이야기로 채워지기 시작한 지 오래인 스포츠 신문 일면에, 자극적인 제목의 기사 하나가 실렸다.

『놀이공원을 찾은 성진우와 차해인, 사상 최강의 커플 탄생?』

기사에는 놀이공원을 방문했던 두 사람의 모습이 담겨 있는 휴대폰 사진들과, 마수를 타고 어디론가 향하는 마지막 사진이 대문짝만하게 나와 있었다.

원래 정보 보호를 받고 있는 두 헌터의 사생활은 게재가 불가능하지만.

엄청난 특종에 눈이 돌아간 신문사 측에서 몇 가지 제재를 각오하고서 기사를 터트리고 말았다.

반향은 엄청났다.

이름만 대면 모르는 사람이 없는 두 S급 헌터의 스캔들은, 연일 쏟아지는 극초대형 게이트 관련 기사들에 지쳐 있던 사람들에게 새로운 활력을 불어넣어 주었다.

세계 최고의 남성 헌터와 한국 최고의 여성 헌터.

사람들은 폭발적인 관심을 보였다.

특히 인터넷에서 두 사람의 소식이 더 격렬하게 퍼져 나갔다.

[이거 성진우 차해인이 결혼해서 애 낳으면 성진우 2세가 마수들 다 때려잡는 각 아니냐?]

ㄴ성진우 2세 ㅋㅋㅋㅋㅋㅋ

ㄴ아직 정식으로 사귄다고 발표도 안 났는데 호들갑 떠는 거 봐라, 쯧쯧

ㄴ그렇게 치면 성진우 아빠 엄마는 초특급 헌터라서 성진우가 나왔냐? 헌터가 어떻게 힘을 각성하는지도 모르는 급식충일 듯.

ㄴ그래도 진짜 두 사람이 사귄다면 기대되는 것은 사실 아님?

ㄴ진짜였으면 좋겠다. 부부 싸움 한번 하면 주변 일대가 소멸 ㅋㅋㅋㅋㅋ

[난 서울 근교에 사는데 강남 근처 지나가다가 하늘에 뜬 게이트 보고 세상 멸망하는 줄 알았다. 근데 헌터들이 연애도 하고 놀러도 다니는 거 보면 아직 희망이 있다고 느껴져서 안심이 됨.]

ㄴ이거 ㅇㅈ

ㄴ이 기회에 게이트 특집 방송들 좀 그만 내보냈으면 좋겠다.

ㄴ성진우 헌터님 차해인 헌터님 극초대형 게이트든 슈퍼초대형 게이트

든 제발 막아 주세요!

"쯧쯧."

백호 길드의 사장, 백윤호는 혀끝을 차면서 신문을 덮었다.

어쩐지 전부터 성진우 헌터를 보던 차해인 헌터의 눈빛이 심상치가 않더라니 다 이유가 있었군.

하지만 그가 혀를 찬 건 두 사람의 교제 사실 때문이 아니었다.

"이거 기사 제목이 완전 엉터리잖아. 사상 최강의 커플이 뭐야, 커플이."

불만스러운 표정의 사장에게 마침 근처에 있던 안상민 과장이 물었다.

"왜 그러십니까? 제가 보기엔 성진우 헌터와 차해인 헌터 커플 정도면 충분히 최강의 커플이라고 불려도 될 것 같은데."

"성진우 헌터 옆에 어떤 여자를 붙여 놔도 최강 커플 탄생은 마찬가진데, 그게 기사 제목으로 무슨 가치가 있습니까?"

어라?

듣고 보니 그렇다.

진우 옆에 여자 헌터들을 한 명씩 대치시켜 보던 안상민은 백윤호의 설명에 고개를 끄덕였다.

성 헌터가 사귀는 사람이 그 여고생 헌터라고 하더라도, 두 사람을 이길 가능성이 있는 남녀가 떠오르지 않았다.

여고생 헌터는 그렇다 쳐도, 다른 한쪽이 너무 사기니까.

"정말 그러네요, 사장님."

"그렇다니까요."

다시금 고개를 끄덕이며 방금 자판기에서 뽑아 온 커피를 홀짝이던 안상민은 창가로 시선을 돌렸다.

"그런데 요즘 미세 먼지가 정말 심하네요. 요새는 창문을 열어 놓기가 겁납니다."

이맛살을 찌푸리며 반쯤 열려 있던 창문을 닫으려던 안상민.

하지만 백윤호가 그의 손길을 멈추게 만들었다.

"잠깐."

"예?"

안상민에게 다가간 백윤호는 그가 닫으려던 창문을 도리어 열고서 밖으로 손을 뻗어 보았다.

"이거…… 미세 먼지가 아닌데?"

손끝에 와 닿는 차가운 감촉.

이건 안개였다.

그것도 뼛속까지 시릴 정도로, 지독한 냉기를 담은 안개.

"이상한데?"

이제 겨우 가을의 중턱을 넘어선 이 시기에 서울 도심 전체를 뒤덮은 겨울 안개라니.

순간 오싹한 기운이 목 뒤를 훑고 지나갔다.

짐승의 눈동자를 한 백윤호가 창밖을 노려보며 굳은 표정으로 중얼거렸다.

"뭔가…… 뭔가 예감이 좋지 않아."

* * *

진우가 먼저 눈을 떴다.

해인은 어제 많이 지쳤었는지 아직 단잠에서 깨어나지 못하고 있었다.

이렇게.

누군가와 함께 맞는 아침이 얼마 만이던가?

진우는 해인이 깨지 않게 조심스럽게 빠져나와 숲속으로 걸음을 옮겼다.

'분명 이 근처였는데…….'

전에도 한 번 신세를 졌던 인근 시냇가에서 몸을 닦고, 다시 해인이 잠들어 있는 장소로 돌아오는 길에.

우뚝.

무언가를 발견한 진우가 그 자리에서 걸음을 멈췄다.

'이건……?'

싹을 틔운 작은 나무.

어디에서나 볼 수 있을 법한 어린 식물이었지만 잎의 색깔이 은빛으로 빛나고 있었다.

지구상에서는 아직 발견된 적이 없는 나무였다.

아니나 다를까.

나무에서는 진우가 아니었으면 감지하기도 힘들었을 아주 미미한 마력이 흘러나왔다.

'이 세상 것이 아니다.'

마수와 마력 파장이 다른 걸 보니 마수는 아닌데.

나무를 들여다보던 진우가 문득 고개를 들자 곳곳에 피어 있는 은색 잎사귀들이 보였다.

주변 나무들이 서서히 말라 가고 있는 것과는 대조적인 모습이었다.

'땅이…… 변하고 있다.'

이것도 그 지배자란 녀석들의 계획인 걸까?

아니면 마수들에 의한 후유증 같은 것일까?

손으로 파낸 흙의 냄새를 맡아 본 진우가 흙을 손가락으로 비비며 바닥에 조금씩 떨어뜨렸다.

흙에도 미세하게 마력의 냄새가 섞여 있었다.

어쩌면 인간만 알지 못하고 있을 뿐, 세계는 이미 마력과 뒤섞여 버린 것인지도 몰랐다.

그때 저 멀리.

잠에서 깨어난 해인의 인기척이 느껴졌다.

손을 털어 내며 진우는 몸을 일으켰다.

변해 가는 세계를 걱정하는 것도 중요하지만, 지금은 그것보다 훨씬 더 중요한 게 있었다.

자신이 없어진 걸 알고서 당황스러워할 해인을 안심시켜 주는 것.

일부러 기척을 드러내고서 다가오는 진우를 발견한 해인이 자그맣게 안도의 한숨을 내쉬었다.

진우가 웃으며 인사했다.

"잘 잤어요?"

뭣 때문인지 얼굴이 붉어진 해인은 시선을 피하며 대답했다.

"……네."

진우가 의아한 눈빛을 보내자 해인이 슬며시 고개를 들었다.

"어디 갔다 왔어요?"

조심스레 묻는 해인에게 진우가 목에 걸치고 있던 수건으로 머리를 닦아 내며 말했다.

"좀 씻고 왔어요."

그러고 보니.

씻고 싶은 것은 그녀도 마찬가지일 것이다.

특히 바닷바람은 조금만 맞아도 소금기가 몸에 남는다.

'그렇다고 숙녀를 이런 데서 씻게 할 수도 없고…….'

방법을 생각해 보던 진우가 얼굴에 미소를 띠었다.

거기라면 목욕도 식사도 한 번에 해결된다.

"이 근방에 조식이 끝내주는 호텔을 하나 알고 있는데, 거기 밥 먹으러 갈래요?"

말은 안 했지만 그렇지 않아도 배가 고팠는지 입을 앙다문 해인이 고개를 끄덕거렸다.

손을 뻗어 그녀를 일으켜 세워 준 진우가 카이셀을 불러냈다.

키아아아악-!

날개를 펼친 카이셀을 보고 해인이 고개를 갸웃거렸다.

"이 근방이라고 하지 않았어요?"

"제가 전력으로 달리면 5분 정도 거리라…… 그럼 같이 뛰어가실래요?"

진우의 속도로 5분.

그게 얼마나 먼 거리일지 가늠해 보던 해인은 군말 없이 카이셀 위에 올라탔다.

'이야기가 빨라서 좋네.'

씩 웃던 진우가 앞자리에 타자, 카이셀이 홰치며 날아올랐다.

한국에서는 카이셀의 모습이 자주 방송에 나와서 널했는데, 카이셀을 직접 보게 될 일본 호텔 직원들의 반응은 어떨지.

특히 요리사가 많이 놀라지 않기를 바라는 진우를 태우고, 카이셀은 호텔이 있는 방향으로 서서히 기수를 돌렸다.

* * *

'그것'은 갑자기 나타났다.

가장 먼저 '그것'을 발견한 사람은 방금 막 헌터협회에서 자신이 B급 각성자라는 측정 결과를 받고 나온 중년 남성이었다.

툭.

어느새 자신 앞에 나타난 '그것'과 어깨를 부딪치고 만 남성이 그 자리에 멈춰 섰다.

"어라?"

남성은 그림자를 따라 고개를 들어 올렸다.

눈앞에는 2미터가 훨씬 넘어 보이는 거구 사내가 버티고 서 있었다.

짐승의 가죽 같은 것으로 만든 옷을 걸치고 있는 사내에게서 느껴지는 것은 야성미.

아니, 미(美)라기보다는 야성 그 자체였다.

사내의 덩치가 워낙 시선을 잡아끄는 크기다 보니 멈춰 선 중년 남자와 사내에게 금방 사람들의 시선이 집중되었다.

"뭐야, 저기 싸우는 거야?"

"와! 저 남자 덩치 장난 아닌데? 마동욱도 한 수 접어줘야겠다."

"근데 저 아저씨 미쳤나 봐? 저러다 구급차에 실려 가려고."

사람으로 북적거리던 도로에 갑자기 무거운 정적이 내려앉은 느낌.

시선을 한 몸에 받게 된 중년 남자가 느낀 바로는 그러했다.

평소 같으면 바로 사과하고 물러났겠지만, 그때의 자신과 지금의 자신은 전혀 다르다.

상사에게 굽실거리고 부하에게 무시당하던 과거는 이제 없는 것이다.

'나는 B급의 각성자.'

B급이라면 헌터들 중에서도 상급.

덩치만 믿고 까부는 이런 '일반인'에게 비굴하게 고개를 숙일 필요가 전혀 없었다.

중년 남자는 자신이 들고 있던 서류 가방을 얌전히 내려놓고 목에 힘을 주었다.

"어이! 사람이 부딪혔으면 사과를 해야지?"

마력.

흥분한 심장이 거칠게 뛰기 시작하자 온몸 구석구석에서 격렬히 움직이고 있는 자신의 마력이 느껴졌다.

몸의 세포가 말하고 있다.

너는 살아 있다고.

넌 이제 헌터로서의 새 삶을 시작할 준비가 끝났다고.

자신의 기백에 눌렸는지 짐승 같은 사내는 아무 말도 하지 못한 채 가만히 서 있었다.

사내의 반응을 본 중년 남자가 조금 더 신을 내었다.

"그렇게 멀뚱멀뚱 서서 보고 있기만 하면 끝날 일인가? 사람이 잘못을 했으면 인정을 하고, 잘못을 저지른 사람에게 용서를 빌…… 아, 아아!"

사내가 우악스러운 손으로 중년 남자의 머리를 쥐고 들어 올리자, 지켜보고 있던 사람들에게서 비명 소리가 터져 나왔다.

"아! 아, 아아!"

손아귀에 쥐어짜이고 있는 중년 남자의 얼굴에서 굵은 혈관들이 불쑥불쑥 튀어 올랐다.

곰,

아니, 범.

사자, 상어, 악어, 독사, 세상에 존재하는 그 어떤 포식자가 인간에게 이토록 압도적인 위압감을 줄 수 있을까?

인간의 DNA에 각인되어 있는 맹수에 대한 공포가 중년 남자의 바지를 노랗게 적셨다.

"아…… 아……."

이윽고.

콰직!

뭔가가 으깨지는 소리와 함께 사방으로 피와 뇌수가 튀었다.

"꺄아아아아아악!"

사내는 거기서 그치지 않고 바닥에 축 늘어진 중년 남자의 시신을 게걸스럽게 먹어 치우기 시작했다.

"머, 먹고 있어!"

"으, 으아아!"

"뭐, 뭐야 저거? 뭐냐고!"

요란한 식사가 일순간에 끝나고, 사내는 살점이 덕지덕지 묻은 입가를 손으로 쓸어 내며 숙이고 있던 몸을 일으켰다.

짐승.

일말의 이성도 찾아볼 수 없는 사내의 눈은 분명 짐승의 것이었다.

비명을 지르며 도망간 사람도 많은 반면, 아직 사태를 파악하지 못하고 사내의 기행을 구경하고 있는 인간들도 많았다.

짐승은 그들을 향해 울부짖었다.

[들어라, 미천한 인간들아! 지금부터 내가 너희를 사냥하겠다!]

천둥 같은 포효에 마비된 사람들이 덜덜 떨며 눈물을 흘렸다.

어느새 돋아난 날카로운 송곳니가 울부짖고 있는 사내의 입술 사이로 위용을 드러냈다.

[내 이빨과 손톱이 너희 나약한 족속들의 피부와 살점을 모두 찢어발길 것이다!]

짐승들의 왕.

이빨을 드러낸 송곳니 군주의 포효가 도로 전체를 쩌렁쩌렁 뒤흔들었다.

[어디 한번 나를 막아 봐라!]

* * *

우진철 협회장은 시내 한복판에 아무 조짐도 없이 나타난 '끔찍한 것'에 대한 소식을 들었다.

"희생자는?"

"현재로선 희생자들의 숫자를 파악하기가 불가능합니다."

명동에서 처음 움직임이 포착된 '그것'은 시야에 들어오는 모든 인간들을 잡아 죽이며 직선 방향으로 움직이고 있었다.

"놈의 이동 경로로 계산했을 때 목적시로 예상되는 곳은……."

"헌터협회군."

아랫입술을 깨문 우진철이 주먹을 움켜쥐었다.

"게이트에만 신경 써도 머리가 아플 지경인데 그런 괴물은 또 어디서……."

하지만.

이렇게 분노하고 있을 틈은 없다.

어떻게든 놈을 막을 수 있는 방도를 생각해 내야만 했다.

"성진우 헌터님은?"

"연락이 닿지 않습니다."

"제기랄……."

무심코 튀어나온 욕설.

방금 그 괴물을 막기 위해 나섰던 길드 하나가 손 한번 제대로 써 보지 못하고 전멸했다는 소식이 들려온 참이었다.

마치 무언가를 기다리고 있는 것처럼 '그것'의 이동 속도가 그렇게 빠르지 않다는 것이 유일한 위안거리였지만, 놈을 멈추지 못하면 지금도 엄청난 피해자들의 숫자가 천문학적으로 늘어날 것이 불을 보듯 뻔했다.

그런 상황에서 국가 최고의 전력과 연락이 닿지 않는다는 보고는 최악의 상황을 가리키고 있었다.

'여차하면 나라도…….'

우진철이 각오를 다지며 굳게 다문 입속에서 이를 악물었을 때.

반가운 소식 하나가 날아 들어왔다.

"협회장님!"

허락도 없이 협회장실에 뛰어 들어온 직원을 보고 우진철이 자리에서 벌떡 일어났다.

"성진우 헌터님의 연락인가?"

"그건 아닙니다. 하지만 마침 그 근처에 있으시던 세계적인 헌터님 한 분이 놈을 막기 위해 대치 중이라고 합니다!"

"뭐? 누군데?"

"그게……."

* * *

독일 헌터계의 일인자.

레나트 니어만은 거리를 피로 물들이며 이쪽으로 다가오고 있는 괴물의 기운을 느꼈다.

'내가…… 할 수 있을까?'

하지만 한 명의 헌터로서 죄 없는 시민들의 비명 소리를 듣고도 모른 체할 수는 없는 일.

레나트는 미 헌터관리국 헌터 포인트 랭킹 12위인 자신을 알아보고 환해지는 사람들의 표정을 둘러보면서 막중한 책임감을 느꼈다.

그래.

할 수 있을까가 아니라 해야만 한다.

그것이 헌터로서의 사명감.

'어쩌면…….'

서울에 머물게 된 것도 저 괴물을 내 손으로 막게 하려는 운명의 장난일지도 모른다.

비장한 얼굴을 한 레나트가 가슴팍의 단추 몇 개를 풀고, 저 밀리 윤곽이 보이기 시작한 괴물을 향해 한 걸음을 떼려는 순간.

뒤에서 묵직한 목소리가 들려왔다.

"비켜."

* * *

통화권으로 들어서자마자 휴대폰이 쉴 새 없이 울려 댔다.

'헌터협회?'

수신인을 확인한 진우의 얼굴이 굳어졌다.

설마 잠깐 자리를 비운 사이 무슨 일이라도 생긴 것일까?

진우는 빠르게 전화를 받았다.

-허, 헌터님?

"네, 성진우입니다."

협회 직원의 다급한 목소리에서 뭔가 심상치 않은 분위기를 읽어 낸 진우가 의아해하며 물었다.

"무슨 일이죠?"

-그게 그러니까, 아니 협회장님께서 직접 말씀하실 겁니다. 바로 협회장님 연결해 드리겠습니다.

협회장이 나서야 할 사안.

보통 일이 아니란 사실을 알아차린 진우가 말없이 협회장의 응답을 기다리는 사이, 연결 대기음이 끝나고 기다렸다는 듯 우진철의 급한 목소리가 흘러나왔다.

-성 헌터님! 왜 연락이 안 되셨던 겁니까?

"방금 전까지 통화권 밖에 있었습니다."

잦은 던전 브레이크로 오염된 수해(樹海)에서는 바깥과의 연락이 원활히 되지 않았다.

그러나 지키고 싶은 사람들에게는 그림자 병사들을 하나씩은 다 붙여 놨기에 크게 문제 될 일은 없다고 생각했다.

'혹시 수해에 머무는 동안 하늘의 그 극초대형 게이트라도 열린 건가?'

그러기에는 아직 이틀 이상 남았을 텐데.

머릿속에 온갖 추측이 난무하기 시작한 진우가 우진철에게 대답을 재촉하기 직전, 우진철이 현재 발생한 비상사태를 간단명료하게 설명했다.

-서울 시내 한복판에 괴물이 나타나 난동을 부리고 있습니다!

철렁.

간만에 맛본 휴식에 들떠 있던 진우는 한순간 가슴이 내려앉는 것 같은 기분을 느꼈다.

"마수들의 규모는 어느 정도입니까?"

-규모라고 할 것도 없습니다. 단 하나입니다.

'하나?'

지금 서울에는 모든 헌터들이 집결해 있다.

극초대형 게이트에서 일어날 던전 브레이크를 방어하기 위해 모은 인원이니 시퍼렇게 날이 서 있을 것은 분명한 일.

심지어 협회에서는 장비가 부족한 헌터들에게 무기까지 지원했다.

'그런데 갑자기 나타난 마수 한 마리에게 꼼짝없이 당하고 있다고?'

의아한 기색의 진우에게 우진철의 설명이 빠르게 이어졌다.

-놈과 마주친 길드 하나가 순식간에 전멸했습니다. 아마도 보통

놈이 아닌 것 같습니다.

"놈의 위치는요?"

–현재는 서울 그랜드 호텔 부근으로 파악되고 있습니다.

단순한 우연일까?

우진철 협회장의 입에서 토마스 안드레가 머물고 있는 특급 호텔의 이름이 나오자 진우는 목에 뭔가가 걸린 것 같은 께름칙한 기분이 들었다.

아니나 다를까.

그를 언급하는 우진철 협회장의 목소리에서 불안감이 묻어나왔다.

–지금 토마스 안드레 헌터님께서 그 괴물과 대치 중이라는 연락을 받고 오는 길입니다.

그럴 리가.

만약을 대비해 토마스에게는 그림자 병사를 하나 붙여 두었다.

병사에게 내린 명령은 '조금이라도 주변에서 이상한 낌새가 느껴지면 그 즉시 신호를 보낼 것'.

그런데 보호 대상이 혼자서 길드를 쓸어버린 괴물과 싸우게 되었는데 신호가 없다고?

'……잠깐.'

그제야 진우는 무언가 이상하다는 사실을 발견했다.

서울에 있는 그림자 병사들의 신호가 매우 약했다.

마치 뭔가가 신호를 방해하고 있는 것처럼.

'어떻게 된 일이지?'

강력한 힘을 가진 적, 그 적과 마주치게 된 국가 권력급 헌터, 그리고 방해받는 신호.

설마.

진우의 머릿속에서 한 가지 가능성이 떠올랐다.

진우가 다그치듯 물었다.

"협회장님, 그 괴물에게 그림자가 있습니까?"

—예?

"괴물에게 그림자가 있는지 확인해야 합니다."

잠깐 끊어졌던 우진철의 목소리가 다시금 급히 이어졌다.

—이럴 수가……. 성 헌터님의 말씀이 맞았습니다. 사진으로 확인한 결과, 괴물에게는 그림자가 없었습니다.

맙소사.

고건희 협회장님을 습격했던 아이스 엘프에게도 그림자가 없었음을 상기한 진우가 소리쳤다.

"절대 토마스를 그 괴물과 싸우게 해서는 안 됩니다!"

어쩌면 그 괴물은 토마스를 노리고 접근한 것일지도 모른다.

—예? 하지만 이미…….

한시가 급한 상황.

더 이상 설명을 들을 필요가 없다고 느낀 진우가 토마스에게 붙여 놓았던 그림자와 '그림자 교환'을 시도한 순간.

띠링.

기분 나쁜 알림음과 동시에 선명한 홀로그램 메시지가 떠올랐다.

[지정한 그림자 병사를 찾을 수 없습니다.]

몇 번을 시도해도 마찬가지였다.

띠링, 띠링.

[지정한 그림자 병사를 찾을 수 없습니다.]
[지정한 그림자 병사를 찾을 수 없습니다.]

어떻게 이런 일이!
경악하는 진우의 얼굴이 돌처럼 딱딱하게 굳어졌다.
'병사가…… 사라졌다고?'
'그림자 교환' 스킬의 위치 좌표로 쓰여야 할 그림자 병사가 감쪽같이 사라진 것이다.
어디에서도 그림자 병사의 흔적을 감지할 수 없었다.
그림자 병사들을 무로 돌려보냈을 때처럼, 토마스에게 붙여 둔 그림자 병사와 자신을 연결하고 있는 선이 끊어졌음을 분명히 인식할 수 있었다.
자의가 아닌 그림자 병사의 소멸.
진우의 입에서 혼란스러운 목소리가 나왔다.
"뭐가 어떻게 된 거지?"

* * *

레나트는 등 뒤에서 들려오는 묵직한 목소리를 들었다.
"비켜."
이미 한 번 겪어 본 적이 있는 상황이었지만, 레나트가 느낀 감정은 그때와 정반대였다.

"토마스 안드레!"
햇빛을 가릴 만큼 거대한 사내. 레나트는 자신의 뒤를 가로막고 있는 남자를 보고 표정이 환해졌다.
토마스는 레나트를 지나쳐 천천히 앞으로 걸어 나갔다.
괴물을 피해 비명을 지르며 달아나던 사람들조차 장대한 기골의 국가 권력급 헌터를 알아보고 하나둘 걸음을 멈추었다.
"그 미국 헌터……."
"토, 토마스?"
"골리앗! 골리앗이다!"
일류 헌터인 레나트조차 괴물을 향해 걸어 나가는 토마스의 뒷모습을 보고서 가슴이 뜨겁게 뛰었는데, 괴물의 악의에 떠밀리듯 도망치고 있었던 일반 시민들의 심정이야 오죽할까?
"아아."
"하느님, 감사합니다!"
최고의 헌터가 자신을 구하러 왔다는 생각에 힘이 풀려 그대로 풀썩 주저앉는 사람까지 있었다.
토마스는 정체를 알 수 없는 '그것'의 위압감에 짓눌려 아무것도 하지 못하고 있던 헌터들에게 신경질적으로 외쳤다.
"거기 멍하니 있지 말고 시민들이나 옮겨라, 이 머저리들아!"
국가 권력급 헌터의 호통.
움직임을 둔하게 만들었던 '그것'의 위압감을 날려 버리기에 충분했다.
일갈을 알아들은 헌터들이 뒤처진 시민들을 데리고 빠르게 토마스에게서 멀어졌다.

레나트도 곧 한국 헌터들을 따라 시민들을 대피시키는 데 협조했다.

그들을 지키려는 것처럼 도로 한가운데에서 떡 버티고 서 있던 토마스에게 '그것'이 천천히 다가왔다.

선글라스를 벗어던진 토마스의 눈매가 가늘어졌다.

"……."

온몸에 피를 뒤집어쓴 짐승.

인간의 형상을 하고 있긴 해도 저건 절대 인간이 아니다.

짐승의 뒤, 엉망으로 널브러져 있는 피해자들의 조각들을 바라보는 토마스의 얼굴에 힘줄이 솟아올랐다.

"주제도 모르는 짐승이 함부로 날뛰었구나."

짐승은 토마스의 분노를 비웃기라도 하는 듯 살점이 군데군데 낀 붉은 이빨을 드러냈다.

미친 짐승은 때려잡아야 하는 것이 동서고금의 진리.

토마스의 눈빛이 더할 나위 없이 살벌해졌다.

"강화."

토마스의 근육이 갑옷처럼 변하며 원래부터 장대했던 그의 신체가 더욱더 거대하게 변했다.

체격은 토마스가 한 급 위.

힘의 격차는 과연 얼마만큼일지, 토마스는 짐승을 향해 돌격했다.

전차!

육중한 걸음이 발을 내디딜 때마다 진동하는 대지를 보면서 사람들은 전차를 떠올렸다.

새로운 사냥감에 입맛을 다시던 짐승도 움직였다.

순식간에 거리를 좁힌 두 거구가 정면으로 마주 섰다. 서로를 탐

색하는 시선이 교차하고, 이내 마력이 잔뜩 실린 근육이 힘을 쥐어 짜 내며 비명을 내지른다.

콘크리트를 두부처럼 으깨 놓을 수도 있는 두 괴물의 주먹이 서로를 향해 불을 뿜기 시작했다.

콰콰콰콰콰콰콰콰콰콰쾅!

어떠한 기교도 없이 펼쳐진 순수한 힘과 힘의 대결에 헌터들은 경이를 느꼈다.

자신들은 저 주먹 중 단 한 대가 스치기만 해도 즉사.

그런 일격 필살의 공격을 저들은 마치 견제기처럼 쉴 새 없이, 방어할 생각도 하지 않고서 주고받고 있었다.

'된다.'

토마스는 확신했다.

퍽!

그가 후려친 주먹에 짐승의 고개가 옆으로 돌아갔다. 묵직한 타격감이 왼손에 짜릿하게 와 닿았다.

이건 먹혔다.

진우에게 당한 패배로 약간은 위축되었던 골리앗이 난타전을 통해 점차 자신감을 되찾아가고 있었다.

콰콰콰콰콰콰콰콰콰콰쾅!

이어진 연타에 슬금슬금 짐승이 뒤로 밀려 나갈 때, 매섭게 터져 나온 토마스의 풀스윙이 놈을 바닥에 메다꽂았다.

투쾅!

콰지지지지지지직!

아스팔트를 양쪽으로 가르며 끝없이 밀려나던 짐승은 건물 한 면을 통째로 무너뜨리고 나서야 움직임을 멈추었다.

싸움을 지켜보던 헌터들은 주먹을 움켜쥐며 기뻐했으나, 정작 토마스 본인은 기뻐하는 기색이 아니었다.

'아니. 생각보다는…… 깊지 않았다.'

자욱하게 퍼지는 흙먼지들.

무너진 건물의 잔해 속에서 아직까지 강한 살기를 내뿜고 있는 짐승의 기척이 느껴졌다.

쉬익-!

쉭-!

흙먼지 저편에서 미사일처럼 쏘아진 무거운 쇳덩이들.

토마스는 자신에게 날아오는 차들을 후려쳐 날려 버리고, 스킬 '인력'으로 시야 너머에 숨어 있는 짐승을 끌어당겼다.

우웅!

저항하던 짐승이 자신의 코앞까지 끌려 나오자, 토마스는 자신의 가장 강력한 스킬을 사용했다.

"붕괴!"

터질 듯 부풀어 오른 토마스의 양쪽 팔이 지면을 강하게 내려쳤다.

쿠궁!

땅에서부터 일어난 끔찍한 충격파가 짐승을 강타했다.

[크아!]

비명을 토한 짐승이 한순간 위로 솟구쳤다가 바닥에 내동댕이쳐졌다.

틈을 놓치지 않고 재빨리 놈을 덮친 토마스는 마력이 실린 주먹을 아래로 수없이 꽂아 넣었다.

스킬 '강타'!

쾅쾅쾅쾅쾅쾅쾅쾅쾅쾅쾅!

와아-!

먼발치에서 조마조마한 심정으로 골리앗과 짐승의 싸움을 지켜보고 있었던 시민들이 환호성을 터트렸다.

헌터들의 얼굴에도 희열의 미소가 떠올랐다.

누가 봐도 이 싸움에 변수는 없어 보였다.

압도적인 승리.

세계 최고라 일컬어지는 국가 권력급 헌터다운 모습이었다.

하지만.

거침없이 짐승을 몰아붙이고 있는 토마스의 이마에는 점점 더 굵은 식은땀이 맺혀 갔다.

'뭐지?'

승리에 가까워질수록 조금씩 더 목을 조여 오는 불안감.

공격은 하나하나 제대로 먹혀들고 있었고, 아래에 깔려 있는 짐승은 저항의 기미조차 없었다.

그런데.

그런데 어째서 압도적인 우위를 점한 내가 이리도 불안한 걸까?

토마스는 불안감의 원인을 금세 찾을 수 있었다.

눈.

눈이다.

무차별적으로 떨어지는 공격에도 아랑곳하지 않고, 짐승은 처음부터 끝까지 같은 눈으로 자신을 응시하고 있었다.

어디 한번 할 수 있는 데까지 해 보라는 것처럼.

빠득.

분노한 골리앗이 깍지 낀 양쪽 손을 높이 쳐들었다.

순식간에 팽창한 양어깨의 근육들 위에서 굵은 힘줄이 솟아났다. 어마어마한 마력이 어깨와 팔, 손목, 주먹에 담기며 흉흉한 기운을 뿜어냈다.

끝이다.

충격파 시작점에서 스킬 '붕괴'를 정면으로 맞고도 눈을 뜰 수 있을까?

있는 힘껏.

토마스는 아래를 향해 두 팔을 내리찍었다.

"붕괴!"

그때.

토마스는 보았다.

잠깐 감겼던 짐승의 눈이 인간의 눈동자에서 완벽한 맹수의 눈동자로 바뀌는 순간을.

텁.

온 힘을 다해 휘두른 토마스의 두 주먹이 가볍게 들어 올려진 짐승의 한 손에 막혔다.

"……?"

토마스는 꼼짝달싹할 수 없게 된 자신의 손을 내려다보며 순간 등골이 서늘해졌다.

[파편의 꼭두각시 주제에 이 정도의 힘을 이끌어 내다니.]

맹수가 그르렁거리는 것 같은 소리에 토마스의 미간이 구겨졌다.

"뭐?"

그 순간.

검었던 짐승의 머리카락이 하얗게 변하며 길어지기 시작했다.

송곳 같은 손톱은 길어졌고, 이빨은 더욱더 날카로워졌으며, 새하얀 털이 온몸을 뒤덮었다.

'늑대 인간?'

하지만 약 10년을 넘는 레이드 역사 속에서 흰색 털을 가진 늑대 인간이 등장했던 적은 단 한 번도 없었다.

"너…… 정체가 뭐냐?"

짐승의 눈에서 흘러나오는 흉악한 마력에 오싹함을 느낀 토마스가 물었다.

그러나.

짐승은 아무 대답도 없이 토마스의 손뼈를 자신의 악력만으로 부수어 놓았다.

우득!

"으아아아아악!"

경악!

최강의 헌터가 비명을 터트리자 모두가 경악을 금치 못했다.

상공을 날고 있던 촬영용 헬기에 고통스러워하는 토마스의 모습이 고스란히 찍혔다.

극초대형 게이트의 등장으로 수많은 시선이 몰려 있는 한국의 수도 서울에서, 괴물을 막으려던 국가 권력급 헌터가 고통에 찬 비명을 내지르다니.

"이럴 수가……."

현장에서 직접, 혹은 화면을 통해서 둘의 전투를 지켜보고 있던 시민들은 이것이 싸움의 결말이 아니길 간절히 바랐다.

그러나 그들의 기대가 무색하게도, 짐승은 토마스의 손목을 잡아채 바닥에 처박았다.

쿵!

그러고는 이번엔 반대로 자신이 토마스의 위로 올라갔다.

"커헉!"

입에서 피를 울컥 쏟아 낸 골리앗이 부서진 손으로 저항했으나, 본색을 드러낸 야수의 완력을 당해 내기는 역부족이었다.

짐승은 토마스의 얼굴을 짓누르며 하늘을 향해 울부짖었다.

크아아아아아아아아아아—!

듣는 이의 귀청을 잡아 찢는 것만 같은 끔찍한 포효가 온 도시 전체를 천둥처럼 울렸다.

맹수는 싸우지 않는다.

먹잇감을 사냥할 뿐.

가공하리만큼 엄청난 마력이 실린 포효에 압도된 헌터들이 가까운 곳에서부터 털썩, 털썩 차례차례 무릎을 꿇어 갔다.

가장 가까이서 짐승의 포효를 들어야 했던 토마스는 고막이 찢어져 피가 흘러나왔다.

짐승이 히죽 웃었다.

[두려운가?]

공포에 떠는 사냥감을 감상하는 것은 사냥꾼의 즐거움 중 하나.

그러나 토마스는 포기하지 않고 이미 엉망이 된 주먹을 힘겹게 쥐고서 반격을 날렸다.

퍽!

방금 서로를 난타했을 때와 달리, 짐승은 고개조차 흔들리지 않았다.

벽.

토마스는 자신을 무심하게 내려다보는 짐승의 눈동자를 보면서 자신의 앞을 가로막은, 하늘을 향해 끝없이 뻗어 있는 벽을 떠올렸다.

이 느낌은 전에도 한 번 겪어 본 적이 있다.

이상한 일.

토마스는 짐승의 눈빛에서 한순간 진우를 보았다.

'어째서……?'

떠오른 의문을 정리할 겨를도 없이, 짐승의 일격에 토마스의 머리가 흔들리며 땅이 움푹 꺼졌다.

쿠앙!

"컥!"

그러나 그것은 시작에 불과했다.

콰콰콰콰쾅!

짐승은 토마스가 했던 것과 똑같이 위에서 아래로 빗발처럼 공격을 쏟아부었다.

진정한 공격이란 어떤 것인지 보여 주겠다는 듯 맹렬한 연타가 끝없이 이어졌다.

콰콰콰콰쾅!

담담하게 데미지를 받아 내던 짐승과 다르게, 토마스의 입에서는 연신 신음이 흘러나왔다.

"커헉!"

그런데 그때, 사냥감의 고통을 즐기던 짐승이 사냥감의 뒤편에서 뭔가를 발견했다.

[……?]

짐승이 공격을 멈추었다.

놈이 뚫어지게 내려다보고 있는 것은 토마스의 그림자였다.

[여기 쥐새끼가 하나 있었군.]

푹!

그림자에 손을 찔러 넣은 짐승이 아공간 너머의 뭔가를 움켜쥐었다.

팟!

손을 빼내자 그림자 속에 숨어 있던 개미 병사 하나가 딸려 올라왔다.

짐승은 몸을 일으켰다.

억센 손아귀에 목을 단단히 붙잡힌 개미 병사가 발버둥 쳤지만 짐승은 미동도 하지 않았다.

"끼에에엑!"

그림자 군주의 병사.

보통 방법으로 이 불멸의 병사를 소멸시키는 것은 불가능하다.

하지만.

개미의 목을 쥐고 있는 이 또한 평범한 적이 아니었다.

상위 존재인 송곳니 군주는 영체의 에너지를 집중해 개미 병사의 존재 자체를 지워 버렸다.

"키악!"

단말마와 함께 재가 되어 버린 개미 병사는 무로 돌아갔다.

허공에서 흩어지는 잿빛의 가루를 보고 짐승이 씩 웃었다.

그 순간.

어느새 일어나 짐승의 뒤로 돌아가 있던 토마스가 한쪽 팔로 놈의 목을 휘감고 반대쪽 팔로 단단히 고정시켰다.

이가 없으면 잇몸.

손뼈는 부러졌어도 아직 팔과 어깨는 건재하다.

온힘을 쏟아붓는 두 팔에 굵은 힘줄들이 솟아오르며 쇠기둥도 단숨에 찌그러뜨릴 수 있는 압력이 가해졌다.

"하아, 하아."

토마스는 가빠진 호흡을 가다듬으며 최후의 공격에 집중했다.

이제 뒤는 없다.

여기서 놓치면 죽는다는 각오로 눈을 부릅뜬 그가 이를 악물었다.

으드득, 으득.

아래에서 뼈가 으스러지는 것 같은 불쾌한 소리가 들려왔다. 이것이 적의 목뼈가 부러지고 있는 소리라면 승산이 있었다.

'……됐다.'

그러나.

전투의 흥분으로 인해 밀려오는 통증을 뒤늦게 알아차린 토마스가 고통스러운 비명을 토해 냈다.

"으아아아아아아악!"

자신의 목을 압박하고 있던 토마스의 팔을 잡아 악력으로 으스러뜨린 짐승이, 토마스의 머리를 양손으로 붙들고 그대로 바닥에 내리꽂았다.

쿵!

화면을 통해 그 장면을 보고 있던 시청자들은 덜렁거리는 골리앗을 팔을 보고 고개를 돌렸다.

도저히 눈 뜨고 보기 힘든 장면.

그러나 끔찍한 상황은 거기서 그치지 않고 계속 이어졌다.

뻗어 버린 골리앗을 덮친 짐승이 물어뜯기 시작한 것이다.

야수의 식사.

칼처럼 날카롭게 돋아난 수십 개의 이빨이 토마스의 피부와 살점을 헤집어 놓았다.

"으윽, 으아악!"

토마스는 끝까지 포기하지 않고 필사적으로 저항했으나, 이미 그에겐 일말의 희망도 없어 보였다.

피가 쏟아지고, 살점이 튀었다.

"으아악!"

처참한 광경에 현장을 지키고 있던 헌터들이 주춤주춤 물러났다.

골리앗에게 희망을 걸고 있었던 현장의 일반인들은 싸움 결과를 보고서 혼비백산하여 뿔뿔이 흩어진 지 오래.

그러나 그때.

망설이던 헌터들 속에서 단 한 명의 헌터가 빛처럼 빠른 몸놀림으로 짐승을 향해서 튀어 나갔다.

쾅―!

승리의 여운에 취한 채 전리품을 음미하던 짐승이 의외의 습격을 받고 튕겨 나갔다.

레나트 니어만.

독일 최강의 헌터가 중상을 입고 누워 있는 골리앗 앞에 섰다.

레나트를 알아본 토마스가 목소리를 쥐어짜 냈다.

"도…… 망…… 가."

그러나 굳은 얼굴의 레나트는 고개를 흔들었다.

"나도 헌텁니다."

당신보다 약하지만.

능력을 깨닫고 헌터가 되겠다 결심했을 때, 레나트는 딱 한 가지만을 스스로 맹세했다.

절대 동료를 두고 등을 돌리지 않겠노라고.

비록 같은 팀은 아니나, 공동의 적과 싸운 토마스 역시 레나트의 기준으로는 훌륭한 동료.

그가 자신을 어떻게 생각하건 헌터라면 결코 물러설 수 없는 순간이었다.

'하지만…… 그냥 마주하고 있는 것만으로도 온몸이 오싹해지는군.'

레나트는 식사를 방해받은 짐승의 얼굴이 흉악하게 일그러지자 두려움에 두 다리가 떨려 왔다.

떨고 있는 그를 보고서 토마스가 힘겹게 입을 열었다.

"너…… 죽…… 어……."

알고 있다.

레나트도 알고 있었다.

장비도 챙겨 오지 않았고, 일격 필살 스킬인 '돌격'마저 겨우 놈을 밀쳐 내는 데 그쳤다.

독일 최고의 헌터?

세계 랭킹 12위?

지금 상황에서는 아무런 의미가 없다는 사실을 그 누구보다도 더 잘 알고 있었다.

그러나.

'후회하지 않는다.'

이게 생의 마지막이 된다고 할지라도 몇 번이고 선택하리라. 비굴한 생존보다 떳떳한 죽음을!

나는 틀리지 않았다.

나는 틀리지 않았다.

레나트는 점점 속도를 높이며 자신에게 달려오는 거대한 힘과 마주하며 수없이 그렇게 되뇌었다.

'나는 틀리지 않았어.'

순식간에 거리를 좁힌 짐승의 소름 끼칠 만큼 쩍 벌어진 입을 응시하며, 레나트는 젖 먹던 힘까지 다해 주먹을 있는 힘껏 휘둘렀다.

잠깐 동안.

그의 머릿속으로 지금까지 살아왔던 인생이 주마등처럼 스쳐 지나갔다.

별다른 노력 없이 엄청난 힘을 얻어 과분한 삶을 살아왔었다.

행복하지 않았던가?

그래.

레나트는 가까워지는 짐승의 목구멍을 보면서 씩 웃었다.

역시.

틀리지 않았다.

마지막까지 부끄럽지 않은 삶이었다.

짐승의 아가리에 머리가 삼켜지기 직전, 레나트는 조용히 눈을 감았다. 다시 눈을 뜰 일은 아마도 없을 것이라 예상하면서.

그런데.

투쾅!

갑자기 앞에서 들려온 굉음에 레나트의 눈이 번쩍 떠졌다.

'뭐?'

자신의 주먹에 얻어맞은 짐승이 일직선으로 수십 미터를 날아가 바닥을 나뒹굴었다.

아스팔트가 깨지고, 차들이 밀려나고, 가로등 몇 개가 꺾였다.

"어?"

나에게 이런 힘이 있었던가?

멍하니 주먹을 내려다보던 레나트는 그제야 자신의 옆에 누군가가 서 있음을 깨달았다.

"어어?"

그의 얼굴을 확인한 레나트는 거의 반쯤 울먹이는 목소리로 기쁨을 표현했다.

"성진우 헌터님!"

* * *

아슬아슬했다.

그날 사무실에 들렀던 레나트에게 그림자 병사를 심어 놓지 않았더라면 시간에 맞출 수 있었을까?

토마스에게 붙였던 그림자 병사가 사라져 버린 걸 확인한 진우는 현장에 있는 유일한 그림자 병사를 찾아 교환을 시도했다.

그런데 그것이 레나트의 그림자 병사였을 줄이야.

덕분에 두 사람 모두를 살렸다.

급히 토마스의 부상 정도를 살펴본 진우는 안도의 한숨을 내쉬었다.

상처는 심각했지만 다행히 생명에는 지장이 없어 보였다.

더 이상 말할 힘도 남아 있지 않은지 조용히 자신을 올려다보기만 하는 토마스에게, 진우는 말없이 고개를 끄덕였다.

시간을 벌어 준 골리앗에게 보내는 감사였다.

돌아서는 진우의 귓가에 감격에 차 있는 레나트의 목소리가 들려왔다.

"성진우 헌터님!"

"놈을 막아 줘서 고맙습니다. 미안하지만 토마스를 안전한 곳으로 옮겨 줄 수 있겠습니까?"

진우가 정중히 영어로 부탁하자, 레나트는 힘껏 고개를 끄덕였다.

저 괴물과 일대일로 맞서는 것에 비하면 너무도 쉬운 일이었다.

"아, 예! 이쪽은 걱정 마세요."

조심스레 토마스를 안아 든 레나트가 빠르게 멀어지고.

진우의 시선이 막 몸을 일으키고 있는 짐승에게로 향했다.

흉흉한 살기.

놈에게서 일반적인 마수들과는 궤를 달리하는 힘이 느껴졌다.

'역시…….'

예상이 맞았다.

놈은 일전에 만났었던 아이스 엘프와 같은 기운을 가지고 있었다.

헌터들을 노리고 있다던 군주들.

하지만.

어째서일까?

그 아이스 엘프 때와 달리, 놈은 당혹감을 보이지 않았다. 방금 싸움을 방해받았는데도 평정심을 넘어선 차분함마저 느껴졌다.

'왜지……?'

생긴 건 반인반수인데 의외로 침착한 성격인가?

진우가 의아해하고 있을 때, 짐승이 건물의 잔해 속에서 완전히 벗어나 천천히 걸어 나왔다.

뭔가를 우물거리던 짐승이 바닥에 무언가를 뱉었다.

부러진 이빨들이었다.

일격에 자신의 이빨을 몇 개나 날려 버린 진우를 바라보며, 짐승은 놀라움을 감추지 못했다.

[진짜였군. 인간에게 그림자 녀석의 냄새가 섞여 있어.]

코를 킁킁거리던 짐승은 아주 신기한 것을 발견한 것처럼 물었다.

[그런데…… 어떻게 인간의 몸을 가지고서 상위 존재의 힘을 이 정도까지나 끌어낼 수 있었던 거지?]

'레벨을 올렸다, 자식아.'

진우는 놈의 호기심을 해결해 주는 대신 '카미쉬의 분노'를 꺼내 들었다.

저 군주란 놈들에게는 묻고 싶은 것들이 많았다.

그러나 질문을 주고받는 것은 어디까지나 싸움이 끝나고 생사 결정권을 손에 쥔 뒤.

흘깃.

거리 곳곳에 남아 있는 피해자들의 흔적을 발견한 진우의 안광에서 서슬 퍼런 살기가 흘러넘쳤다.

그런데 그때.

짐승의 옆에서 잊지 못할 목소리가 들려왔다.

[설계자가 방법을 찾았던 거겠지. 그림자 군주가 설계자와 거래

를 한 지도 꽤 오랜 시간이 흘렀었으니.]

열게 깔려 있던 안개가 연기처럼 뭉쳐지더니 곧 완전한 사람의 인영을 갖추었다.

'저건……?'

늙은 아이스 엘프.

안개로 자취를 감추고 있던 혹한의 군주가 모습을 드러냈다.

진우는 도시 전체를 휘감고 있는 이 안개가 평범한 자연현상이 아니라는 사실을 안개와 접촉하자마자 눈치챘다.

이번엔 뒤쪽.

[그럼 저 인간의 시체는 내가 먹어도 되는 거겠지?]

귀청을 따갑게 긁는 이질적인 여성의 목소리에 진우의 고개가 뒤로 돌아갔다.

거기엔 눈을 의심하게 하는 장관이 펼쳐지고 있었다.

바스스스스-

하수도에서 새까맣게 쏟아져 나온 벌레들이 한데 뭉쳐지며 거대한 여성의 모습으로 변해 가고 있었다.

[같은 군주의 맛은 어떨지 한번 먹어 보고 싶었어.]

갑작스럽게 주변을 둘러싼 적들을 둘러보며 진우는 표정이 굳어졌다.

그리고 알았다.

이들이 신호를 교란시켜 그림자 병사들의 입을 틀어막은 것은 자신들의 사냥을 방해받는 게 두려워서가 아니었다.

자신들이 다수라는 사실을 숨기려 했던 거다.

이를테면 이것은 덫.

진우를 잡기 위해 서울이라는 도시 전체에 설치한 군주들의 덫이었다.

아니나 다를까?

상황의 심각성을 깨달은 시스템이 긴급하게 메시지를 띄웠다.

[설인들의 왕, 혹한의 군주가 적을 인식합니다.]

[짐승들의 왕, 송곳니 군주가 적을 인식합니다.]

[벌레들의 왕, 역병의 군주가 적을 인식합니다.]

차원이 다른 적들이 이렇게 한꺼번에 셋씩이나.

그동안 고요히 잠들어 있었던 검은 심장이 강한 적들의 등장에 미친 듯 날뛰기 시작했다.

두근, 두근, 두근.

'이건…….'

좋군.

진우가 입꼬리를 올렸다.

이 녀석들은 자기들이 포위했다고 생각하고 있지만 나는 혼자가 아니다.

실은 너희가 포위당한 거다.

진우는 적들의 움직임을 놓치지 않도록 촉각을 곤두세우며 그들을 포위할 자신의 군대를 불러냈다.

'나와라!'

4. 군주들의 협공

4. 군주들의 협공

뉴욕, 런던, 상하이, 파리.

그 외에도 수많은 대도시의 거리들이 모두 정적에 휩싸였다.

걸음을 멈춘 사람들은 거리 곳곳에 설치된 전광판에서 눈을 떼지 못했다.

대형 화면에서 끊임없이 흘러나오는 것은 대한민국의 수도 서울에서 일어난 참사에 관한 속보.

극초대형 게이트의 등장으로 시선이 집중되어 있던 곳이라 소식은 빠르게 퍼져 나갔다.

세계 각국의 방송들은 정규 방송을 중단하고, 서울의 실황을 생중계했다.

상공에서 촬영한 카메라에 유혈이 낭자한 시내의 모습이 담기자, 전 세계의 시청자들은 경악했다.

서울은 세계에서 손꼽히는 대도시 중 하나.

서울이 저 모양이라는 건, 자신들이 서 있는 도시도 안전을 보장할 수 없다는 얘기였다.

서울의 참사가 어디 먼 나라에서 벌어지는 사고가 아니라, 자신들의 일처럼 느껴졌다.

그래서일까?

토마스가 괴물을 막으러 나섰을 때 시청자들은 안도했다.

흥분한 외신 기자들은 카메라에 잡힌 미국 최강 헌터의 이름을 목청이 터져라 부르짖었다.

시청자들은 두 손을 모으고 한마음 한뜻으로 골리앗을 응원했다.

그래서 골리앗이 짐승을 거칠게 몰아붙일 때는 거리 곳곳에서 환호성이 터져 나왔다.

“더! 더! 더!”

“부숴! 놈을 부숴 버려, 골리앗!”

“가라아앗!”

그러나.

거리를 가득 메웠던 환호와 응원의 함성들은 골리앗의 주먹이 박살 나고, 팔이 부러지고, 피와 살이 튀기 시작하자 충격 어린 침묵으로 바뀌었다.

하늘로 향해 있던 시청자들의 손이 천천히 아래로 내려왔다.

처참하게 당하고 있는 인류 최강의 전사를 보며 말없이 눈물을 흘리는 사람도 있었다.

마치 시간이 멈춘 것처럼.

너무 큰 충격에 할 말을 잃은 사람들에게서는 숨소리조차 들리지 않았다.

이게 꿈이라면 어서 깨기를.

하지만 화면은 계속해서 골리앗의 비명만을 내보내고 있을 뿐이었다.

시청자들의 표정은 점점 더 깊은 절망으로 바뀌어 갔다.

그런데 그때.

헌터 하나가 튀어나와 짐승을 날려 버렸다.

아니, 둘이었다.

외국인 헌터 옆에 소리 없이 나타난 검은 머리의 헌터.

시청자들은 물론, 속보 진행자들마저 이게 어떻게 된 일인지 당혹감을 감추지 못했다.

무슨 일이 일어난 거지?

저 두 사람은 누구인가?

워낙 순식간에 일어난 일이었고, 카메라가 너무 멀어 헌터들의 얼굴을 제대로 비출 수 없었기 때문이다.

그러나 눈 깜짝할 사이에 거리를 채워 나가는 검은 병사들을 확인한 진행자들은 비명에 가까운 소리를 질렀다.

—성진우 헌터입니다! 성진우 헌터가 나타났습니다!

—얼굴이 안 보여도 됩니다! 이름을 가려도 됩니다! 그래도 누구인지 알 수 있어요! 저 검은 병사들, 저건 100퍼센트 성진우 헌터입니다!

—골리앗이 쓰러지고 바통이 성진우 헌터에게로 넘어갔습니다! 성진우 헌터의 소환수들이 괴물들을 포위했습니다!

와아아–!

서울의 거리를 뒤덮은 검은 병사들을 보고서, 세계의 시청자들이 두 손을 높이 쳐들고 열광했다.

특히 최근 국가 권력급 헌터 한 사람을 비극적으로 잃었고, 토마스까지 위험에 처하자 충격에 빠져 있던 미국인들의 함성은 도시 전체를 울릴 정도였다.

진우가 활약했던 제주도 개미 레이드 영상의 뷰는 이미 20억을 돌파했다.

이미 모르는 이가 없게 된 이름.

세계가 진우의 이름을 연호했다.

"나, 저 헌터 알아! 저 헌터 안다고! 저 사람, 독일의 레나트 니어만이야!"

잠깐 자신의 안목을 뽐내려고 했던 사람마저도 금방 주위를 따라 손을 치켜들고서 성진우를 외쳤다.

세계가.

세계의 모든 시선이 진우의 등을 주시했다.

* * *

그림자 군단이 진우와 세 군주들의 주위를 둥글게 에워쌌다.

스킬 '군주의 영역'으로 그림자가 드리워진 거리 위에서 그림자 군단의 사기는 최고조에 달했다.

어떠냐.

진우는 군주들의 면면을 하나씩 둘러보았다.

그들은 흥미롭다는 표정이었다.

벌레들로 만들어진 거대한 여성형 거인이 병사들로 가득한 거리를 돌아보며 웃었다.

[이게 새로운 그림자 군단?]

[숫자야 제법 된다만 그래 봐야 아직 오합지졸들이지.]

대수롭지 않다는 듯 혹한의 군주가 나섰다.

흐읍-

숨을 가볍게 들이마신 그가 숨결을 토해 내자 순식간에 끔찍한 냉기가 사방으로 퍼져 나갔다.

콰직!

일순간 대지 위의 모든 것들이 얼어붙었다.

그림자 군단 또한 예외가 될 수는 없었다.

'이럴 수가!'

얼어붙어 가는 병사들을 확인한 진우의 얼굴이 굳어졌다.

한순간에 병사들을 무력화시키는 군주들의 힘.

악마성 인던에서 백염의 군주 바란을 상대했을 때 이미 한 번 경험해 본 기억이 있었다.

그때와 지금의 차이점이라면 그때는 적이 하나였고, 지금은 셋이라는 것.

얼음 안에 갇혀 버린 병사들에겐 소환 해제 명령도 먹히지 않았다.

[네 병사들은 내가 만든 감옥 안에서 한 걸음도 움직일 수 없다.]

그림자 군단의 발을 묶어 버린 혹한의 군주는 승리를 자신했다.

하지만 그런 상황에서도 진우의 살기는 위축되지 않았다.

"너."

오른손에 들린 '카미쉬의 분노'의 칼날이 혹한의 군주를 가리켰다.

"너만은 반드시 죽인다."

그림자 군단의 전투력은 어디까지나 자신의 보조 역할.

병사들을 쓸 수 없게 된 것은 안타깝지만, 그렇다고 해서 혹한의 군주를 살려 보내 줄 생각은 없었다.

놈에게는 갚아야 할 빚이 있었다.

[…….]

혹한의 군주 역시 일전에 진우에게 당했었던 어깨의 상처가 욱신거리는지 얼굴이 구겨졌다.

[네놈!]

그가 양손으로 뭔가를 들어 올리는 시늉을 하자, 땅에서 얼음으로 만들어진 골렘들이 올라왔다.

동시에.

벌레들의 여왕이 휘파람을 불자 길바닥에 너저분하게 흩어져 있던 시민들의 시체들이 일제히 움직이기 시작했다.

꽈드득, 꽈드드득, 꽈득!

뼈와 관절이 뒤틀리고 맞춰지기를 반복하던 시체들이, 마치 거미처럼 기괴한 모습이 되어 네 발로 기어 왔다.

'언데드?'

아니, 언데드 따위가 아니다.

시체들을 움직이는 것은 시체들의 머릿속에 들어간 괴이한 기생충.

그들의 머릿속에서 움직이는 벌레의 마력을 느낀 진우가 벌레들의 여왕을 돌아보았다.

[우리가 아무 생각도 없이 인간들을 죽이고 다닌 줄 알았어?]

여왕은 짐승이 물어 죽인 인간들의 시체 하나하나에 특수한 기생충의 알을 심었다.

골렘과 기생충.

죽여도 그림자 병사로 만들 수 없는 적의 군대들을 보고서, 진우는 그들이 얼마만큼이나 이번 기회를 노리고 있었는지 실감할 수 있었다.

"후우……."

숨을 가다듬었다.

얼어붙은 그림자 병사들을 지나온 골렘들과 시체들이 주위를 둘러싸기 시작했다.

조용히 심장이 뛰는 소리에 귀를 기울였다.

두근, 두근, 두근.

여기까지 오는 동안 위기는 수없이 많았다.

눈을 감은 지금.

극도로 예민해진 감각이 적들의 작은 움직임 하나까지 놓치지 않고 모든 걸 잡아내고 있었다.

할 수 있다.

언제나 그랬듯이.

'온다.'

눈을 뜨자 사방에서 덮쳐 오는 거미 인간들이 시야에 가득했다.

느려진 시간 속에서.

두 자루의 '카미쉬의 분노'가 울분을 토해 냈다.

슈가가가각!

뛰어오른 거미 인간들 모두가 일시에 공중에서 분해되었다.

쾅!
자신을 향해 내리쳐진 골렘의 주먹을 가볍게 박차고 도약한 진우가 우선 제거 대상을 찾았다.
혹한의 군주.
놈은 분노한 얼굴로 진우를 가리키며 골렘들에게 소리쳤다.
하지만 느려 터진 골렘들이 진우의 속도를 따라잡기는 불가능한 일.
진우는 '지배자의 권능'으로 자신의 몸을 혹한의 군주를 향해 쏘았다.
총탄처럼 발사된 진우가 무시무시한 속도로 날아갔다.
그야말로 순식간에 좁혀진 거리, 경악하는 혹한의 군주.
진우는 단검을 힘껏 휘둘렀다.
노리고 있는 것은 고목 껍데기 같은 피부를 한 놈의 얼굴.
그러나.
캉!
'카미쉬의 분노'가 놈의 얼굴을 그어 버리기 직전, 뭔가 단단한 것이 단검의 궤도를 가로막았다.
진우의 순간 속도에 반응한 짐승, 송곳니 군주가 손목으로 '카미쉬의 분노'를 막아 냈다.
[이깟 쇠붙이 따위로 내게 상처 하나 남길 수 있을 성싶으냐?]
짐승이 피와 살점이 덕지덕지 낀 흉측한 이빨을 드러내며 웃었다.
그런데 진우도 웃었다.
'웃어?'
짐승이 불길함을 느끼기도 전에, '카미쉬의 분노'를 검은 오러가 뒤덮었다.

스걱!

견고함을 자랑하던 짐승의 손목이 깔끔하게 잘려 나갔다.

짐승의 눈이 커졌다.

상체를 뒤로 숙여 가까스로 검 끝을 피해 낸 짐승의 가슴에 길게 일자 모양의 상처가 생겼다.

그때, 진우의 고개가 강한 힘을 감지하고 위로 들렸다.

'……!'

벌레들의 여왕이 마력으로 이루어진 거대한 주먹을 내려치고 있었다.

부웅!

진우는 땅에 착지하는 동시에, 스킬 '지배자의 권능'으로 벌레 여왕의 주먹을 밀어내려 했다.

하지만 벌레 여왕의 힘이 생각보다 강력해서 그저 막아 내는 데 그치고 말았다.

쿠웅!

'지배자의 권능'으로 만들어진 방패와 벌레 여왕의 주먹이 부딪치며 생성된 충격파에 거미 인간들이 쓸려 나갔다.

그러나 쓸려 나간 놈들 말고도 훨씬 더 많은 숫자의 거미 인간들이 새까맣게 몰려들었다.

진우는 놈들 중 하나의 머리를 밟고 공중으로 뛰어올랐다.

그리고 '카미쉬의 분노'에 마력을 집중했다.

찌르르-

떨리는 검신에 응축된 검은 오러가 주변의 공간을 일그러뜨렸다.

그 순간.

"으아아아!"

진우가 기합을 내지르며, 전력을 다해 단검을 휘둘렀다.

가가가가가가가가가각!

단검 끝에 쏠려 있던 마력이 수십 갈래로 뻗어 나가며 아래에 있던 적들을 휩쓸었다.

용의 발톱!

아이스 골렘과 거미 인간의 절반가량이 방금 공격 한 번에 사라졌다.

그러나.

휙!

진우가 고개를 옆으로 돌리자 이미 코앞까지 다가온 거대한 손바닥이 보였다. 손바닥이 만들어 낸 짙은 그늘이 진우의 얼굴에 드리웠다.

'젠장.'

피할 방법이 없는 각도에서 들어온 공격에 진우는 일단 가드를 세웠다.

벌레들의 여왕은 인간이 벌레를 때려잡는 것처럼 진우를 후려쳐 건물에 처박았다.

쿠웅!

그 충격이 얼마나 큰지 건너편 도로에 있던 건물까지 흔들거렸다.

무너진 건물 더미에서 나온 진우가 바닥에 엎어져 거친 신음을 토해 냈다.

"커헉."

어지러웠다.

삐익-

이명이 귓가에 맴돌았다.

숨이 조금씩 가빠졌고, 시야가 약간 흐려졌다.

하지만 여기서 이렇게 느긋하게 호흡을 고르고 있을 틈이 없었다.

고개를 들자, 머리 위, 수십 미터 바깥에 혹한의 군주가 생성한 수천 개의 얼음 화살들이 시야에 들어왔다.

몸을 일으킨 진우가 숨을 멈췄다.

이윽고 하늘을 빼곡히 메운 얼음 화살들이 정확히 그를 향해 쇄도해 왔다.

빠르게, 더 빠르게!

한 치의 빈틈도 없이 쏟아지는 마법 화살들을 진우는 단검으로 모조리 쳐 내기 시작했다.

어찌나 빠른지 잔상이 몇 개씩 겹쳐 보일 정도였다.

'그러나 우리들의 협공을 얼마나 더 버틸 수 있을까?'

혹한의 군주는 끊임없이 화살들을 불러내며 비릿한 미소를 지었다.

놈의 움직임이 조금이라도 느려지는 순간.

그때.

푹!

[……?]

혹한의 군주는 흔들리는 눈동자로 자신의 가슴팍에 박힌 단검을 확인했다.

손에 묻어나는 것은 자신의 피.

고개를 들어 보니, 화살들을 쳐 내는 와중에도 단검 하나를 날려 보낸 건방진 인간이 자신을 응시하고 있었다.

온몸의 피가 전부 끓어오르는 것 같은 분노가 머리 꼭대기까지 차올랐다.

[네 이놈, 감히 인간 따위가 군주인 나에게!]

파악!

진우는 재빨리 놈의 가슴에 박혀 있던 단검을 회수했다.

맞은 곳은 심장.

인간이었으면 죽고도 남았을 상처였음에도 불구하고, 저 녀석들에게는 치명상이 아닌 듯했다.

그래도 덕분에 하늘을 덮었던 화살의 비는 멎었다.

돌아온 '카미쉬의 분노'를 다시 손에 쥐며, 진우가 혹한의 군주에게 이를 드러냈다.

"말했지. 넌 절대 살아서 돌아가지 못할 거라고."

[크아아아아!]

격노한 혹한의 군주가 조종하는 골렘들과, 역병의 군주가 부리는 거미 인간들, 그리고 어느새 팔이 재생된 송곳니 군주.

팔을 이리저리 움직여 보던 송곳니 군주는 진우가 하는 것처럼 아공간 너머에서 자신의 검을 가지고 왔다.

그렇게 움직임을 재개한 적들의 모습이 한눈에 들어왔다.

진우는 '카미쉬의 분노'를 쥔 두 손에 힘을 주고서 몰려오는 적들을 노려보며 차분히 호흡을 가다듬었다.

그때.

콰지지직!

큰 덩어리가 쩍 갈라지는 것 같은 소리와 함께, 오늘따라 몇 배는 더 반가운 목소리가 등 뒤에서 들려왔다.

[왕이시여어어어어어어어!]

* * *

불과 몇 분 전.

자타가 공인하는 충신 베르는 혹한의 군주가 시전한 얼음 감옥에 갇혀 지독한 무력감을 맛보고 있었다.

내가 이리도 약했었나?

나는 대체 무엇을 위해 성장을 거듭해 왔던가?

눈앞에서 주군이 적들에게 둘러싸여 있는데 자신은 아무것도 할 수 없다는 사실이 베르를 참담하게 만들었다.

그러나 어쩔 수 없는 일.

혹한의 군주는 베르와는 격이 다른 존재였고, 베르에게는 그의 마법을 벗어날 힘이 없었다.

이 얼음 속에서 주군이 무사하기만을 기도할 뿐.

다행히 주군께선 초월적인 적들을 상대로도 전혀 밀리지 않으셨다.

'역시 주군……. 이 미천한 종은 그저 감격 또 감격이옵니다.'

주인의 힘에 감동한 베르는 부릅뜬 눈으로 눈물을 줄줄 흘리며 진우의 싸움을 지켜보았다.

그러나 수적 열세는 점점 주군의 목을 죄어 나갔다.

점차 거세지는 적들의 공격과 수세에 몰리기 시작한 진우를 보면서 베르는 몸부림쳤다.

'왕이시여! 왕이시여!'

그러다 마침내 베르는 역병의 군주의 거대한 손에 맞아 벽에 처박히는 진우를 보았다.

왕이 위험하다. 왕이 위험하다. 왕이 위험하다.

나는 왕을 지켜야만 한다.

뚝.

베르의 머릿속에서 뭔가가 끊어졌다.

이성이 사라진 빈자리를 왕을 지키기 위한 '비상 모드'가 대체했다.

"키에에에에에에에에엑!"

악귀처럼 얼굴이 일그러진 베르가 포효했다.

팔, 어깨, 목, 가슴, 허벅지, 종아리, 발목!

신체의 모든 부위가 일시에 부풀어 오르며 자신을 압박하고 있는 얼음덩이를 밀쳐 내기 시작했다.

쩌적, 쩌억!

도저히 벗어날 수 없을 것 같은 얼음 감옥에 금이 쩍쩍 갔다.

베르는 몸을 뒤흔들었다.

콰직!

안에서 발광하는 개미 병사의 힘을 이기지 못한 얼음 감옥의 표면이 점점 더 흉측하게 갈라져 갔다.

그 와중에도 베르의 머릿속엔 오직 단 한 가지, 왕을 구해야 한다는 생각뿐이었다.

키에에엑!

온 힘을 다해 몸을 비틀자 얼음덩이가 쩍 하고 크게 갈라졌다.

콰지지직!

그 틈새를 악력으로 벌리고서 얼음 감옥을 빠져나온 베르가 모든 걸 제쳐 놓고 진우에게로 날아왔다.

"왕이시여어어어어어어어!"

"베르!"

반갑게 자신을 돌아봐 주는 주인의 모습에 기뻐할 겨를도 없이.

주인에게 생긴 자잘한 상처들이 눈에 들어왔다.

아까 저 벌레 여자가 주군을 후려쳐 건물에 처박았던 탓이다.

벌레 여자가 감히 나의 왕에게 손을 댔다.

감히 나의 왕에게!

"키에에에에에에에엑!"

눈이 뒤집힌 베르가 곧장 벌레 여왕에게 날아갔다.

전장이 된 시내를 쩌렁쩌렁 울리는 베르의 천둥 같은 포효에 혹한의 군주가 경악했다.

[일개 그림자 병사 따위가 내 결박의 술법을 파훼해?]

있을 수 없는 일.

그러나 '비상 모드'가 발동된 베르의 힘을 순간적으로 들여다본 혹한의 군주는 기함을 토해 냈다.

이건 일개 그림자 병사 따위의 힘이 아니다.

[어떻게 인간의 손에서 군단장급의 개체가!]

그림자 군주의 수족처럼 움직이는 군단장급의 병사는 하나하나가 그야말로 파괴의 화신.

여기서 군단장급 개체를 보게 될 것이라곤 상상도 하지 못했던 혹한의 군주가 경악을 금치 못하는 사이.

베르의 분노를 한 몸에 받은 벌레 여왕이 앞으로 나섰다.

[어미도 알아보지 못하는 버릇없는 아이에게는 벌을 줘야겠지.]

"키에에엑, 이 미친년이!"

[뭐라?]

혼세에 머무는 모든 벌레들의 주인, 역병의 군주가 개미왕의 망발에 순간 발끈했다.

부웅!

벌레 여왕의 공격을 피해 낸 베르가, 우글우글 뭉쳐져 있는 벌레들의 중심부를 향해 마력이 담긴 포효를 내질렀다.

"캬악-!"

개미왕의 일갈에 밀려난 벌레들이 여왕의 몸에서 순간적으로 떨어져 나가며, 내부에 있던 진짜 역병의 군주가 잠깐 모습을 드러냈다.

썩어 문드러진 피부와 퀭한 눈에 구더기가 득실거리는 여자.

역병의 군주는 감히 주인에게 이를 드러내는 가증스러운 개미왕에게 거센 분노를 표현했다.

"키아아아악!"

대기를 찢어발길 기세로 울리는 벌레 여왕의 포효에 베르가 속수무책으로 밀려났다.

한참을 뒤로 나가떨어지던 베르가 간신히 중심을 잡고 아래로 내려섰다.

"키엑, 캬, 캬악."

베르가 고개를 좌우로 가로저으며 신음할 때.

벌레 여왕은 몸에서 떨어진 벌레들을 다시 불러 모아 자신의 육체를 재구성해 거인 형태를 갖추었다.

'좋아.'

진우가 둘의 싸움을 보고 고개를 끄덕였다.

물론 베르는 오래 버티지 못할 것이다. 그러기에는 적들이 너무 강하다.

그러나 베르가 저들 중 하나의 시선을 조금이라도 끌어 줄 수 있다면.

베르가 여왕과 싸우는 동안, 진우는 다른 군주들을 보았다.

그들의 눈빛에 담긴 긴장감이 대기를 타고 전해져 왔다.

베르가 벌 수 있는 시간은 얼마 되지 않을 터.

생각보다 빠르게.

진우는 혹한의 군주를 향해 전력으로 질주했다.

콰가가가가가각!

발을 내디딜 때마다 충격으로 땅이 갈라졌다.

혹한의 군주는 자신에게로 맹렬히 돌진해 오는 진우를 응시하며 두 손 사이를 잇는 날카로운 얼음의 창을 만들어 냈다.

그러나 놈과 부딪치기 직전, 진우는 크게 방향을 틀어 송곳니 군주를 향해 점프했다.

[……!]

진우가 혹한의 군주를 공격하는 즉시 카운터를 넣기 위해 준비하고 있던 송곳니 군주가 그 역동적인 움직임에 움찔했다.

동물적인 감각을 이용해 진우의 단검을 가까스로 막아 낸 송곳니 군주의 눈동자가 흔들렸다.

진우는 검을 맞대고서 아쉽다는 듯 혀끝을 찼다.

쳇.

저 늙은 아이스 엘프를 노린다고 생각하게 만들고 이 짐승 같은 놈을 급습해서 치명상을 입히는 게 전략이었는데.

송곳니 군주의 반응은 진우의 예상보다 조금 더 빨랐다.

하지만 전혀 소득이 없었던 것은 아니다. 놈에게서 당혹감이 느껴졌다.

'이대로 몰아친다.'

순식간에 역수로 바꿔 쥔 '카마쉬의 분노'에서 거센 공격이 쏟아졌다.

예리한 날이 공기를 찢어 대는 소리가 끔찍할 만큼 격렬히 울려 퍼지며, 주변의 모든 것에 흔적을 남기기 시작했다.

캉! 카강! 캉! 카앙! 캉! 캉!

짐승의 검은 진우의 단검들을 막아 내는 데 급급했다.

한 발짝, 한 발짝.

속도에 밀려 뒷걸음질 치는 짐승의 얼굴에 난색이 나타났다.

그러던 중, 진우는 등 뒤에서 문득 느껴지는 찌릿한 살기에 급히 상체를 옆으로 틀었다.

혹한의 군주가 내지른 얼음 창이 옆구리가 있었던 위치를 아슬아슬하게 스쳐 지나갔다.

진우와 짐승의 싸움에 혹한의 군주가 합류했다.

짧은 시간.

놈과 시선을 교차했을 때, 진우는 놈의 눈에서 자신을 향하고 있는 강한 적개심을 발견했다.

빠득.

진우의 입안에서 이가 갈리는 소리가 흘러나왔다.

단검으로 창대를 후려친 진우가 창이 흔들린 반동으로 한순간 자세가 무너진 혹한의 군주에게 빠르게 접근했다.

쉬익!

그 오만한 두 눈을 그어 버리기 위해 휘둘렀던 단검이 아깝게 눈가를 스치는 데 그쳤다.

순간적으로 고개를 틀어 겨우 위기를 모면한 혹한의 군주의 얼굴이 흉측하게 일그러졌다.

'아쉽지만…….'

공격 다음은 방어. 진우는 당연히 날아올 줄 알았다는 듯 뒤돌아 짐승의 검을 막아 냈다.

카앙!

간발의 차.

그러나 공격을 막았다고 한숨을 돌릴 틈도 없이, 창을 틀어쥔 혹한의 군주가 공격을 퍼부었다.

이내 짐승도 공격을 재개했다.

뒤에서는 혹한의 군주가.

앞에서는 송곳니 군주가.

궤를 달리하는 힘을 가진 두 괴물의 매서운 공격이 쏟아졌다.

그러나.

캉! 카강! 캉! 캉 캉! 캉! 카앙! 카앙! 카강! 캉! 캉! 카앙! 캉! 캉! 카앙! 캉! 카강! 카강! 캉!

긴 단검 두 자루가 섬광처럼 앞뒤를 오가며 두 괴물의 공격을 모두 막거나 쳐 냈다.

눈의 한계를 초월한 진우의 움직임은 마치 잔영처럼 길게 이어져, 두 군주의 신형과 한데 섞이는 것처럼 보였다.

물론 진우에게도 앞뒤에서 끝없이 이어지는 모든 공격들을 눈으로 직접 보고서 반응하는 것은 불가능한 일.

그러나 진우에게는 공격의 흐름이 보였다.

동작, 시선, 호흡, 근육, 마력의 이동 등등.

극에 다다른 감각이 작은 단서 하나 놓치지 않고 적들의 공격을 정확히 읽어 내었다.

'……보인다.'

그러니 조금만 더.

지금보다 조금만 더 속도에서 이들을 앞설 수 있다면.

'더, 더, 더, 더, 더!'

무수한 공방이 오가는 와중에서도 점점 더 빨라진다.

진우를 상대하는 두 군주들의 얼굴이 굳어져 갔다.

'어떻게…… 어떻게 이런……?'

'아직 그림자 군주의 힘을 제대로 쓸 수도 없을 텐데?'

그런데 그게 아니었다. 눈앞의 대적은 인간의 한계를 벗어나 점점 나아가고 있었다.

그렇기에 둘은 떠올릴 수밖에 없었다. 혼세를 다스렸던 가장 강력한 왕 중 하나에 대한 공포심을.

그리고 그때였다.

파악!

진우가 교차해 막고 있던 두 군주의 무기들을 압도적인 힘으로 밀쳐 냈다.

[……!]

[……!]

밀려난 두 군주의 얼굴이 경악으로 물들어 갔다.

* * *

레나트는 확신할 수 있었다.

중상을 입고 누워 있는 토마스가 힐러들에게 둘러싸여 응급처치를 받는 지금, 저들의 싸움을 눈으로라도 좇을 수 있는 사람은 자신뿐이라는 사실을.

하지만 진우의 움직임은 자신의 눈에도 잘 보이지 않았다.

"……."

그저 감탄만 나올 뿐.

국가 권력급 탱커를 완력으로 제압한 짐승과, 숨결 한 번에 일대를 얼려 버린 괴물을 동시에 상대하면서도 성진우 헌터는 조금도 밀리지 않았다.

이윽고 성 헌터의 신형은 사라지고, 끊이지 않는 굉음만이 터져 나왔다.

오직 그의 주변에만 폭풍이 몰아치고 있는 듯했다.

"어떻게……."

심상치 않은 폭음을 듣고 궁금함을 이기지 못한 토마스가 물어왔다.

"어떻게 돼 가고 있나?"

진우에게서 눈을 떼지 못하고 있는 레나트가 믿을 수 없다는 목소리로 나직이 대답했다.

"마치……."

세상을 멸망시킬 수 있는 괴물들이 뒤엉켜 싸우면 저런 상황을 만들어 낼 수 있을까?

"세상의 종말을 지켜보고 있는 기분입니다."

아무런 수식어 없이 자신의 솔직한 심경을 털어놓은 레나트가 절레절레 고개를 가로저었다.

오직 하나.

그들 중 한 사람이 자신들의 편이라는 사실만이 유일한 위안이었다.

* * *

그때.

"키에에에에에에에엑!"

베르의 비명에 진우의 고개가 그리로 돌아갔다.

벌레 여왕의 발에 밟힌 베르가 빠져나가기 위해 몸부림을 쳤으나 역부족이었다.

순간 진우의 눈이 커졌다.

베르의 몸에서 마력이 빠져나가며 존재감이 서서히 옅어지고 있었다.

'설마 토마스에게 붙여 두었던 그림자 병사도 저런 식으로 없앤 건가?'

진우는 쇄도해 오는 두 군주의 공격을 쳐 낸 뒤, 일단 베르를 피신시키기 위해 소환을 해제했다.

그러나.

[지정한 대상을 불러들일 수 없습니다.]

[지정한 대상을 불러들일 수 없습니다.]

시스템은 멍청한 앵무새처럼 같은 메시지만 반복했다.

진우의 얼굴이 굳어졌다.

이대로 허무하게 베르를 잃을 수는 없었다.

베르는 자신의 소중한 병사인 동시에 그림자 군단 최고의 전력.

'벌레 여왕의 시선을 끌어 주던 베르가 사라지면, 아슬아슬하게 맞춘 균형이 전부 무너진다.'

싸움의 결과와도 직결되는 문제.

자신에게 쏟아지던 창과 검을 뿌리친 진우가 벌레 여왕 쪽으로 튀어 나갔다.

최강의 그림자 병사를 소멸시키는 데 온 신경을 집중하고 있던 여왕은 뒤늦게 진우의 접근을 눈치챘다.

[인간!]

진우는 아까 베르가 보여 줬던 것처럼 목에 마력을 실었다.

"으아아아아-!"

끔찍한 마력이 실린 포효에 벌레 여왕을 감싸고 있던 벌레들이 모조리 떨어져 나갔다.

실체가 드러난 벌레 여왕은 당혹감을 감추지 못했다.

[캬악!]

급히 진우의 얼굴을 향해 녹색의 토사물을 쏟아 냈으나, 진우는 '지배자의 권능'으로 가볍게 막아 냈다.

공기에 남아 있는 독 기운은 패시브가 해결해 주었다.

[대기에 스킬 '극독'의 효과가 남아 있습니다]
['버프 : 해독'의 효과로 치료를 시작합니다.]
[3, 2, 1…… 해독이 완료되었습니다.]

역병의 군주가 가진 힘은 진우에게 아무런 위협이 되지 못했고, 그녀는 이미 진우의 간격 안으로 들어와 있었다.
순간 진우의 눈에서 안광이 번뜩였다.
'아까 혹한의 군주는 심장을 꿰뚫렸는데도 죽지 않았다.'
아마 역병의 군주도 마찬가지일 가능성이 높다.
그렇다면.
급소를 알 수 없으니 찾을 때까지 공격해 보자.
벌레 여왕의 코앞까지 접근한 진우가 단검 손잡이를 쥔 손에 힘을 주었다.
'난도!'
~~두두두두두두두두두두두두~~!
산탄처럼 쏟아진 단검에 난자된 벌레 여왕의 온몸이 찢어졌다.
[아아악-!]
그러나 그녀 내부의 구더기들이 얽히고설키며 금방 원래의 신체를 복원해 냈다.
'재생?'
문제될 것은 없다.
신체를 재생시키는 능력이 있다면 그 재생력을 뛰어넘는 공격을 쉴 새 없이 퍼부으면 그만.
진우는 나가떨어지는 벌레 여왕을 뒤쫓아 가며 스킬 '난도'를 연사했다.

두두두두두! 두두두두두!

[아아아아아악-!]

검은 오러가 실린 '카미쉬의 분노'가 무수한 탄환처럼 끝도 없이 이어지고 또 이어졌다.

"으아아아아아아!"

전력으로 '난도' 스킬을 무한 연사한 진우가 재생 가능한 살점 하나 남기지 않고 깔끔하게 벌레 여왕을 증발시켜 버렸다.

그리고 마침내.

[아홉 군주 중 하나인 역병의 군주 '퀘레샤'를 처치하였습니다.]

[레벨이 올랐습니다!]

[레벨이 올랐습니다!]

[레벨이 올랐습니다!]

…….

눈앞을 가득 메우는 레벨업 메시지의 향연.

'좋았어!'

그러나 아직 자신의 목을 노리는 적이 둘이나 남아 있다는 사실에 기뻐할 틈도 없었다.

진우가 자신을 향한 살기들을 방어하기 위해 급히 돌아서려고 했지만.

적이 조금 더 빨랐다.

역병의 군주를 처치하는 동안 달려든 누군가가 긴 손을 뻗었다.

등 뒤쪽에서 다섯 가닥의 날카로운 바람이 불었다.

푹!

진우는 가슴을 뚫고 나온 다섯 개의 손톱을 발견했다.

'…….'

어느새 완전히 늑대 인간 형태로 변한 송곳니 군주가 칼날 같은 오른쪽 손톱 다섯을 진우의 등에 정확히 박아 넣은 것이다.

다섯 칼날이 모두 급소를 관통한 상태. 진우의 몸이 순식간에 경직됐다.

툭.

쩔그랑.

진우의 손에서 '카미쉬의 분노'들이 떨어졌다.

그 앞에 혹한의 군주가 섰다.

그의 손끝에 냉기가 모여들더니 얼음 단검이 만들어졌다.

[끝이다.]

얼음 단검은 진우의 복부를 꿰뚫었다.

푹!

겨우 의식이 돌아온 베르가 진우를 보고서 비명을 질렀다.

"와, 왕이시여!"

후들거리는 다리로 힘겹게 일어서는 베르에게 진우는 고개를 저었다.

그러나 손톱을 세운 베르가 절뚝거리며 혹한의 군주를 향해 걸어왔다.

"키에에엑!"

베르가 느끼고 있는 절망과 슬픔이 진우에게도 생생히 전해졌다.

그래서 더욱.

군주들의 손에 의해 소멸되는 베르가 보고 싶지 않았다.

진우가 소환 해제 명령을 내리기 직전, 이번에는 베르가 눈물을 흘리며 고개를 가로저었다.

그러나 진우는 베르를 그림자로 돌려보냈다.

자신의 의지와 관계없이 그림자로 돌아간 베르는 조용히 발밑의 그림자와 합쳐졌다.

승기를 잡았다고 확신한 늙은 아이스 엘프가 그 고목 껍질 같은 얼굴을 움직여 입꼬리를 올렸다.

[여기까지인가, 인간이여?]

놈은 진우의 귓가에 입술을 붙이고 속삭였다.

[그렇다면 너는 볼 수 없겠구나. 우리의 군대가 이 땅에 도착하는 순간을. 그때가 되면 너희 인간들의 시체가 산을 만들고, 피가 강을 이룰 것이다.]

진우의 귓가에서 떨어진 혹한의 군주가 굳어 있는 진우의 얼굴을 마주 보며 비릿하게 웃었다.

[그러나 네가 나고 자란 이 나라는 다를 것이다. 이 땅의 모든 인간들은 내가 직접 얼려 영원히 고통받게 만들 터이니. 네가 그들과 있었다는 이유로, 그들은 산 것도 죽은 것도 아닌 채로 무한한 세월을 살아가게 되겠지.]

복부를 파고들어 간 단검에서 냉기가 퍼져 나가며 진우의 몸을 얼어붙게 만들었다.

하얗게 서리가 끼어 가는 얼굴 위에서도 두 눈만은 분노로 이글거리고 있었다.

혹한의 군주는 조소했다.

[그렇게 죽음 속에서 끝없이 나를 증오해라. 그것 또한 나의 즐거움이 될 테니.]

복부에서 단검을 빼낸 혹한의 군주가 단숨에 진우의 심장을 찔렀다.

하얀빛으로 일렁이는 냉기의 단검은 진우의 갈비뼈를 부수고 들어가 정확하게 심장을 관통했다.

푹!

심장이 파괴된 것을 확인한 혹한의 군주가 단검을 빼내자 진우는 힘없이 무너져 내렸다.

바닥에 머리를 부딪친 진우는 현기증을 느꼈다. 동시에 자신에게서 멀어지는 두 적의 기척이 느껴졌다.

'아직…… 조금 더…….'

몸을 움직여 보려 했으나 손가락 하나 까딱할 힘도 남아 있지 않았다. 급작스러운 감각의 소실과 함께 의식이 빠르게 멀어져 갔다.

곧 보고 듣고 느끼는 모든 것들이 깊은 어둠에 잠겼다.

인간의 심장이 멈추었다.

그러자.

의식이 없는 진우에게 시스템 메시지가 하나씩 떠오르기 시작했다.

['플레이어'의 체력이 0이 되었습니다.]

['플레이어'가 사망하였습니다.]

['플레이어'가 검은 심장을 보유하고 있습니다.]

[패시브 스킬 '(알 수 없음)'의 요구 조건을 모두 충족하였습니다.]

[패시브 스킬 '(알 수 없음)'이 발동합니다.]

자동으로 열린 스킬 정보 창에서 깜박이던 패시브 항목의 스킬 하나에 변화가 생겼다.

[스킬]
패시브 스킬 : (알 수 없음) lv.max
근성 lv.1, 단검의 대가 lv.max

스르륵.

[스킬]
패시브 스킬 : 진화 lv.max
근성 lv.1, 단검의 대가 lv.max

* * *

"정신이 드십니까?"
익숙한 목소리가 들려옴과 동시에 진우는 눈을 떴다.
새하얀 천장과 코를 자극하는 소독약 냄새.
등에 닿는 딱딱한 침대의 느낌이 아니어도 충분히 이곳이 어디인지 알 수 있었다.
병원.
그러나 차가운 얼음 단검이 박혔을 때, 가슴 안쪽에서 심장이 부서지는 것을 확실히 느꼈다.
'그런데…… 내가 살아 있다고?'

진우는 상체를 일으켰다.

꽤 오래전부터 자신이 깨기를 기다리고 있었는지 초조한 얼굴의 두 사람이 눈에 들어왔다.

그중 한 사람은 진우도 잘 아는 사람이었다.

“우진철 협회장님. 군주들…… 아니, 그 괴물들은 어떻게 됐습니까? 제가 어떻게 살아 있지요?”

우진철은 옆의 감시과 직원 하나와 당황스러운 시선을 나누다 곧 쓰고 있던 선글라스를 벗으며 말했다.

“세 가지를 말씀드려야겠군요.”

그러곤 침상 옆으로 의자를 당겨 와 앉았다. 부하 직원은 그 뒤에 바싹 붙어 섰다.

“첫째, 저는 협회장이 아니라 감시과 과장입니다. 둘째, 움직이는 석상들 얘기는 제가 성진우 헌터님께 묻고 싶은 부분입니다. 그리고 셋째.”

부릅뜬 그의 눈에서 강렬한 시선이 흘러나왔다.

“어떻게 저를 알고 계시는 겁니까? 우리가 구면이던가요?”

“잠깐, 잠깐만요. 움직이는 석상들이라니요?”

“저희들이 생존자들의 신고를 받고서 백호 길드와 함께 현장을 찾아갔을 때는 벌써.”

“아니, 그게 아니라.”

우진철의 말을 끊은 진우는 어이가 없어 고개를 가로저었다. 말로는 다 표현할 수 없는 감정들이 훅 밀려왔다.

설마.

진우가 고개를 들고 천장을 바라보았다.

눈을 떴을 때부터 뭔가 눈에 익은 정경이라고 생각했었는데, 정말 그곳이었을 줄이야.

'눈에 익을 수밖에…….'

여기서 2주를 보냈으니까.

헌터협회에서 제공해 준 병원의 VIP 병실.

이중 던전에서 가까스로 살아 나온 뒤 처음 눈을 뜬 그 병원, 그 병실에 돌아와 있었다.

우진철이 하는 말을 생각했을 때 단순하게 장소만 그때와 같은 것이 아닌 듯했다.

'어떻게…… 이런 일이?'

채 말을 잇지 못하고 있는 진우에게 우진철이 걱정스럽게 물었다.

"……괜찮으십니까?"

고개를 숙인 채, 지끈거리는 관자놀이를 문지르던 진우가 걱정하지 말라는 의미로 손을 흔들었다.

"저 혼자서 조용히 생각 좀 정리하고 싶습니다. 빨리 제 마력 측정이나 하고 끝내시죠."

자신들이 각성 후 각성 가능성을 의심하고 있다는 사실을 어떻게 아는 거지?

그런 표정으로 멍하니 진우를 바라보던 우진철이 잡생각을 떨치려는 듯 고개를 빠르게 가로젓고는 말했다.

"일단 저희는 그 안에서 일어난 일에 대해서 듣고 싶습니다. 혹시 의식을 잃기 전에 뭔가 본 게 있으시다면……."

"전에 한 번 말씀드렸듯이 기억이 없어서요."

전에 언제 성진우 헌터와 대화를 한 적이 있던가?

아니, 없다.

단연코 없었다.

감시과 특성상 한 번이라도 만나 본 헌터들은 잊지 않는 우진철이다. 그의 기억 속에 '성진우'라는 이름은 남아 있지 않았다.

'아무래도 큰 충격으로 기억에 혼란을 느끼고 있는 것 같군.'

우진철은 진우의 상태를 보고 그렇게 결론을 내렸다.

그렇다면.

자신의 볼일이나 빨리 끝내고 돌아가자고 생각한 우진철이 말했다.

"가져와."

우진철의 지시에 부하 직원이 소형 마력측정기를 가져왔다.

'하…….'

기억과 하나도 다르지 않은 모습에 진우는 실소가 흘러나왔다.

"여기 마정석에 잠시 손을 얹기만 하면 됩니다."

"네."

진우의 협조 덕에 측정 과정은 금방 끝났다.

그런데 측정 결과를 확인하려던 우진철이 인상을 썼다. 그러고는 기계를 몇 번 만지작거리다 직원을 돌아보았다.

"왜 작동이 안 되는 거지? 출발하기 전에 확인해 두라고 하지 않았나?"

"예?"

당혹감을 감추지 못한 직원이 급히 측정기 이곳저곳을 살펴보았으나 달라지는 것은 없었다.

방금 전까지 정상 작동하던 측정기가 측정 대상의 손이 닿자마자 갑자기 꺼져 버렸다. 그러고는 더 이상 작동하지 않았다.

쯧.

부하 직원의 실수를 지켜보다 속으로 혀를 찬 우진철이 진우에게 사과한 뒤 양해를 구했다.

"저희 쪽에서 실수가 있었던 것 같습니다. 금방 다시 측정기를 가져올 테니 조금만 기다려 주시겠습니까? 이번 사건의 조사를 위해 꼭 필요한 절차이니 부디 협조를……."

설명을 다 듣기도 전에 고개를 끄덕거리는 진우를 보고, 우진철은 부하 직원과 함께 병실을 나섰다.

그러나 몇 발짝 가지 않고 멈춰 선 우진철이 되돌아왔다.

'뭐지?'

유일하게 이전 기억과 다른 우진철의 행동에 진우가 고개를 들었다.

우진철은 진우 바로 앞에 서 물었다.

"혹시…… 부정 등록자에 대한 처벌 수위를 알고 계십니까?"

"……."

"전 수많은 최상급 헌터분들을 만나 왔지만 한 번도 당신과 같은 눈빛을 가진 헌터는 보지 못했습니다. 만약 숨기는 것이 있다면 지금이라도……."

"없습니다."

딱 잘라 말한 진우가 자신을 물끄러미 바라보고만 있자, 곧 우진철이 고개를 깍듯하게 숙였다.

"실례했습니다."

병실을 나가는 우진철의 뒷모습을 보면서 진우는 역시 그가 협회장보다는 감시과에 어울리는 인물이라고 생각했다.

그도 그럴 것이.

“상태 창.”

허공에 떠 있는 메시지에 놀라지도 않고서 불러낸 상태 창에 현재 레벨이 표시되었다.

이름 : 성진우

레벨 : 146

직업 : 그림자 군주

칭호 : 악마 사냥꾼 (외 2)

HP : 93,300

MP : 155,720

피로도 : 0

[스탯]

근력 : 324　　체력 : 320

민첩 : 340　　지능 : 340　　감각 : 321

(분배 가능 능력치 포인트 : 0)

물리 데미지 감소 : 65%

마법 데미지 감소 : 44%

[스킬]

패시브 스킬 : 근성 lv.1, 단검의 대가 lv.max

액티브 스킬 : 신속 lv.max, 살기 lv.2, 난도 lv.max, 단검 쇄도 lv.max, 은신 lv.max, 지배자의 권능 lv.max

[직업 전용 스킬]

액티브 스킬 : 그림자 추출 lv.2, 그림자 저장 lv.2, 군주의 영역 lv.2, 그림자 교환 lv.2

'마지막으로 봤을 때보다 레벨이 월등하게 높은 건 역병의 군주 처치로 얻은 경험치 때문인가?'

그것뿐만이 아니었다.

창고 안에는 그동안 넣어 두었던 모든 것들이 고스란히 저장되어 있었다.

맨 앞칸에 보관된 '카미쉬의 분노' 두 자루를 보고 진우는 허탈해했다.

그전까지 이뤄 놓았던 모든 걸 가지고 처음으로 돌아왔다.

'그림자 병사들은 남아 있지 않지만…….'

병력은 다시 모으면 그만.

능력과 기억을 그대로 가져온 진우는 이전보다 모든 일들을 훨씬 더 잘해 낼 자신이 있었다.

하지만.

이게 과연 어떻게 된 일일까?

왜 이런 일이 벌어진 거지?

머릿속을 교차하는 온갖 생각에, 다시 잡게 된 기회임에도 웃을 수가 없었다.

혹시 뭔가 잊은 것은 없는지 꼼꼼히 되짚어 보던 진우가 고개를 들었다.

'이제 곧…….'

역시나.

기억하고 있던 대로 타이밍 딱 맞게 여동생이 안에 들어섰다.

"오빠!"

친구들을 잃고 나서부터는 어딘지 모르게 웃어도 늘 그늘져 있던 동생의 얼굴에서 오늘은 수심이 보이지 않았다.

동생의 표정에 가슴이 뭉클해진 진우가 동생을 끌어안았다.

"오, 오빠?"

오빠가 깨면 헌터를 그만두라고 다그치려 했던 진아는 진우에게 선수를 뺏기고 당황스러워했다.

"뭐야? 왜 이러는데? 머리라도 다친 거야?"

겨우 떨어진 오빠가 싱긋 웃자 화낼 생각도 사라져 버린 동생은 의아한 눈으로 고개를 갸웃거렸다.

콕 집어 말할 수는 없지만 뭔가 평소와는 전혀 다른 오빠의 모습.

그러고 보니, 보지 못한 며칠 사이에 오빠의 키가 훨씬 커진 것 같다는 인상을 받았다.

진아가 혼란스러워하는 것과 반대로 진우는 점차 생각이 정리되어 갔다.

자신이 해야 할 일들이 순서대로 머릿속에 그려졌다.

동생을 밖으로 쫓고 옷을 갈아입은 진우가 병실 문을 나섰다.

이전에 입었던 옷이라 꽉 끼고, 죽다 살아나다 보니 옷의 상태도 엉망이었지만 어쩌겠는가?

환자복을 입고 시내를 돌아다닐 수는 없으니.

자신을 지나쳐 어디론가 빠르게 이동하는 진우를 보고 진아가 소리쳤다.

"오빠, 어디 가는데?"

"헌터협회에."

"거긴 왜?"

"헌터 그만둔다고 말하려고."

"정말?"

눈을 동그랗게 뜬 동생을 진우가 돌아보았다.

"너 외출로 잠깐 밖에 나온 거 알고 있으니까 빨리 학교로 가."

"뭐어-?"

점점 더 모르겠다는 표정이 되어 가는 진아의 눈에, 어느새 오빠의 뒷모습이 사라졌다.

* * *

재심사 결과를 확인하는 협회 직원이 눈을 몇 번이나 비볐다.

차해인 이후 2년 만이던가?

10번째로 등장한 측정 불가 등급의 헌터를 올려다보는 직원의 얼굴이 하얗게 변했다.

거지 같은 행색이라 무시했던 남자가 S급 헌터라니.

"지, 지금 기기로는 성진우 헌터님의 마력을 측정하기가……."

"알고 있습니다. 그런데 재측정 전에 협회장님을 한번 만나 뵙고 싶은데 괜찮겠습니까?"

"혀, 협회장님을요?"

"네."

재심사 절차를 꿰고 있는 진우가 협회장과의 만남을 요구하자 직원이 얼떨결에 수화기를 들었다.

"네, 네. 네. 그렇습니다, 측정 불가 등급입니다. 알겠습니다. 네. 그렇게 전해 드리겠습니다."

정말로.

헌터 협회장님께서 이 남자를 만나 보겠다고 하셨다.

"그럼 제가 협회장실까지 안내해 드리겠……."

"협회장실 위치는 알고 있습니다. 제가 알아서 갈게요."

짧은 인사 후 엘리베이터로 다가가는 진우를 바라보는 직원의 얼굴에 당혹감이 어렸다.

'외부인이 어떻게 협회장실 위치를 안다는 거야?'

그러나 그 남자를 태운 엘리베이터는 정확히 협회장실이 있는 층에 멈추었다.

"헛……."

걱정스러운 시선으로 층수 표지판을 지켜보던 직원이 나직이 탄성을 터트렸다.

팅-

멈춰 선 엘리베이터에서 내려서던 진우는 자신을 지나쳐 엘레베이터에 타려는 낯익은 얼굴을 발견했다.

진우가 돌아섰다.

"당신."

사내는 진우가 자신을 돌아보자 열림 단추를 눌렀다.

"나 말이오?"

"은신 스킬을 보유하고 있으면서도 신고하지 않았더군. 상급 헌터면서도 집중 관리 대상에 없었어."

감시과 소속 헌터, 강태식의 얼굴이 굳어졌다.

"그걸 어떻게……?"

"누군가가 네게 딸의 복수를 부탁해 올 거다. 난 범죄자들을 어떻게 할 건지에는 관심 없어. 그러나 그 일로 무고한 헌터들을 다치게 만든다면 넌 내 손에 죽는다."

진우가 살기를 드러내자, 강태식이 흠칫하며 허리춤에 손을 뻗었다.

그런데 없었다.

뒤춤을 더듬거리던 강태식은 그제야 자신의 나이프가 사라졌다는 사실을 깨달았다.

"이걸 찾나?"

진우는 던졌다 받았다 하던 나이프를 돌려주었다.

진우가 그동안 자신이 상대해 왔던 헌터들과는 급이 다르다는 사실을 눈치챈 강태식이 말없이 나이프를 받았다.

"경고는 한 번이다."

상대가 마음만 먹으면 자신을 원하는 만큼 잘라 놓을 수 있을 것이기에, 강태식은 나이프를 도로 집어넣으며 천천히 고개를 끄덕였다.

그러곤 돌아서는 진우의 등 뒤에다 물었다.

"이봐…… 당신은 대체 누구야? 우리 만난 적 있던가?"

한마디 대꾸 없이 복도를 걸어가던 진우는 조용히 협회장실로 들어갔다.

그가 사라지고 난 뒤, 식은땀이 가득한 자신의 손을 내려다보던 강태식이 '열림' 버튼에서 손을 뗐다.

"……이거 귀신에 홀리기라도 한 기분이군."

* * *

'협회장님…….'

진우가 멈춰 섰다.

진짜 살아 있는 고건희 협회장이 협회장석에 앉아 문서들을 검토하고 있었다.

문턱에 선 진우는 그리움에 찬 시선으로 협회장을 바라보았다.

고건희는 허허 웃으며 말했다.

"자신 있게 문을 열어젖힌 것치고는 패기가 부족하시군요. 안으로 들어오셔도 됩니다, 성진우 헌터님."

고건희는 자기 의자에서 일어나 앞으로 걸어 나오며 진우에게 소파에 앉을 것을 권했다.

그리고 자신은 그 맞은편에 엉덩이를 붙였다.

"앉지 않으실 겁니까?"

문득 그 얼굴에서 처음 만났을 때의 고건희가 겹쳐 보여 진우의 얼굴이 잠깐 굳어졌다.

잠시 무표정으로 서 있던 진우가 자리에 앉았다.

"아닙니다."

그런 진우를 본 고건희는 말문을 열었다.

"재심사 결과 후 바로 절 찾으신 걸 보면 어느 정도 절차에 대해 알고 계시는 것 같군요."

"그렇습니다."

"그럼 거두절미하고 단도직입적으로 말씀드리지요."

"그전에 먼저, 제가 협회장님께 제안하고 싶은 얘기가 있습니다."

"제안?"

고건희 협회장은 마치 자신이 S급 헌터가 될 줄 알고 있었던 것처럼 행동하는 청년이 당황스러웠다.

그러나 당돌함은 젊은이들의 훌륭한 무기.

고건희는 어째서인지 눈앞의 청년이 그다지 싫지가 않았다.

그래서일까.

자연스럽게 떠오른 미소를 숨기지 않은 채 청년의 말에 귀를 기울였다.

"뭘 원하십니까, 헌터님?"

"헌터가 불러내는 소환수까지 공격대 인원에 포함할 수 있도록 규정을 바꿔 주십시오."

"규정을 고쳐 달라니……. 꽤 어려운 부탁이군요. 제가 요구를 들어줄 수밖에 없을 정도로 매력적인 조건이 동반되기를 바랍니다."

잠시 뜸을 들였던 진우가 말했다.

"제가 제주도의 개미들을 전부 잡아 드리겠습니다."

지금은 병사들을 보충하는 일이 시급하다.

그리고 제주도에는 당장 그림자 병사들로 만들 수 있는 양질의 마수들이 잔뜩 기다리고 있다.

이 제안이 받아들여지면 그림자 병사들의 충원이 끝나게 될 뿐만 아니라, 앞으로의 활동에 있어 인원 제한 또한 걱정할 필요가 없게 된다.

'생명의 신수'로 어머니를 깨우기에 앞서 반드시 이번 작업을 끝내 두고 싶었다.

그러나 협회장의 귀에는 진우의 제안이 자살하러 가겠다는 소리로 들릴 뿐이었다.

“말도 되지 않는 소리 하지 마시오!”

충분히 예상됐던 반응.

진우는 허둥대지 않고 침착하게 자기 안에 잠들어 있는 모든 마력을 아주 잠깐, 일시에 해방했다.

진우에게서 끝을 짐작할 수 없는 강대한 힘이 퍼져 나갔다.

강한 자만이 상대의 힘을 가늠할 수 있는 법.

천외천.

하늘 위의 하늘이라 불리는 고건희 협회장이 믿을 수 없다는 얼굴로 고개를 가로저었다.

“어떻게…… 어떻게 이런……. 이건 대체?”

전율.

지금까지 어디에서도, 그리고 그 누구에게서도 이 정도의 마력은 느껴 보지 못했다.

국가 권력급 헌터?

아니, 그들마저 아득히 넘어설 것 같은 힘에 고건희 협회장은 벌어진 입을 다물지 못했다.

“제가 제주도의 개미들을 해결할 수 있습니다.”

그것이 고건희 협회장의 평생 숙원이라고 했던가.

의연한 표정으로 젊은이의 철없음을 꾸짖으려던 고건희 협회장의 얼굴에 표정 변화가 생겼다.

“진심…… 이십니까?”

진우가 고개를 끄덕였다.

“저만이 할 수 있는 일입니다. 제게 맡겨 주세요.”

* * *

진우는 저쪽 땅끝에서부터 이쪽 땅끝까지 널려 있는 개미 마수들의 사체를 바라보았다.

그리고 지금 발밑에.

베르, 아니, 아직은 개미왕의 사체가 놓여 있었다.

못 본 지 얼마 되지도 않았는데 벌써 왕을 찾는 베르의 목소리가 그리웠다.

진우는 개미들을 향해 외쳤다.

“일어나라.”

그러자 진우의 시야에 들어왔던 모든 개미들의 그림자에서 그림자 병사들이 스르륵 올라왔다.

그중엔 베르도 있었다.

“왕이시여…….”

자신을 둘러싸고 무릎을 꿇는 수천 마리의 개미들을 둘러보며 진우는 천천히 고개를 끄덕거렸다.

새로운 군대.

처음부터 완전한 준비가 갖춰진 새 그림자 군단이 진우에게 충성을 맹세했다.

그러나.

진우는 그들과 대화하고 나서 확신할 수 있게 됐다.

“……그만하자.”

그림자 군단까지 갖춰졌는데도 채워지지 않는 이 가슴속의 공허함.

베르가 걱정스러운 얼굴로 고개를 들었지만, 그 표정과 감정조차도 거짓이란 사실을 알 수 있었다.

그래서 그들과 마주하고 있는 지금 더더욱 마음이 아파 왔다.

진우의 목에 굵은 힘줄이 돋았다.

"이 전부가 가짜라는 것을 알고 있다. 이쯤에서 그만두고 네 정체를 드러내라!"

너무도 현실 같은 환상.

때문에 잠깐 동안은 정말 이쪽이 진짜 현실이기를 바라기도 했다.

그러나 여기서 보낸 시간만큼.

시간에 비례해 커져 가는 공허함은 어떻게 해도 숨길 수가 없었다.

진우는 자신을 둘러싼 인위적인 기운을 향해 힘껏 소리쳤다.

"어서-!"

그 순간, 포효를 내지르던 진우가 뒤늦게 변화를 깨달았다.

멈춰진 시간.

고개를 들어 올린 모든 개미 병사들의 시선이 자신에게 향해 있었다.

그 기계적인 눈빛들에 순간 소름이 돋았다.

그때.

진우의 발밑에서부터 군주의 영역, 새까만 그림자가 빠르게 펴져나갔다.

그 그림자에 닫는 모든 것들이 덧없이 사라져 갔다.

베르, 병사들, 사체들, 땅, 바다, 그리고 마지막으로 하늘까지.

곧 세상 전부가 그림자에 잠겼다.

어둠 그 자체로 변했다.

그제야 비로소 어둠 속의 어딘가에서 묵직한 목소리가 들려왔다.

[원하기만 한다면 넌 영원히 이 세상에서 지낼 수 있다. 행복한 꿈에서 다시는 깨지 않는 것처럼.]

진우는 방향을 알 수 없는 목소리를 찾아 주위를 둘러보며 말했다.

"이렇게 계속 네가 만든 환상 속에 갇혀 있으라는 건가?"

[아니. 내가 만든 것이 아니다. 이 세상은 네가 만든 것.]

"내가 만들었다고?"

허튼소리.

반박하려는 진우에게 뭔가의 접근이 느껴졌다.

뒤쪽.

진우가 휙 돌아섰다.

아니나 다를까.

뒤쪽의 짙은 어둠에서 누군가가 걸어 나왔다.

다른 그림자 병사들과는 비교가 되지 않을 만큼 정교하게 이뤄진 흑색의 갑주. 그리고 그 어떤 존재에게서도 느낄 수 없었던 충격적인 위압감.

진우는 그와 마주하자 입을 열기조차 힘들었다.

그가 말했다.

[그동안 네가 저질렀던 실수를 만회하고 싶은 너의 욕망에, 나의 힘이 보태져 만들어진 세상. 이곳은 죽음, 곧 나의 영역이다.]

진우는 그제야.

그제야 지금 서 있는 이 어둠 속이 세상의 그 어떤 장소보다 포근하게 자신을 감싸 주고 있다는 사실을 깨달았다.

'이것이 영원한 안식…….'

죽음.

그렇다면 이 의식 저편의 세계를 자신의 영역이라 말하는 저 남자는…….

진우는 답을 그의 입에서 직접 듣기 위해 물었다.

"당신은……?"

흑색 갑주의 사내는 천천히 진우에게 가까워졌다.

[나는 네가 생각하는 것보다 훨씬 더 긴 시간 너를 지켜봐 왔다. 누구보다 죽음과 가까이 있으면서도 누구보다 더 필사적으로 저항해 왔던 너를.]

나를…… 지켜보고 있었다고?

결국 진우 앞에 선 그가 빨려 들어갈 것만 같은 검은 눈으로 진우를 내려다보았다.

[나는 네 항쟁의 역사이며, 네 저항의 흔적이고, 고통의 보상이다. 나는 죽음이자, 안식이고, 또한 공포이다.]

그의 한마디 한마디가 진우 안에서 묵직하게 울렸다.

약해 빠졌으면서도 살아남기 위해 발버둥 쳤었던 기억들이 주마등처럼 뇌리를 스쳐 지나가며 가슴을 뛰게 만들었다.

진우의 손목을 움켜잡은 그가 자신의 가슴 위에 진우의 손을 올렸다.

진우의 눈이 커졌다.

두꺼운 갑주 너머에 있음에도 분명히 느낄 수 있었다.

어떻게 모르겠는가?

조금만 집중하면 언제나 들을 수 있었던 이 익숙한 심장의 박동을.

어디서 뛰고 있는지 알 수 없었던 두 번째 심장의 소리를.

검은 심장.

검은 심장이 그의 가슴속에서 세차게 박동하고 있었다.

[나는…….]

그는 조용히 말을 맺었다.

[너다.]

5. 그림자 군주의 기억

5. 그림자 군주의 기억

'나는 너다'라는 말.

검은 심장과 접촉한 진우는 그 말의 의미를 이해할 수 있었다.

진우가 오른쪽을 돌아보았다.

그러자 갑자기 고층 빌딩 수십 개를 합친 것만 한 크기의 거대한 나무가 하늘 끝까지 솟아올랐다.

이번엔 반대편.

왼쪽으로 고개를 돌리니, 어둠 속 저편에서 달려온 자기 부상 열차가 눈 깜짝할 사이에 지나갔다.

그저 진우가 그 형태를 떠올렸을 뿐인데, 눈앞에 나타났다.

무에서 유가 창조된 것이다.

[그렇다.]

그림자 군주가 말했다.

[나의 영역에서 너는 네가 마음먹은 모든 것을 행할 수 있다.]

"당신과 내가 같은 힘을 가지고 있기 때문에?"

그림자 군주가 고개를 끄덕였다.

그의 시선이 진우가 만들어 낸 거대한 나무로 향했다.

나무는 순식간에 크기가 줄어들더니 흔히 볼 수 있는 아담한 꽃 한 송이로 변했다.

비록 자신의 영역 안에서만 가능한 일이라지만, 세계를 창조하고 없애며 변화시키는 것까지 가능한 그의 힘에 나지막이 감탄이 흘러나왔다.

전능한 힘.

지금 그 힘이 자신의 손안에도 들어왔다.

잠깐 눈을 감았던 진우가 눈을 뜨자, 진우의 발밑에서부터 사방으로 꽃들이 번져 나갔다.

그림자 군주가 나무를 변형시켜 만든 꽃과 같은 종류였다.

뛰어난 감각의 위력일까?

아니면 그림자 군주와 자신이 연결되어 있기 때문일까?

진우는 꽃들을 둘러보며 만족하는 그림자 군주의 심정을 느낄 수 있었다.

그림자 군주의 시선이 다시 진우에게 돌아왔다.

[너와 만나게 될 이 순간을 오랫동안 고대해 왔다.]

그림자 군주는 진우에게 정식으로 인사했다.

[나는 그림자 군주. 죽음의 힘을 다스리는 망자들의 왕이자, 가장 깊은 어둠을 지배하는 관리자이다.]

위엄이 넘치는 군주의 모습.

생명을 가진 존재라면 누구라도 벌벌 떨게 만들 진정한 죽음을 바로 앞에 두고도 진우는 전혀 두렵지 않았다.

그와 나는 같다.

또 하나의 자신과 만나게 된 진우는 가슴이 벅차오름을 느꼈다.

드디어.

처음 시스템을 접한 뒤, 단 한 번도 머릿속을 떠나지 않았던 그 질문을 할 수 있게 되었다.

"어째서…… 나였지?"

시스템은 왜 자신을 '플레이어'로 선택하였을까?

단순히 그날 그 이중 던전에서 살아남았기 때문에?

아니.

분명 다른 이유가 있을 거라고 생각했었다.

그리고 지금 그 의문이 풀릴 순간이 왔다.

[보여 주마.]

그림자 군주가 진우의 이마를 향해 천천히 손을 뻗었다.

그의 검지가 이마에 닿는 순간, 시야가 바뀌었다.

[우리의 시작과 끝을. 그리고 너의 시작을.]

* * *

이렇게 많은 나라에서, 이렇게 많은 사람들이 동시에 비명을 내질렀던 일이 과거에도 있었을까?

괴물의 단검에 성진우 헌터의 가슴이 뚫리는 순간, 그들은 머리를 감싸 쥐거나 비명을 터트렸다.

비명 뒤에 찾아온 것은 쇳덩이처럼 무거운 침묵.

힘없이 무너져 내리는 성진우 헌터를 지켜보는 사람들의 입에서 비통한 신음이 흘러나왔다.

"아……."

국가 권력급 헌터인 토마스 안드레에 이어 성진우까지 실패했다.

그럼 이제 누가 남았는가?

없다.

더 이상 괴물들을 막을 이가 남지 않았다는 사실을 잘 알고 있는 사람들의 얼굴이 돌처럼 딱딱하게 굳어졌다.

그리고 잠시 후.

-어? 이거 왜 이래. 어? 어?

카메라맨이 당황하는 소리와 함께 영상마저 뚝 끊겼다.

서울 상공에 떠 있는 거대한 게이트와, 갑자기 나타나 최고의 헌터들을 연달아 살해한 괴물들.

세계의 시청자들은 지금 자신들이 종말의 전조를 보고 있는 것은 아닐까, 하는 생각을 지울 수 없었다.

충격과 경악 속에서.

현장 중계 영상이 이미 끊겼음에도 사람들은 한참 동안이나 화면 앞을 떠나지 못했다.

* * *

얼어붙은 촬영용 헬기가 연기를 내뿜으며 아래로 떨어졌다.

헬기를 추락시킨 혹한의 군주가 손을 거두었다.

그의 시선이 쓰러져 있는 진우에게로 내려갔다.

서리 낀 입술이 달싹거리며 진우의 상태를 알렸다.

[그의 숨은 끊어졌다.]

송곳니 군주의 짐승 같은 눈과 귀가 대상의 죽음을 확인했다. 대상의 어디에서도 생명의 기운을 찾아볼 수 없었다.

가장 강력한 왕들 중 하나가 변수로 작용하기 전에 제거하는 데 성공했다. 두 군주의 시선에 승자의 여운이 맴돌았다.

그러나 아직 모든 일이 끝난 것은 아니다.

고개를 들어 올린 두 군주의 시선이 일제히 저 멀리 피신해 있던 토마스에게로 향했다.

그들의 시선을 느낀 레나트는 움찔 몸을 떨었다.

"젠장……."

짐승 같은 인간 하나를 막기 위해서도 목숨을 버릴 각오를 해야 했는데, 이제는 거기에 놈과 동급이거나 그 이상으로 보이는 아이스 엘프까지.

'성진우 헌터는 어떻게 저런 놈들과 그렇게까지…….'

빨라지는 심박수.

그러나 이제 저들을 상대로 약간의 시간이나마 벌 수 있는 헌터는 오직 자신뿐이었다.

레나트는 심호흡을 내쉬었다.

"이봐…… 방금 성 헌터의 기척이 사라졌다. 무슨 일이 일어난 거지?"

아직 부상이 반도 채 회복되지 않은 토마스가 물었다.

레나트는 차마 떨어지지 않는 입술을 간신히 움직였다.

"그는……."

그때.

레나트에게로 걸어오던 두 군주가 동시에 뒤를 돌아보았다.

[……!]

[……!]

있을 수 없는 일.

심장이 부서진 것을 확인한 인간의 몸에서 격한 심장의 박동 소리가 들려오고 있었다.

어떻게?

어떻게 이런 일이?

두 군주는 믿을 수 없다는 듯 서로 시선을 교환했다.

생각할 수 있는 최악의 결과가 그들의 머릿속에 떠올랐다. 그 한 가지 가능성을 간과하고 있었다.

[설마…….]

군주들은 인간을 죽이면 그 몸에 들어 있는 그림자 군주까지 소멸되리라 생각했다.

인간의 몸에 강림한 자신들이 그렇게 되는 것처럼.

그러나 상대는 망자들의 왕.

모든 이에게 평등한 죽음이 그에게도 같을 것이라는 보장은 없었다.

누군가에게는 마지막이, 누군가에는 새로운 시작이 될 수도 있는 것이다.

[안 돼…… 그럴 수는 없다.]

막아야 한다.

가짜의 죽음으로 진짜 왕이 강림하는 일만큼은.

사색이 된 두 군주가 본능적으로 움직였다.

순식간에 진우와의 간격을 없앤 두 군주가 각각 긴 손톱과 얼음 창을 진우에게 내뻗었다.

강림의 도구가 될 수 있는 신체를 제거하기 위해 그들은 무기에 마력 전부를 실었다.

그러나.

사뿐히 지면에 내려앉는 누군가의 단검들에 손톱과 창이 가로막혔다.

그림자 군주의 의식은 아직 돌아오지 않았다.

그렇다면 누가?

[……?]

필살의 일격이 막히고 만 두 군주가 당혹감을 감추지 못했다.

곧 은신이 완전히 걷히고 단검들의 주인이 신형을 드러냈다.

로브의 후드 속에서 금빛으로 빛나는 눈동자가 두 군주를 노려보았다.

"지금부터는 누구도 이 아이를 건드릴 수 없다."

* * *

다른 세계.

아무것도 시작되지 않았던 시기에 빛과 어둠이 있었다.

절대자는 빛을 쪼개 신의 사자들을 만들었고, 나머지 어둠을 쪼개 여덟 군주를 만들었다.

태초의 명에 따라 세계를 파괴하려는 군주들과 세계를 유지하려는 사자들은 서로의 병사들을 끝없이 죽이고 또 죽였다.

오랜 전쟁 끝에.

끝나지 않는 싸움에 지쳐 있던, 가장 찬란한 빛의 파편이 절대자에게 물었다.

지배자시여.

어찌하여 당신은 당신을 위해 싸우는 신실한 종들을 돕지 않으시나이까?

어찌하여 우리들의 고통을 모른 척하시나이까?

당신을 위해 죽어 간 수많은 병사들의 비명이 정녕 들리지 않으시나이까?

도와주소서.

저희에게 저들을 멸할 수 있는 힘을 빌려주시옵소서. 저들의 목을 잘라 당신의 안전에 바치겠나이다.

그러나 절대자는 그에게 응답하지 않았다.

그때 광휘의 파편들은 알게 되었다.

절대자에게 자신들과 군주들의 싸움은 한낱 유흥거리에 지나지 않으며, 절대자는 그 싸움이 끝나기를 원치 않고 있다는 사실을.

절대자가 존재하는 한 전쟁은 영원히 끝나지 않는다는 사실을 깨닫고 그들은 깊이 절망했다.

절망은 분노가 되었고, 분노는 곧 증오로 바뀌었다.

그들은 이 의미 없는 싸움을 끝내기 위해 칼을 빼 들었다.

반란이었다.

진우는 우주를 뒤덮은 병사들의 끝도 없는 행렬을 보았다.

"맙소사……."

그러나 멀리에 그들을 막아서는 한 무리의 병사들이 나타났다.

그림자 군주는 손을 뻗어 그 무리의 가장 앞, 여섯 장의 날개를 가진 광휘의 파편을 가리켰다.

[저것이 이전의 나다.]

신의 사자들이 일으킨 반란에 맞섰던 유일한 신의 사자.

그러나 보잘것없는 숫자의 병력들은 사자들의 연합 군단에 맥없이 무너지고 말았다.

마지막까지 충성심을 버리지 않았던 광휘의 파편은 무수한 적에게 휩쓸리는 용맹한 부하들을 지켜보며 죽어 갔다.

끝이라고 생각했다.

그러나 어둠 속에서 눈을 뜬 그는 자신에게 절대자가 어떤 힘을 숨겨 놓았음을 알게 되었다.

절대자는 만약을 대비해 가장 충성스러운 종에게, 모든 것이 잘못되었을 때 그것들을 아예 끝장낼 수 있는 괴악한 힘을 심어 두었다.

무저갱의 영원한 어둠 속에서 죽음의 군주가 드디어 자신의 힘에 눈을 떴다.

불타 흔적만 남아 있는 날개들을 뜯어내고, 감싸고 있는 어둠을 둘러 갑옷을 만들었다.

[일어나라-!]

무저갱에 잠들어 있던 영혼들이 자신들의 왕에게 충성을 맹세했다.

그는 자신의 새로운 군대를 이끌고 돌아갔다.

그러나 그가 돌아왔을 땐 모든 것이 끝난 뒤였다.

광휘의 파편들은 절대자를 죽이고 스스로 신을 자처하며 지배자들이 되었고, 절대자의 힘이 담긴 도구들을 이용해 군주들을 사냥하기 시작했다.

거인들의 왕, 태초의 군주 레기아가 지배자들의 손에 잡히며 힘의 균형이 무너지자 군주들은 사태의 심각성을 깨달았다.

그때.

그림자 군주가 그들에게 손을 내밀었다.

공동의 적인 지배자들에게 대항하기 위해 모든 군주들이 손을 잡았다.

그렇게 일곱 지배자와 아홉 군주의 싸움은 오랫동안 이어졌다.

그러나 싸움이 길어지면 길어질수록 그림자 군주의 군대는 점점 더 늘어났다.

시간은 그림자 군주의 편이었다.

그림자 군주의 눈부신 활약으로 군주들이 이 오랜 싸움에서 승기를 가져가는 듯했다.

그러나 어느덧 광룡들의 왕이 이끄는 파멸의 군단과 어깨를 나란히 하게 된 그림자 군단을 두려워하는 이들은 지배자들뿐만이 아니었다.

그림자 군주가 두려웠던 두 군주, 백염의 군주와 송곳니 군주는 전쟁의 막바지에 그림자 군주의 뒤를 노렸다.

진우는 다시 한번 그때 불러온 그 데이터에서 봤던 장면을 보게 됐다.

악마 군단과 짐승 군단이 지배자들의 군대와 힘을 합쳐 그림자 군주와 그의 군대를 덮쳤다.

그림자 군단은 괴멸에 가까운 피해를 입었다.

짐승들의 왕, 송곳니 군주는 이미 자신의 병사들을 버리고 달아난 후였으나, 악마들의 왕, 백염의 군주 바란은 배신의 대가를 치렀다.

그때 듣지 못했던 말.

죽어 가는 바란의 마지막 말들을 듣고 있던 진우의 눈동자가 크게 흔들렸다.

그리고.

머리 위에서.

여섯 개의 날개를 가진 천사 넷이 천천히 내려섰다.

여기까지였다.

그때 데이터를 통해 자신이 볼 수 있었던 영상은.

더 이상 그림자 군단을 움직일 힘도 없어진 그림자 군주의 사방을 네 명의 지배자들이 둘러쌌다.

그림자 군주 또한 싸움의 결과가 보이는지 자신의 검을 바닥에 내던졌다.

저들이 저때 그림자 군주를 죽였다면, 지금 여기 있는 그림자 군주는 어떻게 설명할 수 있을까?

진우는 마른침을 꼴깍 삼키며 어쩌면 그림자 군주의 마지막이 될지도 모르는 장면을 보았다.

그러나 그때.

지배자들이 하나둘 그림자 군주에게 무릎을 꿇기 시작했다.

그리고 잠시 후, 가장 앞에 조아린 지배자가 입을 열었다.

[이제 그만 우리를 용서해 주십시오. 가장 위대했던 광휘의 파편이시여.]

지배자들이 그림자 군주에게 용서를 구했다.

압도적 우위.

마음만 먹는다면 얼마든지 그림자 군주를 무로 돌려보낼 수 있음에도 그들은 화해를 원했다.

그것은 그들이 한날한시에 태어난 동료였을 때.

광휘의 군단을 이끌고 가장 앞장서서 군주들의 세력과 맞서 왔던 최고의 전사에게 바치는 경의의 표현이었다.

그림자 군주가 그들의 리더는 아니었으나, 동료들은 그를 리더 이상으로 존경했었다.

그래서 그림자 군주를 없애라는 자신들의 리더, '가장 찬란한 광휘'의 명령을 무시하고 그들은 무릎을 꿇었다.

[우리는 이제 더 이상 싸울 이유가 없습니다.]

그림자 군주의 불같은 음성이 대지를 울렸다.

[어째서 이유가 없느냐!]

그림자 군주는 용서를 비는 지배자의 멱살을 잡아 억지로 일으켰다.

[너희의 검과 창이 내 주군을 해하지 않았느냐?]

[그분께서는 우리의 주인이기도 했었습니다.]

[그렇기에 너희의 죄가 더 끔찍한 것이다!]

지배자들은 분노한 그림자 군주에게 정중한 태도를 유지했다.

[그분께 반기를 들었을 때, 저희들이 어떤 심정이었는지 누구보다 더 잘 알고 계시지 않습니까?]

그림자 군주가 고개를 들자 어느새 하늘에 몰려든 병사들이 걱정스러운 시선으로 이쪽을 내려다보고 있었다.

충성스러운 병사들.

저들이 적의 손에 죽어 나가는 것을 지켜보는 심정을 어찌 모를까?

수많은 전장의 최전선에서 저들을 이끌며 주인을 위해 피를 흘렸던 이가 바로 자신이었다.

[저희는 이 전쟁을 끝내고 싶었을 뿐입니다.]

지배자의 멱살을 쥐고 있던 그림자 군주의 손이 아주 약간 느슨해졌다.

[그리고 이제 드디어 그 기회가 왔습니다.]

[그래, 너희는 끝낼 수 있다.]

그림자 군주가 떨어져 있는 검을 주워 들어 지배자의 손에 쥐여 주었다.

[이 검으로 나를 베라.]

그리고 다른 지배자들을 둘러보며 소리쳤다.

[너희들의 창으로 나의 심장을 꿰뚫어라! 그것이 너희가 말하는 끝이다! 너희는 전쟁의 승리자가 될 것이다!]

그러나 곧 지배자의 손에서 검이 힘없이 떨어져 내렸다. 다른 어느 누구도 그림자 군주에게 무기를 들이밀지 않았다.

대신 간절함이 담긴 목소리만이 돌아왔다.

[이제 그만 저희를 용서해 주시지 않겠습니까?]

그러나 그들의 간절함은 그림자 군주를 그 어떤 무기보다도 더 고통스럽게 만들었다.

부하를 잃고, 주군을 잃고, 자기 본인마저 영원한 어둠에 갇혀 있을 때, 자신을 움직이게 만든 것은 복수심이었다.

그들을 향한 복수심으로 지금까지 버텨 왔다.

그들에게 정당한 대가를 치르게 만들겠다는 일념만으로 망자들의 군대를 이끌었다.

그런데.

끝이 보이지 않는 전쟁에서 병사들을 벗어나게 하고 싶었다며 용서를 구하는 이들을 어떻게 증오할 수 있겠는가?

주인을 지키기 위해 싸운 자신도, 부하들을 살리기 위해 싸운 저들도, 모두 운명에 희생된 피해자였던 것.

무릎을 꿇고 있는 그들이 실은 증오스러운 적이 아니라, 생사를 함께했던 동료였다는 사실이 심장을 짓눌렀다.

더 이상 존재의 이유가 없어진 지금, 그림자 군주는 피를 토하듯 외쳤다.

[나를 죽여라!]

모든 것을 여기서 끝낸다.

차라리 무의 세계로 돌아가 모든 걸 잊고 안식에 잠기겠다.

[어서!]

그러나 지배자들은 조금도 움직이지 않았다.

처음에 했던 그대로 무릎을 꿇은 채 머리를 조아렸다.

그림자 군주가 고개를 들었다.

그러자 가장 위대했던 하늘의 전사를 기억하는 병사들이 하나둘 가슴에 주먹을 얹고 고개를 숙였다.

[…….]

비록 뜻이 달라 적으로 싸워 왔지만 가슴속의 존경심만은 잃지 않았던 병사들이 경의를 표했다.

그 병사들의 숫자가 하늘을 뒤덮을 정도.

결국 모든 병사들이 고개를 숙이게 되었을 때, 말없이 지켜보던 그가 조용히 돌아섰다.

그렇게 사라진 그림자 군주는 자취를 감추었고, 세 군주들의 내부 다툼으로 전력의 손실이 막대했던 군주들은 끝내 지배자들에게 패배했다.

그들은 남은 병력을 데리고 차원의 틈새로 달아났다.

진우는 어마어마한 게이트를 통해 대규모로 이동하는 군주들의 병사들을 보며 말을 잇지 못했다.

'패잔병의 규모가 저 정도라니…….'

그동안 얼마나 많은 병사들이 그깟 절대자의 '유희' 때문에 희생되어 왔는지 짐작조차 되지 않았다.

그들을 위해 주인에게 반기를 든 지배자들의 심정도 이해가 되었다.

그런데 그때.

잠적했던 그림자 군주가 다시 그들 앞에 나타났다.

그림자 군주와 송곳니 군주.

군주들은 두 군주의 무력 충돌을 예상하고 순간 긴장했지만, 용제의 중재로 우려했던 일은 일어나지 않았다.

[지금은 쇠퇴한 전력을 보충해야 할 때다. 둘의 사정은 알고 있으나, 싸움은 용납하지 않겠다.]

용제는 그림자 군주의 합류를 흔쾌히 받아들였다.

진우는 인간 형태로 움직이는 용제를 보고서 침을 꼴깍 삼켰다.

눈앞의 존재가 그림자 군주의 기억에 남아 있는 모습일 뿐이라는 사실을 알고 있었지만.

'이것이 광룡들의 왕, 파멸의 군주…….'

눈빛만으로도 전해져 오는 무시무시한 힘은 치가 떨릴 정도였다.

차원의 틈새로 피신한 군주들은 지배자들의 눈을 피해 새로이 군단을 육성할 세계를 찾아 나섰다.

진우의 눈앞에 수많은 우주와 행성의 모습들이 스쳐 지나갔다.

그리고 마침내 영상이 하나의 행성에 멈춰 섰을 때.

진우는 자신도 모르게 신음을 흘렸다.

"아……."

검은 우주에서 홀로 아름답게 빛나는 푸른 별.

지구였다.

오랜 시간 공을 들인 끝에, 군주들은 차원의 틈새에서 다른 차원의 행성인 지구까지 통로를 뚫는 데 성공했고, 유례없는 적의 등장에 인류는 전멸을 피할 수 없었다.

진우는 '악마성 인던' 각층에서 볼 수 있었던, 재가 된 도시들을 보면서 얼굴이 굳어졌다.

"이건 미래의 일인가?"

[과거의 모습이다.]

전혀 예상치 못했던 대답에 진우의 눈동자가 흔들렸다.

놀람도 잠시.

그림자 군주는 침착하게 설명을 이어 나갔다.

[군주들의 움직임을 뒤늦게 포착한 지배자들이 병력을 보냈지만, 이미 그때는 모든 것이 끝나고 난 뒤였다.]

군주들의 존재 목적이 파괴라면, 지배자들의 목적은 세계의 유지.

지배자들은 자신들이 놓친 혼세의 무리들이 다른 세계를 무너뜨린 것을 보고 분노했다.

그리고 잘못을 바로잡기 위해 그동안 철저한 금기로서 아껴 왔던

신의 도구를 사용했다.

그들이 반란을 일으키기 전, 신의 창고에서 최우선적으로 훔쳐낸 신의 도구 '윤회의 잔'.

약 10년의 시간을 과거로 되돌릴 수 있는 엄청난 물건이었다.

'10년!'

진우의 눈이 번쩍 뜨였다.

하필 게이트가 생성되고 헌터들이 나타나기 시작한 시기와 일치하는 것은 우연일까?

[네 짐작이 맞다.]

지배자들은 다른 세계를 구하기 위해 최선을 다했으나, 자신들과 군주들이 싸우기에는 지구가 너무나 약했다.

마력이 존재하지 않는 지구는 거대한 전쟁을 버텨 내지 못했다.

지배자들과 군주들.

어느 누가 승리하든 이 땅에 불어닥치는 결과는 마찬가지.

몇 차례나 반복되는 싸움 끝에 지배자들은 최후의 결단을 내렸다.

모두를 살릴 수 없다면 일부라도 살아남게 만들어 이 세계의 명맥을 이어 나가자고.

"그럼 설마……?"

[두 세력 간의 충돌에도 살아남을 수 있는 이들을 만들어 가는 과정이었다. 그렇게라도 지배자들은 너희를 지키고 싶었던 것이다.]

진우는 그제야 깨달았다.

지배자들이 인류에게 닥칠 재앙을 알면서도 인류와 접촉하지 않고 조용히 물밑에서 작업을 진행했던 이유를.

'변화된 세계에서 살아남을 수 있는 이들…….'

지금 헌터라 불리는 소수의 사람들 외에 모든 이들이 죽어야 한다는 사실을 알게 되면, 과연 이 사회가 제대로 돌아갈 수 있을까?

아니.

진우는 속으로 고개를 가로저었다.

오랜 설명 끝에 게이트와 헌터들이 나타난 이유를 이해했다.

하지만.

정작 가장 알고 싶었던 설명을 아직 듣지 못했다.

진우의 마음을 알고 있는지, 그림자 군주가 손짓하자 주변을 둘러싸고 있던 배경이 완전히 바뀌었다.

[지배자들이나 군주들같이 상위의 존재들은 '신의 도구'로 바뀐 시간의 흐름을 인지할 수 있다.]

비록 그 흐름을 거스를 수는 없을지라도.

그림자 군주는 그렇게 덧붙였다.

지배자들이 자신의 과오를 몇 번이나 수정하는 동안 군주들도 좀 더 자신들의 계획을 다듬어 나갔다.

더 이상 신의 도구가 힘을 발휘할 수 없을 때까지.

"잠깐…… 그 윤회의 잔이라는 거 한계가 있는 건가?"

[무한한 힘은 없다. 세계를 창조한 절대자가 자신의 피조물들에게 제거당했듯 모든 힘에는 끝이 있다.]

그 말투에서 묻어 나오는 씁쓸함에 진우는 자신도 모르게 그림자 군주를 돌아보았다.

"말이 나와서 말인데, 피조물들이 어떻게 조물주를 죽일 수 있었던 거지?"

[너희가 너희 손에 만들어진 기계에 죽거나 다치는 것과 별반 다

르지 않다.]

맞는 말.

인간의 필요에 의해 만들어진 기계라도 사용법에 따라서 얼마든지 사람을 해칠 수 있다.

인간이 자기 손으로 만든 인공 지능을 두려워하는 까닭도 같은 이유.

[우리는 싸우기 위해 만들어졌고, 그것은 주인을 쓰러뜨리기에 충분할 정도의 힘이었다.]

진우는 고개를 끄덕였다.

곧 진우와 그림자 군주 주위에 진우에게도 익숙한 몇몇 군주들의 모습이 나타났다.

[군주들은 지배자들의 방식에 영감을 얻었다.]

그들이 세계를 강화하기 위해 인간들에게 힘을 빌려주고 마수들을 죽이게 해 마력을 뿌리는 것처럼, 군주들도 인간의 몸을 빌려 세계에 강신한 뒤 지배자들의 예상보다 훨씬 더 빠르게 군대를 도착시키기로 한 것이다.

[지배자들이 뿌려 놓은 마력을 이용해 지구 자체를 거대한 덫으로 만드는 계획이었다.]

"인류를 지원하러 온 지배자들의 병력들을 한꺼번에 잡아먹을 수 있게……."

[그렇다.]

큰 힘을 가진 군주들이 이 세계로 넘어오려면 이 세계의 몸이 필요했다.

군주들은 하나씩 자신에게 맞는 인간들의 몸을 찾아갔다.

그러나 파멸의 군주와 그림자 군주, 너무도 거대한 힘을 지닌 두 군주만은 그들의 힘을 감당할 수 있는 신체를 가진 인간을 찾을 수 없었다.

[그때, 환계의 군주 밑에서 일하는 아주 강력한 마도사 하나가 내게 제안해 왔다. 적당한 인간을 찾아 주겠다고.]

설계자.

군주들에게 '설계자'라 불리는 그 마도사는 자신을 완전한 불멸의 몸으로 만들어 주는 대가로 그림자 군주에게 이 세계의 강림을 돕겠다고 말했다.

인간 세계에 흥미를 보였던 그림자 군주는 제안을 받아들였다.

그러나 그 어떤 인간도 '죽음의 힘'을 감당할 수 없었다.

[마력 감응도가 높은 자, 신체가 압도적으로 우월한 자, 정신력이 대단한 자. 그 모두가 내 힘을 감당하지 못하고 정신이 나가거나 죽었다.]

그 어떤 생명체도 죽음을 감당할 수 있는 그릇은 못 되었다.

군주와의 계약.

그것은 평범한 약속과는 차원이 다른 의미였다.

설계자는 점점 조급해졌다.

설계자가 전전긍긍하며 다른 후보들을 찾아다니는 동안, 그림자 군주는 어떤 한 인간을 발견했다.

"……."

진우가 고개를 들었다.

마치 수백 개의 모니터가 자신의 다양한 영상을 동시에 흘려보내는 것처럼 곳곳에 자신의 모습이 나타났다.

[언제나 죽음과 가장 가까이에 있으면서도 필사적으로 죽음에서 벗어나는 너를, 나는 보았다.]

헌터로 일했던 4년.

E급 중에서도 최하급이었던 진우는 던전의 위험을 매일 경험하면서도 던전을 떠나지 않았다.

어머니를 위해, 동생을 위해서.

자신을 희생해 가며 필사적으로 싸워 왔었다.

그 4년간의 기록이 모조리 그림자 군주의 기억에 남아 있었다.

[설계자의 반대에도 나는 너를 선택했다.]

그림자 군주의 손끝이 자신을 향해 있었다. 그 손끝을 바라보는 진우의 가슴이 뛰었다.

그가 말했었다.

"나는 네 항쟁의 역사이며, 네 저항의 흔적이고, 고통의 보상이다."

그의 말은 플레이어가 되고 난 뒤의 과정을 설명한 것이 아니었다.

플레이어가 되기 전의 자신을 향한 이야기였던 것.

다시금 그의 한마디 한마디가 가슴속에서 묵직하게 울렸다.

[초조해 있던 설계자는 내 지시를 받아들였고, 결국 녀석은 너를 설계 안에 끌어들였다.]

이중 던전.

살아남기 위한 시험.

그리고 '플레이어'.

그 모든 것들이 그림자 군주의 새 그릇을 만들기 위한 설계자의 설계였다.

[세계가 같은 시간을 반복하는 동안 인간들을 관찰해 오던 설계자는 인간들이 가장 잘하고 좋아하는 것을 이용해서 인간들이 내 막강한 힘에 적응할 수 있도록 만들었다.]

인간들이 가장 잘하고 좋아하는 것.

진우는 그것이 뭔지 군주의 얘기를 듣자마자 곧바로 알 수 있었다.

바로 게임.

'플레이어'를 다루는 시스템이 게임과 비슷한 구조였던 것에는 그런 이유가 있었다.

진우는 그 실험의 유일한 성공작이었다.

[내 힘을 빌려 만든 설계자의 시스템은 차츰차츰 단계적으로 너의 육체를 나에게 맞게 변화시켰다.]

"그런데 당신은 설계자를 배신했군?"

진우는 다시 들어간 이중 던전에서 군주들을 속였다며 길길이 날뛰던 천사상의 모습을 떠올렸다.

어째서 그림자 군주는 계약자를 속이고 자신을 선택했을까?

진우가 그 이유를 물었다.

"어째서지?"

[…….]

그림자 군주는 처음으로 대답을 망설였다.

뭔가 고민하는 것처럼 보이는 그를, 진우는 재촉하지 않았다.

그리고 마침내 그가 다시 입을 열었다.

[그러고 싶었다.]

길었던 고민에 비하면 너무도 단순한 대답.

하지만 진우는 이상하게도 웃음이 나왔다.

[너와 함께 있는 시간 동안 너무도 즐거웠기에, 너를 잃는 것이 싫었던 것일지도 모르지.]

진우의 인격을 제거하고 신체를 차지하는 대신, 그림자 군주는 진우의 인격과 동화를 선택했다.

함께 있는 것을 택했다.

그리고 그 결과.

그림자 군주는 천천히 양손을 들어 자신의 얼굴을 가리고 있는 투구 양옆을 잡았다.

벗겨지는 투구 속에서 드러나는 그의 얼굴을 본 진우의 눈이 커졌다.

'……!'

거기엔 자신이 있었다.

그림자 군주의 얼굴은 자신의 얼굴과 같았다.

어디 그뿐일까?

무심코 자신을 내려다보게 된 진우는 어느새 주변의 어둠을 갑옷처럼 둘러싼 스스로를 발견했다.

그 갑옷의 형태는 또 그림자 군주의 것과 같았다.

둘은 거울을 마주 보고 서 있는 것처럼 같은 모습으로 서로를 바라보았다.

[나는 네가 되었고, 너는 내가 되었다.]

나는 너다.

그것은 한 치의 거짓이 없는 진실 그대로였다.

[너와 나 둘 중 누가 몸의 주인이 되어도 이상하지 않다.]

이미 둘은 같으므로.

[그러니 난 너에게 선택권을 주겠다. 네가 선택해라.]

그림자 군주가 왼손을 들어 올리니 그리운 얼굴들이 나타났다.

[너는 이곳 죽음의 영역에서, 자신이 만들어 낸 아름다운 꿈과 함께 영원토록 안식을 누릴 수 있다.]

허허 웃는 고건희 협회장님과 아파 쓰러지기 전의 젊은 어머니, 그리고 잃어버린 시간 속에 존재하는 어린 자신의 모습이 하나씩 그려졌다.

[그렇지 않다면.]

그림자 군주가 왼손을 내리고 반대로 오른손을 들어 올리자, 순식간에 모든 사람들이 사라지고 검은 하늘 위에서 무시무시한 크기의 용이 한 마리 날아왔다.

그리고 뒤를 따르는 무수한 용의 군대가 도시를 불태우기 시작했다.

[현실로 돌아가 저들과 싸워야 할 것이다.]

굳은 얼굴로 용제와 그가 이끄는 파멸의 군단을 지켜보던 진우가 대답했다.

아니, 물었다.

“당신은 왜 지배자들과 싸울 마음도 없어졌으면서 군주들과 함께 다른 세계로 도망쳤지?”

[거기에 내가 있을 장소는 없었기 때문이다.]

지배자였던 동시에 군주이기도 한 그림자 군주는 둘 중 어느 곳에서도 자신의 자리를 찾지 못했다.

그래서 원래 속해 있던 세계가 아닌, 다른 세계에서 혹시나 있을지도 모르는 자신의 자리를 찾아 헤맨 것이다.

그림자 군주의 대답을 듣고서 진우가 결정을 내렸다.

"내 대답도 같다."

그림자 군주는 진우의 대답을 듣기도 전에 옅은 미소를 띠었다.

"여긴 내가 있을 곳이 아냐."

[……좋다.]

그래서 내가 너를 선택한 것이다, 그림자 군주는 고개를 끄덕였다.

"이제 더 이상 당신을 볼 수 없게 되는 건가?"

[나는 안식으로 돌아간다. 그리고 그림자 군주가 된 너는 이제 불멸의 삶을 살게 된다. 아마도 만날 일은 없겠지.]

그러나 그림자 군주의 얼굴에 남은 표정은 후련함이었다.

오랜 기다림 끝에 드디어 찾게 된 안식의 시간.

진우는 진심으로 기뻐하는 군주를 보면서 마지막으로 인사했다.

"내게 기회를 준 것에 감사한다."

[…….]

잠깐 그의 얼굴에 아쉬움의 표정이 스쳐 갔으나 곧 지워졌다.

[죽음으로써 너의 힘은 완전해졌다. 다시 돌아가는 방법은…….]

진우가 그의 말을 끊었다.

"알고 있어."

나는 너니까.

그림자 군주는 이별을 앞두고 미소를 지었다. 긴 여행 끝에 드디어 그는 머물 곳을 찾았다.

그림자 군주가 말했다.

[작별이다.]

그는 한 걸음 물러서서 말없이 진우를 바라보았다.

진우도 고개를 끄덕였다.
그리고 자신을 완전한 그림자 군주로 다시 태어나게 할 그 한마디를 나직하게 내뱉었다.
"일어나라."
진우가 그렇게 말하는 순간, 기다렸다는 듯 시스템의 여성형 목소리가 들려왔다.

['일어나라.']
['플레이어' 육성 시스템의 소멸 코드가 입력되었습니다.]
[시스템이 삭제됩니다.]

진정한 힘을 갖게 된 진우에게 더 이상은 필요 없어진 시스템이 스스로를 지우기 시작했다.
어렸을 때 자신을 키워 준 보모와 이별하는 것 같은 심정을 느끼던 진우가 문득 물었다.
"시스템의 여자 음성은 어떻게 입힌 거지?"
[……설계자의 목소리다.]
진우의 질문에 약간 어이없어하던 그림자 군주가 설명을 보충했다.
[그의 종족은 양성체로, 남녀 모두의 목소리를 내는 것이 가능했다.]
"……."
시스템 메시지의 투명하고 청량한 목소리가 들려올 때마다 목소리의 주인이 누굴까 생각해 보긴 했었다. 한데 그놈이 그놈이었을 줄이야.
괜히 무안해진 진우가 시선을 피하자 그림자 군주가 소리 죽여 웃었다.

쿡쿡.

너의 그런 점마저 나에겐 전부 즐거움이었다.

그 무엇보다 신의를 중요시 여겼던 자신이 설계자와의 약속을 어길 만한 가치가 있었다.

그림자 군주의 눈동자에 약간 서글픈 빛이 스쳐 지나갔다.

그동안에도 시스템 삭제 작업은 차곡차곡 진행되었다.

['플레이어'에게 걸려 있던 모든 힘의 제약이 해제됩니다.]

[힘의 제약이 사라짐에 따라 군주에게 권능을 부여받은 모든 '군단장급' 그림자 병사들이 원래의 능력을 되찾습니다.]

[군단장급 병사 '이그리트'의 힘이 복구되었습니다.]

[군단장급 병사 '베르'의 모든 능력치가 대폭 상승합니다.]

[전대 그림자 군주 '아스본'이 영원한 무의 세계로 돌아갑니다.]

묵묵히 메시지들을 듣고 있던 진우가 고개를 들었다.

그림자 군주는 끝을 앞두고서 담담한 시선으로 자신을 바라보고 있었다.

이곳 죽음의 영역에서 그가 보여 준 과거의 기억을 통해 그의 고뇌를 충분히 이해하게 된 진우가 속으로 진심 어린 인사를 보냈다.

안녕, 나의 왕이여.

당신이 원했던 안식의 땅에서 부디 평안히 쉬기를.

마침내 시스템 메시지가 이별을 알려 왔다.

[정말로 모든 시스템을 삭제하시겠습니까?]

허공에 깜박이는 '예스'와 '노'.

진우의 시선이 다시 그림자 군주에게 옮겨 갔다. 그는 끝까지 미소를 잃지 않고 있었다.

서로에게는 이게 마지막으로 기억될 모습이니까.

그래서 진우도 웃었다.

웃으며 시스템을 향해 마지막이 될 명령을 내렸다.

"예스."

* * *

화아악!

빛과 함께 발생한 강력한 풍압에 송곳니 군주와 혹한의 군주가 동시에 뒤로 밀려 나갔다.

곧 자세를 수습한 송곳니 군주의 눈썹이 꿈틀거렸다.

[광휘의 파편……?]

로브를 둘러쓴 적의 온몸이 금빛으로 타오르고 있었다.

빛은 지배자들의 상징.

놈 또한 그들의 힘을 빌린 인간임이 틀림없었다.

그런데 어찌하여 지배자들이 최강의 군주 중 하나인 그림자 군주의 강림을 돕는다는 말인가?

혹한의 군주가 외쳤다.

[네가 지키려는 인간의 몸을 통해 최악의 재앙이 다가오고 있다!

너희는 너희의 손으로 이곳을 재앙에게 넘겨줄 셈이냐?]

"……."

로브 속의 사내는 대답하지 않았다.

대답 대신 손에 역수로 쥐고 있는 두 단검을 턱 아래까지 들어 올렸을 뿐이다.

비켜서지 않겠다는 의지.

사내의 뜻을 재차 확인한 혹한의 군주는 얼굴이 굳어졌다.

상대는 지금 지배자의 힘을 빌려 인간의 몸으로 영체화를 시도한 상태.

인간의 육체는 신의 힘을 견디지 못한다.

자신들처럼 인간의 육체를 완전히 장악한 것이 아니라면 곧 산산이 부서져 가루가 되리라.

'그런데도…… 죽음을 각오하고서 그림자 군주의 부활을 돕겠다는 건가? 대체 지배자 놈들은 무슨 생각으로…….'

혹한의 군주가 송곳니 군주를 돌아보았다. 둘이 예사롭지 않은 눈빛을 주고받았다.

시간이 없다.

송곳니 군주, 그 짐승 같은 남자가 고개를 끄덕였다.

그 순간.

순식간에 좌우로 나뉘어 로브의 사내에게 접근한 두 군주가 빠른 공격을 퍼부었다.

짐승의 발톱이, 얼음의 창이 사내를 수없이 헤집어 놓으려고 했으나, 사내는 싸움에 익숙한지 능숙한 동작으로 그들의 공격을 받아 냈다.

얼음의 창을 흘려보내거나 발톱을 막아 내면서도 틈틈이 반격을 잊지 않았다.

수많은 전장을 헤쳐 온 전사의 손놀림이었다.

곤란한 상대.

뛰어난 힘과 기술을 보유하고 있는 적이 죽음까지 불사하고서 자신들의 앞을 막아서고 있었다.

쾅-!

강대한 마력이 실린 두 군주의 무기들을 막아 낸 로브의 사내가 또다시 힘으로 그들을 밀쳐 냈다.

이대로는 결착을 내기 어렵다고 판단한 두 군주가 멀찍이 떨어진 곳에 내려섰다.

탓. 탓.

사내는 정말로 그림자 군주의 그릇을 지키는 것 외에는 아무런 목적이 없는지 자신들을 쫓아오지 않고 그 자리를 지켰다.

[……네놈은 정체가 뭐냐?]

혹한의 군주는 의아했으나 사내는 여전히 묵묵부답이었다.

그때.

송곳니 군주가 늑대 인간의 형태에서 인간의 모습으로 돌아오며 말했다.

[그만두겠다.]

입 밖으로 튀어나왔던 날카로운 송곳니가 안으로 들어가고, 길고 예리했던 손톱도 평범한 사람의 것으로 되돌아왔다.

돌아서려는 그를 혹한의 군주가 불러 세웠다.

[여기까지 와서 그냥 돌아가겠다니, 제정신인가?]

[느껴지지 않나?]

송곳니 군주가 고개를 들었다.

궤를 달리하는 감각을 가진 그가 변하기 시작한 기류를 느끼고 조금씩 몸을 떨었다.

[주변의 마나가 울기 시작했다. 곧 그림자 군주가 온다.]

하늘로 향했던 송곳니 군주의 시선이 다시 혹한의 군주에게 옮겨갔다.

[나는 빠지겠다.]

[나를 도와 그림자 군주를 치겠다고 약속하지 않았나!]

흥분한 혹한의 군주 목에 핏줄이 솟아났다.

그러나 송곳니 군주는 침착하게 대꾸했다.

[내 약속은 그가 인간인 상태에서만 유효한 것. 하지만 지금 오고 있는 것은 진짜 놈이니, 내게는 약속을 지켜야 할 의무가 없다.]

[그렇다고 짐승들의 왕이라는 녀석이 꼬리를 말고 달아나겠다는 말이냐?]

그 말에 발끈한 송곳니 군주가 대뜸 혹한의 군주의 멱살을 잡았다.

[너는 그림자 군주의 진정한 힘과 맞서 보지 못했기에 나를 이해할 수 없다, 혹한의 군주여!]

송곳니 군주는 자신의 군단과 백염의 군단, 그리고 지배자들의 군단까지 모두 여섯 개의 군단을 상대로도 살아남은 그림자 군주의 진정한 힘을 목도했다.

그런 괴물이 곧 들이닥치게 될 상황에서 자존심이 중요한가?

용제 뒤에 숨는다고 손가락질당해도 좋다.

살아남을 수만 있다면 어떤 일인들 못할까?

과거 뜻을 함께했던 악마들의 왕, 백염의 군주를 버리고 전장을 벗어난 것은 정답이었다.

그리고 이번 역시 가짜가 아닌 진짜 그림자 군주와 마주하게 될 위험까지 감수하면서 그의 그릇을 파괴할 생각은 없었다.

송곳니 군주는 넘치는 생명력에 힘의 근원을 둔 짐승들의 왕.

그에게 생명력을 갉아먹는 죽음의 힘은 그 무엇보다도 두렵고 떨리는 것이었다.

지금도 이렇게 실랑이를 벌이고 있을 시간이 없다.

시시각각 죽음의 공포가 이곳으로 다가오고 있음을 느낀 그가 잡았던 혹한의 군주의 멱살을 놓고 개인 게이트를 생성해 냈다.

[행운을 빌어 주지.]

마지막 인사를 끝으로, 그는 빠르게 게이트 안으로 사라졌다.

혹한의 군주는 점점 크기가 줄어들다 결국 자취를 감춰 버린 게이트를 노려보며 혀를 찼다.

[어리석은 녀석.]

다 잡은 사냥감을 눈앞에 두고서 도망치는 저런 녀석이 어떻게 혼세 최고의 사냥꾼이란 말인가?

혹한의 군주는 여전히 처음과 생각이 같았다.

무슨 일이 있어도 그림자 군주를 죽이고야 말겠다.

이미 사냥감은 벼랑 끝에 몰려 있는 상태.

거기에 방해자가 하나 나타났다고 달라지는 것은 없었다.

저런 겁쟁이의 손을 빌릴 필요도 없는 것이다.

결론을 내린 혹한의 군주가 곧바로 자신의 몸을 영체화시켰다.

자신이 속한 세계가 아니기 때문에 영체화를 유지하기 위해선 엄청난 체력이 소모되겠지만, 지금은 그림자 군주가 강림하기 전에 속전속결로 끝을 보아야 할 때.

[혹한의 공포를 맛보아라, 나약한 자여!]

혹한의 군주가 일대를 뒤덮는 무시무시한 얼음 폭풍으로 변했다.

휘몰아치는 눈보라!

살아 있는 폭풍이 된 혹한의 군주가 로브의 사내를 내려다보며 천둥 같은 일갈을 내질렀다.

[이것이 내 진정한 힘이다!]

대기의 마나 결정이 뭉쳐져 만들어진 수만 개의 얼음 창들이 눈처럼 휘몰아치기 시작했다.

창 하나하나에 즉사의 위력이 담긴, 가공할 공격이었다.

도로의 차들이 장난감처럼 휩쓸려 나가고, 건물들은 칼바람에 갈가리 찢겨 나갔다.

그러나 로브의 사내는 한 발짝도 움직이지 않고 혼신을 다해 등 뒤의 진우를 지켜 냈다.

끝도 없이 계속되는 빙창의 눈보라와 맞서던 사내의 몸에 상처가 늘어 갔다.

혹한의 군주는 공격의 고삐를 늦추지 않았다.

[병사들이여!]

어느새 무릎까지 쌓인 눈 위에 마력으로 만들어진 얼음 인간들이 하나씩 올라왔다.

그 수가 무려 수천!

[가라.]

군주의 지시를 받은 얼음 인간들이 일제히 사내에게 덤벼들었다.

사내는 사방에서 덮쳐드는 얼음 인간들을 베어 내고 떨쳐 내며 필사적으로 저항했다.

그러나.

푹!

어깨에 얼음 창을 맞은 사내가 휘청거렸다.

“…….”

그 와중에도 얼음 인간들이 새까맣게 밀려들고 있었다. 사내는 두 다리에 힘을 단단히 주고는 이를 악물었다.

사내가 끈질기게 버티자 이윽고 혹한의 군주까지 공격에 가세했다.

냉기의 결정체로 변한 혹한의 군주가 하얀 연기를 전신에서 뿜어대며 저벅저벅 걸어 나왔다.

[비켜라!]

그의 고성에 얼음 인간들이 벌레들처럼 사사삭 흩어졌다.

사내 앞에 선 혹한의 군주가 입을 쩍 벌렸다.

그러자 그의 입안에서 지독히도 시린 기운이 응결되기 시작했다.

공기가 얼어붙어 갔다.

로브 밑으로 드러난 사내의 턱에도 하얗게 서리가 끼어 가고 있었다.

이대로라면 위험하다.

사내도 알고 있었다.

그러나 자신이 이것을 피해 버린다면 쓰러져 있는 진우에게 직격탄이 된다.

사내는 혹한의 군주의 끔찍한 살기 앞에서도 피할 기미를 보이지 않았다.

군주의 얼굴이 일그러졌다.

어쩌다 상위 존재의 힘을 빌렸을 뿐인 인간 따위가 감히 이 압도적인 힘 앞에서 그런 건방진 낯짝을 한단 말이냐!

분노한 군주의 입에서 끔찍한 냉기의 기운이 터져 나왔다.

쿠아아–!

사내는 양팔을 엑스 자로 교차시켜 냉기를 막았다. 너무도 당연하게, 모든 냉기를 정면으로 받아 내야 했던 팔은 금방 얼어붙어 움직일 수 없게 됐다.

그렇게 저항할 수 없게 된 사내에게 실로 무자비한 공격이 아어졌다.

퍽! 퍽! 퍽! 퍽!

혹한의 군주가 후려칠 때마다 사내의 상체 또한 흔들렸다. 그러나 사내는 결코 한 걸음도 물러서지 않았다.

발밑에 흘린 피가 흥건히 고여 갔지만 끝끝내 버텨 냈다.

[감히 인간 따위가!]

혹한의 군주가 어깨를 틀어 오른팔을 높이 쳐들었다.

그러자 냉기가 순식간에 뭉치며 그의 팔이 어마어마한 크기의 얼음덩어리로 변했다.

이것도 버틸 수 있나 볼까.

혹한의 군주는 사내는 물론이거니와 그 뒤에 있는 그림자 군주의 그릇까지 같이 짓뭉개 버릴 요량으로, 마력을 전부 실어 있는 힘껏 얼음덩어리를 내려쳤다.

부웅!

사내는 가까워지는 얼음덩어리의 그림자를 보고 얼어붙은 팔을 머리 위로 들어 올렸다.

팔이 깨지고 몸이 으스러진다 해도 지켜 낸다.

자신에게 허락된 지배자의 힘을 모두 끌어낸 그의 몸에서 황금빛 광채가 눈부시도록 빛났다.

그리고 마침내.

쿠웅―!

충돌.

그러나 충돌은 있었으되 자신에게 전해지는 충격은 전혀 없었다.

'이게 무슨……?'

사내가 감았던 눈을 뜨자, 그는 자신 앞에 서 있는 누군가를 발견할 수 있었다.

'……!'

칠흑같이 검은 갑옷.

그리고 검은 투구의 꼭대기에서 뒤쪽으로 길게 이어져 내린, 선혈처럼 붉은 갈기.

그림자 군주의 충실한 심복 '이그리트'였다.

이그리트가 양손으로 막아 내고 있던 얼음덩어리를 거칠게 밀어냈다.

공격이 완벽히 막힌 혹한의 군주는 자신의 눈을 의심했다.

[이그리트?]

그리고 여기 군단장급 그림자 병사가 나타났다는 말은!

흠칫 놀란 혹한의 군주의 시선이 급히 사내의 뒤쪽으로 이동했다.

아니나 다를까.

거기 있어야 할 인간의 모습이 어느새 시야에서 사라져 있었다.

이제는.

이제는 혹한의 군주도 송곳니 군주가 말하고 갔던 것을 느낄 수 있었다.

대기가 떨고 있었다.

대기 중에 가득 찬 마나가 초월적인 존재의 등장에 공명하고 있었다.

뒤돌아선 이그리트가 공손히 무릎을 꿇고 고개를 숙였다.

끼에에엑-!

이그리트와 함께 튀어나온 베르도 주인의 귀환을 알리는 거친 포효를 내지르다 같은 방향을 보고 무릎을 꿇었다.

둘 사이로 진우가 걸어 나왔다.

엉망으로 파괴된 주위를 둘러보던 진우가 혹한의 군주에게 물었다.

"짐승은 도망갔나?"

[…….]

혹한의 군주는 어째서 송곳니 군주가 그렇게 겁을 집어먹고 달아났는지, 진정한 그림자 군주와 대면하고 나서야 뒤늦게 깨달을 수 있었다.

얼어붙은 존재들의 왕이자 혹한 그 자체인 자신도 죽음의 군주 앞에서 몸이 떨려 왔다.

진우가 말했다.

"……허락하지 않았다."

그의 말을 이해할 수 없었던 혹한의 군주가 물었다.

[뭐?]

"가도 좋다고 내가 허락하지 않았다."

[그게 무슨……?]

혹한의 군주가 당황할 틈도 없이.

눈을 지그시 감은 진우가 송곳니 군주의 고유 마력 파장을 찾아 기감을 주변으로 빠르게 확장시켰다.

기감의 범위가 순식간에 한국을 넘어 세계로 뻗어 나갔다.

송곳니 군주가 아예 차원의 틈새로 달아난 것이 아니라 지구상 어딘가에 숨어 있다면 분명 찾을 수 있을 것이라는 강한 자신감이 들었다.

그리고 자신감은 맞았다.

은신처로 숨어 버린 송곳니 군주의 기척을 기어코 찾아낸 진우가 싱긋 웃으며 눈을 떴다.

"찾았다."

진우가 짐승의 기척을 잡아내기 위해 눈을 감고 모든 신경을 거기에 집중하고 있을 때.

혹한의 군주는 직감했다.

그림자 군주의 빈틈.

이것은 두 번 다시 찾아오지 않을 기회다.

아무리 힘의 차이가 있다고 하나, 적을 앞에 두고서 한눈을 팔다니.

이번 기회를 놓친다면 기다리고 있는 것은 피할 수 없는 죽음뿐.

필멸(必滅).

성큼 다가온 죽음의 그림자에서 발버둥치기 위해 혹한의 군주는 마지막 승부수를 띄웠다.

'이 한 방으로 모든 것을 결착 지어야 한다.'

뒤로 젖혀진 그의 오른팔에 마나가 뭉치며 그 어느 때보다 강력한 냉기의 창이 만들어졌다.

필사의 각오로 끌어올린 힘을 전부 여기에 실어 담는다!

무시무시한 마력이 냉기의 창에 집중되었다.

그 힘이 어찌나 강력한지 창을 들고 있는 군주의 발밑이 콰드득 소리를 내며 하얗게 얼어붙어 갈 정도였다.

냉기의 창을 틀어쥔 군주의 오른팔이 너무 비정상적으로 팽창한 것이 아닌가 생각되는 순간.

총탄같이 쏘아진 창이 대기를 잡아 찢으며 일직선으로 쇄도했다.

쉬이이익-!

동시에 주인의 지시를 받은 얼음 인간들이 진우를 향해 성난 개떼들처럼 덤벼들었다.

쉬익-!

진우의 미간을 노리고 날아들던 얼음 창이 얼굴을 꿰뚫기 직전.

진우가 눈을 떴다.

"찾았다."

그와 동시에.

동영상의 정지 버튼을 눌렀을 때처럼 주변의 시간이 멈췄다.

아니.

멈춘 것처럼 보일 정도로 시간이 느려졌다.

고속으로 회전하는 냉기의 창은 느리지만 분명히, 그리고 조금씩 이쪽으로 다가오고 있었다.

그 뒤로.

얼굴을 잔뜩 일그러뜨린 채 이쪽을 노려보고 있는 혹한의 군주가 보였다.

어디 그뿐일까?

자신을 겹겹이 에워싼 채 사방에서 뛰어오르고 있는 얼음 인간들의 면면까지 훤히 눈에 들어왔다.

이것이 전투를 시작한 그림자 군주의 시야.

인간이 다다를 수 없는 경지의 인지 능력은 마치 주변의 사물들이 멈춘 것처럼 보이게 만들었다.

진우는 정지 영상 속에 들어온 이방인처럼 유유히 주변을 둘러보았다.

이런 느낌.

'전에도 느껴 본 적이 있었는데…….'

그게 언제였더라?

천천히 기억을 더듬어 보던 진우는 조각상들에게 공격을 받아 죽기 직전까지 갔었던 광경을 떠올렸다.

그래.

그때도 이렇게 시간이 멈춘 것처럼 움직이지 않았다.

'그때부터 벌써 그림자 군주가 함께 있었구나.'

그의 힘을 온전히 갖게 된 지금에서야, 그가 얼마나 오랫동안 자신을 지켜보고 있었는지 실감할 수 있었다.

그렇게 주변을 살피던 진우가 두 군단장들의 뒷모습을 발견했다.

'오.'

시간이 아예 멈춰 버린 것 같은 상황에서도 베르와 이그리트는 느리게나마 적을 향해 대응하고 있었다.

그들의 민첩함이 궤를 달리한다는 증거였다.

둘을 흐뭇하게 바라보던 진우가 그제야 자신에게 쇄도하고 있는 창을 기억해 냈다.

'아차.'

창은 열심히 기어 오는 벌레처럼 지금 이 순간에도 아주 조금씩 거리를 좁혀 왔다.

창의 진격을 막기 위해 진우가 힘을 사용했다.

'지배자의 권능.'

오랜 시간 스킬이란 이름으로 학습해 왔던, 그림자 군주의 힘.

'지배자의 권능'을 쓰자마자 주변에 퍼져 있는 마나들이 몰려들어 냉기의 창을 휘감았다.

마나에 붙잡힌 창은 추진력을 잃고 제자리에 멈춰 섰다.

처음으로 '지배자의 권능' 스킬의 작동 원리를 눈으로 보게 된 진우가 나직이 감탄을 터트렸다.

'보이지 않는 힘이 아니었어.'

보이지 않던 마나.

그 마나가 시전자의 의지에 따라 움직이는 것이었다.

그전까지 전혀 보이지 않았던 마나의 움직임이 진우의 눈에 생생히 들어왔다.

'좋아.'

기감을 한계까지 끌어올리자, 자신의 주변을 둘러싸고 있는 마나의 흐름 하나하나가 낱낱이 느껴졌다.

마나를 둘러보는 진우의 눈이 반짝였다.

이것이 이 세계를 강화시키기 위해 노력했던 지배자들이 맺은 결실.

마나가 없던 세계에 온통 마나가 넘쳐흐르고 있었다.

그리고 그림자 군주의 힘을 이어받은 자신은 그 마나를 자유로이

다룰 수 있는 권능을 부여받았다.

두근, 두근.

주변에서 느껴지는 마나의 숨결에 가슴이 뛰었다.

'……해 보자.'

진우는 느려진 시간을 헤치고 두 군단장들에게 다가가 양손으로 각각 그들의 어깨를 짚었다.

'너희는 나설 필요 없다.'

주인의 명령을 받들어 베르와 이그리트가 즉각 움직임을 중지했다.

진우는 그들 앞으로 나섰다.

그동안 '지배자의 권능' 스킬로 틈틈이 연습해 왔던 마나의 움직임을 극대화시킨다.

얼음 인간들을 둘러보며, 진우는 심호흡을 한 차례 내쉬었다.

지금도 가슴을 가득 채워 가는 감정은 마음속 깊은 곳에서부터 솟아 나오는 그림자 군주에 대한 감사.

그리고 그가 시스템을 통해 가르쳐 준 힘의 사용법에 대한 고마움이었다.

집중을 끝낸 진우가 일대의 마나를 일시에 움직였다.

그러자 일순간 공간이 출렁였다.

우웅-!

그야말로 순식간.

순식간에 진우의 주변에서 방출되기 시작한 강대한 마나 파동이 새까맣게 몰려들던 얼음 인간들을 쓸어버렸다.

혹한의 군주 또한 자신에게 밀려드는 강렬한 마나 폭풍을 감지했다.

[……!]

그는 급히 얼음 결계를 펼쳐 자신을 보호했다.

거친 마나 기류가 지나가고 혹한의 군주가 서둘러 결계를 해제했을 때, 그의 시야에 들어온 것은 사방에 널브러져 있는 얼음 인간들의 잔해뿐이었다.

강대한 마나 파동이 모든 걸 휩쓸고 가 버렸다.

심지어 자신이 불러들인 눈보라의 먹구름까지.

이것이 그림자 군주의 힘.

[어…… 어떻게!]

혹한의 군주는 가장 위대했던 광휘의 파편이자 가장 강한 왕 중 하나인 그림자 군주의 힘에 전율했다.

벽.

도저히 넘볼 수 없는 벽.

그와 자신의 격차가 너무도 크지 않은가!

진우는 주변을 둘러보며 만족스러운 결과에 고개를 끄덕이다, 잔뜩 겁에 질려 있는 혹한의 군주와 시선이 마주쳤다.

흠칫.

그가 떨고 있음이 먼 거리에서도 느껴졌다.

그에게는 아직 갚아야 할 빚이 있다.

고건희 전 협회장의 얼굴을 떠올린 진우의 표정이 싸늘하게 변했으나, 진우는 자신의 감정을 쉽게 노출하지 않았다.

가장 먼저 죽이고 싶은 적은 가장 나중에 처리한다.

피할 수 없는 죽음과 직면해 있는 상대에게 공포에 떨 만한 시간이 충분히 주어지도록.

진우가 말했다.

"너는 마지막이다."

진우의 신형이 발밑의 그림자 속으로 천천히 스며들어 갔다.

"짐승을 잡아 올 때까지, 넌 거기서 기다리고 있어라."

* * *

TV 중계 영상이 끊기자마자 우진철 협회장은 책상을 내리쳤다.

쾅!

영상이 끊기기 전에 마지막으로 송출되었던 화면.

놈들에게 당한 성진우 헌터가 힘없이 쓰러지는 장면이었다.

그 장면을 보는 우진철의 억장도 같이 무너져 내렸다.

이 책상이 고건희 전대 협회장님이 쓰셨던 물건만 아니었어도 한 주먹에 부숴 버리고 말았으리라.

움켜쥔 우진철의 주먹이 부르르 떨렸다.

협회장실에서 우진철과 함께 상황을 지켜보던 부하 직원들도 굳게 입을 다물었다.

무거운 침묵이 흘렀다.

하지만 여기서 이러고 있을 시간이 없음을 누구보다 잘 알고 있는 사람이 우진철 협회장이었다.

우진철이 물었다.

"현장에 도착한 길드들은?"

"네, 지금 5대 길드 전부 현장에 도착했습니다."

우진철이 자리에서 일어나며 급히 말했다.

"우리 감시과도 갑시다. 물론 저도 갑니다."

"너무 위험합니다, 협회장님!"

"지금 이 상황에서 위험하고 안전하고가 중요합니까?"

우진철이 눈을 부라리자 만류하던 직원들이 할 말을 잃었다.

대한민국은 지금 성진우라는 최후의 방어선을 잃었다.

더 이상 물러날 곳이 없다는 소리.

헌터 한 사람이라도 더 힘을 합쳐 저 괴물들을 막아 내지 못하면 이제 미래가 없는 것이다.

빠르게 외투를 챙겨 입던 우진철이 고개를 들자, 중계 화면 옆에 있는 감시 카메라 영상이 눈에 들어왔다.

24시간 하늘을 향해 고정되어 있는 카메라.

카메라는 계속해서 서울 상공에 자리 잡고 있는 극초대형 게이트의 모습을 비추고 있었다.

화면을 보는 우진철의 눈동자가 순간 흔들렸다.

'어쩌면…….'

어쩌면 한국은 벌써 끝장난 것일지도 모른다.

가슴이 철렁 내려앉았다.

운 좋게 괴물들을 처치한다고 해도 그 피해는 막심할 터.

남은 헌터들만으로, 아니 좀 더 정확히는 성진우 헌터 없이 저 어마어마한 규모의 게이트를 감당할 수 있을까?

도심에 나타난 괴물들과 극초대형 게이트를 연결해 생각하니 애써 부정하려고 했던 절망감이 밀어닥쳤다.

하지만 우진철은 힘겹게 고개를 가로저었다.

수만, 수십만, 아니 이 나라 국민들 전부가 자신과 같은 생각을 하고 있디고 해도 누군가는 나서서 싸워야 한다.

헌터들에게 내려진 힘은 그러라고 주어진 것.

상념을 떨치려고 이를 악문 우진철이 나가려고 할 때, 직원 하나가 급히 그를 불러 세웠다.

"협회장님!"

우진철의 고개가 돌아갔다.

그 직원을 향해서가 아니라 속보 진행자의 다급한 멘트가 들려오고 있는 대형 화면 쪽으로.

-지금 저희 방송국 카메라가 현장과 연결되었습니다!

고층 빌딩 위 어딘가에서 촬영하고 있는지, 카메라는 멀찍이 떨어져 있는 현장의 모습을 찍어 보내왔다.

하지만 그걸로 충분했다.

일대를 뒤덮고 있던 눈보라가 어떠한 힘에 밀려 흩어지고 있었다.

흥분한 우진철 협회장이, 어느새 전부 자리를 박차고 일어선 직원들을 헤치고 달려가 화면 앞에 섰다.

안개가 걷히자 거기에 있는 이들의 모습이 뚜렷하게 드러났다.

다섯 명.

아니, 네 명과 한 마리.

그중 한 사람, 개미 병사 앞에 서 있는 남자는 우진철도 잘 아는 얼굴이었다.

"성진우 헌터!"

우진철은 화면을 보고 자신도 모르게 소리쳤다.

직원들 역시 진우의 주위로 온통 새하얗게 박살 나 있는 얼음 인간들의 잔해를 보고 환호성을 내질렀다.

와아!

꼼짝없이 끝났다고 생각했던 진우가 멀쩡하게 살아 있을 뿐만 아니라, 적을 수세에 몰아넣은 듯 보이기까지 하니 어찌 참을 수가 있을까?

우진철의 눈에는 눈물까지 핑 돌았다.

적.

유일한 적으로 보이는 냉기의 괴물은 겁에 질렸는지 그 자리에 못 박힌 것처럼 움직이지 못했다.

폭풍 안에서 무슨 일이 벌어졌는지는 몰라도, 상황은 그 전과 180도 뒤바뀌어 있었다.

굳이 듣지 않아도 우진철은 온 세계의 시선이 이 화면에 모이고 있음을 느낄 수 있었다.

이제 성 헌터는 어떤 모습으로 저 괴물을 박살 낼 것인가.

진우를 지켜보는 우진철 협회장의 시선에는 기대감이 가득했다.

그러나.

괴물에게 무슨 말을 건네는 것처럼 보던 진우가 발밑부터 스르륵 사라지기 시작했다.

'……?'

얼싸안고 환호하던 직원들의 표정도 서서히 굳어 갔다.

이윽고.

진우의 모습이 현장에서 완전하게 사라져 버렸다.

카메라맨도 당황했는지 카메라를 이리저리 움직이며 진우를 찾아 헤맸으나 머리카락 하나 찾을 수 없었다.

"허……."

우진철이 당혹감을 감추지 못하고 입가를 쓸어내렸다.

또다시 협회장실 안에 무거운 침묵이 흘렀다.

* * *

은신처가 있는 정글로 돌아간 송곳니 군주가 치를 떨었다.

목을 조여 오던 죽음의 기운.

괜히 혹한의 군주와 언쟁을 벌이느라 더욱 빠르게 그곳을 벗어나지 못한 게 후회가 되었다.

브라질의 대헌터를 사냥할 때만 해도 지구는 그저 나약한 먹잇감들이 넘치는 사냥터에 불과했다.

아무것도 할 게 없는 차원의 틈새를 벗어나 새 사냥터를 찾았다는 해방감에 취해 있었다.

그런데 그림자 군주가 악의를 품고서 이곳에 강림해 버릴 줄이야.

그림자 군주의 행세를 하는 인간이라면 몰라도, 진짜 그림자 군주와는 결단코 싸우기 싫었다.

그를 막으려면 그 이상의 힘을 가진 파멸의 군주가 필요했다.

'이렇게 됐으니 용제가 도착할 때까지 여기에서 조용히 숨어 지낼 수밖에…….'

짐승은 나뭇잎과 가지로 만들어진 침상에 몸을 누였다.

그러자 인간들이 흔히 마수라 부르는 혼세의 맹수들이 그의 주위로 하나둘 모여들어 발아래에 몸을 누였다.

강력한 마력을 지닌 이 맹수들은 그의 근위병단.

왕의 손길이 닿자 맹수들은 애완동물들처럼 갸르릉거리며 얼굴을 들이댔다.

편히 누워 맹수들의 머리를 쓰다듬던 송곳니 군주가 의아함을 느끼고 손을 멈추었다.

'음……?'

맹수들의 털이 하나같이 전부 다 곤두서 있었다.

동물의 육감.

목 뒤를 타고 전해지는 기이한 감각에 그도 순간 소름이 돋았다.

잔뜩 긴장한 맹수들의 시선이 고정된 곳을 말없이 바라보던 그의 눈매가 실처럼 가늘어졌다.

몇 걸음 떨어진 곳에 위치한 나무의 그림자가 일렁이고 있었기 때문이다.

송곳니 군주는 어느덧 자신의 거처에까지 스며들기 시작한 죽음의 냄새를 느끼고 절망스러운 목소리를 냈다.

"설마……?"

짐승의 눈이 커졌다.

일렁이던 그림자 위로 무언가가 서서히 올라오고 있었다.

'인간……?'

아니, 그림자 군주?

짐승은 상대의 정체를 가늠할 수가 없었다.

그러나 오감으로 전해지는 상대의 기운은 오래전 자신을 벼랑 끝으로 몰아넣었던 그 남자의 것과 똑같았다.

그의 정체가 무엇이건 간에 그는 완벽한 힘을 손에 넣었다.

'나를 쫓아 이곳까지 찾아왔단 말인가?'

뼛골까지 스며 오는 죽음의 공포에 짐승은 몸을 떨었다.

그리고 진우의 전신이 온전히 지상으로 올라왔을 때.

크르르르.

주인을 지키기 위해 이빨을 드러내고 진우를 위협하던 맹수 중 하나가 급기야 빠르게 튀어 나갔다.

보통의 고양잇과 동물과 달리, 세 개의 붉은 눈을 가지고 있는 마수. 혼세에서도 흉험하기로는 한 손에 꼽히는 놈이었다.

크릉!

놈이 입을 벌리자 그 안에서 칼같이 날카로운 이빨 수십 개가 예리한 빛을 번쩍였다.

진우는 자신에게 돌진하는 맹수를 무심히 바라보았다.

어지간한 S급 던전 보스급의 마력을 지닌 맹수였다.

예전이라면 진우도 자세를 잡아야겠지만, 지금은 어떠한 위협도 되지 못했다.

그런데.

쿵!

진우가 무언가 하려고 마음먹기도 전에 머리를 잃고 만 맹수가 사지를 힘없이 축 늘어뜨렸다.

범인은 다름 아닌 송곳니 군주.

순식간에 뛰어올라 맹수의 머리를 부숴 버린 송곳니 군주가 땅에 박힌 주먹을 빼냈다.

'왜 자기 병사를……?'

진우가 의아한 시선으로 보고 있자 송곳니 군주가 자세를 바짝 낮추고 고개를 숙였다.

그러곤 바닥을 향한 그의 입술에서 떨리는 목소리가 흘러나왔다.

[그림자 군주시여, 저 짐승들의 왕은 당신과 싸우고 싶지 않습니다. 부디 저의 만행을 용서하시고 저를 그대의 아군으로 받아 주시옵소서.]

짐승의 본능.

이길 수도 없고, 도망가지도 못할 상대라면 머리를 조아려라.

본능이 그렇게 움직일 것을 강요하고 있었다.

짐승들의 습성을 가진 송곳니 군주는 체면과 자존심을 버리고 본능의 요구에 충실했다.

[머지않아 용제가 자신의 병사들을 이끌고 이 땅 위에 내려설 것입니다. 그때 저와 제 짐승의 군대가 당신을 돕겠습니다.]

그는 자신이 할 수 있는 가장 낮은 자세를 취했다.

끼잉- 끼잉-

뒤쪽의 맹수들 역시 완전히 얼어붙은 상태로 찔끔찔끔 오줌을 흘렸다.

오로지 생존을 위해 살아가는 맹수들에게, 성큼 다가온 죽음의 기운보다 더 두려운 것은 없었다.

꼬리 내린 짐승들의 왕을 내려다보던 진우가 금방 대답했다.

"좋다."

흔쾌히 떨어진 승낙에 긴장하고 있던 송곳니 군주가 속으로 웃음 지었다.

바닥을 향해 있는 얼굴에서 미소가 번져 갔다.

어리석은 놈!

'저놈은 진짜가 아니다.'

진짜 그림자 군주라면 한 번 그를 배신한 데다, 그걸로도 모자라 강림을 위한 그릇까지 없애려 했던 자신을 용서해 주는 우를 범하지는 않았을 터.

인간의 온정과 우매함 덕에 시간을 벌었다.

그림자 군주의 냄새 속에 섞여 있는 인간의, 아니 먹잇감의 냄새를 맡으면서 어떻게 그에게 복종할 수 있겠는가?

눈치껏 그림자 군주를 위해 일하는 척하면서 파멸의 군주가 도착하기를 기다리고 있으면 되는 것이다.

'그때가 오면 너의 시체는 내가 친히 갈가리 찢어 삼켜 주마.'

이러니 어찌 웃음이 나지 않을 수 있을까?

송곳니 군주가 환한 얼굴로 고개를 들었다.

[충성을 다하겠…….]

그러다 얼음같이 싸늘한 시선을 마주하고서 놀라 뒤로 펄쩍 뛰어올랐다.

어찌나 놀랐는지 삽시간에 수십 미터 이상 거리가 벌어졌다.

혈색이 창백해진 짐승에게 진우가 말했다.

"그전에 서로에게 남아 있는 빚은 청산해야지."

짐승은 얼굴이 굳어진 채로 목소리를 쥐어짜 냈다.

[빚? 설마 예전의…….]

송곳니 군주는 일전에 백염의 군주와 함께, 그림자 군주의 뒤를 노린 적이 있었다. 진우도 그림자 군주의 회상을 통해 그 사실을 접했다.

하지만 지금 진우가 하려는 일은 그 일과 전혀 관련이 없었다.

진우는 시스템이 '인벤토리'라고 명명했었던 아공간에서 '카미쉬의 분노'를 한 자루 꺼내 왔다.

스르륵.

한 손에 '카미쉬의 분노'를 쥔 진우가 다른 손의 엄지로 자신의 가슴 다섯 곳을 가리켰다.

"손톱이 가슴을 뚫고 들어온 상처가 다섯 군데."

그 끔찍한 고통은 아직도 생생히 남아 있었다.

"다섯 번의 공격만 버티면 널 용서해 주겠다."

그 말은 다섯 번의 치명상을 모두 버텨 내라는 소리.

애초부터 자신을 봐줄 생각이 없었던 진우의 의도를 깨닫고, 짐승의 마지막 자존심이 거센 포효를 내질렀다.

[나를……! 이 짐승들의 왕을 가지고 놀았는가!]

영체화를 시도한 송곳니 군주가 어마어마한 크기의 늑대로 변했다.

현실의 세계가 아니기 때문인지 예전 그림자 군주의 기억 속에 남아 있는 모습보다는 훨씬 작았지만.

그럼에도 충분히 세상을 파괴하고도 남을 만한 힘을 지닌 짐승들의 왕이었다.

성난 짐승들의 왕이 그림자 군주를 향해 울부짖었다.

[내 목숨은 여기까지겠으나 너 또한 무사하지 못할 것이다!]

쉬익.

그런데 그때, 늑대의 얼굴 옆으로 한 줄기 서늘한 바람이 스쳐 지나갔다.

눈앞에서 사라진 진우의 흔적을 좇아 늑대가 황급히 뒤를 돌아보았다.

그곳에는 이느새 뒤쪽으로 이동한 진우가 그에게로 천천히 돌아서고 있었다.

"일단 하나."

늑대는 보았다.

진우의 전신에서 피어오르는, 끔찍하리만큼 강렬한 검은 오러를.

놈은 가짜가 아니다.

그의 움직임은 그림자 군주와 정확히 일치했다.

꿀꺽.

자신도 모르게 마른침이 식도를 타고 넘어갔다.

그때.

툭 하고 뭔가가 바닥으로 떨어졌다.

자신의 앞에 어떤 상대가 있는가를 망각한 늑대의 시선이 잠시 아래쪽으로 내려갔다.

떨어진 것은 거대한 귀.

얼굴에서 잘려 나간 늑대의 귀가 자기 발밑에 흉물스럽게 떨어져 있었다.

곧 피가 폭포수같이 쏟아지며 지독한 통증이 찾아왔다.

이를 악문 늑대가 고개를 들자, 진우의 손에 들린 또 다른 단검 하나가 눈에 들어왔다.

양손에 각각 하나씩.

검은 오러가 맺힌 '카미쉬의 분노'를 손에 쥔 진우가 늑대를 향해 최종 선고를 내렸다.

"이제 네 번 남았다."

* * *

사면초가.

진우가 그렇게 사라진 뒤, 혹한의 군주는 이러지도 못하고 저러지도 못하는 상황에 놓였다.

승산이 없으면 도망이라도 치는 것이 순리겠지만.

그의 시선이 그림자 군주의 두 군단장에게로 향했다.

'지배자 쪽 인간의 부상을 치료해 주고 있는 저 개미 놈이야 그렇다 쳐도…….'

나머지 한쪽이 문제.

그림자 군단의 두 날개 중 하나로 불리는 이그리트가 떡하니 이쪽을 감시하고 있는 것이 아닌가?

그의 별명은 '죽음의 기사'.

그림자 군주를 따라 수많은 전장을 누비며 헤아릴 수 없이 많은 적들을 해치운 최강의 병사였다.

가장 경계해야 할 대상 중 하나가 눈앞에 있었다.

'그러나…….'

이쪽은 병졸 따위가 아닌 군주.

자신이 전력을 다한다면 군단장급 두 병사를 쓰러뜨리는 것도 어렵지는 않으리라.

문제는 이들이 불사의 능력을 가지고 있다는 것에 있다.

그림자 군주의 힘이 바닥날 때까지 이들은 무한히 재생할 수 있다.

영세화에 소모되는 체력만 해도 막심한 혹한의 군주에게는 결코 반가운 소식이 아니었다.

게다가 이들을 친다는 건 그들의 주인에게 자신의 움직임을 알리는 것과 같다.

모든 그림자 병사들은 그림자 군주와 연결되어 있다.

군단장들을 쓰러뜨리는 데 성공한다고 해도 결국 그림자 군주를 다시 이곳으로 불러들이는 꼴이 되고 만다.

그것만은 막아야 했다.

'그러니…….'

혹한의 군주가 달아날 게이트를 생성하기 위해 방향을 틀었다.

쉭-

그러나 어느새 앞을 가로막고 선 이그리트가 고개를 천천히 가로저으며 허리춤에 차고 있는 검의 손잡이를 손끝으로 톡톡 건드렸다.

쓸데없는 짓은 하지 마라.

한마디 말 없이도 그의 의지가 분명히 전해졌다.

쉭-

고개를 돌렸더니 이번엔 반대편에 선 개미가 아가리를 쩍 벌리고 힘껏 포효를 내질렀다.

"키에에에엑-!"

훼방꾼의 팔을 치료하던 놈이 여기 왔다는 것은.

군주의 시선이 정면을 향하자 이번엔 부상에서 완전히 회복된 훼방꾼이 이리로 다가오는 모습이 보였다.

[이놈들…….]

혹한의 군주가 자신을 포위한 적들에 대한 분노로 몸을 떨었다.

[감히 네놈들 따위가!]

격노한 왕의 노성이 지축을 뒤흔들어 놓았다.

대기가 얼어붙기 시작하고, 다시 먹구름이 모여들었다.

[너희들이 나를 상대로 얼마나 버틸 수 있을 것 같으냐?]

이그리트가 검을 뽑아내고, 베르가 손톱을 세웠으며, 로브를 입은 사내가 단검을 쥐었다.

그러나 넷의 힘이 맞부딪치는 일은 없었다.

이변을 가장 먼저 느낀 것은 역시나 혹한의 군주였다.

[……!]

그의 시선이 어느 한 방향을 향하자, 약속이라도 한 듯 모두의 시선이 그쪽을 향했다.

그림자가 일렁이고 있었다.

시간이 더 필요한 혹한의 군주는 아랫입술을 깨물었다.

[그림자 군주!]

적당히 떨어진 곳의 그림자에서 진우가 솟아올랐다.

'시스템이 없어지면서 제한 시간도 같이 사라진 건 좋네.'

힘의 제약은 모두 풀린 상태.

순식간에 다시 있던 곳으로 돌아온 진우의 시선이 혹한의 군주에게로 옮겨 갔다.

진우는 손에 들고 있던 무언가를 가볍게 그쪽으로 던져 주었다.

포물선을 그리며 떨어지던 무언가를 받아 낸 군주의 눈동자가 순간 흔들렸다.

[이건……?]

늑대의 귀.

이런 크기의 늑대는 그가 아는 한 한 마리밖에 존재하지 않는다.

[잠시 사라졌던 몇 분 사이에 송곳니 군주를 죽이고 왔단 말인가!]

경악한 혹한의 군주가 소리쳤으나, 진우의 대답은 돌아오지 않았다.

그 대신 진우는 짐승에게 그랬었던 것처럼 단검 두 자루를 불러왔다.

용의 이빨로 만들어진 두 단검에는 아직 식지 않은 송곳니 군주의 피가 묻어 있었다.

강대한 힘을 가진 자의 악의가 일순간 자신에게로 쏠리자 혹한의 군주는 움찔 몸을 떨었다.

진우의 어깨 위에서 검은 오러가 피어오르기 시작하는 것을 보고서 두 군단장과 로브의 사내가 뒤쪽으로 빠졌다.

진우는 단검을 틀어쥔 두 손에 힘을 주었다.

시간은 충분히 주었다.

이제 놈에게 진 빚을 갚아 줄 차례였다.

역병의 군주, 송곳니 군주, 그리고 혹한의 군주.

이 셋의 죽음은 나머지 군주들에게 보내는 자신의 경고가 될 것이다.

진우가 미끄러지듯 달려오기 시작하자, 혹한의 군주가 발악처럼 급조한 얼음의 화살들을 날려 댔다.

[이노옴!]

그러나 급조됐다고 해도 상위 존재가 만들어 낸 마법의 화살은 가히 필살급.

S급 헌터조차 한 방을 견디지 못할 마법의 화살들이 진우를 향해 무수히, 그야말로 무수하게 쏟아졌다.

두두두두두두두두두두!

혹한의 군주는 온 힘을 다해 진우의 접근을 막으려 애를 썼다.

[으아아아아!]

그러나 진우의 손은 화살들보다 훨씬 빨랐다.

자신을 노리고 덤벼드는 얼음 화살을 모두 쳐 내면서도 돌진 속도가 전혀 느려지지 않았다.

[으아아아아아아아아아아!]

~~두두두두두두두두두두두두두두~~!

셀 수 없는 숫자의 얼음 화살들이 냉기의 화신 전방에서 쉴 틈 없이 발사되었으나.

진우는 그의 모든 공격을 뚫고 앞에 섰다.

푹!

혹한의 군주의 어깨에, 전에 단검이 박혔던 그곳에 진우가 또 한 번 '카미쉬의 분노'를 정확히 꽂아 넣었다.

고건희 전 협회장을 기억하라는 진우의 의도였다.

[크아아악!]

그때와는 차원이 다른 통증에 혹한의 군주가 고개를 쳐들고 비명을 질렀다.

다른 손에 들린 단검이 꽂히기 전에, 혹한의 군주가 서둘러 입에 모은 냉기를 쏟아 냈다.

진우는 손을 뻗어 녀석의 입을 아예 틀어막아 버렸다.

쿠아아!

손을 뚫고 나가지 못하는 냉기가 혹한의 군주 안에서 요동칠 때, 진우가 역수로 바꾼 단검을 그의 가슴에 내리꽂았다.

콰직!

갈비뼈가 부서지며 심장이 뚫리는 소리가 들려왔다.

자신이 당했던 그대로의 공격.

[크아아아아아아아악!]

하지만.

이미 두 군주의 목숨을 빼앗아 본 진우는 이 정도의 공격으로는 혹한의 군주가 죽지 않는다는 사실을 잘 알고 있었다.

"짐승은 네 번째에 죽었다."

진우의 눈에서 서슬 푸른 안광이 번뜩였다.

"너는 얼마나 더 버틸까?"

진우를 내려다보는 혹한의 군주의 눈동자가 공포로 물들어 갔다.

죽음의 군주.

끝없는 전장에서 자신의 적들을 가차 없이 베어 넘기던 최고의 전사와 똑같은 눈빛이 아닌가!

그제야 그는 자신이 누구를 건드렸는지를 깨닫고서 두려움에 온몸을 파르르 떨었다.

이어서 심장에 박혀 있던 단검이 아래로 내리그어지며 군주의 몸을 찢어 놓았다.

[크아아악!]

6. 왕의 분노

6. 왕의 분노

세계가 이렇게 한목소리로 열광했던 적이 또 있을까?

사라졌던 진우가 다시 나타나 혹한의 군주의 가슴팍에 단검을 꽂았을 때, 사람들은 기다렸다는 듯 두 주먹을 번쩍 치켜들고 함성을 내질렀다.

와아아아아아아아—!

인류 최강의 헌터가 괴물들 손에 죽은 줄 알고 절망하고 있던 시청자들에게, 그건 최고의 선물이었다.

누군가는 열정적으로 진우의 이름을 외치며.

누군가는 눈물을 글썽이며.

누군가는 그 눈물을 글썽이는 이를 다독여 가며.

아시아의 한 헌터가 인류 전체를 위협하던 괴물을 처치하는 장면을 모두가 지켜보았다.

국가 권력급 헌터인 토마스 안드레가 쓰러지고, 세계 랭커인 레나트 니어만이 그런 토마스를 대신해 나섰던 순간부터, 괴물들의 등장은 한국만의 불행이 아니게 되었다.

바로 인류 전체의 목숨과 직결된 문제가 되어 버린 것이다.

사람들은 드래곤 '카미쉬'가 미국의 도시들을 하나씩 집어삼키던 때의 끔찍한 공포를 잊지 않았다.

그런 일이 반복되는 일은 그 누구도 원치 않았기에.

미국에서, 독일에서, 그리고 세계 곳곳에서 중계방송을 보고 있던 시청자들이 진우의 승리에 열광했다.

최고라 불리는 헌터들이 쓰러져 가던 때의 좌절감과 공포감을 씻어 내려는 듯이.

와아아-!

진우가 혹한의 군주를 공격할 때마다 사람들의 함성이 이어졌다.

그리고 마침내.

그 질긴 목숨의 괴물이 쓰러진 뒤 회색의 재로 변해 흩어지기 시작하자, 사람들의 환호성은 극에 달했다.

와아아아아아아아아!

시민들의 함성이 도시들을 쩌렁하게 울렸다.

속보의 진행을 맡은 아나운서들도 카메라가 돌아가든 말든 있는 힘껏 소리를 질러 댔다.

-속보입니다! 큰 부상을 입은 것처럼 보였던 토마스 안드레 헌터가 목숨에는 지장이 없는 상태로…….

-때마침 현장에 도착한 구급차들이 부상자들을 인근 병원으로 호송하는 모습입니다.

―시민들을 학살했던 괴물은 더 이상 움직이지 않습니다. 재가 된 괴물은 이제 흔적만 남아 있을 뿐입니다!

싸움의 끝을 알리는 속보가 계속해서 들어왔으나.

성진우! 성진우! 성진우!

사람들의 흥분은 쉽사리 가라앉지 않았다.

그리고 여기 또 한 사람.

세계의 그 누구보다 흥분을 감추지 못하고 있는 이가 있었다.

바로 우진철 협회장이었다.

서로 부둥켜안고 환호성을 질러 대는 부하 직원들 속에서도, 그의 시선은 화면에 고정되어 있었다.

거기서 뭔가를 발견한 우진철의 눈동자가 흔들렸다.

'설마……?'

황급히 휴대폰을 꺼낸 그가 떨리는 손으로 안에 저장되어 있는 영상을 찾아 재생시켰다.

몇 번이고 돌려 본 영상.

고건희 전 협회장님이 살해당할 때, 협회장실의 보안 카메라에 찍혔던 영상이 흘러나왔다.

거기 있는 남자.

흐릿한 화면에 아주 잠깐 나왔다 사라져서 쉽게 알아볼 수 없었지만.

지금 다시 보니 방금 성진우 헌터가 쓰러뜨린 괴물의 생김새와 흡사하지 아니한가?

얼어붙었던 땅이 빠르게 녹아 가는 장면까지 일치했다.

'그렇다면……!'

그제야 우진철은 진우가 어떤 적과 싸웠는지를 깨달았다.

전 협회장님을 살해한 자.

그리고 당시 전 협회장님의 부고를 접했을 때 진우와 나눴던 대화가 떠오르며 전신에 전율이 일었다.

"감사합니다. 협회장님의 마지막을 지켜 주셔서."

"그놈은 제가 죽일 겁니다."

"예?"

"협회장님을 죽인 그 마수는 제가 반드시 죽일 겁니다. 그러니까 감사 인사는 그때 받도록 하겠습니다."

성진우 헌터는 그때의 약속을 잊지 않았던 것이다.

마수는 죽었다.

성진우 헌터의 손에.

코끝까지 빨개진 우진철은 눈물이 그렁그렁하게 고인 두 눈을 들어 다시 중계 화면을 바라보았다.

카메라는 왠지 지쳐 보이는 표정의 성진우 헌터를 줌인하고 있었다.

그 표정의 의미를 약간은 이해할 수 있었다.

마음속 깊은 곳에서 어떤 감정이 울컥하고 강하게 솟구쳐 올라왔다.

이제 협회장님도 편히 눈을 감으실 수 있으리라.

우진철은 존경했던 전 협회장에 대한 기억들을 떠올리며 진우에게 눈빛으로 인사를 전했다.

'……감사합니다, 헌터님.'

*　*　*

영체화가 풀려 인간의 모습으로 되돌아온 혹한의 군주가 서서히 잿빛 먼지로 변해 갔다.

고건희 전 협회장의 몫에다가 자신의 몫까지.

빚진 것은 모두 갚았다.

사라져 가는 혹한의 군주를 차갑게 내려다보던 진우가 돌아섰다.

멀리서 혹한의 군주에 대한 응징이 끝나기를 기다리고 있던 군단장들이 그제야 진우에게 다가왔다.

"……."

본래의 힘을 되찾았음에도 여전히 과묵함을 유지한 채 정중하게 예를 다하는 이그리트와 달리.

"왕이시여어어!"

베르는 주인을 다시 볼 수 있게 된 반가움을 온몸으로 표현했다.

그 큰 눈에 눈물을 글썽거리는 베르의 어깨를 툭툭 두들겨 준 진우가 주변을 둘러보았다.

나머지 한 사람.

누더기 같은 로브를 입고 있던 사내가 어느새 보이지 않았다.

"아까 그 남자는 뭐였어?"

진우의 질문에 감격하느라 바쁜 베르 대신 이그리트가 대답했다.

"주군께서 의식을 잃고 계실 때 필사적으로 주군을 지킨 자입니다."

처음으로 듣는 이그리트의 굵은 목소리에 놀란 것도 잠시.

진우가 의아한 눈빛을 보냈다.

"나를 지켰다고?"

"예, 그렇습니다."

베르와 달리 아직 인간의 언어에는 익숙하지 않은지 흔히 '마수어'라 알려진 혼세의 언어로 얘기하는 이그리트였지만.

대화를 나누는 데는 아무런 문제가 없었다.

그렇다면 어째서 생전 한 번 본 적도 없는 남자가 자신을 지킨 것일까?

능숙한 혼세의 언어로 이그리트와 문답을 주고받던 진우가 문득 무언가를 발견하고 그리로 갔다.

거기에 떨어져 있는 물건.

'이건……?'

그것을 집어 든 진우의 눈동자가 미세하게 흔들렸다.

* * *

반쯤 무너져 외벽만 남은 건물 뒤로 돌아간 사내가 털썩 주저앉으며 로브의 후드를 벗었다.

한 번도 관리하지 않은 듯 엉망으로 자란 머리카락과 수염이 덥수룩이 얼굴을 덮은 남자.

성일환은 벽에 기대 거친 숨을 몰아쉬었다.

"하아, 하아."

그러고는 이미 감각이 사라진 왼손을 들어 올렸다.

아니나 다를까.

잿빛으로 변한 왼손이 손가락 끝에서부터 아주 천천히 먼지가 되어 흩어지고 있었다.

인간의 몸으로 신의 힘을 받아들인 결과였다.

하지만.

극심한 고통 속에 있으면서도 그의 얼굴은 만족스러웠다.

"됐어……."

그 힘으로 진우를 지켜 냈다.

그림자 군주의 힘을 온전히 이어받은 진우의 존재는 인류에게도 큰 도움이 될 것이다.

그러니까 된 것이다.

점점 사라지는 손끝에서 시선을 뗀 성일환이 힘없이 머리를 벽에 대고는 눈을 감았다.

지배자들은 그에게 자신들의 힘을 맡기고 그림자 군주를 막아 줄 것을 부탁했다.

게이트가 사라져 꼼짝없이 차원의 틈새에 갇혀 있었던 성일환에게는 선택의 여지가 별로 없었다.

그는 지배자들을 대신해, 그들의 사자로서 막중한 사명을 가지고 다시 지구로 돌아왔다.

그러나.

성일환은 자신의 사명을 다할 수가 없었다.

비록 그 몸에 인류 최악의 재앙이 깃들어 있다는 사실을 알고 있다고는 하나, 어찌 부모가 자식을 죽일 수 있겠는가?

그저 한 발짝 떨어진 곳에서 진우를 감시하는 것 말고는 할 수 있는 일이 없었다.

그렇게 시간을 끌고 있는 사이.

그림자 군주의 완전한 강림을 막는 데만 초점을 맞추고 있던 지배자들의 의견이 달라지기 시작했다.

그리고 마침내.

'가장 찬란한 광휘의 파편'이 그에게 새로운 지시를 내렸다.

[그림자 군주를 보호해라.]

군주들의 계획을 막기 위해선, 완전한 힘을 갖게 된 그림자 군주가 필요하다는 사실을 깨닫게 된 것이다.

하늘의 병사들보다 먼저 이곳에 도착하게 될 용제와 파멸의 군단을 막아 낼 수 있는 이는 그림자 군주밖에 없었다.

그림자 군주가 인간의 편에 설지, 군주들의 편에 설지 알 수 없는 상황에서 행해진 크나큰 도박.

그 결과가 방금 나왔다.

진우는 인간의 편에 남기로 하였고, 그림자 군주는 그 선택에 동의했다.

다시 태어난 그림자 군주는 진우 그 자체였다.

목숨을 걸고서 필사적으로 지켜 냈던 보람이 있었던 것이다.

"……."

10년 만에 만나게 된 아들에게 인사 한번 하지 못하고 이렇게 떠난다는 것이 못내 아쉽지만.

그러나 누구도 한 아이에게서 두 번씩이나 부모를 빼앗을 자격은 없다.

그것이 부모 본인이라 할지라도.

그러니 이렇게 조용히 사라지는 것이 진우를 위한 것이리라.

성일환은 점점 재로 변해 가는 자신을 내려다보며 그렇게 위로했다.

그때.

근처에서 익숙한 기척이 들려왔다.

얼른 자리에서 일어난 성일환이 아직 움직일 수 있는 오른팔로 후드를 둘러써 얼굴을 감췄다.

누군가가 성일환 앞에 섰다.

성일환은 그 누군가의 얼굴을 보지 않고서도 누가 자기 앞에 서 있는지 알 수 있었다.

진우.

한 번만이라도 불러 보고 싶은 아들을 옆에 둔 채, 후드로 얼굴을 가린 그가 진우를 스쳐 지나갔다.

진우가 그를 향해 돌아서며 물었다.

“그렇게 가시면 모를 거라고 생각했습니까?”

멈칫.

성일환의 발걸음이 멈추었다.

어떻게……?

진우를 향해 돌아서는 성일환에게, 진우가 가볍게 던진 물건 하나가 포물선을 그리며 날아왔다.

텁.

진우가 돌려준 것은 단검.

굳어 버린 왼손 때문에 떨어뜨리고 만 자신의 단검이었다.

단검을 내려다보던 성일환이 고개를 들었다.

진우가 원망스러운 시선으로 이쪽을 바라보고 있었다.

진우의 기억 속에는 아직도 그 단검들이 남아 있었다.

어렸을 때, 아버지의 단검을 가지고 놀다 아버지께 들켜 크게 혼났던 기억이 있었다.

그제야 진우는 장검으로 전장을 휩쓸었던 그림자 군주와 달리, 자신의 무기가 어째서 단검으로 정해졌는지 알게 되었다.

아버지에 대한 기억.

그 기억의 단편들에게 영향을 받은 시스템 던전은 진우에게 항상 단검이라는 무기를 제공했던 것이다.

진우의 낮은 목소리가 이어졌다.

"또 그렇게 말없이 가 버리실 겁니까, 아버지?"

아버지.

가슴을 파고들어 오는 그 단어에 성일환은 자신의 후드를 벗었다.

이제는 남은 오른손마저 서서히 재로 변해 가고 있었다.

자신의 두 손을 보고 흠칫 놀라는 아들에게 성일환은 옅게 미소 지으며 말했다.

"이런 모습을 네게 보이고 싶지는 않았다."

생명력을 소진해 재로 변하기 시작한 신체는 어떤 방법으로도 복구시킬 수 없다는 것을 진우는 이미 알고 있었다.

진우가 급히 다가서려고 했으나, 성일환이 오른손을 들어 막았다.

이미 그의 왼손은 전부 먼지로 흩어져서 어깨밖에 남지 않은 상태.

멈칫거리던 진우가 제자리에 멈춰 서서는 물었다.

"그럼 아버지는요?"

"……?"

"아버지는 제가 보고 싶지 않으셨습니까?"

아직 오른손마저 움직일 수 없게 된 것은 아닐 터인데.

진우의 한마디에 접근을 만류하던 성일환의 팔이 스르륵 아래로 내려갔다.

"보고 싶었다. 늘."

네가 나를 보지 못한다고 해도, 너를 멀리서 지켜볼 수 있다는 사실만으로도 충분히 행복해질 만큼.

성일환은 코앞까지 다가온 진우의 얼굴을 남은 한 손으로 어루만졌다.

아들의 눈에서 뚝뚝 떨어지는 눈물이 손등을 적셔 왔다.

이 애비가 너에게 해 준 게 아무것도 없는데도 불구하고 너는…….

"잘 자라 주었구나."

진우가 입을 열었다.

"지배자들입니까? 녀석들이 아버지를 이용하고 버리는 겁니까?"

진우의 음성에는 끔찍하리만큼 무거운 분노가 묻어 있었다.

그러나 성일환은 고개를 저었다.

"그들은 내게 선택의 기회를 주었을 뿐이다. 나는 너를 지킬 것을 선택했고, 그 선택은 조금도 틀리지 않았다."

이제는 남은 오른손마저 재로 변해 흘러내리기 시작했다.

"너와 좀 더 많은 얘기를 나누고 싶었는데."

너와 좀 더 오래 있고 싶었는데.

몹쓸 짓.

결국 한 아이의 가슴속에서 두 번이나 아버지를 지우게 만들고 말았다.

끝끝내 참으려 했던 성일환의 눈에서도 눈물이 흘러내렸다.

“좋은 아버지가 되지 못해 미안하다.”

그 말을 끝으로.

사르륵.

군주들과 맞서며 모든 힘을 소진해 버린 성일환의 전신이 재로 화했다.

진우는 부서져 가는 아버지의 몸을 끌어안으려고 했으나, 손에 남은 것은 영체가 사라질 때 남는 잿빛 가루뿐이었다.

이윽고.

성일환이 서 있던 자리에는 아무것도 남아 있지 않았다.

속에서 뭔가가 불쑥 솟구쳤다.

참지 못한 진우가 결국 하늘을 향해 고개를 쳐들고 울부짖었다.

“으아아아아아아-!”

그러자 대기의 마나가 진동했다.

하늘이, 공기가, 지면이 울었다.

곧 진우의 입에서 군주들과 같은 묵직한 음성이 흘러나왔다.

[들리는가, 군주들이여!]

이 모든 일들이 군주들의 정착지가 지구였기에 벌어진 것이라면.

내가 그 대가를 치르게 해 주겠다.

내가 그렇게 만들겠다.

마나가 응축된 음성이 대기를 타고 세계 곳곳으로 퍼져 나갔다.

[너희는 반드시 오늘 일의 대가를 치러야만 할 것이다!]

성난 그림자 군주의 포효가 천지를 뒤흔들었다.

[듣고 있는가, 군주들이여!]

그날.

범접할 수 없는 힘을 갖게 된 한 인간이 자신의 능력을 사용할 곳을 스스로 정했다.

진정한 전쟁의 서막이 올라가는 순간이었다.

* * *

다행이라고 해야 할까?

전 세계가 동시에 들을 수 있었던 진우의 목소리는 사람의 언어가 아니었기에, 대부분의 사람들은 하늘에서 천둥이 울리는 것쯤으로 받아들였다.

어째서 모든 사람들이 같은 소리를 들었는가에 대해서는 여러 의견이 분분했지만 그런 의문 따위는 문제가 되지 않을 만큼, 세계는 진우의 승리에 환호하고 안도했다.

현장에서도 마찬가지였다.

전투가 일어난 지역에서 조금 떨어져 초조한 마음으로 대기하고 있던 헌터들이 괴물이 처치되었다는 소식을 듣고 환호성을 내질렀다.

국내 최고의 길드들을 운영하는 두 남자, 최종인과 백윤호도 안도의 한숨을 내쉬다 서로를 마주 보고 씩 웃었다.

"백 사장님, 아까 보니 안색이 안 좋으시던데 이제 좀 진정이 되십니까?"

"최 대표님이야말로 이마에 식은땀 먼저 닦고 말씀하시죠."

"저한테 청심환이 하나 있는데 혹시 아직도 심장이 벌렁거린다거나 하지는 않으시죠?"

"아이고, 무슨 땀을 이리 흘리셨는지. 여기 손수건이라도 좀 쓰십쇼."

국내 1, 2위를 다투던 길드 마스터들 간의 날카로운 신경전.

그러나 상황이 끝났으니 이렇게 농담이라도 주고받을 수 있는 것이지, 방금 전까지 두 사람은 긴장감에 침조차 삼키지 못하고 있었다.

그도 그럴 것이.

상대는 국가 권력급 헌터인 토마스 안드레를 장난감 취급한 괴물들이 아닌가?

자신들의 목숨은 물론이거니와 길드원 전부의 목숨까지 위험해질 수 있는 상황이었다.

두 마스터들뿐만 아니라, 비상사태에 소집된 헌터들 전원이 느끼고 있었다.

성진우 헌터가 패배하면 자신들의 목숨은 없는 것이나 다름없음을.

지독한 압박감에서 벗어난 두 사람은 신경전이라는 이름의 농담으로 기쁨을 표출했다.

웃으며 최종인과 대화를 주고받던 백윤호의 시선이 최종인의 어깨 너머에 고정되었다.

"어……."

최종인도 그 시선을 따라 뒤를 돌아보았다.

폐허로 변해 버린 도심에서 홀로 걸어 나오는 남자.

군주들과 싸움을 끝낸 진우가 조용히 이쪽을 향해 걸음을 옮기고 있었다.

곧 다른 헌터들도 하나씩 진우를 발견했다.

탄성과 환호로 시끌벅적하던 현장이 진우의 등장에 금세 조용해졌다.

주변에는 속속 도착하고 있는 구급차의 사이렌 소리만이 울려 댈 뿐.
'성진우 헌터다.'
'저 남자가…….'
싸움이 끝났음에도 여전히 예리한 기세가 뿜어져 나오는 진우의 눈빛이 현장 분위기를 압도했다.
그 모습을 보고도 입을 여는 사람은 없었다.
얼마나 격렬한 전투였는지, 아직도 진우의 어깨 위에서는 옅은 아지랑이 같은 것이 올라왔다.
어째서일까?
진우와 눈이 마주친 백윤호가 목례를 보냈다.
그것이 시작이었다.
위험한 임무를 완수하고 돌아온 군인에게 경례하듯, 헌터들이 하나둘 진우를 향해 고개를 숙였다.
경의.
그런 싸움을 보여 준 헌터에게 어찌 존경심이 들지 않을 수 있을까?
그들은 모두 누가 시키거나 눈치가 보여서가 아니라 진심에서 우러러 나오는 인사를 보냈다.
그들의 인사를 눈으로 새겨 두며.
'…….'
진우는 비켜서는 헌터들을 지나쳐 익숙한 모양의 승합차가 멈춰 서는 곳으로 걸어갔다.
그 뒷모습을 구급차에 탑승하기 직전이었던 토마스 안드레와 그의 옆을 지키고 있던 레나트 니어만도 보았다.
레나트가 걱정스러운 얼굴로 말했다.

“성진우 헌터의 얼굴이 좋지 않군요.”

힐러들의 응급처치가 끝나 이미 많이 호전된 상태의 토마스도 고개를 끄덕이며 동의했다.

“그래 보이는군.”

“왜일까요? 그렇게 강한 괴물들과 싸워 이기고 살아 나왔는데.”

헌터들의 마음은 헌터들이 아는 법.

고난이도의 던전을 클리어하고 바깥공기를 마시게 되었을 때의 그 기분이란 이루 말할 수가 없을 정도다.

그런데 왜 성 헌터의 얼굴은 저리도 어두운 걸까?

레나트의 의문에 토마스가 답변을 내놓았다.

“놈들과의 싸움이 맘에 들지 않았던 거지.”

“……!”

레나트는 경악했다.

인간의 한계를 초월한 움직임을 보여 주고도 그게 마음에 안 들어서 얼굴이 어둡다니?

그게 가당키나 한 소린가?

레나트가 어떤 생각을 하는지 알고 있다는 듯, 토마스는 고개를 끄덕이며 말을 이었다.

“나도 믿기지 않지만…… 아마 그는 싸우는 동안 겪었던 몇 차례의 위기에 실망한 거겠지.”

아아, 그때.

레나트는 짐승의 손톱에 가슴이 꿰뚫렸던 진우를 떠올리며 나지막이 탄성을 터트렸다.

거기다 늙은 아이스 엘프가 진우의 가슴에 단검을 꽂았을 때는 자신도 눈앞이 캄캄해졌었다.

하지만 그건 적들이 너무 강해서 벌어졌던 일 아니던가?

그들 둘 다는 고사하고, 하나와 싸워도 그만큼 버틸 수 있는 이가 세상에 몇이나 될까?

그렇게 생각하던 레나트가 고개를 가로저었다.

'아니야…….'

확실히.

적들이 강하기 때문에 당할 수밖에 없다는 것은 자신들 같은 평범한 헌터들의 생각이다.

어쩌면.

성진우 헌터 정도의 힘을 가진 실력자는 이기는 건 당연하고, 어떻게 이겼느냐에 초점을 맞추고 있을지도 모른다.

그렇게 생각하자 레나트의 등줄기에 소름이 일었다.

놀라고 있는 그에게 토마스가 마지막으로 덧붙였다.

"정말 무서운 사내다. 성진우."

"……저도 같은 생각입니다."

추리를 끝낸 토마스가 구급차에 실려 가는 동안.

'그의 사무실에서 소란을 피우지 않은 것은 최고의 선택이었다.'

레나트는 절대 성진우 헌터를 적으로 돌리는 일만큼은 없게 하자고 다짐했다.

끼익!

아진 길드의 '봉고'가 멈춰 서고, 운전석에 있던 청년이 내려섰다.

진우가 괴물들에게 당하는 장면을 보자마자 앞뒤 생각도 하지 않고 무작정 차를 몰고 현장까지 달려온 유진호였다.

상급 헌터들처럼 기감이 발달한 것도 아닌데, 현장의 많은 헌터들 중에서 순식간에 진우를 찾아낸 유진호가 울먹이며 달려왔다.

"형니이이이이임-!"

눈물을 폭포수처럼 흘리며 달려오는 유진호를 보고서, 진우의 눈빛에 깃들어 있던 악의가 조금은 누그러졌다.

유진호는 달려오던 그대로 안겨 들었다.

평소 같았으면 귀찮다고 물 흐르듯 비켜 지나갔을 진우였지만.

오늘은 달랐다.

진우는 자신의 가슴에 매달려 눈물을 펑펑 쏟는 유진호의 등을 천천히 다독여 주었다.

자신을 진심으로 걱정해 주는 누군가의 따스함이 얼어붙었던 마음을 천천히 녹여 주는 기분이었다.

혹시 오늘 정말로 위로가 필요한 쪽은 유진호가 아니라 자신이 아니었을까?

진우는 옅은 미소를 지었다.

간신히 진정이 된 유진호가 눈물 콧물 범벅이 된 얼굴을 떼고 물었다.

"형님, 괜찮으십니까?"

"안 괜찮다."

"예?"

소스라치게 놀라며 눈이 커지는 유진호에게 진우는 눈물 콧물로 얼룩진 자신의 윗옷을 가리켰다.

"헉!"

유진호는 급히 소매로 자신의 눈가와 코밑을 슥슥 닦아 내며 고개를 숙였다.

"죄송합니다, 형님. 무사하신 형님의 모습이 너무 기뻐서 그만……."

진우가 피식 웃었다.

하여튼 예전부터 지금까지 한결같이 쭉 별난 녀석이었다.

하지만.

지금은 진우의 일에 한해선 누구보다 눈치가 빠른 동생이 됐다.

힘겹게 눈물을 그친 유진호가 환한 얼굴로 말했다.

"형님, 그럴 줄 알고 제가 미리 갈아입을 옷을 준비해 왔습니다."

"옷?"

진우는 자신을 내려다보았다.

군주들과의 격한 전투로 위에서부터 아래까지 엉망이 되어 버린 옷차림이 눈에 들어왔다.

"그렇게 들어가시면…… 또 형님 어머님께서 걱정을 많이 하시지 않겠습니까? 그래서 형님이 입으실 옷을 가져와 봤습니다."

허.

진우가 대견하다는 눈빛을 보내자 유진호가 코밑을 쓱 훔치며 기쁜 내색을 참았다.

"가시죠, 형님. 제가 댁까지 모셔다드리겠습니다."

잠깐 생각해 보던 진우가 고개를 끄덕였다.

'어머니와 진아도 TV를 봤을 테니 일단은 두 사람을 안심시켜 주고 오는 게 우선이겠지.'

유진호가 운전석에 올라타는 사이, 돌아선 진우는 방금 전까지 전장이었던 도심의 모습을 한 번 더 눈에 담았다.

상황을 정리하기 위해 달려온 많은 인원들이 수습에 한창이었다.

저 폐허들 속에서 진우는 몇 가지 소득을 얻었다.

'일단 수해에서 통화가 가능한 기기를 찾는 게 급선무인가.'

같은 실수를 반복할 수는 없으니.

그러나 무엇보다 가장 큰 소득은 바로 이것.

진우는 아버지가 남기고 간 단검들을 응시했다. 손잡이에는 아직까지 온기가 남아 있는 듯했다.

'아버지…….'

움직이지 않고 있는 진우에게 유진호의 조심스러운 목소리가 들려왔다.

"형님?"

단검 손잡이에 가볍게 입을 맞춘 진우가 단검들을 아공간 창고에 넣고 뒤늦게 조수석에 올라탔다.

"가자."

"예, 형님!"

길었던 하루가 그렇게 끝을 고하고 있었다.

* * *

헌터협회는 결국 서울에 나타났던 괴물들을 정체를 알 수 없는 마수들로 발표했다.

마수들이 남기고 간 피해의 규모는 엄청났다.

수많은 이들이 죽거나 다쳤고, 무너진 건물이나 손실된 차량들의 숫자도 어마어마했다.

하지만.

모든 것이 손해가 되기만 한 것은 아니었다.

전화위복이라 했던가?

갑작스러운 위기의 대처 능력.

특히 성진우 헌터가 그들과 싸우며 보여 준 강력한 힘은 세계인들의 생각을 단숨에 바꿔 놓았다.

달라진 생각은 곧 움직임으로 나타났다.

그 징후는 아무도 예상하지 못했던, 의외의 나라에서부터 시작됐다.

당일 밤.

우진철 협회장은 서울에 등장한 마수들의 뒤처리와 극초대형 게이트의 대처를 논의하기 위해 청와대를 찾았다.

사안이 사안인 만큼 김 대통령은 정중하게 그를 맞아 주었다.

간단히 인사를 나눈 뒤, 우진철이 물었다.

"서울 밖으로 대피하지 않으셔도 괜찮으시겠습니까?"

착잡한 표정으로 대답을 망설이던 대통령이 한숨을 푹 내쉬며 말했다.

"내가 자네에게 실수했던 것은 인정하지. 미안하게 됐네. 하지만 그렇다고 해서 내가 내 본분까지 잊어버렸으리라는 생각은 말아 주시게. 나는 이 나라의 대통령일세."

그는 인간적인 두려움을 느끼면서도, 그것을 이겨 내려는 표정으로 말을 이어 갔다.

"그런 내가 말없이 도망친다면 국민들이 얼마나 동요하겠나? 나는 내 이름을 역사의 오점으로 남기고 싶지는 않다네."

김 대통령을 그저 표나 긁어모으고 싶어 하는 정치인으로 기억하고 있던 우진철은 그가 보여 주는 의외의 모습에 짧게 헛웃음을 내뱉었다.

어찌 보면 무례한 행동이라 할 수 있었으나, 전에 자신이 저지른 실수가 있었기에 대통령은 우진철을 나무라지 않았다.

"좋습니다."

우진철은 준비해 온 자료를 꺼내 들며 발표를 준비하려고 했다.

그런데 급하게 달려온 청와대 직원 하나가 대통령에게 무언가를 속닥였다.

"뭐? 그게 정말인가?"

믿을 수 없다는 듯 벌떡 일어서는 대통령의 반응에 직원이 심각한 얼굴로 대답했다.

"그렇습니다, 대통령님. 어떻게 하시겠습니까?"

"일단 연결해 주게. 내가 받아 보지."

직원은 상대와 전화가 연결되어 있는 휴대폰을 대통령에게 내밀었다.

대통령이 전화를 받아 들자 수화기 안에서 대한민국 국민이라면 누구나 익숙할 법한 목소리가 흘러나왔다.

—내가 많은 시간을 신중히 고민해 봤는데…… 아무래도 이번 일은 남쪽 동무들을 돕는 것이 좋겠다는 결론이 났소.

북한 지도자의 음성.

그의 말을 제대로 이해하지 못한 대통령이 고개를 갸웃거리며 되물었다.

"뭘…… 돕는단 말입니까?"

—서울 상공에 나타난 게이트 있지 않소? 우리도 헌터들을 보내겠소. 이번 일은 남과 북이 힘을 모아 잘 처리해 봅시다.

"……!"

북한의 신호탄이었다.

유례없는 크기의 게이트가 등장했음에도 협조에 미온적인 반응을 보였던 주변국들의 태도가 순식간에 달라졌다.

한국이, 아니 성진우 헌터가 무너져서는 안 된다.

진우와 마수들의 싸움을 지켜보고 각국이 내린 결론이었다.

한국의 불행은 한국에서 그치지 않는다.

성진우 헌터가 막지 못한 재앙을 어느 나라의 어떤 헌터가 막아낼 수 있겠는가?

가까이는 북한, 일본, 중국, 러시아에서부터, 멀리는 미국과 독일, 영국, 프랑스까지.

얼마 남지 않은 시간을 맞추기 위해 각국의 헌터들이 급하게 서울로 출발했다.

그들의 머릿속에는 한 가지.

'성진우 헌터를 도와 극초대형 게이트를 막아 내야 한다.'

진우의 활약 덕에 한국의 안전이 최후의 방어선이라는 개념이 그들에게 심어진 것이다.

이제는 한국의 모든 헌터들뿐만 아니라 세계의 헌터들까지 대한민국의 수도로 집결하기 시작했다.

* * *

모두가 잠든 깊은 새벽.

진우는 거인들의 던전 브레이크 이후 계속해서 출입 금지 지역으로 남아 있는 일본의 수해를 다시 찾았다.

이번에는 레벨을 올리거나 별을 보기 위해서가 아니었다.

하지만 어젯밤의 기억 때문일까?

문득 밤하늘을 올려다본 진우는 자연스레 해인의 얼굴을 떠올렸다.

집에 들러 가족들을 안심시킨 진우가 급히 호텔로 돌아갔을 때.

그녀는 식사를 앞두고 갑자기 사라진 진우를 이해해 주었다.

진우가 서울로 가지 않았다면 상황이 어떻게 돌아갔을지 그 누구보다 더 잘 알고 있는 그녀였다.

애써 걱정을 숨기려 했던 그녀의 표정이 묘하게 기억에 남았다.

'……시작하자.'

진우는 주위를 둘러보았다.

언제나처럼 어떤 생명체도 찾아볼 수 없는 숲은 고요함으로 자신을 맞아 주었다.

이곳에서 해야 할 일이 있었다.

적당한 공터를 발견한 진우가 앞으로 나서며 일부 병사들을 불러냈다.

'나와라.'

그러자 진우의 그림자가 넓게 뻗어 나가며 그림자 병사들이 대지 위에 일제히 일어섰다. 새로 군단에 합류한 병사들이었다.

그들을 지켜보는 진우의 심정은 착잡했다.

처음으로.

어제 처음으로 진우는 그동안 지켜 왔었던 자신의 룰을 어겼다.

새로이 병사들이 된 그들은 모두 어제까지 평범한 인간이었다.

군주들에게 희생당한 피해자들.

억울하게 죽은 일반인들과 그들을 구하려 했던 헌터들이 섞여 있는, 수백의 병사들이 자신의 주인 앞에 섰다.

죄 없는 영혼들을 병사로 부리지 않겠다는 신념이 깨졌다.

그렇기에.

진우는 오늘 이 자리에서 그들에게 협조를 구하고 싶었다.

'이 전쟁이 끝날 때까지만 그대들의 힘을 빌려다오.'

그대들의 가족과 연인, 친구, 그리고 그대들의 땅을 지키기 위해.

'싸움이 끝나면 모두 안식으로 돌려보내 줄 테니.'

그림자 군주의 능력으로 절대적인 충성심을 강요받는 망자들이었지만 그들 각자의 의식은 남아 있었다.

그들 하나하나에 진우의 진심과 의지가 전달되었다.

어둠으로 가려진 그들의 투구 속 눈동자에서 자신들을 이렇게 만든 마수들을 향한 증오와 분노가 타올랐다.

그들은 깨달았다.

자신들의 손으로 직접 놈들에게 복수할 기회가 주어졌다는 사실을.

그 기회를 선물한 이는 눈앞에 있는 그림자 군주.

주군과 함께 우리는 싸운다!

마수들이 우리의 땅과 가족들을 유린하도록 놔두지 않겠다!

의지가 새겨지기 시작했다.

그림자 군주가 강해질수록 그림자 병사들의 능력도 향상된다.

시스템을 통해 그림자 군주의 힘을 빌리던 때와는 다르게, 진짜 권능을 이어받은 진우에게서 태어난 그림자 병사들은 이미 그 자체로 얕볼 수 없는 전력이었다.

그들에게 진우가 요구했다.

'나를 도와다오.'

군주의 요청에 그림자 병사들이 즉각 응답했다.

하늘로 손을 치켜든 그림자 병사들에게서 단말마의 비명 같은 끔찍한 함성이 울려 퍼졌다.

으아아아아아아아-!

앞쪽에서부터 시작된 함성의 물결은 점점 뒤로 이어지더니, 결국 그림자 병사 전원이 하늘을 향해 울부짖었다.

아아아-!

그들의 한 맺힌 포효가 대지를 뒤흔들었다.

죽음의 군단은 준비를 완료했다.

그들을 지켜보는 진우의 눈에서 서슬 퍼런 안광이 번들거렸다.

반드시.

반드시 군주들에게 대가를 치르게 하리라.

증오로 가득 찬 병사들의 함성은 그 뒤로도 한참이나 더 이어졌다.

* * *

극초대형 게이트의 던전 브레이크를 하루 앞둔 날.

시스템이 사라진 지 이틀째인 진우는 슬슬 일일 퀘스트가 없는 일상에 적응해 가고 있었다.

힘을 구속하고 있던 시스템이 사라진 덕분에 많은 부분이 편해졌지만 불편해진 점도 있었다.

그중 하나가 상점이었다.

진우는 창고에 보관하고 있던 힐링 포션 한 병을 방 안에 꺼내 놓고서 뚫어지게 바라보았다.

'…….'

본래 상점의 모든 물건들은 그림자 군주의 힘으로 창조된 것.

마나를 이용해 무언가를 만들어 냈던 마법이었다.

그러니 그림자 군주의 힘을 물려받은 자신도 마음만 먹는다면 같은 물건을 만들어 낼 수 있어야 하지만.

진우는 슬며시 눈을 감고 머릿속으로 힐링 포션을 이미지화했다.

그러자 마나가 움직이는 것이 느껴졌다.

'집중, 집중…….'

그러나 바삐 움직이던 마나는 뭉쳐지지 못하고 곧 대기로 뿔뿔이 흩어졌다.

실패였다.

진우가 한숨을 내쉬며 눈을 떴다.

아직 마법으로 무언가를 만들어 내는 영역까지는 무리인 듯했다.

'좀 더 연습이 필요하겠네.'

그때.

책상 위에 올려 두었던 휴대폰이 몸을 떨며 드드드 소리를 냈다.

-성 헌터님, 저 우진철입니다.

"네, 협회장님."

진우는 침대에 걸터앉으며 전화를 받았다.

연달아 생긴 대형 사고로 밤낮 없는 생활이 이어지고 있는지, 우진철 협회장의 목소리는 약간 갈라져 있었다.

-저, 헌터님……. 실례가 아니라면 오늘 협회에 한번 들러 주실

수 있으십니까?

던전 브레이크 예상 시간이 정말 코앞으로 다가왔다.

협회의 입장에서는 이번 레이드의 핵심 전력이라 할 수 있는 진우에게 여러 가지 조언을 구하고 싶었다.

진우도 별다른 스케줄이 없었기에 흔쾌히 승낙했다.

"그럼 협회에서 뵙죠."

딸깍.

전화를 끊고서 나갈 준비를 하는 진우에게 이그리트가 말을 걸어왔다.

[주군.]

'응?'

아직도 이그리트의 목소리가 조금은 어색한 진우에게, 그가 특유의 묵직하고 정중한 말투로 대답했다.

[실은 주군께 드릴 말씀이 있습니다.]

* * *

이튿날, 세계의 모든 방송들은 정규 방송을 중단하고 서울의 실황을 화면에 담았다.

뉴스의 형식으로 현장의 생생한 모습을 그대로 내보내는 방송국도 있었고, 전문가들을 초청해 이번 일에 대한 소견을 묻는 방송국도 있었다.

그중 미국 최고의 방송국 중 하나인 '헌터 채널'은 전문가들을 모셔 왔다.

촬영이 시작되고.

중계 화면 속, 현장을 빽빽하게 채운 헌터들을 바라보던 전문가 한 사람이 감회에 젖은 목소리로 말했다.

"저렇게 많은 국적의 헌터들이 한자리에 모인 것이 얼마 만의 일인지 혹시 아십니까?"

진행자가 웃으며 말했다.

"글쎄요……. 국적이 다른 길드들이 연합해 레이드를 펼치는 경우도 종종 있었으니까 생각보다 얼마 안 되지 않았을까요?"

전문가는 고개를 가로저었다.

"무려 8년 만입니다, 8년. 이제는 9년째가 다 되어 가는군요."

8년.

그의 말에 방송을 보는 모두가 단번에 당시를 공포로 물들였던 거대한 마수의 이름을 떠올렸다.

진행자도 예외는 아니었다.

"8년이라면…… 설마 '카미쉬' 레이드 이후로 처음이란 말씀이신가요?"

"네, 정확히 그렇습니다. 카미쉬 사냥 이후 5개국 이상의 헌터들이 뭉친 것은 이번이 처음입니다."

그때.

미국을 돕기 위해 나섰던 전 세계의 최상급 헌터들이 전멸하고, 단 다섯 명만이 살아남아 '국가 권력급' 헌터가 되었다.

최상급 헌터들을 잃은 각각의 국가에게는 너무도 뼈아픈 손실이었다.

"그 뒤로부터는 어떤 나라도 함부로 타국의 문제에 개입하려 들지 않았지요."

당연하다면 당연한 일.

누구도 자기 나라의 헌터들이 타국을 위해 목숨을 잃는 것을 바라지 않을 것이다.

길드 간의 이익을 위해 국적이 다른 길드가 손을 잡는 경우는 가끔 있었어도, 이렇게 대규모의 인원이 함께 뭉쳐 타국을 돕는 것은 매우 드문 일이었다.

"그럼 박사님께서는 드래곤 카미쉬가 찢어 놓은 헌터들을 한국의 성진우 헌터가 다시 뭉치게 했다는 말씀입니까?"

"그렇습니다."

긴 이야기가 힘든지 전문가는 한 번 호흡을 고르고는 다시 말을 이었다.

"시작은 성진우 헌터가 일본의 던전 브레이크를 해결하면서부터였습니다."

그전에 먼저 일본이 제주도 문제를 돕겠다고 나섰지만, 알려진 결과는 참패.

그대로 이야기가 끝났다면 역시 타국의 문제에 개입해서는 안 된다는 주장에 설득력만 더 실어 주는 꼴이 되었을 터.

그런데 이후 진우가 일본에 등장한 거인들을 처치하겠다고 나서면서 모든 것이 180도 바뀌었다.

두 나라에 남아 있는 오랜 역사적 앙금과 근래 일본이 저질렀던 음모에도 불구하고 한국의 헌터가 일본을 위해 팔을 걷어붙인 게 아닌가?

"아마 일본 국민들이 그에게 느낀 감사와 감동은 말로 다 표현이 되지 않을 정도였을 겁니다."

일본은 진우의 도움으로 위기에서 벗어났다.

자국의 헌터를 지키기 위해서 타국의 위기에 간섭해서는 안 된다는 불문율이 처음 깨졌다.

헌터들에게 '할 수 있다'라는 자신감을 심어 준 것이다.

그리고 며칠 전.

"아마 토마스 안드레 헌터가 쓰러지는 장면을 보고 있던 모두가 느꼈을 겁니다."

어떤 헌터가 그 괴물들을 막을 수 있을까?

"성진우 헌터는 스스로 그 답을 보여 줬습니다."

그러나 다음 문제는 훨씬 더 난이도가 높았다.

그럼 이제 성진우 헌터가 쓰러지면 누가 참사를 막을 수 있을 것인가?

진행자가 옅게 미소를 지으며 대답하지 못하자 전문가가 말했다.

"없지요. 아무도 없습니다. 그러니까 성진우 헌터가 끝인 겁니다. 그가 쓰러지면 모든 게 끝나는 거죠."

그 순간.

서울 상공의 극초대형 게이트를 그저 한국의 문제만으로 인식하고 있던 여러 나라들도 그 사실을 깨달았다.

한국이 막지 못하면 북한, 다음은 중국이나 러시아, 그리고 결국 그 이후엔 전 세계가 된다.

이제 극초대형 게이트는 세계 공동의 적이 되었다.

아시아의 헌터 한 명이 이루어 낸 업적이었다.

그러나 그 업적이 제대로 빛을 발하기 위해서는 일단 재앙을 무사히 걷어 낼 수 있어야 한다고 전문가가 설명하려는 순간.

"아, 지금!"

전문가의 말에 귀를 기울이고 있던 진행자가 감독의 급한 사인을 받고서 벌떡 일어섰다.

전문가들의 시선도 일제히 화면으로 돌아갔다.

중계 영상에는 극초대형 게이트가 어마어마한 아가리를 쩍 벌리고 있었다.

"맙소사……."

상상을 초월하는 광경에 스튜디오의 모두가 말을 잃었다.

* * *

공기가 떨리고 있었다.

게이트 아래를 빙 둘러싼 수만 명의 헌터가 던전 브레이크를 기다리며 숨을 죽였다.

수많은 헌터들이 한순간만을 기다리고 있는 장면은 장관이었다.

근접 스타일 헌터들은 조용히 때를 기다렸고, 원거리 공격이 가능한 헌터들은 선제공격을 준비했다.

마력이 실린 화살들과 마법 주문들이 하늘을 향했다.

팽팽한 긴장감이 맴돌았다.

그리고 게이트를 주시하던 헌터들의 시선이 아래로 내려올 때마다 향하게 되는 곳은 하나.

바로 진우의 등이었다.

최전선에 선 진우는 진중한 기색으로 위를 노려보았다.

시시각각 던전 브레이크가 다가오고 있었다.

기운이 느껴졌다.

두근, 두근, 두근.

부서진 인간의 심장 대신 그 자리를 차지한 검은 심장이 세차게 뛰어오르며 현재 상태를 알렸다.

물론 다른 헌터들의 심장 또한 거세게 뛰고 있었다.

사위를 짓누르는 긴장감 때문이었다.

하지만 진우가 지금 느끼는 감정은 완전히 달랐다.

진우는 최대한 평정심을 잃지 않으려고 애쓰며 다가오는 최후의 순간을 기다렸다.

옆에 선 해인이 진우의 표정을 보고 가볍게 말을 걸어왔다.

"진우 씨가 그렇게 긴장하고 있는 거 처음 봐요."

"그래요?"

아무렇지 않은 듯 씩 웃는 진우에게 가벼운 미소를 지어 보인 해인이 시선을 게이트로 옮기며 검을 뽑아 들었다.

그녀도 결전의 순간이 다가왔음을 느꼈다.

'이제 곧…….'

하지만 그녀는 하나 착각하고 있었다.

진우는 심장에 손을 대고 가만히 눈을 감았다.

이 심장의 박동.

지금 가슴속에 벅차오르고 있는 감정은 긴장이나 공포가 아니다.

바로 흥분이었다.

"오, 온다!"

"게이트가 열린다!"

드디어.

게이트가 열리기 시작했다.

이 세계와 게이트를 막고 있던 막이 사라지고, 그 속에 있던 '어떤 것'들이 끝없이 밀려 나왔다.

어느새 하늘을 새까맣게 뒤덮은 인영들.

족히 십만 이상은 되어 보이는 그 숫자에 헌터들은 아연실색했다.

"어떻게…… 저 정도 숫자의 마수들이 한꺼번에?"

"너무, 너무 많잖아!"

여기저기서 절망 어린 탄식과 비명이 터져 나왔다.

그 무수한 '어떤 것'들은 중력 감소 마법에 영향을 받고 있는지 아주 천천히 지상으로 다가왔다.

"공격! 공격해!"

"다들 공격!"

지면에 내려서기 전에 조금이라도 숫자를 줄이고자, 헌터들이 기회를 포착하며 움직임을 개시했다.

준비가 끝난 마법이 손끝에서 번쩍거리고, 하늘을 향했던 활시위가 팽팽히 당겨졌다.

탱커들은 저것들과의 몸싸움을 대비해 방패를 턱밑까지 끌어당겼다.

그런데.

헌터들의 집중포화가 쏘아지기 바로 직전에 진우가 외쳤다.

[움직이지 마!]

마나가 실린 진우의 의지는 한국어를 모르는 헌터들에게까지 분명히 전해져 그 즉시 모든 행동을 멈추게 만들었다.

'왜지?'

'어째서 공격을 막는 거야?'

몇만이나 되는 헌터들의 이해할 수 없다는 눈빛이 쏟아졌으나 진우는 같은 말만을 반복했다.

[모두 움직이지 마!]

멀리서 그 모습을 지켜보던 우진철이 이마의 땀을 닦아 냈다.

지금 공격을 해 두지 않으면 저들은 온전히 지면에 당도한다.

그 상태에서 전투가 벌어지면 앞쪽의 헌터들은 뒤에서 쏟아지는 공격에 휘말릴 수도 있다.

숫자도 불리한 상황에서 아군의 공격까지 우려해야 되는 일이 생기는 것이다.

부하 직원 헌터 하나가 다가와 우진철에게 초조한 눈빛을 보냈다.

"협회장님……."

선택을 내려야 할 때.

이성은 공격 명령을 내리라고 외치고 있었으나, 우진철은 결국 진우의 말을 믿기로 했다.

"공격 중지!"

"공격 중지!"

헌터들의 지휘를 맡은 우진철까지 공격을 중지시키자, 헌터들은 손을 놓고 멍하니 지켜볼 수밖에 없었다.

'대체 무슨 생각들인 거지?'

'원거리 타격 없이 바로 지상에서 맞붙겠다고? 저 정도 숫자의 마수들과?'

혼란과 공포가 전장을 휘몰아치고 있을 때.

이윽고.

그것들이 지상에 도착했다.

헌터들은 시야를 가득 메운 검은 마수들의 숫자에 그만 정신이 혼미해질 지경이었다.

운집해 있는 마수들 사이에서 하나가 앞으로 걸어 나왔다.

진우가 그를 향해 걸었다.

지금 대체 무슨 일이 일어나는 것일까?

헌터들은 숨도 제대로 내쉬지 못하며 진우를 주시했다.

'…….'

'…….'

진우가 멈춰 서자 마수도 걸음을 멈추었다.

그리고…….

진우를 바라보던 마수가 무릎을 꿇는 순간, 뒤의 병사들도 전부 동시에 무릎을 꿇었다.

척.

수십 만의 병사들이 일사불란하게 고개를 숙이는 모습은 그야말로 압도적인 박력을 뿜어냈다.

잠깐의 정적이 그치고.

가장 앞에서 무릎을 꿇은 마수가 고개를 들면서 말했다.

[총군단장 벨리온, 그림자 군단과 함께 군주님을 뵙습니다.]

7. 전대 군주의 유산

7. 전대 군주의 유산

극초대형 게이트를 막기 위해 전 세계에서 모인 5만 명의 헌터들은 진우의 앞에 무릎 꿇은 검은 마수들을 넋 잃고 보았다.

"지저스……."

검은 갑옷이나 검은 연기를 두른 병사들이 끝도 없이 이어져 있었다.

그들 하나하나가 엄청난 마력을 가진 존재들이었으나, 헌터들의 눈을 의심하게 만든 것은 따로 있었다.

"저, 저거 설마?"

"저 끝에, 저 끝에 있는 저거 너도 보이지?"

"……보고 있어."

헌터들은 창백해진 얼굴로 저 뒤쪽을 가리켰다.

병사들의 후방에, 주인 앞에 선 짐승처럼 얌전히 머리를 숙이고 있는 검은 드래곤 세 마리.

검은 병사들의 대열에 드래곤이 끼어 있는 것을 발견한 헌터들은 할 말을 잃어버렸다.

인류 역사상 처음이자 마지막으로 등장했던 드래곤 '카미쉬'.

그 한 마리에게 정상급 헌터들이 전멸당하고, 전 세계가 끔찍한 화마에 휩싸일 뻔했었다.

오죽하면 드래곤의 이름을 '꺼지지 않는 불꽃'이라 지었을까.

그런데.

단 하나만으로도 인류의 생존 자체를 위협할 수 있는 생물이 세 마리나 모여 있으니, 그들과 싸우려 했던 헌터들은 온몸에서 힘이 쭉 빠져나가는 기분이었다.

저들과 충돌했으면 어떻게 됐을지.

차분히 자세를 낮추고 있는 검은 마수들과의 일전을 상상해 본 헌터들의 전신에 소름이 쫙 끼쳤다.

동시에.

당연하다는 듯 그들 앞에 선 성진우 헌터의 정체가 궁금해졌다.

진우는 총군단장 벨리온과 그의 뒤에 무릎을 꿇은, 끝도 없는 숫자의 그림자 군단을 보았다.

'이것이 진짜 그림자 군단…….'

이그리트의 말이 맞았다.

전날 자신을 불러 세운 이그리트가 정중히 말했다.

-주군, 그림자 군단이 모든 준비를 마쳤습니다.

그 말을 완벽히 이해하기까지는 약간 시간이 걸렸다.

그만큼 놀라운 얘기였으니까.

그래서 고민했다.

군주들과 지배자, 그리고 게이트에 대해 그 누구보다 자세히 알고 있는 자신 또한 반신반의하는 이야기를 다른 사람들에게 이해시킬 수 있을 것인가?

아니.

그건 불가능했다.

역대 최악의 재앙이 될지도 모르는 게이트를 막기 위해 전 세계에서 모여든 헌터들을 설득시키는 건.

그리고 만에 하나, 아니 천만의 하나라도 이그리트의 정보가 잘못되었다면 그 뒷일은 어떻게 감당할 수 있을까?

그래서 진우는 기다렸다.

실상을 눈으로 확인하기 전까지 아무것도 확정 짓지 않고 게이트가 열리는 순간만을 기다렸다.

그 결과가 지금 눈앞에 있었다.

진우는 침을 꼴깍 삼키며 병사들을 둘러보았다.

비록 자신의 손으로 일으킨 병사들은 아니었으나 그들 하나하나가 전부 자신과 연결되어 있음을 느낄 수 있었다.

마치 거미줄처럼 복잡하게 얽혀 있는 연결망.

그 연결망을 통해 그들이 주인과의 재회를 얼마나 기뻐하고 있는지 생생하게 전달됐다.

'이것이 전대 그림자 군주가 내게 물려준 유산…….'

그들은 새 주인에게 완전한 복종을 맹세하고 있었다.

그들의 심장이 뛰는 것처럼, 진우도 가슴이 벅차올랐다.

그러다 잠깐 뒤쪽에 있는 드래곤들을 둘러본 진우가 다시 맨 앞으로 시선을 옮겼다.

총군단장 벨리온.

총군단장이라는 직위에 맞게 위엄과 박력을 모두 갖춘 녀석의 갑주 뒤쪽으로, 뜯긴 날개들의 흔적이 보였다.

'네 장의 날개…….'

평범한 병사들의 날개가 두 장이었고, 지배자들의 날개가 여섯 개였음을 떠올린 진우는 그의 용맹함을 어느 정도 짐작해 볼 수 있었다.

기감을 집중한 진우의 눈에서 안광이 번뜩였다.

그러자 총군단장이 주군의 앞이라 드러내지 않고 있었던 총군단장의 무시무시한 마력을 들여다볼 수 있었다.

'과연…….'

이 정도의 힘을 가지고 있기에 드래곤까지 포함된 그림자 군단을 이끌 수 있었던 것인가.

진우가 고개를 들었다.

그림자 군단.

전쟁을 원하는 왕이 자신의 병사들을 되찾았다.

두근, 두근, 두근.

병사들을 내려다보는 진우의 가슴이 세차게 뛰기 시작했다.

그러나 여기 무릎 꿇고 있는 이들만 그림자 군단인 것은 아니다.

이들이 전대 그림자 군주 '아스본'의 병사들이라면, 진우에게도 자신만의 충성스러운 병사들이 있었다.

'나와라.'

진우가 부르자 진우의 뒤에 또 다른 그림자 군단이 스르르 나타났다.

어느덧 숫자가 늘어 2천에 가까운 병사들.

베르, 이그리트, 그리드, 6호, 어금니, 아이언, 지마, 탱크 등등이 진우의 뒤를 채웠다.

그리고.

착.

그들도 게이트를 통해 나온 병사들처럼 무릎을 꿇고 고개를 숙였다.

진우의 앞뒤를 둘러싼 그림자 병사들 모두가 침묵으로 이루어진 충성의 맹세를 전해 왔다.

진우는 고개를 끄덕였다.

이제 흩어져 있었던 그림자 군단이 하나가 되었다.

적들의 군대와 맞설 수 있는 강력한 세력이 완성된 것이다.

모든 것은 순조로웠다.

다만.

목덜미에 날아와 꽂히는 시선들을 느낀 진우가 뒤를 돌아보았다.

'…….'

'…….'

거기엔 수만의 헌터들과, 역사적인 전투를 기록하기 위해 목숨을 걸고 현장을 찾아온 수백의 기자들이 있었다.

그들 모두가 지금 대체 무슨 일이 일어나고 있는지 도무지 알 수가 없다는 얼굴이었다.

'그럼 이제…….'

딱딱하게 굳어 있는 그들의 표정을 보며, 진우가 어색한 미소를 지어 보였다.

'……이걸 어떻게 설명한다?'

*　*　*

당연히 세계는 발칵 뒤집혔다.

극초대형 게이트에서 쏟아져 나온 마수가 전부 성진우 헌터에게 무릎을 꿇고 머리를 조아리는 장면이 전 세계에 생중계됐으니, 당연하다면 당연한 일.

게이트가 열리는 순간을 초조하게 지켜보던 시청자들은 뒤통수를 한 대 후려 맞은 것 같은 충격에서 쉽게 헤어 나오지 못했다.

모든 커뮤니티가 이번 일로 뜨겁게 달아올랐다.

[뭐야? 방금 그거 검은 마수들, 대체 뭐가 어떻게 된 거야? 누가 이해할 수 있도록 설명 좀 해 줄 사람?]

[설마 저 마수들이 전부 성진우 소환수였다는 거?]

ㄴ미친…… 이번에 게이트에서 나온 마수들 숫자가 얼추 10만이 넘는다고 하던데.

ㄴ아니, 어떻게 게이트에서 헌터 소환수가 나와? 말이 되는 소리를 해야지.

ㄴ그럼 님이 말이 되게 설명을 좀 해 보시든가.

ㄴ일단 생긴 건 성진우 헌터 소환수들이랑 똑같았음. 근데 소환수가 어떻게 게이트에서 나온 거지?

다들 믿을 수 없다는 반응이 대부분이었으나, 다른 시각에서 보는 시선들도 꽤 많았다.

[그래도 그 마수들이 적이 아니라서 다행 아니냐?]

└이건 진짜 ㅇㅈ.

└그랬으며 벌써 다 죽었지. 인터뷰 들어 보니까 마수들 중에 드래곤만 세 마리였다던데.

└드래곤이 세 마리 ㅋㅋㅋㅋ 미쳤다 미쳤어 ㅋㅋㅋㅋ

└카미쉬 나왔다가 슬쩍 보고 되돌아가야 할 각 ㅋㅋㅋ

└아니, 카미쉬가 죽은 지 9년이 다 돼 가는데 무슨 카미쉬가 나왔다가 다시 들어가요?

└윗사람 친구 한 명도 없을 듯.

[아 미치겠다, 진짜…… 그냥 성진우 헌터가 나와서 속 시원하게 말이라도 해 줬으면……]

방송국들은 당시의 장면을 몇 번이고 반복해서 내보내며 상황을 분석하려 애를 썼다.

그러나 유례없이 거대한 게이트에서 마수가 아니라 개인의 소환수가 튀어나온 데다, 심지어 드래곤까지 소환수로 있는 초유의 사태를 설득력 있게 풀 수 있는 전문가는 없었다.

"허어……."

"어떻게 이런 일이 일어날 수 있는지 저는 도저히……."

"으흐음."

다들 말을 잃고서 고개를 가로저을 뿐이었다.

특히 십만이 넘는 소환수들이 진우에게 일제히 무릎 꿇는 장면에선 신음까지 흘러나왔다.

그건 누가 봐도 주인에게 복속된 종들의 모습.

이를 두고 항간에서는 진우의 별명을 마왕으로 하는 게 어떠냐는 이야기까지 나왔다.

검은 병사들에게 둘러싸인 진우는 마왕이라 불려도 손색이 없을 정도로 강한 위엄을 뿜어내긴 했었다.

전문가들은 입을 모아 이번 사건을 이렇게 정의했다.

경이로운 일.

“몹시 놀랍고 정말로 당황스러운 일입니다만, 우리들의 입장에서는 다행스러운 일이 아닐 수 없습니다.”

“다행스러운 일이라고요?”

“저기 저 마수들, 아니 소환수들의 숫자가 보이십니까?”

전문가가 가리키는 화면 속 그림자 군단의 모습.

그들 앞에 서 있는 진우 너머로 끝도 없는 늘어선 병력들이 머리를 조아리고 있었다.

무심코 그들의 숫자를 눈으로 가늠해 보던 진행자는 셀 수도 없는 숫자에 마른침을 꿀꺽 삼켰다.

굳이 그 병력에 드래곤이 셋 정도 포함되어 있다는 사실을 상기시키지 않아도 충분히 끔찍한 머릿수였다.

“만약 헌터들이 저런 것들과 싸워야 했다면 이건 이기냐, 지느냐의 문제가 아닙니다. 인류 전체는 저들이 언제 지구의 반대편에 도달해 인류를 완전히 멸망시킬지 그 시간을 계산하고 있어야 했을 겁니다.”

진행자는 끄떡끄떡 자신도 모르게 고개를 움직였다.

"그러나 다행스럽게도 저들은 성진우 헌터의 소환수들이고, 성진우 헌터는 저들을 부릴 수 있는 것으로 보입니다."

그러나 그것은 어디까지나 예상에 불과할 뿐.

"진실은 성진우 헌터만이 알고 있겠지요."

전문가가 그렇게 말을 끝맺었다.

마침 타이밍 좋게 화면에서는 모두를 경악하게 만들었던 마지막 장면이 나오고 있었다.

"바로 이때입니다."

헌터들을 둘러보던 진우가 자신의 그림자 속으로 스며들어 자취를 감춘 것이다.

진우는 그렇게 사라졌다.

고개를 절레절레 흔든 진행자는 안경을 고쳐 쓰며 멘트를 날렸다.

"이 모든 논란의 주인공인 성진우 헌터는 대체 어디로 사라진 걸까요?"

전 세계에서 빗발치는 문의 전화에 시달려야 했던 한국 헌터협회 또한 알 수 없다는 대답만을 내놓았다.

안 그래도 불처럼 뜨거웠던 세간의 관심에 기름을 끼얹은 꼴이 됐음은 당연지사.

진행자는 흥분이 다 가라앉지 않은 얼굴로 카메라를 응시하며 말했다.

"그가 어서 빨리 돌아와 쌓여만 가고 있는 의문들을 시원하게 풀어 줬으면 하는 바람입니다."

* * *

많은 사람들의 궁금증을 뒤로한 채, 진우는 일본의 수해에 와 있었다.

버려져 있는 이 끝없이 넓은 땅은 그림자 군단 전체를 움직여 보기에 최적의 장소였다.

멀찍이 떨어져 있는 진우 앞에 13만의 대군이 양쪽으로 나뉘어 섰다.

'가라.'

진우가 속으로 지시를 내리자 떨어져 있던 양쪽 군대가 서로를 향해 맹렬히 돌진했다.

두두두두두두두—!

그들이 땅을 박차는 소리가 땅을 뒤흔들었다.

두 군 사이의 거리가 순식간에 줄어들다가 결국 양쪽 병사들이 맞붙게 되었을 때.

진우는 뒤에 낙오된 부대를 맞은편 병력들의 뒤로 옮겨 그들을 둘러싸게 만들었다.

어디 그뿐일까?

병력이 비는 곳에는 보충 인원을, 고립된 지역의 병력은 소환을 해제한 후 적당한 곳에서 재차 소환해 흐름이 물 흐르듯 이어지게 했다.

그간의 전투를 바탕으로 한 매끄러운 병력 운용은 십만여의 대군에도 적용되었다.

"그만."

진우의 작은 목소리에도 의지를 전달받은 그림자 병사들 전원이 움직임을 정지했다.

착!

일사불란한 동작.

모의 전투를 멈춘 진우가 옆을 돌아보았다.

"어때?"

총군단장 벨리온이 감탄한 목소리로 말했다.

"이런 식의 병력 운영은 생각해 보지 못했습니다. 놀랍다는 표현밖에 드릴 말씀이 없습니다, 주군."

전대 그림자 군주와 함께 헤아릴 수 없는 전장을 누벼 왔던 벨리온에게도 이러한 병력의 컨트롤은 생소한 모양이었다.

병사들의 소환과 해제에 자유롭다는 이점을 활용한다는 것이 그에게는 놀라움 그 자체였다.

오랫동안 진우의 곁을 지키며 진우의 전투 방식에 익숙해져 있는 이그리트가 보란 듯이 슬쩍 가슴을 내밀었다.

어쩐지 우쭐해져 있는 이그리트를 바라보며 피식 웃던 진우가 울리는 전화를 들었다.

부우우- 부우우-

-형님, 접니다. 진호.

"그래."

진호의 말에 따르면 진우가 갑자기 사라지는 바람에 협회는 물론이거니와 아직 길드에도 연락이 쏟아져서 모든 전화가 먹통이 될 지경이라고 했다.

"……미안하다. 생각이 좀 정리될 때까지만 이해해 줘."

–아닙니다, 형님. 애초에 아진 길드 목적이 형님께서 마음 편히 레이드에만 집중할 수 있도록 하는 거 아니었습니까?

유진호가 웃으며 말하자 진우도 소리 없이 미소를 지었다.

–참, 형님 가족분들께는 연락해 두셨습니까?

"조금만 머리 식히고 가겠다고 말씀드렸다."

–그럼 걱정은 덜하시겠네요. 다행입니다, 형님.

통화가 끝난 후, 전화를 집어넣으며 진우는 무거운 한숨을 내쉬었다.

이렇게 피할 일이 아니란 것은 알고 있었다.

그러나 게이트와 그림자 병사들에 대해서 설명을 시작하면 필시 군주들과 지배자들의 이야기까지 나오게 된다.

곧 나머지 여덟 게이트에서 군주들의 병사들이 튀어나오고, 온 세계가 전부 전장으로 변할 수밖에 없다는 사실을 어떻게 전할 것인가?

진우는 생각을 정리하기 위해 자리를 피할 수밖에 없었다.

이것이 최선이었다.

좀 더.

조금이라도 더 오래 사람들의 평온이 유지되기를 원했다.

'그러니 며칠 정도는 더 미뤄 둬도 되겠지.'

진우가 그렇게 다짐을 굳히고 있을 때.

부쩍 말수가 없어졌었던 베르가 진우에게 슬며시 다가왔다.

"왕이시여……."

"응?"

진우가 돌아보자 베르가 무릎을 꿇고 고개를 숙이며 아뢰었다.

"제게 총군단장의 자격이 있음을 시험해 주시옵소서."

"총군단장의 자격?"

총군단장이라면 이미 한 명이 있지 않은가?

의아해하던 진우는 문득 전에 원수 등급에 대해 읽었던 시스템 정보가 떠올랐다.

'그렇다면 설마……?'

아니나 다를까.

베르가 고개를 들었다.

"군단장인 제가 총군단장 벨리온에게 도전해 보겠습니다."

아직 시스템이 남아 있을 때, 확실히 베르가 말하는 부분이 언급되어 있기는 했었다.

원수 등급은 단 하나만 존재할 수 있다고.

그래서 새로이 원수 등급에 도달하는 병사들은 서로 우열을 가려야 한다던가?

총군단장 자리를 원수 등급이라고 가정한다면 이번에 새롭게 군단장이 된 베르에게는 도전 자격이 있었다.

집단생활에 익숙한 개미형 마수 출신답게 베르는 군단장끼리의 서열을 정하고 싶은 듯했다.

'군단장끼리라…….'

혹시나 싶어 또 다른 군단장인 이그리트에게 시선을 옮겼더니 녀석은 정중히 사양했다.

이그리트는 군단장 간의 서열에 관심이 없는 모양이었다.

이그리트가 조용히 한 걸음 뒤로 물러서자 자연스럽게 그 옆을 지키고 있던 벨리온이 시야에 들어왔다.

현재 13만 그림자 병사들의 총지휘자인 벨리온.

그 위로는 군단의 주인인 진우 딱 한 사람만이 있을 뿐이다.

진우와 시선이 마주친 그가 고개를 숙였다.

주인의 앞이라 최대한 자세를 낮추고 있는데도 토마스보다 머리 하나는 더 큰 거구가 담담히 대답했다.

"주군의 뜻에 따르겠습니다."

뜻에 따르겠다.

진우는 벨리온의 대답에 피식 웃음을 터트렸다.

겸손한 말투.

하지만 그 속에는 주인의 허락하에 새로운 군단장의 도전을 피하지 않겠다는 의미가 있었다.

잠깐 돌아봤더니 베르도 말뜻을 해석했는지 손톱을 드러내며 투지에 불타고 있었다.

끼엑!

최대한 마력을 감추고 있는 벨리온과 달리, 베르는 흉악한 마력을 숨김없이 뿜어냈다.

'흐음…….'

잠깐 고민을 해 보던 진우가 결정을 내렸다.

"좋아."

베르에 대해서는 잘 알지만, 벨리온은 아니었다.

벨리온의 전투력은 앞으로 군단을 움직이는 데 중요한 데이터가 될 수 있을 터.

도전을 허락해 주는 쪽으로 마음이 기우는 것은 어찌 보면 당연한 일.

“대신 승부가 끝나는 시점은 내가 정한다.”

진우에게서 승낙을 받아 낸 베르의 두 눈이 희열로 넘쳤다.

감격한 베르가 눈을 반짝이며 소리를 높였다.

“성은이 망극…….”

“하지 마.”

“……감사합니다, 왕이시여.”

주어진 기회에 기뻐하고 있는 베르와, 차분히 싸움을 준비하고 있는 벨리온.

도전자와 챔피언의 모습을 그대로 옮겨 온 것 같은 이 두 녀석이 본격적으로 싸움을 벌이기 전에 먼저 확인해 봐야 할 것이 있었다.

진우는 ‘카미쉬의 분노’ 한 자루를 불러내 그 끝에 오러를 실었다.

그리고 숲 쪽을 향해 가볍게 한 번 휘둘렀다.

콰자자자자자자자자작–!

분노에서 뿜어져 나간 검은 포효가 숲 일대를 쓸어버렸다.

하지만 생각했던 것보다는 피해가 크지 않았다. 진우가 고개를 끄덕이며 단검을 도로 돌려보냈다.

‘이 정도면…….’

두 군단장들의 싸움으로 주변이 쓸데없이 피해를 당하는 경우는 없을 듯 보였다.

축적된 마나로 다져진 대지는 그만큼 전장에 적합해졌다.

‘…….’

잠시 씁쓸한 표정으로 땅을 바라보던 진우가 이내 고개를 들었다.

두 군단장들에게 향한 시선은 어느새 기대로 가득 차 있었다.

"그럼……."

그러자 주인의 명령을 기다리고 있었던 총군단장과 신입 군단장이 동시에 고개를 끄덕였다.

"명하십시오."

"분부만 내려 주시옵소서, 왕이시여!"

진우가 웃으며 말했다.

"각자 위치로."

* * *

한국 헌터협회.

협회의 비상대책 회의실은 비상사태가 끝난 지금 오히려 더 정신없이 바쁘게 돌아가고 있었다.

"해외 언론들이 성명을 내놓으라고 난리를 피우고 있습니다!"

"미 헌터관리국에서 성진우 헌터님의 위치를 공개해 줄 수 없겠냐는데요?"

"시청 재난 본부가 대피시킨 시민들을 다시 불러들여도 되는지 묻습니다."

"헌터 채널의 '지미 쇼'에서 성진우 헌터님을 모시고 인터뷰를……."

"지미는 니미. 모셔 갈 수 있으면 모셔 가라 그래!"

폭주하는 문의 전화에 통신망이 마비되지 않는 것이 용할 지경이었다.

우진철 협회장은 숨 가쁘게 지시를 내리는 와중에도 쌓여만 가는 공문들의 탑을 보고서 한숨을 내쉬었다.

"후우……."

할 일이 태산 같았다.

아니.

그 정도면 다행이지.

그 태산들이 산맥을 이뤄 이 산을 넘으면 저 산이, 저 산을 넘으면 다음 산이, 다음 산 다음엔 또 다른 산이.

이렇게 끝도 보이지 않게 늘어서 있다는 것이다.

오죽하면 A급 헌터의 머릿속에서 현기증이 일어날 정도일까?

그런데.

잠을 깨려고 고개를 흔들던 우진철의 귓가에 결코 흘려들을 수 없는 부하 직원의 한마디가 들려왔다.

"하필 거기서 성진우 헌터의 소환수들이 튀어나와 가지고……."

불만 섞인 말투.

한순간에 잠이 확 달아난 우진철은 곧바로 그를 자기 앞으로 불러왔다.

"그럼 성원 씨 생각에는 어제 극초대형 게이트에서 마수들이 쏟아져 나왔어야 했다, 이 말입니까?"

"예? 아, 그게 아니라……."

당혹감에 말을 잇지 못하는 부하 직원에게 우진철의 따끔한 일침이 이어졌다.

"지금 받고 있는 전화들이 방송국의 인터뷰 요청 따위가 아니라 사망한 헌터의 생사 여부를 묻고 있는 가족들의 전화였다면, 지금처럼 그저 바빠 죽겠다 정도의 심정으로 일할 수 있었을 것 같습니까?"

부하 직원은 우진철의 매서운 시선을 마주 보지 못했다.

헌터협회 직원이라고 해도 현장에서 일해 보지 않은 이는 모른다.

위급 시에 헌터들이 어떤 일을 겪는지.

보는 이 하나 없는 어두운 던전 안에서 어떤 일이 일어나고 묻히는지.

극초대형 게이트 레이드 과정에서 일어날 수 있었던 수많은 경우의 수를 생각해 보았을 때.

어제 일은 최고의 결과였다.

십만이 넘는 마수들이 튀어나왔지만 아무도 다치지 않았다.

무엇도 부서지지 않았다.

거기다 그 마수들이 성진우 헌터의 병력으로 흡수되기까지 했다.

누가 생각이나 했을까?

꿈에도 그리지 못했던, 상상 이상의 성과였다.

그렇기에 우진철은 며칠 밤을 꼬박 새워야 할 일거리들을 웃으면서 감당할 수 있었던 것이다.

그런데 고작 자기 몸이 좀 피곤해졌다는 이유만으로 헌터협회의 직원이라는 자가 어제 일을 투정하다니.

이게 말이나 될 법한 소리인가?

만약 근처에 성진우 헌터라도 있었으면, 우진철은 그가 화를 내기 전에 먼저 자신이 나서서 부하 직원의 뺨을 후려쳤을 것이다.

그만큼 우진철은 진우의 마음을 이해하고 있었다.

잠시 직원들을 전부 멈추게 한 그가 직원들을 둘러보며 목에 힘을 주었다.

"성진우 헌터님이 갑자기 사라지셔서 당황스러운 여러분들의 마음은 저도 잘 알고 있습니다."

하지만 책임감 강한 성진우 헌터가 그렇게 사라진 데는 분명히 그럴 만한 이유가 있으리라.

"어쩌면 지금 가장 당황하고 있는 사람은 성 헌터님일지도 모릅니다."

강한 힘에는 큰 책임이 따른다던가.

어느 영화에서 봤던 대사가 머릿속에 떠오른 우진철 협회장은 성진우 헌터의 두 어깨에 얹혀 있을 짐의 무게를 생각했다.

'오랫동안 헌터님을 봐 왔지만 그렇게 긴장한 모습은 처음이었다.'

그는 잠시 뒤에 일어나게 될 일을 전혀 모르는 눈치였다.

목숨을 건 싸움을 각오했는데, 게이트에서 튀어나온 마수들이 갑자기 충성을 맹세한다면 누구라도 혼란스럽고 빨리 그 자리를 피하고 싶을 터.

어느 누가 그를 손가락질할 수 있을 것인가?

지금은 성진우 헌터가 혼란스러움을 극복하고 돌아와서 상황을 설명해 줄 때까지 고충을 함께 나누는 것이 헌터협회가 할 일.

협회는 언제나 헌터의 든든한 방파제가 되어 줘야 한다.

"우리 헌터협회가 성진우 헌터님의 고뇌를 이해해 주지 못한다면 그 누가 이해해 줄 수 있겠습니까?"

협회장의 뜨거운 연설에 직원들은 피로도 잊고 눈시울을 붉혔다.

철없이 게이트에서 소환수가 튀어나왔다고 투정을 부렸던 직원도 코끝까지 빨개져서는 거듭 우진철에게 고개를 숙였다.

"죄송합니다, 협회장님. 제 생각이 짧았습니다. 정말 죄송합니다."

말없이 그의 어깨를 가볍게 두드려 격려해 준 우진철은 그를 돌려보내고 다시 제자리에 앉았다.

"후우-."

방금 조금 떠들었다고 그전보다 두 배는 더 많아 보이는 서류가 책상에 올려져 있었다.

'…….'

서류에서 고개를 돌린 우진철은 이 순간에도 여러 고민에 빠져 있을 진우를 걱정했다.

'성진우 헌터님은 지금쯤 뭘 하고 계실까?'

*　*　*

진우는 밝은 얼굴로 두 군단장에게서 멀찍이 떨어졌다.

옆엔 이그리트가 다가와 섰다.

다른 그림자 병사들도 두 군단장이 자유롭게 움직일 수 있도록 거대한 원을 그리며 충분히 거리를 벌렸다.

그 원의 거의 끝과 끝에서.

베르는 손톱을 끝까지 드러낸 채 아가리를 쩍 벌리고서 포효했고.

"키에에에에에에에에엑-!"

벨리온은 조용히 허리에 찬 검을 뽑아 들었다.

여기까지만 보면 그가 이그리트와 비슷한 타입의 검사인가 하는 생각이 들었는데.

'음……?'

진우의 시선이 벨리온의 검에 고정되었다.

매우 독특하게 생긴 검.

'저걸 검이라고 해도 되나?'

검신이 마치 지네처럼 수십 개의 마디마디로 이뤄져 있는 무기였다.

둘은 준비가 끝났는지 동시에 진우를 바라보았다.

"시작!"

진우의 사인이 떨어지자마자 베르가 득달같이 달려들었다.

끼에에엑-!

엄청난 속도로 거리를 좁혀 와 힘껏 휘두른 베르의 손톱을 흘려 보낸 벨리온.

그는 관성으로 인해 자신의 뒤쪽으로 멀어져 가는 베르를 향해 돌아섰다.

그때.

'……!'

진우의 눈이 커졌다.

벨리온이 일직선으로 내뻗은 검이 뱀처럼 길어져 베르에게로 쇄도하고 있었다.

스스스스스스스-!

급히 방향을 틀던 베르가 검을 반사적으로 쳐 냈다.

카각!

그때부터가 시작이었다.

벨리온이 검을 채찍같이 사용하여 무자비한 공격을 폭풍우처럼 쏟아붓기 시작한 것이다.

가공할 만한 마나가 실린 검은 벨리온의 의지대로 자유자재로 움직이며 베르 주변의 땅과 대기를 초토화시켰다.

쾅! 쾅! 쾅! 쾅! 쾅! 쾅!

그에 반해 베르는 간신히 공격을 막아 내기에 급급할 뿐이었다.

"키에에엑!"

검이라는 무기의 한계를 뛰어넘은 벨리온의 공격을 보고 진우는 만약 저기에 서 있었다면, 하고 이미지를 떠올렸다.

그러자.

모든 것이 느려졌다.

하지만.

멈춰진 시간 속에서도 벨리온의 검은 위협적일 정도로 빨랐다.

진우의 눈빛이 진중해졌다.

안광을 번득이는 눈동자가 예측이 불가능한 검의 움직임을 단 하나도 놓치지 않았다.

왼쪽 위, 오른쪽 옆, 다시 왼쪽 위, 이번엔 왼쪽 아래, 오른쪽 위.

모든 공격을 피해 낸 가상의 자신이 벨리온 앞에 섰다.

그리고 벤다.

진우의 머릿속에서 벨리온의 목이 떨어졌다.

거기까지 걸린 시간은 찰나.

그러나 자신의 목이 베인 것 같은 오싹한 느낌을 순간적으로 감지한 벨리온이 화들짝 놀라 진우를 돌아보았다.

'이런…….'

흥미로운 무기를 발견한 나머지 너무 진지하게 반응해 버렸다.

당황한 벨리온의 눈빛과 마주한 진우가 미안한 표정으로 답해 준 것도 잠시.

그 틈새를 놓치지 않은 베르가 성가시게 자신을 쫓아다니던 벨리온의 검을 세차게 쳐 내고 전광석화처럼 접근했다.

"키에에에에에엑!"

푸욱-!

그러나.

진우의 예상을 깨고, 상대의 복부에 자신의 무기를 찔러 넣은 쪽은 벨리온이었다.

예상을 뛰어넘는 반사 신경.

거기다 일격 일격이 대지를 부수는 무시무시한 파괴력까지.

벨리온.

과연 총군단장이라는 자리에 모자람이 없는 병사였다.

'……그래도 방심은 금물이지.'

자신의 병사에게 이런 말을 하긴 좀 미안하지만, 벌레의 최대 강점은 그 끈질긴 생명력에 있다.

아니나 다를까.

배에 검이 꽂힌 상태로 몸을 크게 팽창시킨 베르가 거대해진 주먹을 상대의 머리에 내리꽂았다.

투콰-!

얼마나 충격이 강했는지 벨리온의 투구 일부가 깨져 나가며 검은 연기가 흩날렸다.

키에엑!

곧이어 베르의 두 번째 공격이 내리꽂혔다.

아니, 내리꽂힐 뻔했다.

그러나 베르의 손목은 간발의 차이로 벨리온의 억센 손아귀 안에 들어갔다.

베르가 힘을 줘 손을 떨쳐 내려 했으나 벨리온은 꿈쩍도 하지 않았다.

그사이 벨리온이 반대쪽 팔을 뒤로 당겼다. 엄청난 마나가 당긴 팔에 모이기 시작했다.

그 순간.

쿠웅-!

가슴을 강타당한 베르가 직선으로 튕겨 나갔다.

동시에 발생한 충격파가 숲을 휩쓸고 지나가며 주변의 나무들을 뿌리째 날려 버렸다.

나무가 무성했던 숲에 일직선으로 긴 길이 생겨났다.

"키에에에에엑!"

끝도 없이 날아가던 베르가 황급히 날개를 펼쳐 밀려나는 것을 멈추었다.

하지만 간신히 정지한 베르 앞에는 이미 벨리온이 도착해 있었다.

땅으로 내리꽂는 일격!

쿠우웅-!

운석이라도 떨어진 것처럼 파여 버린 땅 위에 벨리온이 내려섰다.

움푹 들어간 땅의 중심에서.

평범한 적이라면 벌써 조각났어야 할 충격을 연거푸 견뎌 낸 베르가 급히 몸을 일으키며 응수했다.

쉭-!

내지른 베르의 손끝을 손등으로 쳐 낸 벨리온이 그대로 베르의 머리를 찍었다.

쾅!

그리고 시작된 난타전.

쾅! 투쾅! 쾅! 쾅!

베르의 공격은 벨리온의 균형을 잠시 방해하는 수준이었지만.

쿠웅—!

벨리온의 공격에는 치명적인 위력이 담겨 있었다.

쩌억, 쩍!

베르의 외골격이 금방이라도 깨질 것처럼 금이 가기 시작했다.

키에엑!

그러나 베르는 끝까지 필사적으로 저항하며 승부를 포기하지 않으려 들었다.

어깨를 물어뜯으려 했던 베르를 떼어 낸 벨리온이 베르의 목을 움켜쥐었다.

콰직!

꼼짝할 수 없게 된 베르가 전신을 비틀며 몸부림쳤지만, 벨리온은 최후의 일격을 꽂아 넣기 위해 다시금 마나를 반대쪽 팔에 집중했다.

드래곤의 머리조차 일격에 박살 낼 수 있을 만한 흉측한 마나가 주변의 대기를 일그러뜨렸다.

끝이다.

벨리온의 주먹이 베르의 얼굴을 향해 쏘아졌다.

그러나.

베르의 머리가 날아가는 것을 보고 싶지는 않았던 진우가 벨리온의 주먹을 움켜쥐었다.

턱!

"여기까지."

자신의 공격을 막은 이가 진우라는 사실을 깨달은 벨리온이 빠르게 팔을 뺐다.

"주군."

벨리온은 황급히 무릎을 꿇고 고개를 숙였다.

'……수고했다.'

자신의 실력을 가감 없이 보여 준 벨리온에게 눈빛으로 치하한 진우가 바닥에 쓰러져 있는 베르에게로 다가갔다.

"키에에엑, 왕이시여, 저는, 키에엑! 아직 더 할 수……."

"……."

비틀거리는 베르를 안타까운 얼굴로 내려다보던 진우가 물었다.

"베르, 왜 그렇게 총군단장 자리에 집착하는 거야?"

"키엑, 저는, 총군단장이 되어 주군의 곁에서 언제까지나 함께……."

비통한 심정이 된 베르가 말을 잇지 못하자, 옆머리를 긁적이던 진우가 한마디 말했다.

"총군단장은 오른쪽에 서고, 네가 왼쪽에 서면 되잖아."

"……!"

그제야 굳이 총군단장이 아니더라도 주군과 함께 설 수 있다는 사실을 알게 된 베르가 눈을 댕그랗게 떴다.

"성은이……."

"하지 마."

감격에 겨워 눈물을 글썽거리고 있는 베르를 두고 일어선 진우가 나직이 한숨을 내쉴 때.

병사 하나가 다가왔다.

말없이 진우와 베르의 대화를 듣고 있었던 이그리트였다.

"주군, 저에게도 도전의 기회를……."

조심스럽게 말을 걸어오는 이그리트에게 진우는 기다렸다는 듯 대답했다.

"넌 내 뒤."

"……!"

이그리트는 주군의 혜안에 차마 말을 더 이을 수가 없었다.

* * *

"그런가……. 결국 그림자 군주가 적으로 돌아섰단 말이지."

인간 형태의 용제가 차분히 지상에 내려가 있는 군주들의 보고를 받았다.

어둠 속에서 군주들의 목소리만이 조용히 이어졌다.

"알겠다. 녀석은 내가 처리하지. 너희는 움직이지 마라. 더 이상의 손실은 막아야 한다."

충분히 상황을 파악한 용제가 군주들과의 연결을 끊었다.

소리는 이내 사라졌다.

아무것도 없는 세계, 이곳 차원의 틈새는 금방 공허에 잠긴다. 파괴할 것이 없는 이 공간은 그들에게 지옥이나 다름없었다.

그래서.

존재하는 모든 것들을 파괴하라는 사명을 받고 어둠에서 창조된 파멸의 군주는 이곳을 벗어나기 위해 최선을 다했다.

그리고 마침내, 그 결실을 맛볼 수 있는 날이 이제 머지않았다.

용제가 돌아섰다.

그리고 어둠을 향해 명령을 내렸다.

"병사들이여, 전쟁을 준비하라."

그러자 어둠에 가려져 있던 수십의 고대 용들과, 수백의 용들, 그리고 수만에 달하는 용인족들이 눈에서 빛을 뿜어내며 함성을 내질렀다.

와아아아아아아아아아아아-!

* * *

깊은 밤.

진우는 높은 언덕 위에 올라가 편히 앉았다.

밝은 달빛 아래, 숲이 훤히 내려다보였다.

자유의 시간을 허락받은 그림자 병사들이 각자 하고픈 일들로 시간을 보내는 모습이 한눈에 들어왔다.

그중에서도 특히 거대화한 어금니와 드래곤들이 눈길을 끌었다.

심각한 표정으로 어금니와 대화를 나누던 드래곤들이 자기네들끼리 뭔가 또 의견을 나누더니, 이내 가장 몸집이 큰 드래곤이 걸어 나왔다.

'저 녀석들, 뭘 하려는 거지?'

네 덩치들 주변에 모인 그림자 병사들이 일제히 달아나는 걸로 봐서는 분위기가 심상치 않다 싶었는데.

곧 드래곤이 하늘을 향해 불꽃을 뿜어냈다.

쿠아아아아아아-!

불꽃의 굵기를 보고 피식 웃어 준 어금니가 한 걸음 앞으로 나섰다.

쿠우우우우우우-!

녀석의 입에서 터져 나온 어마어마한 규모의 불기둥이 위로 솟아 오르며 어둡던 밤하늘을 환히 밝혔다.

하이오크족 일동이 휘파람을 불며 환호성을 내지르자 드래곤이 어깨를 축 늘어뜨리고 돌아섰다.

어느 쪽의 화력이 더 강한가를 두고 내기를 했었던 모양이었다.

그런데.

'그런 내기를 하면서 탐욕의 구슬을 들고 있는 건 반칙 아닌가?'

잘못인 건 아는지, 쥐고 있던 탐욕의 구슬을 몰래 품 안에 집어 넣으려다 진우와 눈이 딱 마주친 어금니가 뒷머리를 만지작거리며 어색한 미소를 지어 보였다.

진우는 어금니의 뻔뻔함에 웃음을 터트렸다가, 신경 쓰지 말라는 의미로 손을 내저었다.

어금니는 씩 웃으며 진우를 향해 몇 번이고 굽실거렸다.

평화로운 광경.

그러나 겉으로 짓고 있는 표정만큼 진우의 마음이 편하지는 않았다.

'…….'

진우의 고개가 하늘로 향했다.

점점 이 땅에 다가오고 있는 이계의 존재들을 느낄 수 있었다.

그들의 악의가.

그들의 힘이.

극대화된 진우의 감각을 찌릿찌릿하게 자극했다.

비록 지금은 짙은 안개 너머에서 다가오는 흐릿한 무언가를 보는 것 같은 수준이라지만.

'언제 그들의 접근이 실체화되어 나타날지 모른다.'

그들과의 싸움을 피할 수 없다는 사실이 진우의 마음을 무겁게 만들었다.

잠깐 생각에 잠겨 있던 진우가 고개를 들었다.

뭔가 신경 쓰여 눈여겨봤더니, 개미 병사들이 나무들이나 돌덩이들을 분주히 나르고 있었다.

'……쟤들은 또 뭐 해?'

진우가 베르를 불러 물어보기 직전, 뒤쪽에서 먼저 목소리가 들려왔다.

"주군께서 여기 머무시는 동안 편히 쉬실 수 있도록 작은 숙소를 하나 만들고 싶은 모양입니다."

큰 덩치에 어울리지 않는 부드러운 목소리.

총군단장 벨리온이었다.

진우는 돌아보지도 않고 고개를 끄덕였다.

"베르군."

시키지도 않은 짓을 이렇게 빠르고 열성적으로 실행에 옮길 군단장이라면 베르밖에 없다.

반면 이그리트는 시킨 일을 완벽하게 해내는 편이고, 벨리온은…….

글쎄.

아직 벨리온에 대해서는 아는 것이 없었다.

지금 벨리온과 자신을 연결하고 있는 강한 유대감은 전대 그림자 군주의 것.

진우는 그에 대해 좀 더 자세히 알고 싶었다.

그런 마음이 전해진 것일까?

벨리온이 말없이 진우의 뒤에 다가와 섰다.

“주군, 어째서 병사들을 다시 그림자 속으로 불러들이지 않으십니까?”

진우는 여전히 병사들에게서 시선을 떼지 않은 채로 대답했다.

“답답했을 것 같아서. 여기 도착하기 전까지 계속 차원의 틈새란 곳에 갇혀 있었잖아.”

“…….”

좀 의외의 대답이었는지 벨리온은 한동안 말이 없었다.

그래서 진우가 말을 꺼냈다.

“더 이상 이전의 그림자 군주…… 아스본을 만날 수 없다는 사실이 슬프지는 않나?”

소중한 사람을 잃는 것이 어떤 기분인지는, 진우도 며칠 전 아버지를 바라보며 뼈저리게 실감했다.

벨리온의 심정 또한 이와 다르지 않으리라.

그가 느끼고 있을 상실감을 진우는 이해할 수 있었다.

“저는 그분이 절대자에게 반기를 든 지배자들을 막아서셨을 때도 그분의 곁을 지켰습니다. 그분이 죽음의 힘을 손에 넣으셨을 때도 가장 먼저 병사가 되길 자처했습니다.”

벨리온은 담담히 높낮이 없는 어조로 말을 이어 나갔다.

“영원에 가까운 긴 시간 동안 그분을 보좌하며 지냈었지만, 단 한 번도 그분의 판단을 의심했던 적은 없습니다.”

“대답이 잘못됐잖아.”

진우는 자신이 무엇을 물었는지 정확하게 다시 짚어 주었다.

어떻게 대답해야 할지 고민하던 벨리온이 어렵게 심정을 밝혔다.

“저의 감정에 대해 생각해 본 적이 없습니다.”

"그래서 기회를 준 거야. 한번 생각해 보라고."

"……."

길고 무거운 침묵.

무언의 대답에서 진우는 벨리온의 진심을 느낄 수 있었다. 아무것도 들리지 않았지만 충분할 만큼 들었다.

그제야 진우가 고개를 뒤로 돌려 벨리온을 바라보았다.

"너와 아스본의 얘기가 알고 싶은데. 들려줄 수 있나?"

"아주 긴 얘기가 될지도 모릅니다."

"잘됐네. 마침 눈꺼풀이 무거워질 때까지 시간을 벌어 줄 아주 긴 얘기가 필요했었거든."

진우의 시선이 다시 앞을 향하자, 벨리온이 조용히 그 옆에 앉았다.

"제가 아직 세계수의 열매였을 때의 일이었습니다."

"열매? 네가 열매였다고?"

"하늘의 병사들은 전부 세계수의 가지에서 열매 형태로 태어납니다. 온 하늘을 가지로 뒤덮을 수 있는 끝도 없이 거대한 나무지요."

"허어……."

시작부터 스케일이 남다른 이야기에 진우가 집중하는 동안 밤은 그렇게 더욱 깊어져 갔다.

* * *

해가 떠오르기 전.

아직 어둠이 걷히기엔 이른 시간, 진우는 천천히 숲속을 뛰었다.

이미 달리기 10킬로는 습관이 된 지 오래였다.

일일 퀘스트가 더 이상 오지 않는다는 사실을 알고 있으면서도 몸이 자연스럽게 움직였다.

청량한 새벽의 숲 공기를 마음껏 들이마셨다 내쉬며, 진우는 생각의 정리를 거의 끝냈다.

'……이제 돌아가자.'

언제 도착할지 모르는 여덟 군대들의 존재를 사람들에게 알려야 한다.

진짜 전쟁이 머지않았음을 알려 줘야 한다.

모든 사람이 안전하리라고는 약속할 수 없을 것이다.

세계가 이전의 모습을 유지할 수 있다고도 약속할 수 없을 것이다.

그만큼.

그림자 군주의 기억을 통해 봤던 용제의 힘은 대단했다.

용제와 그를 따르는 파멸의 군단은 그들의 앞에 존재하는 모든 것을 잿더미로 만들었다.

그런 적들이 지구를 파괴의 대상으로 삼은 것이다.

그러니.

이제 자신뿐만 아니라 모두가 마음의 준비를 해야 할 때였다.

시스템이 알리지 않아도 정확하게 10킬로가 되는 시점에서, 진우가 달리기를 중지했다.

거의 하루도 빼먹지 않은 일일 퀘스트 덕분에 몸에 새겨진 습관.

그러나 몸에 새겨진 것은 습관뿐만이 아니다.

많은 싸움을 배웠고, 강대한 힘을 얻었다.

안식으로 돌아가고 싶었던 그림자 군주가 마지막으로 남기고 간 선물은 이제 기회란 이름으로 바뀌었다.

진우가 햇살이 내리비추기 시작하는 방향으로 돌아섰다.

멀리 산의 능선 위로 아침 해가 떠오르고 있었다.

* * *

이제 그림자 교환을 자유롭게 쓸 수 있게 된 진우가 아진 길드의 건물 안으로 이동했다.

사무실 안에 바로 들어가지 않은 건 직원들의 심장 건강을 생각해서였는데, 때문에 사무실 문을 나서는 낯선 여성과 마주쳤다.

낯설지만 어디서 본 것 같은 얼굴.

상대도 같은 기분이었는지, 스쳐 지나가려던 여성이 갑자기 돌아서서 진우에게 말을 걸었다.

"저기 혹시……."

"……?"

진우가 물끄러미 바라보자 뭔가에 화들짝 놀란 그녀가 아무것도 아니라는 한마디를 남기고 다시 걸음을 바삐 옮겼다.

'싱거운 여자네.'

진우가 아진 길드 사무실 안으로 들어섰다.

"어?"

"어?"

직원들은 못 볼 것이라도 본 것처럼 눈을 휘둥그레 뜨고는 그 자리에서 얼어붙었다.

'좋은 아침이라고 인사라도 하면서 들어올 걸 그랬나?'

이래서야 일부러 사무실 바깥에서 들어온 보람도 없지 않은가.

길드 대표가 길드 사무실에 들렀는데 직원들의 표정이 다들 왜 그러냐고 다그칠 새도 없이.

진우를 발견한 유진호가 환한 얼굴로 뛰쳐나왔다.

"형니임-!"

반가움을 나누기에 앞서 진우는 궁금했던 점을 물었다.

"방금 나간 여성분 누구야?"

어쩐지 낯이 많이 익던데.

그런 추가 설명을 더할 필요도 없이 이어진 유진호의 대답에 모든 게 설명이 되었다.

"아. 제 누나입니다, 형님. 제가 자꾸 연락을 피하니까 여기까지 왔네요. 근데 혹시 누나가 형님께 무슨 무례라도……."

"아니, 그런 건 아니고."

누굴 많이 닮았다 했더니 진호의 가족이었군.

사무실 문 쪽을 돌아보며 고개를 끄덕이던 진우가 다시 물었다.

"누나가 여긴 왜?"

"아……."

망설이던 유진호가 진우의 눈치를 살피며 말을 꺼냈다.

"극초대형 게이트가 열리기 전에 제가 형님 옆에 있지 않았습니까, 형님?"

"그랬지."

"그게 카메라에 잡혔던 모양입니다, 형님."

진우의 머릿속에 어떻게 된 일인지 대략적으로 감이 잡혔다.

"가족들은 이제 아진 길드 부사장도 되고 했으니 헌터증을 반납하고 위험한 일에서 손을 뗐으면 하는 모양입니다."

역시나.

마스터인 진우가 헌터기 때문에 부마스터인 유진호까지 굳이 헌터로 남아 있을 필요는 없었다.

유진호를 걱정하는 가족들의 말에는 분명 일리가 있었다.

그러나 유진호가 무슨 생각을 하고 있는지 알고 있기에 진우는 그를 설득하려 들지 않았다.

'처음부터 끝까지 헌터로서 내 옆에 남아 있고 싶은 거겠지.'

주로 고생은 자신이 다 했었지만, 그래도 생사를 함께 헤쳐 나온 유진호가 기특해진 진우는 손을 슥 내밀어 유진호의 머리를 헤집어 놓았다.

"형, 형님?"

당황하는 유진호를 두고 대표실로 들어간 진우가 며칠간 입었던 옷을 벗고 새 옷으로 갈아입고 나왔다.

"차 좀 쓸게."

"엇? 제가 운전할까요, 형님?"

"아니, 금방 갔다 올 거야."

"어디 가십니까, 형님?"

"헌터협회."

키를 가져가는 진우를 유진호가 급히 만류하려 했으나.

"어? 형님, 밖에 기자들이……."

진을 치고 있어서 빠져나가기가 귀찮으실 겁니다, 라고 말하기 전에 진우는 그대로 사무실을 나섰다.

과연.

사무실 건물 바깥에는 특종을 노린 기자들이 수면과 식사도 마다

하고 좀비처럼 퀭한 얼굴로 진우를 기다리고 있었다.

대기하던 시간이 길었던 만큼 진우를 발견한 기자들의 반응은 가히 폭발적이었다.

"성 헌터! 성 헌터다!"

"성진우 헌터가 나타났다!"

"카메라 돌리고 있지?"

그러나 그들의 목소리는 이어지지 않았다.

"어어?"

"어, 어어?"

그들은 자신에게 일어난 일을 이해할 수 없다는 눈으로 내려다보다 이내 주위를 두리번거렸다.

그리고 그제야 깨달을 수 있었다.

자신뿐만 아니라 모든 이들의 발이 지면에서 약 10센티 이상 떨어져 있다는 사실을.

"이게 대체……?"

다행히 이 수상쩍기 짝이 없는 비행은 오래가지 않았다.

"헛!"

기자들이 동시에 바닥으로 내려섰다. 그러나 이미 진우는 사라져 있었다.

기자들은 서로 당황스러운 눈빛을 교환하다가 실소를 터트렸다.

"하하……."

"이것 참."

할 말이 없는 상황.

성진우 헌터의 기사에 한 줄 더 추가해야 할 내용이 생기고 말았다.

* * *

진우는 그길로 곧장 '봉고'를 몰고 헌터협회로 향했다.

연락을 받고 미리 나와 있는 우진철 협회장과 직원들의 모습이 진우의 시야에 들어왔다.

그런데.

'……뭐지?'

우진철의 표정이 심상치 않았다. 그 옆의 직원들 또한 마찬가지.

차에서 내려서는 진우에게 급히 다가온 우진철이 떨리는 목소리를 가다듬으며 물었다.

"성 헌터님…… 혹시 속보를 들으셨습니까?"

8. 각자의 준비

8. 각자의 준비

'……이상하단 말이야.'

유진호의 고집 탓에 별다른 소득도 없이 집으로 돌아가던 그의 누나, 유진희는 몰고 가던 자신의 차를 조심히 길가에 세웠다.

끼익.

방금 아진 길드를 나오며 마주쳤던 남자.

'성진우 헌터…….'

대한민국에서 그의 얼굴을 모르는 사람은 없다.

그러니 실제로는 만난 적이 없는 그와 어디선가 마주쳤었던 것 같은 이 느낌도 설명하기 어려운 것은 아니다.

무신경한 사람이었다면 그냥 그렇게 납득하고 넘어갔을지도 모른다.

하지만.

그녀는 한번 본 사람의 얼굴을 잊어버리는 일이 없다고 알려진 유명한 회장의 장녀였다. 아버지만큼은 아니더라도 그녀 역시 사람의 얼굴을 잘 잊지 않았다.

고개를 드는 순간 옆을 스쳐 지나가며 얼핏 보였던 성진우 헌터의 얼굴 윤곽은 분명 낯이 익었다.

'그게 언제더라…….'

기억을 더듬어 올라가던 그녀의 눈이 커졌다.

'설마?'

그때 그 병원.

아버지가 입원해 계셨던 병원 입구 근처에서 똑같은 윤곽을 가진 남자가 자신의 곁을 지나쳐 갔던 적이 있었다.

왜 그때는 몰랐을까?

아버지가 쓰러졌다는 사실에 정신이 반쯤 나가 있었기 때문이었을까?

'맞아, 분명해.'

그날 병원을 빠져나가던 사람은 성진우 헌터였다.

그리고 그 직후, 영원히 눈을 뜰 수 없을 것이라던 아버지가 방금 막 깨어났다는 연락을 받았다.

과연 이걸 단순한 우연으로 치부해도 될 것인가.

갑자기 온몸에 소름이 돋기 시작한 유진희가 핸드폰을 꺼내 들고 아버지의 번호를 눌렀다.

삑, 삑, 삑.

그러나 번호를 다 누르기 전에 가까스로 멈췄다.

'내가 지금 뭘 하려는 거람…….'

그날 병원 앞에서 성진우 헌터와 마주쳤다는 사실 하나만으로 아버지의 병과 성진우 헌터를 연결시키다니.

망상도 이런 망상이 따로 없다.

잠깐 업무를 내팽개쳤었던 이성을 한숨으로 꾸짖던 유진희가 길가에 세워 둔 차를 다시 출발시키려 할 때.

타이밍 좋게 전화가 울렸다.

_비서 아저씨.

발신인을 확인한 유진희가 입가에 미소를 머금었다.

아마도 이건 아진 길드 방문의 결과가 궁금해진 아버지가 비서 아저씨를 시켜서 대신 물어보는 게 틀림없었다.

'예나 지금이나 여전히 자식들 일엔 솔직하지 못하신 아버지라니까.'

유진희는 웃음을 삼키며 전화를 들어 올렸다.

"여보세요?"

-네, 아가씨. 저 김 비서입니다.

그렇게 조금도 예상을 벗어나지 않은 통화가 끝나 갈 무렵.

유진희는 마침 잘됐다 싶어 김 비서에게 물었다.

"아저씨, 혹시 성진우 헌터님이 우리 아빠와 잘 아는 사이인가요?"

-예?

수화기 너머로 놀란 듯한 김 비서의 목소리가 이어졌다.

-갑자기 그게 무슨 말씀이시죠?

뜻밖의 과한 반응에 도리어 당황한 유진희가 얼떨결에 대답했다.

"별거 아니고요…… 그날 병원에서 나오고 있는 성진우 헌터님을 제가 봤었거든요. 성 헌터님도 아빠 문병 왔었던 손님이었나 해서."

—회장님이 쓰러진 날 성 헌터님이 병원에 들르셨단 말씀이십니까?

“네. 아버지께서 깨어나셨다는 연락을 받기 직전에 병원 입구에서 서로 지나쳐 갔었어요.”

—확실하십니까? 혹시 다른 사람이나 다른 날은 아니고요?

“확실해요. 그땐 정신이 없어서 누구였는지 기억이 잘 안 났었지만…… 그런데 아저씨 목소리가 왜 그래요?”

—아, 아닙니다. 조금 후에 다시 전화드리겠습니다.

‘전화를 끊겠습니다’가 아니고 ‘다시 전화드리겠다’니.

‘내가 뭘 잘못 말하기라도 했나?’

고개를 갸웃거리던 유진희가 통화가 끊긴 폰을 내려놓기도 전에 다시 전화가 걸려왔다.

발신인을 확인한 유진희의 눈이 살짝 커졌다.

‘……아빠가 직접?’

유명한 회장의 전화번호를 보고서 그제야 유진희는 보통 일이 아님을 직감했다.

어쩌면.

정말 자신의 예상대로 아빠의 병이 치료된 것과 성진우 헌터 사이에는 무슨 관계가 있는 게 아닐까?

그녀는 조심스럽게 전화를 받았다.

“아빠?”

* * *

북경 수도국제공항.

중국에서 가장 크고 교통량도 많은 공항이 벌 떼처럼 몰려든 사람들로 발 디딜 틈 없이 붐비고 있었다.

이유는 하나.

한국을 지원하러 떠났었던 중국 최고의 헌터들이 오늘 이곳으로 돌아오기 때문이었다.

타국도 마찬가지겠지만, 중국에서 최상급 헌터라 하면 사람들을 그야말로 구름같이 몰고 다닐 수 있는 최고의 스타들.

그중에서도 이번 한국 지원팀의 대표이자 7성급 헌터이기도 한 류즈캉의 인기는 이루 말로 다 표현할 수가 없었다.

공항의 분위기를 중계하고 있던 리포터가 류즈캉을 보고 목소리를 높였다.

"앗! 저기 류즈캉 헌터님이 들어서고 있습니다!"

와아아아-!

공항을 찾은 그의 팬들이 소리를 내질렀다.

류즈캉은 자신의 트레이드 마크가 된 장검 두 자루를 한 손에 쥐고, 다른쪽 손을 가볍게 팬들에게 흔들어 주었다.

꺄아-!

중년 남성의 매력이 물씬 풍겨 나오는 류즈캉의 중후한 분위기에 소녀 팬들이 팔짝팔짝 뛰며 자지러졌다.

선두에 선 류즈캉의 뒤를 이어 특별팀 헌터들이 우르르 몰려나왔다.

와아아-!

TV에서만 볼 수 있었던 헌터들을 두 눈으로 직접 봤다는 감격에 터져 나온 구경꾼들의 감탄성이 공항을 가득 메웠다.

리포터는 불이 들어온 카메라를 돌아보며 말을 이었다.

"지금 한국을 지원하기 위해 떠났던 자랑스러운 헌터들이 전원 공항으로 들어서는 모습입니다."

그녀의 밝은 얼굴이 말해 주고 있듯이 사실 중국의 입장에서는 실로 만족스러운 성과였다.

서울 상공의 극초대형 게이트에 대처하기 위해 자국의 최고 헌터들이 발벗고 나섰으므로, 이웃 나라의 위기를 외면하지 않았다며 체면을 세울 수 있게 되었다.

어디 그뿐인가?

이번 일이 해프닝으로 끝났던 덕분에 지원에 나섰던 특별팀 헌터들 중 그 누구도 다치지 않았다.

체면과 실리, 두 가지를 모두 얻은 것이다.

많은 중국인들이 중국의 최상급 헌터들을 설득해 이번 특별팀을 꾸린 류즈캉에게 박수를 보냈다.

하지만.

어디를 가나 불만이 있는 이들은 존재하는 법.

인터넷을 통해 류즈캉이나 한국을 비방하는 이들도 적지 않았다.

[류즈캉 놈 중국을 지키라고 정부에서 그렇게 지원을 해 줬더니 한국으로 달려가고 있네?]

[혹시 류즈캉 핏줄이 어느 쪽인지 아는 사람 없냐?]

[누가 류즈캉 계좌 좀 털어 봐라. 한국인들한테 돈 먹은 거 아닌지.]

[우리 같은 대국이 은혜도 모르는 소국을 도울 필요가 어디에 있나? 다시는 이번 일 같은 경우가 있어서는 안 된다.]

ㄴ옳으신 말씀!

[갈 필요도 없었지만 기왕 갔다고 한다면 돈은 제대로 받아 냈어야지. 특별팀 헌터들 몸값이 얼만데 자원봉사가 말이나 되냐? 헌터들 일당 하나하나 전부 다 계산해서 한국인들에게 청구해라!]

└성진우가 일본 거인 퇴치로 돈을 겁나게 벌었다니까 그 돈 다 자비로 대 주면 되겠네!

훑어보기만 해도 심기가 몹시 불편해지는 댓글들이 실시간 중계 영상 밑으로 좌르륵 이어지는 가운데.

많은 이들의 궁금증을 대신하여 리포터가 류즈캉 앞에 섰다.

"많은 사람들이 류 헌터님의 용감한 결정에 박수를 보내고 있는 반면, 우리가 어째서 한국을 도와야 하느냐는 의견도 적지는 않은데요. 혹시 이에 대해 류 헌터님께서 해 주실 말씀이 있으시다면?"

그러자 류즈캉이 선글라스를 벗고 리포터를 노려보았다.

"누가 그런 멍청한 소리를 하고 다닌답니까?"

"예?"

눈을 동그랗게 뜨며 놀라는 리포터에게 아랑곳하지 않고, 류즈캉은 자신이 하고 싶은 말을 이어 나갔다.

"머리를 장식품으로 달고 다니는 그 인간들은 지도도 볼 줄 모른답니까? 한국 위로 조금만 더 눈을 굴리면 어디가 나오는지 정말 모른다는 겁니까?"

"아……."

"일본에서 막지 못한 거인형 마수가 바다를 건너 중국 땅에 올라올 뻔했었습니다. 그때 시청률이 역대 시청률을 갱신했다고 들었으니까 다들 한 번쯤은 봤겠지요."

류즈캉이 이번엔 카메라 쪽을 노려보았다.

"똑같은 일이 훨씬 더 어마어마한 규모로 벌어질 수 있었다는 말입니다. 나와 뜻을 함께한 동료들은 그런 일을 미연에 방지하려 했었던 거고."

류즈캉의 폭언에 실시간으로 달리던 악플들이 뚝 끊겼다.

류즈캉은 마치 악플러들에게 직접 말하고 있는 것처럼 날카로운 시선을 카메라에 고정시키고는 목소리를 높였다.

"계속해서 그런 답답한 소리를 늘어놓는 인간이 있다면 이렇게 말해 주십시오. 나 류즈캉은 성진우 헌터가 막지 못한 사고를 막아낼 자신이 없어서 그를 도우러 갔던 것이니, 그게 불만이면 본인이 직접 마수를 잡으러……."

긴 독설을 늘어놓으며 자신의 지지자들에게 큰 기쁨을 주고 있던 류즈캉이 순간 말을 멈추었다.

이제 와서 카메라가 돌아가고 있다는 사실을 깨달은 것일까?

아니.

류즈캉은 이 중국 땅에서 누구의 눈치도 살필 필요 없이 욕설을 내뱉을 수 있는 유일한 사람이었다.

그런 그가 말문이 막힌 채 뚫어지게 밖을 바라보았다.

대체 무슨 일이 일어난 것일까?

처음은 리포터.

그 다음은 류즈캉 뒤의 헌터들과 그들을 보조했던 스태프들. 그리고 결국은 공항 모든 사람들의 시선이 바깥을 향했다.

변화를 목격한 이들의 눈동자가 흔들리기 시작했다.

어지간한 일로는 놀라지 않는 류즈캉의 입에서도 나직이 신음이 튀어나왔다.

"맙소사……."

북경의 하늘 위로, 서서히 어둠이 드리우고 있었다.

* * *

"성 헌터님…… 혹시 속보를 들으셨습니까?"

진우는 고개를 가로저었다.

극초대형 게이트 레이드 이후엔 줄곧 일본으로 넘어가 있다가 방금 막 한국에 도착해 바로 헌터협회로 이동한 참이라 매스컴을 접할 기회가 없었다.

아니, 그보다 자리를 비우고 있었던 사이에 문제가 터진 것이라면 진호가 먼저 말을 했었겠지.

심각해 보이는 협회 사람들의 표정에 진우 또한 얼굴이 굳어졌다.

"무슨 일이죠?"

우진철이 핸드폰을 꺼내 실시간으로 퍼지고 있는 영상들을 보여주었다.

[지저스! 저거 보여?]

[와우!]

[한국에서 생성된 게이트보다 더 커 보이는걸?]

세계의 하늘에 모습을 드러낸 여덟 개의 극초대형 게이트.

사람들은 두려움 반, 신기함 반으로 게이트의 모습을 촬영해

SNS에 퍼트리고 있었다.

전 세계에서 속보가 쏟아져 나왔다.

꼴깍.

옆에서 우진철의 침 넘어가는 소리가 요란했다.

진우는 침착하게 영상들을 하나씩 지켜보았다.

"헌터님…… 이것들도 혹시?"

"아닙니다."

진우가 딱 잘라 말했다.

이 게이트들은 자신과 관련이 없다고 분명하게 못을 박았다.

이번 게이트들도 해프닝으로 끝나지 않을까 일말의 기대를 걸었던 우진철의 얼굴이 급격히 어두워졌다.

만약 며칠 전의 서울 상공에서처럼 수십만에 달하는 마수들이 각 게이트를 통해 일제히 쏟아져 나온다면.

그것은 인류에게 종말이 예고된 것과 다름없지 않은가?

몸서리를 치는 우진철에게 영상을 끝까지 다 확인한 진우가 말했다.

"자리 좀 옮기시죠."

"아, 예."

빠르게 협회장실로 올라간 두 사람이 서로를 마주 보고 앉았다.

"제게 말씀하실 것이 있으시다고……."

우진철이 조심스럽게 말을 꺼내자 진우가 대답했다.

"협회장님, 절 믿으십니까?"

우진철은 고개를 끄덕였다.

"예, 믿습니다."

"그렇다면 제가 지금부터 보여 드리는 것도 믿어 주시길 바랍니다."

“예?”

진우는 전대 그림자 군주가 자신에게 그랬었던 것처럼 검지를 뻗어 우진철의 이마에 갖다 댔다.

손끝이 닿은 순간, 우진철의 눈이 어둠으로 물들며 그의 시야에 수많은 영상들이 스쳐 지나갔다.

“헉!”

진우는 우진철 협회장에게 필요한 만큼의 진실을 보여 주었다.

지배자들의 계획과 군주들.

그리고 군주들이 지상으로 불러오고 있는 그들의 병사들.

"허억, 허억, 허억……."

군주들의 힘을 자신의 두 눈으로 직접 확인한 우진철은 영상이 끝나자마자 거친 숨을 토해 냈다.

“말도 안 되는…… 어떻게 이런 일들이…….”

우진철은 믿고 있었다.

신이 인간을 구하기 위해 소수의 인간들에게 특별한 힘을 선물했다고. 그래서 헌터들은 마수와 싸워 인간들을 지켜야 한다고.

하지만 성진우 헌터가 보여 준 것이 진실이라면.

그건 오만이었다.

착각이었다.

헌터들, 아니, 각성자들은 진정한 전쟁의 후폭풍에서 살아남을 수 있는 소수의 인간들을 길러 내는 과정에 지나지 않았다.

이건 인간들과 군주들의 전쟁이 아니었다.

군주들과 지배자들.

거대한 힘을 가진 두 집단의 전쟁.

그러나 거기에 그들조차 예상하지 못했던 한 인간이 크나큰 변수가 되어 끼어들었다.

군주들의 군대가 지배자들의 예상보다 훨씬 더 이른 시간에 도착해 버린 상황에서, 이제 인류가 의지할 곳이라고는 그 변수 하나뿐.

"이럴 수가……."

손끝을 바르르 떨던 우진철이 눈물이 맺힌 시선을 들었다.

"성 헌터님…… 이런 놈들과 싸우실 생각입니까? 당신 혼자서?"

적의 세력이 강력하다고 해서 시작도 하기 전에 포기할 수는 없는 노릇 아닌가.

적어도 진우는 여태껏 그렇게 살아오지 않았다.

그래서 묵묵히 고개를 끄덕였다.

"예."

어떻게든 진우를 돕고 싶은 마음에 우진철이 물었다.

"그럼 저희는…… 아니, 제가 어떻게 헌터님을 도와 드리면 되겠습니까?"

예상하고 있었던 질문이 나오자.

진우는 여기 도착하기 전부터 미리 준비하고 있었던 대답을 조용히 내놓았다.

"세계의 대표들을 한자리에 모아 주십시오."

* * *

미국 헌터관리국의 국장 데이비드 브레넌은 답답해서 미칠 지경이었다.

"한국 헌터협회에선 뭐래?"
"아직까지 공식적으로는 아무 말이 없습니다."
"그런데 자네가 왜 여기 있어?"
"……예?"
자신을 국장실로 불러들인 사람이 국장님 아니던가?
부하가 눈만 끔벅끔벅하는 걸 보고 화가 머리끝까지 치솟은 국장이 버럭 소리쳤다.
"한국 헌터협회장 목을 졸라서라도 대답을 들어 와야 할 거 아냐! 그게 자네 일 아니냐고!"
"죄, 죄송합니다!"
"나가서 뭐가 어떻게 돼 가고 있는지 당장 알아 와!"
국장은 정보본부장을 내쫓아 버리고도 화가 풀리지 않는지 한참을 씩씩댔다.
극초대형 게이트.
서울 상공에 등장한 것보다 훨씬 더 크다고 관측된 놈이 캐나다의 하늘 위에 나타났다.
캐나다는 미국과 국경을 맞대고 있는 우방국.
캐나다에서 튄 불똥이 이 땅에 닿는 데까지 걸리는 시간은 얼마 되지 않을 것이다.
생각해 볼 수 있는 최상의 결과라면 서울에서처럼 이번 게이트 역시 단순한 해프닝으로 끝나는 것.
성진우 헌터가 부리는 마수들이 떨어진다면 더할 나위가 없으리라.
'그런데 문제는…….'
모든 답을 쥐고 있는 성진우 헌터와 한국 헌터협회가 아직까지 입을 다물고 있다는 점이었다.

세계의 하늘에 극초대형 게이트들이 나타난 지 벌써 세 시간째.

정부는 헌터관리국에 답을 요구하고 있었다.

'미국 최고의 정보기관 중 하나인 헌터관리국이 한국 헌터협회의 대답만을 기다리는 신세가 되다니…….'

누가 예상이나 했을까?

이러니 어찌 미치고 팔짝 뛰지 않을 수가 있을지.

삑.

한숨을 푹푹 내쉬던 국장은 전화기에 불이 들어오는 것을 보고 수화기를 들어 올렸다.

"왜?"

-대통령께서 국장님을 찾으십니다.

"지금 자리에 없다고 그래."

-구, 국장님?

쾅!

던지듯 수화기를 내려놓은 국장이 멍하니 천장을 올려다보고 있는데, 방금 쫓겨나갔었던 정보본부장이 숨을 헐떡이며 안으로 들어섰다.

"국장님!"

"자네는 왜 다시 기어 와?"

전화기를 뽑아 던지려는 국장에게 정보본부장이 황급히 손을 들어 올렸다.

"한, 한국 헌터협회에서 답신이 왔습니다!"

그러자 국장의 얼굴이 180도 달라져 환한 미소를 지었다.

"거봐! 하면 되잖아!"

전화기를 내려놓은 국장이 정보본부장에게 다가갔다.

"그래, 그쪽에선 뭐래?"

"아, 저기 그게…… 극초대형 게이트들의 정보를 얻고 싶으면 일단 한국으로 오랍니다."

"……."

국장도, 그 말을 전한 정보본부장도 말을 잃고 서로를 바라보았다.

그렇게 대치한 시간이 잠시.

겨우 이성의 끈을 붙잡는 데 성공한 국장이 물었다.

"누굴? 누굴 오라고?"

"정부가 대표로 지정한 사람 아무나 괜찮답니다."

"……."

그 순간.

삐익-

또다시 전화기에 들어온 불을 발견한 국장이 수화기를 들었다.

-국장님, 대통령님께서 계속 전화를 피하시면…….

딸깍.

급하게 수화기를 내려놓은 국장이 비장한 얼굴로 말했다.

"내가 간다고 그래."

"예?"

국장은 혼란스러워하는 정보본부장이 알아들을 수 있도록 친절히, 한 글자씩, 힘주어 말했다.

"내가, 미국 대표로, 한국에, 가겠다고!"

*　*　*

한국 헌터협회의 호출을 받은 각국의 대표자들이 하나둘 한국행 비행기에 몸을 실었다.

격세지감.

불과 2년 전만 해도 자국의 신인 S급 헌터를 미국에 뺏길 정도로 헌터력이 별 볼 일 없었던 한국이 세계의 지도자들을 불러들이다니.

아니, 1년 전만 해도 제주도에 터진 던전 브레이크를 처리하지 못해 일본에 비웃음을 당했던 한국이다.

그런데.

최상급, 정상급, 정점급을 너머 이제 초월급으로까지 불리고 있는 헌터 하나가 모든 것을 바꾸었다.

극초대형 게이트에서 쏟아져 내려온 마수들을 복종시킨 남자.

그 남자라면 지금 세계 여러 곳의 하늘을 뒤덮고 있는 극초대형 게이트들의 정체를 설명해 줄 수 있을지 모른다.

그럼 며칠 전 그에게 일어났던 일도 자연스럽게 이해할 수 있으리라.

모든 열쇠가 한 사람의 손에 쥐여 있었다.

문제는 힘이나 회유 같은 것으로 그 열쇠를 얻어 내기에는 상대가 너무 좋지 않다는 것.

누가 강제로 그 남자의 입을 열 수 있다는 말인가?

국가 권력급 헌터를 때려눕힌 헌터 개인의 완력은 어떻게 해 본다고 쳐도, 그 뒤에는 이제 십만이 넘어가는 소환수들이 떡하니 버티고 있었다.

도저히 불가능한 일.

대통령, 총리, 수상, 장관, 헌터관리국의 장, 헌터협회의 장 등등 한 나라를 대표하기에 손색이 없는 거물들이 한국 헌터협회의 요청으로 움직이고 있는 데는 그러한 이유가 있었다.

"오겠다고 연락 온 곳은 더 없나?"

"예. 아직까지는 오전에 보고드린 152개국이 전부입니다."

"오케이."

우진철 협회장은 진행 상황을 일일이 보고받았다.

극초대형 게이트 레이드를 위해 설치했던 비상대책 회의실은 아직도 유용하게 쓰였다.

"방금 헝가리 대표님께서 공항에 도착하셨답니다."

"헝가리 쪽에선 누가 왔지?"

"아노르 야데시 대통령께서 직접 오셨습니다."

"이런……."

원래 귀빈이 자국을 방문할 때는 그 격에 맞는 의전으로 답하는 것이 예의다.

하지만 지금 헌터협회는 일일이 그런 예의에 신경을 쓸 수 있을 만한 여력이 없었다.

잠깐 안타까운 표정을 지었던 우진철 협회장이 이내 말했다.

"호텔로 안내해 드리게."

"알겠습니다."

대답을 하고 돌아서려던 직원이 잠시 머뭇거리는 것이 느껴졌다.

서류를 들여다보려던 우진철이 다시 고개를 들었다.

"음? 무슨 할 말이라도 있나?"

"아……."

고민하던 직원은 결국 용기를 냈다.

"어제 협회장실에서 성진우 헌터님께 무슨 말씀을 들으신 겁니까? 저는 협회장님의 안색이 그렇게 창백해지신 거 처음 봤습니다."

아니, 사람의 안색이 그렇게까지 창백해질 수 있다는 사실 자체를 어제 우진철을 보고서 깨달았다.

대체 안에서 어떤 말들이 오갔던 걸까?

밤새 우진철의 표정이 머릿속에서 떠나지 않았던 직원은 예의가 아니라는 걸 알면서도 물을 수밖에 없었다.

아니나 다를까.

우진철의 얼굴이 돌처럼 딱딱하게 굳어졌다.

"죄, 죄송합니다. 제가 괜히 쓸데없는 질문을……."

"아니, 질문 때문에 기분 나빠진 건 아니야."

단지 어제 성진우 헌터의 손끝에서 펼쳐졌던 영상이 다시금 떠올랐을 뿐.

어둠 저편에서 밀려 나오는 광룡들의 군대.

그리고 그 용들의 뒤편에서 날아오던 거대한 용 한 마리.

얼마나 큰지 용 군단과 같은 속도로 날고 있으면서도 놈만 멈춰 있는 것처럼 서서히 움직이는 듯 보였다.

세상의 모든 헌터들이 힘을 합쳐 덤벼들어도 흠집 하나 낼 수 없을 것 같은 위엄이.

세상의 모든 땅들을 입김 한 번으로 태워 버릴 수 있을 것 같은 압도적인 위압감이.

그놈에겐 있었다.

그저 보고 있는 것만으로도 정신이 아찔해졌다.

어떠한 힘을 손에 넣었어도, 대가로 얼마나 많은 보상을 약속받아도, 그놈과 싸울 자신은 없었다.

'나는 못 한다…….'

그것들의 존재를 알고 있으면서도 도망치지 않고 맞서려 하는 성진우 헌터가 존경스러웠다.

'그러고 보니, 성진우 헌터는 지금 뭘 하고 있을까?'

아직 각국의 대표들이 모이기까지는 시간이 좀 남아 있는 상태.

문득 진우가 어떻게 시간을 보내고 있는지 궁금해진 우진철이 마침 돌아서려는 부하 직원을 불러 세웠다.

"참, 성진우 헌터님은 지금 어디에 계신가?"

"현재는 자택에서 쉬고 계신 것으로 파악되고 있습니다."

* * *

"짜잔!"

진우가 본인이 손수 끓인 김치찌개를 식탁 위에 놓자 진아가 환한 얼굴이 됐다.

"와! 맛있겠다."

반면 어머니는 그렇지 않아도 바쁜 아들에게 요리까지 맡기게 돼 미안한 표정이었다.

"엄마가 해 줘도 되는데……."

진우가 웃으며 말했다.

"그동안 갈고닦았던 솜씨를 한번 보여 드리고 싶었어요."

어머니를 겨우겨우 설득해 부엌에 선 진우가 만든 야심작이었다.

자꾸 맛을 보라고 재촉하는 진우의 등쌀에 떠밀려 어머니도 웃으며 숟가락을 들었다.

"후-."

조심스럽게 불어 가며 한 숟갈 입안에 떠 넣은 어머니의 눈이 동그랗게 변했다.

옆에서 진아가 수선을 떨었다.

"엄마, 어때? 어때? 맛있지?"

"어머머."

놀라는 어머니의 표정을 보고 진우가 어깨를 으쓱했다.

"나도 오빠가 요리에 소질이 있는 줄 몰랐다니까. 엄마, 이것도 먹어 봐. 오빠가 밑반찬 간도 엄청 잘해."

동생이 입가에 밥풀을 묻혀 가며 칭찬을 늘어놓는 동안, 어머니의 표정이 천천히 변해 가는 것을 본 진우가 물었다.

"어머니?"

슬며시 숟가락을 내려놓은 어머니가 물어 왔다.

"진우야…… 혹시 무슨 일 있는 거 아니지?"

진우는 최대한 밝은 얼굴을 유지하며 되물었다.

"갑자기 그게 무슨 말씀이세요?"

"너희 아버지도 위험한 일을 하기 전에는 이렇게 엄마 대신 밥을 차려 주곤 했단다."

"……."

일본에 거인을 처치하러 갈 때나 서울에 큰 게이트가 열렸을 때도 하지 않던 행동을 하는 아들이, 어머니는 갑자기 걱정되었다.

여자의, 아니 어머니의 감이란.

'누가 핏줄 아니라고 할까 봐 하필 이런 것까지 아버지를 닮았냐…….'

잠깐 불만 아닌 불만을 속으로 털어놓았던 진우가 금방 어머니에게 고개를 가로저었다.

"그런 거 없어요, 엄마."

애써 웃음 짓는 아들에게 힘이 되고 싶은지, 아니면 정말 괜찮다고 받아들인 것인지, 어머니도 미소를 지으며 다시 수저를 드셨다.

숟가락 끝을 물고 오빠와 엄마 두 사람의 눈치를 살피던 진아도 실실 웃으며 식사를 재개했다.

식사가 거의 끝나갈 때쯤.

[주군.]

벨리온의 목소리가 들려왔다.

[분부하신 대로 병사들을 대기시켜 놓았습니다.]

'알겠다.'

기다렸다는 듯, 베르의 목소리도 이어졌다.

[왕이시여, 주군을 위한 숙소도 준비되었습니다.]

'……그래, 고맙다.'

딱히 시킨 적은 없다만.

군단장들의 보고를 들은 진우가 천천히 일어섰다.

"잘 먹었습니다."

그런데.

그릇을 치우려던 진우의 손이 바깥의 소음을 감지하고는 멈췄다.

'발소리는 네 명…….'

잔뜩 흥분해 있는 그들의 심장 소리가 들려왔다.

진우에게 별 의미가 있는 분류는 아니었으나, 네 명 모두 일단 헌터가 아닌 일반인이었다.

'뭐지?'

S급 헌터가 있는 집을 털려는 미친 강도는 없을 테고.

아파트 입구는 우진철 협회장의 배려로 감시과 헌터들이 지키고 있어서 기자들도 출입이 불가능할 것인데.

의아해하는 진우의 귓가에 초인종 소리가 들렸다.

띵동.

"제가 나가 볼게요."

일어서려는 어머니를 만류한 진우가 문 쪽으로 향했다.

덜컹.

문을 열자 정보 요원처럼 양복을 차려입은 건장한 청년 셋이 보였다.

'헌터관리국에서 보낸 것 같지는 않은데…….'

그들의 복장을 슥 훑어본 진우가 담담하게 물었다.

"무슨 일이시죠?"

그러자.

건장한 청년 셋이 옆으로 비켜서며 그들 뒤에 서 있던 나이 든 남성이 천천히 앞으로 걸어 나왔다.

"성 헌터님…… 이렇게 연락도 없이 불쑥 찾아와서 죄송합니다만, 제발 조금이라도 시간을 내주실 수는 없겠습니까?"

그를 알아본 진우의 목소리가 약간 높아졌다.

"……유명한 회장님?"

유 회장의 얼굴에는 고조된 감정이 여실히 드러나 있었다.

그가 어떤 말을 꺼내든 여기서 들을 이야기는 아니다.

어머니와 동생을 의식한 진우가 잠깐 식탁 쪽을 돌아봤다가 다시 유 회장에게 시선을 옮겼다.

"……."

유 회장은 진우의 대답을 초조하게 기다리고 있었다.

길지 않은 고민 끝에 진우의 입술이 떨어졌다.

"어디 조용히 대화를 나눌 수 있는 곳에서라면……."

환한 표정이 된 유 회장이 진심에서 우러나온 미소를 지었다.

"조용한 곳으로 모시겠습니다. 같이 가시지요."

안으로 들어가 어머니께 간단히 인사드리고 외투를 챙겨 온 진우가 유 회장 일행과 함께 아파트 입구로 내려갔다.

입구에는 예상대로 진우를 기다리는 기자들이 진을 치고 있었다.

아마도 유명한 회장이 데려온 건장한 청년 셋은 저 기자들의 벽을 뚫기 위한 수행원들이었으리라.

기자들은 입구를 지키는 감시과 헌터들과 치열한 몸싸움을 벌이며 언성을 높였다.

"아니, 유진건설 회장님은 되고 우리들은 못 들어간다는 게 말이나 됩니까?"

"성진우 헌터를 방문한 손님이라고? 기자는 왜 손님이 못 되는데? 우리도 이제부턴 손님이다, 손님!"

"아, 그래? 헌터협회 최고 후원자는 괜찮고 기자들은 안 된다 이거지?"

기자들은 앞에 있는 이들이 헌터들이 아니었다면 아예 깔아뭉개고 지나갔을 기세로 무섭게 밀어붙여 댔다.

"물러서십시오!"

그들을 막고 있는 감시과 헌터들이 애처로워 보일 정도였다.

"성진우 헌터님께서 모든 기사나 인터뷰를 거절하신다고 밝혔잖습니까!"

"거기 물러서라니까요!"

"헌터님의 자택을 방문하고 싶으신 분들은 먼저 협회에 알려서 허가증을 받아 오세요!"

상대가 일반인들이다 보니 힘으로 밀어내기도 뭐해 땀만 뻘뻘 흘리는 감시과 직원들을 안타까운 시선으로 지켜보던 진우가 결국 손을 썼다.

"어, 어어?"

기자들의 몸이 일제히 떠오르기 시작했다.

"사, 사람 살려!"

이번엔 기자들을 10센티가 아니라 10미터의 공중으로 띄워 버린 진우가 입구를 나서자 헌터들이 깍듯이 인사했다.

"성진우 헌터님!"

"헌터님!"

이미 익숙해진 듯 크게 놀라지 않는 헌터들과 달리, 유 회장과 그의 보디가드 셋은 눈을 휘둥그레 떴다.

"세, 세상에……."

유 회장의 시선이 공중에서 허우적거리는 기자들에게 고정되었다.

새파랗게 질려 가는 그들의 안색을 보면서, 유 회장은 그 지긋지긋한 기자들이 처음으로 불쌍하게 느껴졌다.

진우에게 다가온 감시과 책임자가 곤란하다는 얼굴을 하면서도 입가에 미소를 띠었다.

"헌터님…… 자꾸 이러시면 저희가 곤란해집니다."

"가만히 두기엔 너무 시끄러워서요."

"하하."

기자들은 뭐라고 열심히 외쳐 댔지만 어느새 그들의 주위에는 마력으로 된 장막이 쳐져 소리가 차단되고 있었다.

잠시 그들을 올려다보던 책임자가 물었다.

"이번엔 얼마나 올려 두실 겁니까?"

"위에서 열 좀 식힐 수 있게 한 5분 정도만 올려놓으려고요."

역대 최고의 기록 갱신 예고에 감시과 헌터들이 웃음을 터트렸다.

와하하—

"쉿! 쉿!"

애써 터지려는 웃음을 참아 가며 부하들에게 눈치를 준 책임자가 진우에게 정중하게 대답했다.

"부디 기자들이 다치는 일이 없게만 해 주십시오."

"걱정 안 하셔도 됩니다."

이제 지배자의 권능, 즉 마나를 움직이는 기술은 손으로 직접 무언가를 다루는 것만큼 익숙해진 지 오래다.

자리를 비우더라도 마나는 기자들을 안전하게 내려놓을 것이다.

'속이 울렁거리는 것까지 어떻게 해 주지는 못하겠지만…….'

어차피 정보 보호를 받고 있는 자신의 집을 찾아온 것도 모자라 난동까지 벌인 이들이니 이 정도의 경고는 괜찮겠지.

끼익.

곧 준비시켜 놓았던 유 회장의 대형 세단이 도착했고, 진우와 유명한은 각자 뒷좌석의 좌우에 탑승했다.

미끄러지듯 출발한 차는 유 회장의 자택으로 향했다.

* * *

유 회장은 이보다 더 이상 조용할 수 없는 장소인 자신의 응접실로 진우를 안내했다.

두 사람은 서로를 마주 보고 앉았다.

"성 헌터님과 조용히 대화를 나누고 싶네."

"알겠습니다, 회장님."

유 회장이 사람들을 모두 물렸을 때, 진우가 먼저 말을 꺼냈다.

"어떻게 아셨습니까?"

자신이 유 회장을 도왔다는 증거는 남기지 않았을 텐데.

어디서 실수가 있었던 걸까?

흥미로운 눈동자로 자신을 바라보고 있는 진우에게 유 회장이 사실을 털어놓았다.

"그날, 병원에서 나오는 헌터님을 제 딸아이가 보았습니다."

유 회장의 딸이라면…….

아.

진우는 길드 사무실 앞에서 마주친 유진호의 누나를 떠올렸다.

왠지 어디서 본 것 같더라니.

설마 그 여자가 유명한 회장이 입원해 있었던 병원 앞에서 스쳐 지나간 여자와 동일 인물일 줄이야.

나름 철저했던 준비가 사소한 우연 하나에 깨졌다는 사실에 진우가 실소를 머금었다.

유심히 진우의 표정을 살피고 있었던 유명한 회장은 그제야 안도했다.

'다행이다.'

비록 그게 선행이라고 해도, 본인이 숨기려 했던 행적을 들추어내는 것이라 진우가 화를 내지는 않을까 걱정했었던 유명한이었다.

만에 하나라도 은인의 기분을 상하게 만들었다면 면목이 없었을 터.

그러나 걱정했던 바와 다르게 진우는 기분이 나빠 보이지 않았다.

유 회장으로서는 천만다행이었다.

"역시 성 헌터님이셨군요."

"네."

진우도 굳이 부정하지는 않았다.

본인의 입에서 확답이 떨어진 순간, 진우를 바라보는 유 회장의 눈동자가 흔들렸다.

지금까지 자신에게 무엇을 얻어 내기 위해 자신의 환심을 사려한 이는 수를 셀 수도 없이 많았다.

그 정도의 노력조차 없이 그저 뭔가 뜯어내기 위해 손을 벌리는 이들도 더러 있었다.

그런데 눈앞의 청년은 어떠한가?

한 사람의 생명.

아니, 국내 최고의 기업을 이끄는 경영자의 목숨을 살렸으면서도 아무것도 원하지 않았다.

만약 자신의 딸이 그를 보지 못하고 지나쳤다면 자신이 어떻게 병상에서 일어났는지 영영 모르고 살았을 터였다.

포커페이스로 알려진 유명한 회장의 얼굴에 감정이 북받쳐 올라왔다.

"어째서……."

그는 감정을 억누르기 위해 노력하며 말을 이었다.

"어째서 절 도우신 겁니까?"

큰돈을 제시하며 도움의 손길을 요구했을 때, 진우는 자신에게 그런 힘이 없다며 거절했었다.

그런데 무엇이 그의 마음을 바꾸었던 것일까?

이 질문 하나를 하기 위해, 유명한은 실례를 무릅쓰고 진우를 여기까지 데려온 것이었다.

두근, 두근, 두근.

진우의 입에서 대답이 나오기 전까지 1초가 10분 같은 시간이 흐르며 심장이 거세게 뛰었다.

진우가 말했다.

"당신을 믿을 수 있는 사람이라고 판단했기 때문입니다."

"……!"

전혀 예상하지 못했던 대답에 유 회장의 눈이 커졌다.

"그게…… 무슨?"

"회장님이 원하는 것을 위해서 무슨 짓이든 하는 사람이었다면 전 당신을 위해서 위험을 감수하지 않았을 겁니다."

"그렇다는 말씀은…… 제가 진호를 이용하려 들지 않았기 때문에?"

"네."

진우가 고개를 끄덕였다.

세계적인 기업의 수장답게, 유명한 회장은 진우가 하고 싶었던 말을 곧바로 알아들었다.

유명한에겐 진우를 움직이게 만들 수 있는 카드가 하나 있었다.

바로 자신의 아들이자, 아진의 부사장인 유진호.

그러나 그는 도움을 거절당한 뒤 지저분하게 매달리는 일 없이 아주 깔끔하게 물러났다.

방법이 없다는 진우의 말을 믿었던 것이다.

눈에는 눈, 이에는 이.

자신의 원칙을 고수하고 있는 진우는 유명한이 자신에게 보인 신뢰에 자신도 신뢰로 답해 주었다.

그를 믿어도 될지 알아보는 데 시간이 꽤 걸리긴 했지만.

'역시 내 결정은 틀리지 않았어.'

진우가 미소를 지었다.

동시에.

주륵.

유명한의 한쪽 눈에서 눈물이 흘러내렸다.

"뭐라고 감사의 말씀을 드려야 할지 모르겠군요."

손바닥으로 눈물을 훔친 유명한이 진중한 눈빛을 했다.

"제가 받은 은혜의 반, 아니 반의반만이라도 갚을 수 있게 해 주십시오. 제발 그렇게 해 주십시오."

그렇게 해야 마음의 빚을 조금이나마 덜 수 있으리라.

유명한이 이어 말했다.

"혹시 헌터님께서 원하시는 게 있습니까?"

"원하는 건 없습니다. 다만……."

유명한은 귀를 쫑긋 세웠다.

성진우 헌터가 돈을 원한다면 돈을, 다른 무언가를 원한다면 자신의 영향력을 총동원해서라도 지원할 생각이었다.

그러나 진우의 대답은 유명한이 생각했었던 것과는 조금 달랐다.

"만약 제게 무슨 일이 생긴다면…… 어머니와 동생을 보살펴 주실 수 있으시겠습니까?"

망설임 끝에 나온 대답.

진우는 혹시나 있을지 모르는 최악의 경우에 대비해 가족들의 뒤를 부탁했다.

돈은 부족한 일이 없을 만큼 모아 두었으나, 돈으로도 지킬 수 없는 것이 있는 법이니.

그럴 때 유명한 회장은 든든한 방파제가 되어 줄 수 있으리라.

"……정말 그 정도면 되겠습니까, 헌터님?"

"충분합니다."

성진우 헌터에게 무슨 일이 생기리라고는 상상하기 어려웠지만, 어차피 어떤 부탁이든 받아들일 마음이었던 유명한 회장은 고민의 기색도 없이 곧바로 고개를 끄덕였다.

"약속하겠습니다."

길었던 대화가 끝이 났다.

"그럼……."

일어서려는 진우.

그런 진우를 보고 그와의 대화가 끝났음을 아쉬워하던 유명한은 문득 자신이 진우라는 청년을 얼마나 마음에 들어 하고 있는지 뒤늦게 알아차렸다.

만약 성진우 헌터와 가족이 될 수 있다면…….

단 한 번도 사랑하는 딸아이를 정략결혼의 도구 따위로 이용할 생각이 없었던 그가 자신도 모르게 묻고 말았다.

“혹시 교제하고 있는 여성분이 있으십니까?”

그라면 진희를 주어도 아깝지 않다. 유명한은 처음으로 그런 생각이 들게 한 청년을 만났다.

진우가 씩 웃었다.

“좋아하는 사람은 있습니다.”

“아…….”

자신이 얼마나 부끄러운 질문을 내뱉었는지 깨달은 유명한 회장의 얼굴이 붉어졌다.

그만큼 아까운 청년이었다.

그러나 그는 자신이 갖지 못할 것에 미련을 두는 성미는 아니었다. 곧 고개를 들어 올린 그가 웃으며 인사했다.

“앞으로도 계속해서 오늘의 이 약속이 지켜질 필요가 없기를 바라겠습니다.”

진우도 미소를 지으며 자리에서 일어났다.

“저도 그렇게 되도록 최선을 다할 겁니다.”

* * *

모든 능력치가 이미 최고점에 도달해 있는 지금, 성장시킬 수 있는 것은 병력 운용 능력뿐.

진우는 마지막 준비를 위해 다시금 일본의 민간인 출입 제한 구역으로 돌아왔다.

인적 하나 없는 드넓은 수해가 시야 한가득 펼쳐졌다.

지시해 놓은 대로 총군단장 벨리온이 그림자 군단을 세 개로 쪼개어 벨리온 자신, 이그리트, 베르가 각자 하나씩 통솔할 수 있도록 만들어 두었다.

진우는 언덕 아래에 셋으로 나누어져 있는 병사들을 보며 고개를 끄덕였다.

병사들에게서 느껴지는 기운으로 짐작하건대 힘의 균형에 신중에 신중을 가한 것으로 보였다.

진우와 시선이 마주친 총군단장이 고개를 꾸벅 숙였다.

녀석도 이그리트처럼 맡긴 일을 똑 부러지게 처리하는 타입인 듯했다.

반면에.

'이 자식은…….'

진우는 뒤로 돌아 언덕 위에 세워진 '작은 숙소'를 바라보았다.

"베르, 튀어 와라."

피슉-!

언덕 아래에서 위까지 그야말로 눈 깜짝할 사이에 달려온 베르가 진우 옆에 무릎을 꿇었다.

"왕이시여!"

"머리 박아."

진우의 말이 채 끝나기도 전에 베르가 머리를 박았다.

진우의 언성이 높아졌다.

"이게 편히 쉴 수 있는 작은 숙소냐? 크기는 둘째치고 숙소이기는 하냐고?"

"키에엑."

진우의 윽박에 움츠러들었던 베르가 억울하다는 말투로 대답했다.

"왕께서 머무시는 숙소라면 최소한 이 정도는 되어야……."

"……."

진우가 이마를 감싸 쥐었다.

집짓기가 본업인 개미들의 스케일을 간과하고 있었다.

사람만큼 크고 사람보다 힘이 센 개미들이라면 어떤 규모의 집이 나올지도 예상했어야 했는데.

떨어뜨리고 있던 고개를 들었더니 '작은 숙소'의 위용에 곧바로 압도되었다.

눈에 잘 띌 수 있도록 하얀 돌들로 지어진 까마득히 거대한 성채가 이쪽 땅끝에서 저쪽 땅끝까지 이어져 있었다.

높기는 또 얼마나 높은지 끝을 올려다보려니 고개가 다 아플 지경.

진우는 시키지도 않은 일에 쏟은 개미들의 불필요한 열정에 머리가 지끈거려 왔다.

관자놀이를 주무르던 진우가 한숨을 내쉬며 물었다.

"저 성 끝에 나부끼는 검은 깃발…… 저거, 저건 대체 무슨 생각으로 달았어?"

그러자 잽싸게 달려온 벨리온이 베르 옆에 머리를 박았다.

쿵!

잠깐 할 말을 잃고서 베르와 벨리온을 바라보던 진우가 병사들에게로 돌아섰다.

"전군, 훈련을 개시한다!"

그러자 그림자 병사들의 천둥과 같은 함성 소리가 대지를 뒤흔들었다.

와아아아아아아아아아아아아—!

9. 오만과 망상

9. 오만과 망상

하루, 이틀, 그리고 사흘.

극초대형 게이트들이 세상에 모습을 드러낸 지 사흘째가 되자, 게이트가 생성된 국가나 인접국들의 동요가 눈에 띄게 심해지기 시작했다.

별다른 대책이 나오지 않았기 때문이었다.

화가 난 시민들은 거리로 뛰쳐나와 대책을 강구하라는 시위를 벌였다.

뉴스들은 하루가 다르게 늘어 가는 시위대의 규모와, 그들의 머리 위에 드리운 게이트를 번갈아 비추며 사태의 심각성을 연일 강조했다.

―극초대형 게이트로 불리는 현상이 하늘에 나타난 지 75시간가량이 지난 현재, 정부는 아직 아무런…….

–저기 '정부는 대답하라'라는 피켓을 들고 행진하는 시민들의 모습이 보입니다!

–시위대의 숫자가 나날이 늘고 시위 또한 격렬해지고 있어 폭발 직전이라는 우려가 쏟아지고 있는 가운데…….

이는 가장 먼저 극초대형 게이트가 나타났던 한국에서는 전혀 볼 수 없었던 광경.

전문가들이 어째서 한국만 달랐던 것인지 빠르게 분석했다.

결론은 간단히 나왔다.

하나는 게이트가 나타난 직후 곧바로 전국의 헌터들을 한곳으로 집결시킨 한국 헌터협회의 결단력이었고.

다른 하나는 국가 권력급을 뛰어넘는 최고의 헌터가 자국에 있다는 한국인들의 심리적 안정감이었다.

특집 프로그램에 초청된 전문가 한 사람은 카메라 앞에서 이렇게 이야기했다.

"성진우 헌터는 두 번의 S급 던전 브레이크를 거의 혼자서 처리했습니다. 개미들과 거인들, 최근 1년간 가장 이목을 끌었던 사건 두 개가 그의 손에서 해결된 셈이지요."

일본에 등장했던 거인형 마수들은 말할 필요도 없고, 제주도 개미 레이드에 대한 세계의 관심도 뜨거웠었다.

그때 레이드 중계권을 독점했던 방송사가 한 방에 이전 3년간의 매출을 벌어들였다고 하니 무슨 말이 더 필요할까?

끄떡끄떡.

고개를 움직이는 진행자 앞에서 전문가는 검지로 자신의 관자놀이를 톡톡 두드리며 말을 이었다.

“그러니 자연스레 한국 국민들의 머릿속에는 믿음이 생길 수밖에 없었던 겁니다. 어떤 위협이 닥쳐와도 성진우 헌터가 해결해 줄 수 있을 것이라는.”

그것이 천만 명이 사는 수도의 하늘에 극초대형 게이트가 나타났는데도 시민들이 비교적 침착할 수 있었던 이유.

전문가는 성진우 헌터의 존재는 대한민국에서 가치를 잴 수 없는 축복 같은 것이라고 목에 핏대를 세워 강조하며 말을 끝맺었다.

그러나.

모든 나라가 다 그렇게 운이 좋을 수는 없는 법.

뛰어난 헌터의 숫자는 극소수였고, 각 나라에 고르게 분포되지도 않았다.

극초대형 게이트의 영향권에 놓인 나라들은 자국의 헌터력에 반비례해 혼란이 커질 수밖에 없는 노릇.

오죽하면 세금을 더 내도 좋으니 어떻게든 최상급 헌터들을 한 명이라도 더 데려와 달라는 요구가 빗발칠 정도일까?

세금이라면 치를 떨던 부자들까지 자신들의 터전을 잃게 될까 봐 자발적으로 자금을 지원하겠다고 나서는 모습을 보면서 각국 정부는 경악을 금치 못했다.

이렇게 시시각각 위기감이 고조되어 가는 가운데.

한국 헌터협회의 요청대로 각국을 대표하는 전 세계의 거물들이 한국의 수도 서울에 모였다.

그들이 원하는 바는 단 하나.

세계의 하늘에 동시다발적으로 등장한 여덟 개의 극초대형 게이트들에 대한 정보를 얻어 가는 것.

특히 최초의 극초대형 게이트에서 생각지도 못했던 결과를 이끌어 낸 성진우 헌터의 정보라 하니 기대하는 바가 컸다.

"휴우-."

자그마한 한숨.

대통령에게 시달리다 쫓기듯 한국행을 택한 헌터관리국의 국장, 데이비드 브레넌은 이마에 맺힌 식은땀을 손수건으로 찍어 내며 주변에 앉은 이들의 면면을 둘러보았다.

'……많이도 모였군.'

대통령, 장관, 길드 마스터, 헌터협회 회장까지.

국장은 여기 강당 안에 모인 이들의 얼굴을 대부분 알고 있었다.

그들 전부가 이름만 들어도 알 만한, 쟁쟁한 이들.

그들의 얼굴에서 언뜻언뜻 비치는 초조함을 보면서 국장은 자신의 턱에 맺힌 땀방울을 닦아 냈다.

'어느 누구 할 것 없이 모두 발등에 불이 떨어졌군.'

다들 차분하게 앉아 있는 듯 보여도 속으로는 발을 동동 구르고 있다는 사실을 모르지 않았다.

자신 역시 그러하니까.

이들 앞에 나선 성진우 헌터가 '이번 게이트들 역시 별일 없이 끝날 겁니다.'라고 말해 준다면 얼마나 좋을까?

그 말을 고스란히 윗선에 알린다면 자신을 채근하던 대통령도 더 이상 따지지 않을 터.

구겨진 체면을 살릴 수 있는 좋은 계기였다.

그러나.

만에 하나 정반대되는 소식을 듣게 된다면…….

가슴이 철렁 내려앉음을 느낀 국장은 긴장감에 마른침을 꼴깍 삼키며 시간을 확인했다.

손목의 시계는 정확히 2시 55분을 가리키고 있었다.

발표가 약속된 시간까진 5분이 남은 상황.

째깍, 째깍.

오늘따라 유난히 커진 손목시계의 초침 소리를 들으며 국장은 잔뜩 굳어 있는 고개를 들었다.

* * *

같은 시각.

그림자 군단의 점검을 끝낸 진우가 벨리온에게 물었다.

"군주가 사라진 군단은 어떻게 되는 거지?"

"각 군의 군단장들이 군주를 대신해 병사들을 이끌게 됩니다."

지배자들에게 왕을 빼앗긴 거인들의 군대도 군단장이 군주를 대신해 이끌고 있었다는 설명이 이어졌다.

진우가 고개를 끄덕였다.

나타난 게이트는 여덟 개.

군단장들이 군단을 통솔할 수 있다면 주인을 잃은 군단들의 게이트가 생성된 이유도 설명할 수 있었다.

그러다 문득 떠오른 질문 하나.

"그럼 내가 죽으면 총군단장인 네가 그림자 군단을 맡게 되는 건가?"

벨리온은 고개를 저었다.

[저희의 목숨은 주군과 함께합니다. 주군께서 눈을 감으시면 저희 또한 무로 돌아갑니다.]

주인의 목이 붙어 있는 한 병사들의 생명도 끝나지 않는다.

자신의 목숨을 돌보지 않고 주인만을 위해 움직이는 병사들의 충성심은 분명 그림자 군단의 강점이었다.

그러나 반대로 이야기하면.

주인에게 문제가 생기는 순간 그림자 군단은 끝이라는 소리기도 했다.

'…….'

강점과 약점은 동전의 앞면과 뒷면과도 같은 것.

때론 강점이 약점이 될 수도, 약점이 강점이 될 수도 있다.

적들은 그 점을 물고 놓지 않으려 할 것이다.

그렇다면 그것을 이용할 수도 있지 않을까?

'…….'

생각에 잠긴 진우의 두 눈에서 잠깐 안광이 빛났다.

그때.

옆에서 다른 목소리가 들려왔다.

"주군."

이그리트였다.

"전면전으로는 승산이 없습니다."

낮게 울려 퍼지는, 힘 있는 저음의 목소리.

이그리트와 대화를 나누게 된 지 꽤 시간이 지났지만 아직도 그 목소리에는 적응이 되지 않았다.

가볍고 날렵하게 생긴 외형의 갑옷에서 그런 목소리라.

그림자 군주가 되살리기 전에는 수백의 기사들을 지휘했던 인간계 최고의 기사였었다고 하니, 목소리에 담긴 에너지가 이해 안 되는 것은 아니지만.

'이 괴리감은 어쩐단 말이냐…….'

진우의 고충을 아는지 모르는지 이그리트는 묵묵히 진우에게 자신의 우려를 털어놓았다.

"지배자들과의 싸움에 회의를 느껴 군단의 정비를 멈춘 전대 군주님과 달리, 군주들은 끊임없이 병사들을 정비하고 늘려 왔습니다."

"병력 차가 얼마나 날 것 같아?"

이번엔 벨리온.

"정확히는 알 수 없지만 백 배 이상은 될 것입니다."

타 군단의 규모에 대해 알 길이 없는 베르만이 조용히 주인과 군단장들과의 대화를 듣고 있었다.

진우의 얼굴이 굳어졌다.

못해도 적에게는 1천만 이상의 병사들이 있다는 말이 아닌가.

"백 배……."

숫자를 곱씹어 보던 진우가 나직이 대답했다.

"전면전을 할 생각은 없어."

하나가 전부가 될 수 있고, 전부가 하나가 될 수 있는 장점을 버리고 정면으로 맞붙을 생각은 추호도 없다는 뜻.

진우의 머릿속에서 마치 그림처럼 향후의 전투가 그려지고 있었다.

그리고 잠깐의 정적 끝에.

부르르- 부르르

진우는 주머니 속에서 떨리고 있는 핸드폰을 들어 올렸다.

통화가 연결되고 진우가 뭐라고 말을 꺼내기도 전에 수화기 너머로 익숙한 목소리가 들려왔다.

—헌터님, 저 우진철입니다.

"예, 협회장님."

—말씀하신 대로 각국 대표들을 다 대강당으로 모셨습니다. 헌터님은 지금 어디쯤이십니까?

진우는 대답하기에 앞서 조용히 뒤를 돌아보았다.

지독한 전투의 흔적.

처참하게 갈라지고, 파이고, 깎여 나간 광활한 대지가 시야 끝까지 펼쳐졌다. 수해를 뒤덮고 있던 나무들은 이미 흔적도 없이 증발해 버렸다.

세 개 조로 나뉜 그림자 군단이 모의 전투를 통해 만들어 낸 작품.

마나로 강화된 땅이 끔찍한 충격에 완전히 뒤집혀 있었다.

당시 진우에게 미리 통보를 받고 위성으로 출입 제한 구역의 변화를 지켜보고 있었던 일본 헌터협회는 어마어마한 마력 충돌에 경악을 숨기지 못했다.

그들이 목도한 힘.

그것은 그림자 군단이 가진 진정한 힘이었다.

진우 역시 그 힘을 보았다.

이를 통해 그림자 군단의 전력을 정확하게 파악할 수 있었다.

결과는 대만족.

뒤를 바라보던 진우의 시선이 이번엔 앞으로 옮겨 갔다.

주군의 명령을 기다리고 있는 십만 이상의 대군이 진우 앞에 무릎을 꿇고서 조금의 미동도 없이 대기 중이었다.

진우가 한참 동안 대답이 없자 우진철 협회장이 조심스레 불렀다.

─……헌터님?

그러자 입꼬리를 씩 올린 진우가 자연스럽게 대답했다.

"예, 방금 막 도착했습니다."

* * *

"도착하셨다고요? 언제……."

직원들에게 진우가 오면 곧바로 보고하라 지시해 두었던 우진철이 의아한 목소리로 되물으며 돌아서는 순간.

그는 어느새 자신의 등 뒤에 서 있는 진우를 발견했다.

"컥."

자신도 모르게 신음을 내뱉고는 잠깐 눈을 깜박거리던 우진철이 곧 실소를 머금으며 핸드폰을 집어넣었다.

"……이제 의미 없는 질문이 됐군요. 헌터님께 위치를 묻는 건."

진우도 미소를 지으며 어깨를 한 번 으쓱이는 것으로 대답을 대신했다.

두 사람이 서 있는 장소는 대강당의 대기실.

문 너머에는 자리를 빼곡하게 채운 각국의 대표자들이 목 빠져라 진우가 나타나기만을 기다리고 있었다.

우진철은 시간을 확인했다.

핸드폰의 액정에 떠 있는 시계가 발표 시간이 2분 남았음을 말해 주었다.

아직 시간이 조금은 있다.

왠지 모를 안도감을 느낀 우진철이 고개를 들었다.
“헌터님, 저 사람들에게 진실을 얘기하실 생각이십니까?”
“예.”
“사람들이 사실을 알게 되면 크나큰 혼란이 발생할 겁니다. 개중에는 혼란을 감당할 수 없는 나라도 있을 테고요.”
“알고 있습니다.”
당연한 이야기다.
일이 그렇게 흘러갈 것을 알고 있기 때문에 지배자들은 마지막까지 자신들의 의도를 숨겼다.
하지만.
만약 이번 일로 모든 것이 끝장난다 할지라도 자신에게 무슨 일이 일어나는지 정도는 알고 있어야 하지 않겠는가?
‘어떤 상황인지도 모른 채 눈을 감는 것은 억울한 일이니까.’
그래서 진우는 사람들에게 진실을 얘기해 주기로 결심했다.
마음의 준비가 필요한 것은 자신만이 아닐 테니.
비장한 표정의 진우를 보고 우진철 협회장 또한 고개를 끄덕거렸다.
“알겠습니다. 헌터님의 생각이 정 그러시다면…….”
진우는 우진철을 지나쳐 대강당으로 통하는 문을 향해 걸어갔다.
그런데 뭔가를 발견한 우진철이 다급하게 진우를 불러 세웠다.
“저기, 헌터님!”
‘……?’
진우가 의아한 눈빛으로 돌아서자 우진철이 민망해하는 낯빛을 하고는 입을 열었다.
“밖에 기자들도 꽤 와 있습니다.”

“아.”

진우는 자신의 복장을 내려다보았다.

그동안 계속해서 출입 제한 구역에 머무르며 병사들을 움직였기 때문에 옷차림이 꽤 지저분해져 있었다.

‘이걸 어쩐다…….’

그러나 겨우 옷을 갈아입기 위해 또 다른 장소로 이동하는 등의 유난을 떨고 싶지는 않았다.

그렇다고 예전처럼 상점에서 아무 옷이나 사서 입을 수도 없고.

‘……잠깐만.’

상점에서 옷을 사 입는다?

이제 시스템이 사라져 시스템 상점을 이용할 수는 없지만, 시스템 유지를 위해 쓰였던 힘은 원래 그림자 군주 본연의 것.

그렇다면 옷을 만들어 입는 것도 이론상으로는 충분히 가능하다.

그 순간.

진우는 현재 자신이 만들어 낼 수 있는 유일한 옷을 하나 떠올렸다.

슈아악-

순식간에 대기실 안을 뒤덮은 검은 연기가 마치 살아 있는 것처럼 진우의 몸을 감쌌다.

“헉!”

화들짝 놀란 우진철이 급히 물러서며 눈을 휘둥그레 떴을 때.

검은 연기들은 어느새 칠흑의 갑옷이 되어 있었다.

“이거면 어떻습니까?”

원래 갑옷이란 마수들의 초월적인 힘에서 몸을 지키기 위해 헌터들이 필수적으로 챙겨 입는 장비 중 하나.

진우같이 강력한 헌터에게 범상치 않아 보이는 장비까지 더해지니 압도적인 위압감이 뿜어져 나왔다.

위용에 짓눌려 있던 우진철이 간신히 입술을 움직여 대답했다.

"그…… 그림이 되는군요."

진우가 옅은 미소를 지었다.

"칭찬으로 알겠습니다."

다시 문 쪽으로 시선을 옮긴 진우가 천천히 대강당 안으로 들어섰다.

그러자 웅성거리던 소리가 삽시간에 사라졌다.

'성진우 헌터……!'

'그가 나왔다.'

모두의 시선이 강단 위의 한 사람, 진우에게로 집중됐다.

진우는 그들의 얼굴을 둘러보며 여러 생각이 교차하는 머릿속을 차분히 정리했다.

지금 자신은 이들에게 앞으로의 일을 이야기하려 한다.

세상의 파멸을 원하는 여덟 개의 대군단이 도착을 앞두고 있다고.

그들 군단 하나하나가 인간의 힘으로 대항하기에는 역부족인 혼세의 병사들로 이루어진 집단이라고.

'…….'

그 사실을 알게 되면 지금 초조한 얼굴로 공식 발표를 기다리고 있는 저들의 눈빛이 어떻게 변할까?

그들의 심장을 압박하는 긴장감이 진우에게까지 전해져 진우의 표정이 조금은 어두워졌다.

"……."

다들 호흡을 멈추고 진우의 목소리에 귀를 기울였다.

그렇지 않아도 조용했던 강당이 더 조용해졌다.

약간의 시간이 지난 후에, 따로 마이크가 필요하지 않은 진우가 목에 마나를 실었다.

"모두에게 힘든 시간이 될 겁니다."

고요한 강당 안에 진우의 목소리가 잔잔히 퍼져 나갔다.

진우의 귓가에 대표자들이 마른침을 넘기는 소리와 함께 거칠게 뛰는 그들의 심장 소리가 들려왔다.

그러나 그들의 심장 소리가 커지면 커질수록 묘하게 진우의 심장 박동은 안정을 찾아 갔다.

진우의 눈빛이 진중해졌다.

'……긴장감이 가라앉아 간다.'

어느 순간 완전히 평정심을 되찾은 진우가 침착하게 뒷말을 이었다.

"그러나 그 누구도 이 싸움에서 눈을 돌릴 수는 없습니다. 그들은 여러분들의 눈앞에 나타날 것이며, 여러분들의 모든 것을 파괴할 것입니다."

이걸 어떻게 받아들여야 할까?

길었던 진우의 설명이 끝나자, 대표자들의 얼굴에 주체할 수 없는 당혹감이 떠올랐다.

엄선해 초청한 기자들도 자신들의 본분을 까맣게 잊고서 서로 눈치를 살피기에 급급했다.

웅성웅성.

정적이 가라앉아 있던 강당 안이 순식간에 소란스러워졌다.

마침내 공포가 뒤섞인 궁금증을 참지 못한 누군가가 진우를 향해 소리쳤다.

"지, 지금 그걸 우리더러 믿으라는 얘기요?"

이 땅 위의 모든 것을 파괴할 수 있는 끔찍한 존재들이 오고 있다는 말을 어떻게 믿을 수 있을까?

연로한 남자의 목소리에는 절박함이 담겨 있었다.

"증거를…… 우리들에게 증거를 보여 주시오! 그전까진 당신의 말을 믿을 수 없소!"

"옳소!"

"너무 허무맹랑하지 않습니까!"

"밑도 끝도 없이 카미쉬 같은 것들이 수백 마리나 튀어나올 수 있다니, 그게 말이나 됩니까?"

사람이란 본디 감당하기 힘든 현실과 마주했을 때, 현실을 부정하거나 분노하기 마련이다.

여태까지 진우가 보여 주었던 여러 기적들을 의도적으로 머릿속에서 지워 버린 각국 대표자들의 성난 목소리가 단상 위의 진우에게로 향했다.

그러나 진우는 단 한 번의 손짓으로 그들 모두를 침묵시켰다.

"헉!"

"……!"

진우의 등 뒤에 생겨난 수십 개의 게이트.

진우는 군주의 힘을 이용해 공간과 공간을 연결해 주는 문, 게이트를 수십여 개나 만들어 냈다.

'나는 그림자를 통해 이동하는 게 더 빨라서 굳이 게이트를 만들 필요가 없지만…….'

사람들을 이해시키는 데 이보다 더 효율적인 증거는 없으리라.

사람 크기 정도의 이런 게이트라면 지금의 진우도 얼마든지 손쉽게 생성할 수 있었다.

게이트들을 바라보던 진우가 다시 청중들에게 시선을 옮겼다.

아니나 다를까.

대표들, 기자들은 물론이거니와 진우에게 전폭적인 신뢰를 보내고 있는 한국 헌터협회의 직원들까지 입을 쩍 벌리고 게이트에서 눈을 떼지 못했다.

"저거…… 저거 다 게이트 아냐?"

"어, 어떻게 이런 일이?"

'성진우 헌터가 게이트를, 그것도 사람들이 보는 앞에서 여러 개를 동시에 만들었다고?'

모두의 눈동자가 지진이 난 것처럼 심하게 흔들렸다.

던전 브레이크로 드래곤이 지상에 첫발을 내딛는 장면을 현장에서 지켜보았던 헌터관리국의 국장, 데이비드 브레넌조차 도저히 믿기지 않는 듯 자신의 두 눈을 계속해서 비벼 댔다.

'역시 효과가 있다.'

군주의 힘을 목격한 이들의 반응에 만족한 진우가 게이트들을 닫았다.

마치 방금 전 있었던 일이 전부 거짓말이었던 것처럼, 게이트들은 눈 한 번 깜빡이기도 전에 전부 사라졌다.

'아차!'

동시에 심장이 철렁 내려앉는 느낌을 받은 기자 하나가 급히 양옆에 서 있는 기자들에게 물었다.

"바, 방금 게이트들 찍은 사람? 카메라가 됐든 휴대폰이 됐든 기록으로 남긴 사람 없어?"

"아!"

머리를 감싸거나 탄식을 내뱉으며 좌절하는 기자들.

워낙 순식간이었고, 또 제정신이 아니었던 터라 시각적 기록으로 남기는 것을 깜빡해 버렸다.

기자들의 동요가 신호탄이 된 듯, 여기저기서 경악에 찬 목소리들이 봇물처럼 터져 나왔다.

웅성웅성.

고막을 뒤흔드는 소음이 대강당 안을 가득 메웠다.

그러나 그때.

"성진우 헌터!"

벌떡 일어선 영국 대표의 날카로운 고음이 사람들의 시선을 끌었다.

"혹시 당신 또한 그들과 한패가 아닙니까! 첫 번째 게이트에서 나온 병사들, 그들도 우리를 죽이기 위해 불러온 것이 아니냐, 이 말입니다!"

그의 한마디에 모두가 일순간 얼어붙었다.

어쩌면 상정할 수 있는 최악의 상황이 부지불식간에 떠올랐기 때문이다.

성진우 헌터까지 그들과 한통속이 아닌가 하는 막연한 두려움이 사람들의 가슴속에 역병처럼 퍼져 나갔다.

그도 그럴 것이 수많은 이들을 죽음과 공포에 몰아넣었던 다른 세상의 힘, 게이트를 바로 눈앞에서 보지 않았는가.

"……."

진우는 한동안 말없이 영국 대표를 바라보았다.

그제야 영국 대표는 자신이 실수했음을 알아차렸다.

성 헌터가 자신들의 편이라면 당연히 말실수를 한 것이고, 그 반대라면 여기서 목숨을 건사하기 힘들 것이 아닌가?

"아, 물론 저는 성진우 헌터님을 전적으로 신뢰하고 있지만……."

급격하게 얼굴색이 창백해지던 영국 대표가 말꼬리를 흐리자, 그를 지켜보던 진우가 한심하다는 듯 한숨을 내쉬었다.

"후."

이미 의무는 다했다.

진우는 이 이상 그들에게 자신을 믿어 달라고 호소해야 할 필요성을 느끼지 못했다.

"저를 믿건 믿지 않건, 제 말을 받아들이건 받아들이지 않건, 모두 여러분들의 선택입니다. 저는 해야 할 말을 다했으니, 여러분들이 알아서 판단하십시오."

발표가 마무리되고 있음을 깨달은 기자들이 충격의 연속에서 간신히 빠져나와 급하게 플래시를 터트렸다.

촤촤촤촤촤촤-!

청중들을 바라보던 진우가 돌아서려 하는 그때.

그때까지 단 한마디 말도 없었던 데이비드 브레넌 미 헌터관리국 국장이 번쩍 손을 들었다.

국장과 안면이 있었던 진우가 그를 지목했다.

"브레넌 국장님?"

국장은 굳은 얼굴로 천천히 자리에서 일어났다.

헌터관리국 수장의 이름을 모르는 사람은 이 자리에 없었으므로 대강당 안은 또다시 고요해졌다.

"오랜만입니다, 성진우 헌터님."

그가 정중히 고개를 숙이자, 진우도 고개 숙여 인사했다.

국장은 이어 말했다.

"그 게이트에서 뭐가 나올지는 이제 잘 알겠습니다."

첫 번째 게이트에서 봤던 수십만에 달하는 검은 마수들.

다행히 그들은 '우연히' 군주의 힘을 얻게 된 성진우 헌터의 부하들이었고, 곧바로 성진우 헌터에게 복속되었다.

그러나 다음번에 등장할 이들은 인간에게 결코 호의적이지 않을 것이라는 사실을 오늘 알게 되었다.

그러면 인류는 이에 어떻게 대처해야 하는가?

국장은 떨리는 마음을 진정시키며 조심스럽게 물었다.

"우리는 이제 뭘 하면 됩니까?"

진우는 잠시 국장을 바라보았다가, 시선을 돌려 대강당 안 내부의 사람들을 찬찬히 둘러보았다.

걱정, 불안, 초조, 공포, 경악, 혼란 등의 감정이 그들의 표정과 시선을 통해 고스란히 느껴졌다.

인간의 한계를 아득히 뛰어넘어 버린 감각이 늘 도움만 되는 것은 아니었다.

잠시 후.

'……'

결심이 선 진우가 그들에게 해 줄 수 있는 최고의 조언을 해 주었다.

"부디 게이트에서 멀어지십시오. 최대한 멀리. 조금이라도 더 먼 곳으로 도망가시길 바랍니다."

* * *

진우가 발표한 정보의 파급력은 엄청났다.

다른 사람도 아니고 진우다.

첫 번째 극초대형 게이트에서 믿을 수 없는 광경으로 전 세계를 놀라게 한 진우의 정보.

인류의 힘으로는 감당하기 힘든 숫자의 마수들이 쏟아질 것이라는 경고에, 겁에 질린 사람들이 게이트에서 멀어지기 위해 안간힘을 써 댔다.

도로란 도로는 금방 다 차들로 틀어막혔고, 거리마다 귀 아픈 경적 소리들이 요란했다.

어느 신문을 뒤져 봐도 일면을 차지하고 있는 진우의 얼굴 아래에 큼지막하게 박힌 여섯 글자.

『멀리 도망가라!』

이는 전 세계를 움직이기에 충분한 한마디였다.

그러나 움직임이 크면 클수록 그 움직임에 반발하는 힘도 커지는 법.

모두가 진우의 말을 신뢰하는 것은 아니었다.

특히 여덟 개 게이트 중에서 가장 큰 규모의 것이 관측된 캐나다 국적의 헌터 제이 밀스는 자신 있게 반대 성명을 내놓았다.

"개똥 같은 소리 하지 말라고 하십쇼."

'헌터 채널'에 초청된 캐나다 최고의 헌터는 여러 패널들 앞에서 직접 진우를 욕했다.

“제가 성진우 헌터의 연락처를 알고 있었다면 직접 그렇게 말했을 겁니다. 혹시나 이 방송을 보시는 분은 누구든지 그에게 똑같이 전해 주십쇼.”

진행자는 격앙된 분위기를 좀 식히기 위해 방송용 미소를 지었다.

“하하, 진정하시고요. 그래도 성 헌터님은 세계 최고의 헌터 중 한 분이 아니십니까? 그런 헌터의 경고라면 마냥 무시할 수 없지 않겠습니까?”

제이 밀스의 헌터 랭킹은 기껏해야 17위.

그가 활동을 시작한 지 3년이 채 되지 않는 신인임을 감안해도 진우와는 감히 비교를 할 수 없는 차이.

그렇기에 그도 진우와의 격차는 인정하는 바였다.

“예, 물론 성진우 그는 아주 대단한 헌터입니다. 토마스를 때려눕힌 힘에, 수많은 소환수들……. 그러나 그가 아무리 대단한 사람이라고 해도 그가 하는 말 전부가 대단한 건 아니죠.”

“그렇다면 헌터님께서는 성진우 헌터님의 말을 부정할 수 있는 증거가 있으십니까?”

제이는 피식 웃었다.

“그럼 성진우는요? 그에게는 무슨 증거가 있답니까?”

진행자가 마땅히 할 말을 찾지 못하고 있는 사이, 제이가 카메라를 정면으로 응시하며 말했다.

“내 생각은 이래. 성진우는 서울 게이트에서 가장 앞에 있었지. 그러니 그 끔찍한 검은 것들이 그를 보고 무릎을 꿇었던 거고. 아마 그 말고 다른 헌터가 그 자리에 있었다면 복종의 상대가 달라졌을지도 모르지."

제이는 마치 진우가 화면을 보고 있기라도 한 것처럼 카메라를 가리키며 목에 핏줄을 세웠다.

"성진우 헌터, 당신이 아무리 개똥 같은 말들로 사람들에게 겁을 줘도 게이트들을 전부 독차지할 순 없을 거야. 난 모기 코털만큼도 겁먹지 않았으니까."

삑-

우진철 협회장은 TV를 껐다.

그가 조용히 리모콘을 내려놓고 돌아보는 곳에는 진우가 앉아 있었다.

"캐나다에서는 제이 밀스를 중심으로 헌터들이 모이고 있습니다. 그 밖에, 인도나 헌터력이 강하다고 알려진 나라들 몇몇도 자체적으로 레이드를 준비하고 있는 모양입니다."

진우는 그저 조용히 고개를 끄덕였다.

선택은 그들의 몫.

이제 자신은 군주들과의 싸움에 집중해야 할 때였다.

"미국은 헌터님의 행보를 주시하고 있습니다. 아니, 지금 같은 상황에서 전 세계가 헌터님의 움직임을 지켜보고 있다고 해도 과언이 아니겠지요."

그렇게 조심스럽게 운을 뗀 우진철이 진짜 하고 싶은 말을 꺼냈다.

"헌터님께서는 이제 어떻게 하실 생각이십니까?"

우진철은 진우의 눈치를 실피며 뛰고 있는 심장을 진정시키려고 애를 썼다.

'성 헌터님의 선택에 방해가 돼서는 안 된다.'

사실 그는 진우에게 숨긴 것이 하나 있었다.

그건 바로 지금 전 세계에서 진우에게 SOS가 쏟아지고 있다는 것. 실은 그 때문에 협회가 정상적인 업무를 하기 힘들 정도였다.

그중에서도 캐나다와 인접해 있는 미국은 보고 있는 사람까지 애가 탈 정도로 진우의 도움을 요청하고 있었다.

헌터가 마수를 사냥하는 일에만 전념할 수 있도록 돕는 것.

그것이 헌터협회의 역할.

고건희 전 협회장님께서 강조하신 신념에 어긋나지 않게, 우진철은 아무 말 없이 잠자코 진우의 결정을 기다렸다.

그러나 초조하게 진우의 대답을 기다리고 있는 우진철의 예상과는 달리, 진우는 처음부터 대답을 정해 놓고 있었다.

'8개의 군단을 전부 상대하는 것은 불가능하다.'

그렇다면 가족들이 있는 한국을 위협하는 요소부터 먼저 제거해야 한다.

다른 군주들은 그 이후에.

전투가 거듭되면 거듭될수록 이쪽의 승산은 높아질 테니까.

'우선은…….'

고개를 들어 올린 진우가 우진철에게 말했다.

"중국으로 갈 겁니다."

* * *

대한민국의 영웅, 중국 방문을 환영합니다!

15억 인민이 감사의 뜻을 전합니다! 고맙습니다, 성진우 헌터님!

한국과 중국의 우정이 영원하기를!

진우가 읽을 수 있도록 한글로 적힌 커다란 플래카드들이 공항 곳곳에 걸렸다.

진우를 마중 나와 있던 류즈캉은 안 걸린 곳을 찾아보기 힘들 정도로 빼곡한 플래카드들을 보며 눈살을 찌푸렸다.

물론 플래카드의 내용이 마음에 들지 않았던 것은 아니다.

극초대형 게이트가 생성된 다른 여러 나라들을 제치고 중국행을 택한 성진우 헌터의 결정은 중국 입장에서 두 팔 들고 환영할 일.

당장 그 게이트에서 쏟아질 마수들과 맞서야 하는 자신부터가 성진우 헌터에게 깊은 감사를 느끼고 있었다.

단지.

자신이 한국을 돕겠다고 나섰을 때와 너무도 다른 자국인들의 반응에 짜증이 치솟았을 뿐이었다.

아직도 당시의 기억이 생생했다.

'이 사람들은 정말 부끄러움이란 걸 모르는 건가?'

그때 자신을 매국노라 욕하며 손가락질하던 중국인들조차 지금은 한마음 한뜻으로 진우에게 찬사를 보내기 바빴다.

그러니 공항 전체를 뒤덮고 있는 플래카드들이 그의 눈에 곱게 보일 리가.

'내가 헌터들을 이끌고 한국에 가지 않았다면 성진우 헌터를 대할 면목이나 있었을지…….'

속으로 혀끝을 쯧쯧 차던 류즈캉이 공항으로 내려서고 있는 여객기를 향해 돌아섰다.

알 수 있었다.

저곳에, 성진우 헌터가 타고 있다.

중국 유일의 7성급 헌터 류즈캉은 온몸의 털들이 쭈뼛 서는 것 같은 서늘한 감각을 저 여객기에서 느꼈다.

자신에게 이런 위압감을 줄 수 있는 사람은 이 세상에 단 한 명.

아니나 다를까.

진우가 도착했다는 소식을 전달받은 고위 관리들과 중국 헌터협회의 임원들이 벌써부터 자리에서 일어나 소란을 떨기 시작했다.

'안 돼……. 이런 건 예의가 아니지.'

플래카드로 상한 기분이 그들을 보고서 더욱더 불쾌해졌다.

그들 역시 자신이 한국을 도와야 한다고 했을 때 소리 높여 반대했던 인물들 아닌가?

자신이 7성급 헌터가 아니었다면, 이 류즈캉이 나선 게 아니었더라면 무슨 수를 써서라도 앞을 막아섰을 인간들.

목숨을 걸고 이 땅에 오는 전사를 이런 비겁한 자들이 맞이하게 둬서는 안 된다.

얼굴이 굳어진 류즈캉이 자신의 심부름꾼에게 말했다.

"주석에게 전해라. 예정되어 있던 환영 행사 같은 거 집어치우고, 성 헌터의 마중과 안내는 전부 내가 맡겠다고."

"예? 하지만 이분들은……."

수행원이 뒤에 서 있는 관리들과 임원들을 둘러보며 망설이자, 대화를 엿듣고 있던 그들이 흠흠 하고서 헛기침을 해 댔다.

피식.

실소를 터트린 류즈캉이 곧바로 그들 앞에 섰다.

"당신들이 지금 당장 내 눈앞에서 사라져 줬으면 좋겠는데. 혹시 그러지 못할 이유가 있는 사람 있나?"

류즈캉의 지랄 맞은 성격을 잘 알고 있는 고위 관리들과 협회 임원들은 그 말이 끝나기가 무섭게 한 명도 빠짐없이 전부 도망치듯 대기실을 빠져나갔다.

텅텅 빈 대기실을 흡족히 돌아보던 류즈캉이 다시 수행원에게 시선을 옮겼다.

"이제 됐나?"

"예…… 예! 주석께 연락드리겠습니다."

수행원이 급히 전화를 돌리는 사이, 류즈캉은 사람들이 쏟아져 들어오는 입국 게이트 쪽으로 걸어갔다.

"저기 헌터님이 온다!"

"찍어!"

촤촤촤촤촤촤촤촤촤촤촤촤악!

좋은 자리를 잡기 위해 하루 종일 기다리고 있던 기자들이 진우를 보고서 일제히 플래시를 터트렸다.

진우는 미리 전해 들었던 것과 조금 다른 공항의 분위기에 의아한 시선으로 주변을 둘러보았다.

'백 명에 가까운 관료들이 마중 나와 있을 거라더니…….'

동행한 한국 헌터협회 직원도 머리를 긁적거렸다.

안내를 맡기로 했던 중국 헌터협회의 직원까지 보이지 않으니 그로서는 무척 당황스러울 수밖에.

마침 그때.

멀리서 아는 얼굴 하나가 다가오자, 진우가 반가운 미소를 지었다.

"류 헌터님."

"성 헌터님."

전투를 앞둔 전사들답게 짧고 굵게 악수를 나눈 두 사람.

먼저 질문을 꺼낸 쪽은 진우였다.

"그런데…… 다른 사람들은?"

통역 담당인 직원이 열심히 전해 주는 말을 듣고서 류즈캉이 씩 웃었다.

"아, 중국 사람들이 워낙 인내심이 부족해서 말입니다. 그새를 못 참고 다 가 버려서 제가 성 헌터님의 안내를 맡기로 했습니다."

뭔가 그사이의 과정이 크게 생략된 것 같은 기분이 들었지만, 진우도 류즈캉이 싫지 않았기에 굳이 따져 묻지 않았다.

진우가 싫어하는 기색을 보이지 않자 마음이 놓인 류즈캉이 공항 문을 향해 앞장섰다.

"이쪽입니다."

그러나.

몇 걸음 가지 못해 진우가 멈춰 섰다.

덩달아 류즈캉도 멈춰 섰다.

공항의 투명한 유리 벽 너머로, 하늘을 가리고 있는 거대한 게이트의 일부가 보이고 있었다.

"저것이……."

중국에 나타난 극초대형 게이트.

진우가 굳어진 얼굴로 게이트를 바라보자, 류즈캉은 엄숙한 표정으로 진우 옆에 섰다.

"저는 저런 것을 감당해 낼 힘이 없습니다."

자신에게 불가능한 일이라면 중국의 다른 헌터들은 말할 필요조차 없을 터. 그렇기에 진우의 소식을 듣고서 얼마나 기뻤는지 모른다.

그 감사의 마음을, 류즈캉은 조금이라도 진우에게 전하고 싶었다. 신중하게 할 말을 고민해 보던 그가 진심 어린 목소리로 말했다.

"중국은 몰라도 저 류즈캉은 당신의 도움을 영원히 잊지 않을 겁니다."

* * *

게이트가 열릴 시간이 다가오기 시작하자 세계 각국에서 속보가 쉴 새 없이 쏟아져 나왔다.

『성진우 헌터, 중국행을 택하다!』

일본과 러시아도 성진우 헌터를 지원하기로 결정…….

헌터들을 태운 여객기가 오늘 오후 출발 예정…….

한편 일본의 수해 지역에서 발견된 백색 성채는 이번 게이트들과는 무관한 것으로 밝혀져…….

드디어 던전 브레이크까지 5시간. 성진우 헌터의 경고는 사실이 될 것인가? 아니면…….

제이 밀스는 욕지거리가 올라왔다.

"일본이고 러시아고 성진우한테 알랑거리기 바쁘군."

그 두 나라가 뭐하러 중국을 도우려 하겠는가?

뻔했다.

성진우에게 점수를 따서 자기들이 위험에 처했을 때 도움을 받고자 하는 것이 아닌가?

약하다.

중국이고, 일본이고, 러시아고, 다들 약해 빠졌다.

자기 손으로 자신의 나라도 온전히 지키지 못하는 인간들이 무슨 헌터라는 말이냐.

그에 비해 우리는 어떤가?

캐나다의 헌터들은 자국 땅을 지키기 위해 스스로 뭉쳤다.

'우리는 흔들리지 않았다.'

게이트에서 멀어지라는 헛소리로는 우리를, 위대한 캐나다의 헌터들을 흔들 수 없었다.

제이 밀스는 자발적으로 레이드를 위해 모여든 수만의 헌터들을 자랑스러운 눈빛으로 둘러보았다.

와아아아-!

그들의 사기가 하늘을 찌를 듯했다.

헌터들로부터 꽤 떨어진 거리에선 일반 시민들도 함께했다.

우리는 캐나다를 포기하지 않습니다!

도망은 너나 쳐!

우리 헌터들이 우리의 목숨과 땅을 지켜 줄 것입니다!

각양각색의 피켓을 손에 쥔 시민들이 헌터들을 응원했다.

제이 밀스는 머리 위에 덩그러니 떠 있는 극초대형 게이트를 올려다보며 자신의 승리를 확신했다.

'저기서 어떤 마수들이 나온다 해도 이긴다!'

고양된 제이 밀스가 헌터들을 향해 돌아서며 두 팔을 번쩍 쳐들자 또다시 우렁찬 함성이 터져 나왔다.

와아아아아―!

* * *

중국 쪽도 준비를 마쳤다.

서울에서 그랬던 것처럼 다국적 연합 레이드팀이 게이트 아래의 땅을 둥글게 에워쌌다.

그중에서도 압권은 역시 중국의 십만 정예 헌터들이었다.

가장 많은 헌터를 보유한 나라답게 각지에서 골라 모은 상급 헌터들의 숫자만 무려 십만을 넘어갔다.

진우는 경고했었다.

인간들의 힘으로 감당하기 벅찬 마수들이 게이트를 통해 무수히 떨어져 나올 거라고.

하지만.

헌터들의 머릿수가 십만을 넘어가다 보니 이 정도면 해볼 만하지 않을까 하는 생각이 그들의 속에서 싹 트기 시작했다.

진우는 그들의 계산이 틀렸다는 것을 말해 주기라도 하려는 것처럼 그림자 병사들을 소환했다.

'나와라.'

일부러 비워 놓았던 진우의 뒤 공간을 순식간에 채운 13만의 그림자 군단.

고오오오오-

그들이 뿜어내는 음산한 기운에 헌터들은 숨조차 마음대로 내쉴 수가 없었다.

헌터들의 이마에 식은땀이 맺혀 갔다.

'격이…… 격이 다르다.'

'저런 것들이 하늘에서 쏟아진다고? 여기서?'

'말도 안 돼…….'

압도적인 공포.

상급 헌터들답게 극도로 발달되어 있는 감각이 눈앞에 나타난 존재들의 위험성을 경고해 주고 있었다.

어지간한 일에는 놀라는 경우가 없는 류즈캉조차도 탄성을 터트렸다.

"이들이 전부…… 성 헌터님의 소환수들입니까?"

진우는 고개를 끄덕였다.

칼처럼 예리하게 다듬어진 그림자 병사들의 투지가 주인인 자신에게까지 느껴졌다.

'좋아.'

진우가 하늘을 올려다보았다.

이제 게이트가 열릴 때까지 몇 분 남지 않았다.

여기서 이겨 최대한 많은 혼세의 병력을 그림자 병사들로 흡수해야 한다.

그것이 이번 전쟁의 첫걸음.

시끌벅적했던 주변이 그림자 군단의 등장과 함께 일순간 고요해졌다.

다들 직감할 수 있었다.

싸움의 순간이 이미 목전까지 다가와 있음을.

무거운 긴장감이 헌터들의 어깨를 짓눌렀다.

꼴깍.

진우가 마른침을 삼켰다.

과연 여덟 군단 중 어떤 녀석들이 저기서 떨어질 것인가?

그때.

"주군."

시간이 되었음을 알려 오는 벨리온에게 진우가 나직이 대답했다.

"알고 있다."

소환수와 자연스럽게 대화를 나누는 진우를 보고 류즈캉이 눈을 휘둥그레 떴다.

"헌터님, 설마 소환수들과 대화까지 가능한……."

그러자 류즈캉이 필요 이상으로 다가왔다고 판단한 베르가 눈 깜짝할 사이에 그의 앞을 가로막았다.

크륵.

개미 형상의 병사에게서 느껴지는 압도적인 살의.

"헉!"

화들짝 놀란 류즈캉이 급히 거리를 벌렸다.

지켜보던 진우가 흥분한 베르의 뒤통수를 쥐어박았다.

"아군이잖아, 인마."

진우에게 연거푸 고개를 숙이던 베르가 물러서자 진우가 대신 사과했다.

"싸움을 앞두고 조금 예민해져서 그렇습니다."

"괘…… 괜찮습니다."

류즈캉은 그냥 진우에 대해 생각하는 것을 포기했다.

도저히 자신의 상식으로는 이 남자를 이해할 수 없겠다는 강한 예감이 들었기 때문이었다.

그 순간.

"여, 열립니다!"

누군가의 외침.

모두의 고개가 하늘로 향했다.

진우의 눈빛이 변했다. 그 누군가의 말처럼 게이트는 거대한 아가리를 서서히 벌리고 있었다.

숨 막히는 긴장감이 게이트 아래에 있는 모두의 가슴을 조여 왔다.

그러나.

게이트가 열렸는데도 아무 일도 벌어지지 않았다.

가장 놀란 사람은 진우.

감각을 집중해 보았으나 게이트 너머에서는 어떠한 기척도 없었다.

게이트는 비어 있었다.

'뭐라고?'

진우의 목 뒤로 섬뜩한 느낌이 스쳐 지나갔다.

설마.

자신이 놓치고 있었던 것.

미처 생각하지 못했던 하나의 가능성이 불현듯 머릿속에 떠올랐다.

불길함은 점점 시간이 흘러갈수록 확신이 되어 갔다.

"어라?"

헌터들도 뭔가 잘못됐었음을 깨닫기 시작했다.

류즈캉이 옆의 연락을 담당한 헌터를 돌아보며 다급히 물었다.

"다른 곳은?"

"다른 곳도 마찬가지입니다. 아무 일도 없답니다."

"그럼 게이트가 전부 비어 있었다는 말이야?"

"그…… 그건 저도 잘……."

류즈캉의 고개가 휙 돌아갔다.

그의 시선은 진우에게 멈췄다.

그런데 진우의 표정이 말을 붙이기도 힘들 정도로 무섭게 굳어 있었다.

예상이 틀렸기 때문에 저런 표정을?

아니.

그런 수준의 감정이 아니었다.

천하의 자신조차 진우에게 가까이 갈 엄두가 나지 않을 만큼, 진우에게서 느껴지는 감정의 동요가 자신까지 흔들고 있었다.

'내가…… 내가 실수했다.'

자신의 오판을 깨달은 진우는 아랫입술을 질끈 깨물었다.

어째서.

어째서 군주들을 그렇게 단순하게 생각했을까?

내가 그림자 군단의 강점을 이용하려 한다는 것을 녀석들도 알고 있었을 텐데.

만약 자신의 예상이 맞는다면.

고개를 치켜든 진우가 류즈캉을 지나쳐 연락책에게 다급히 물었다.

"캐나다는?"

"예?"

흥분을 참지 못한 진우의 목소리가 커졌다.

"캐나다는 어떻게 됐냐고!"

* * *

같은 시각, 캐나다 역시 게이트의 입구가 열렸다.

그러나 다른 곳과 마찬가지로 아무런 변화도 일어나지 않았다.

레이드를 위해 사기를 끌어올렸던 헌터들은 서로의 눈치를 살피며 고개를 갸웃거렸다.

"뭐지?"

"저기서 마수들이 비처럼 쏟아져 내린다며?"

"성진우가 허풍을 떤 건가?"

그때.

무언가를 발견한 제이 밀스가 헌터들에게 외쳤다.

"조용!"

그들 중 가장 강한 헌터답게, 강력한 마력이 실린 경고는 모든 헌터들의 입을 다물게 만들었다.

주위가 조용해지자 제이는 다시 게이트를 노려보았다.

역시나.

잘못 본 것이 아니었다.

사람의 모습을 한 무언가가 느긋하게 아래로 내려오고 있었다.

게이트에서 나온 것은 그 하나가 전부였다.

'아니, 사람의 모습이 아니야. 그냥 사람이다.'

사뿐히 땅에 내려선 '그것'을 재차 확인한 제이가 자신을 앞서가려는 헌터들을 저지하고서 혼자 그리로 걸어갔다.

꼴깍.

긴장감에 저도 모르게 침이 식도를 타고 넘어갔다. 거리가 가까워질수록 상대를 자세히 볼 수 있었다.

검붉은 머리와 수염을 지닌 중년 남자.

몸에는 은색과 붉은색이 아름답게 조화되어 있는 미려한 갑옷을 목 아래에서부터 발끝까지 걸치고 있었다.

제이가 다가가자 남자가 그를 바라보았다.

[네가 이곳의 왕인가?]

남자가 입을 열지 않았는데도 머릿속에서 그의 목소리가 울렸다. 물론 자국의 언어인 양, 말뜻까지 자연스럽게 받아들일 수 있었다.

제이의 심장이 쿵쾅거리기 시작했다.

"그렇지! 그래! 내 이럴 줄 알았어!"

성진우가 첫 번째 게이트에서 나온 병사들을 자기 것으로 만들 수 있었던 이유.

이런 식으로 소통을 했었던 것이다.

"그 사기꾼 새끼, 이럴 줄 알았다니까! 알고 있었고말고!"

예상이 적중한 덕분에 그의 머릿속은 희열로 끓어올랐다.

흥분을 식히지 못한 그가 헌터들에게 번쩍 손을 들어 보이자, 헌터들도 그에게 손을 마주 들면서 있는 힘껏 환호했다.

와아아—!

제이가 다시 남자에게 돌아섰다.

남자는 조용히 기다리고 있었다.

'처음 본 사람에게 왕이냐고 묻고, 그렇다고 하면 복종하는 구조인가?'

흥미로운 눈빛으로 인간인지 마수인지 모를 남자를 관찰하던 제이 밀스가 입꼬리를 슥 올렸다.

"내가 왕이라면?"

여기 모인 헌터들을 대표하고 있는 이가 자신이니, 왕이라고 해도 무리는 없으리라.

그의 목소리에는 강한 자신감이 담겨 있었다.

그러자.

[놈은 없는 모양이군.]

남자가 감았던 눈을 다시 떴을 때, 그의 두 눈에서 피에 굶주려 있는 파충류의 눈동자가 꿈틀거렸다.

10. 용제의 강림

10. 용제의 강림

"캐, 캐나다 쪽은 아직……."

연락 담당자가 버벅거리자 답답해진 진우가 자신의 핸드폰을 꺼내 들었다.

이럴 때 가장 빠르고 정확한 정보를 전해 줄 수 있는 사람.

연락처 목록을 뒤지던 진우는 미 헌터관리국의 아시아 관할 특수요원 '애덤 화이트'의 직통 번호로 전화를 넣었다.

시기가 시기인 만큼 연결이 안 되면 어떡하나 했던 걱정도 잠시.

–성진우 헌터님!

수화기 너머에서 긴장한 목소리가 진우를 불렀다.

적당히 안부를 물어볼 시간도 없었기에, 진우는 통화가 연결된 즉시 본론으로 들어갔다.

"애덤, 혹시 캐나다 쪽 극초대형 게이트가 어떻게 됐는지……."

그때.

수화기 저편 너머로부터 '와아-!' 하는 환호성이 들려왔다.

발달된 진우의 청각으로도 간신히 들을 수 있는 아주 조그마한 잡음이었지만.

그것으로 충분했다.

진우가 딱딱하게 굳은 목소리로 급히 물었다.

"거기 어딥니까, 지금?"

-다른 요원들과 함께 지원 나와 있습니다. 지금 캐나다 극초대형 게이트 현장입니다.

"당신이 왜 거기 있어요!"

흥분해 있는 진우의 목소리에 애덤이 당혹감을 감추지 못한 채 얼떨결에 대답했다.

-저희 쪽에서는 캐나다 게이트를 남의 일처럼 지켜볼 수 있는 상황이 아니라서……. 저뿐만 아니라 많은 요원들이 여기에 매달려 있는 실정입니다.

그러면서 캐나다 측 헌터들이 있는 현장과는 거리가 제법 있어서, 무슨 일이 생겨도 즉시 달아날 수 있다는 말까지 덧붙였다.

그의 설명을 듣는 진우는 형용할 수 없는 답답함을 느꼈다.

'내가 경고한 것은…….'

그들은 아직 적의 규모를 짐작도 못 하고 있다.

하지만.

아직 애덤이 무사하다는 것은 자신의 예상이 틀렸을 수도 있음을 말해 주고 있었다.

흥분을 가라앉힌 진우가 차분히 물었다.

"게이트에서…… 아무런 변화도 없습니까?"

—예, 다른 곳들과 마찬가지로 게이트 안이 비어 있었던 모양입니다. 현장은 잠잠합니다.

다행이다.

진우는 자신의 경고가 어긋나 세계로부터 손가락질을 받을 수 있는 가능성을 감안하고서도 안도의 한숨을 내쉬었다.

후—

예상은 틀린 듯했다.

그런데 그때.

—어? 잠깐만요.

어딘지 모르게 께름칙하게 들리는 애덤의 목소리가 진우의 등골을 오싹하게 만들었다.

어째서 불길한 예감은 항상 빗나가지 않는 것일까?

애덤은 빠르게 상황을 설명했다.

—지금! 지금 게이트에서 뭔가가 내려옵니다. 어? 어어? 사람…… 사람이 한 명 내려오고 있어요!

안정을 찾아 가던 진우의 심장 박동이 다시금 빨라졌다.

'사람이…… 하나?'

뒷머리가 쭈뼛 섰다.

진우의 목소리가 높아졌다.

"머리카락!"

애덤의 현재 위치와 현장 사이에는 거리가 제법 있다고 했다.

그렇다면 인간의 것이 아닌 그 남자의 징그러운 눈동자까지는 알아보기 힘들 터.

"그 사람 머리카락이 무슨 색이에요?"

—자, 잠시만…….

근처의 요원에게 특수 장비를 빌리는 듯한 목소리가 잠깐 들려온 후.

—검은색과 붉은색이 섞인…… 검붉은 머리카락입니다.

맙소사.

진우의 눈이 커졌다.

"애덤! 도망가요! 차든 뭐든 타고 거기서 당장 도망치란 말입니다!"

—예?

애덤이 무슨 일이냐고 채 물어보기도 전에.

콰가가가가가가가광!

전화 너머에서도 알 수 있는 끔찍한 폭음이 들려왔다.

—세상에!

애덤의 목소리는 어느새 비명이 되어 있었다.

"애덤!"

진우의 목소리에 정신을 차린 듯, 애덤이 울먹이는 소리를 냈다.

—헌터들이! 앞 열에 있던 최상급 헌터들이 순식간에 전부 다 숯덩이로 변했습니다! 그, 그들의 몸에 붙은 불이 아직도 타오르고 있어요. 맙소사!

"애덤, 애덤! 괜찮으니까, 지금이라도 도망쳐요. 한시라도 빨리 거길 벗어나야 합니다."

진우가 애덤을 진정시키려고 했으나 그는 이미 정신을 반쯤 놓아 버린 듯했다.

—지저스…….

애덤은 흐느끼고 있으면서도 그것이 해야 할 일인 것처럼 자신이 보고 듣는 모든 것을 진우에게 설명했다.

—하늘에서 용들이…… 용들과 다른 마수들이 끝없이 내려오고 있어요! 온갖 마수들이 한데 섞여 있습니다. 아아, 어떻게 이런…….

그의 목소리에서 비장감이 느껴졌다.

더 이상 들을 수가 없었던 진우는 위험을 무릅쓰고 애덤에게 붙여 두었던 그림자 병사와 신경을 연결했다.

그러자.

진우도 애덤이 보고 있는 광경을 두 눈에 새겨 넣을 수 있었다.

마치 지구의 종말처럼.

활짝 열린 게이트에서 파괴의 사자들이 새까맣게 떨어져 내리고 있었다. 하늘이, 그리고 대지가 끔찍한 괴물들로 뒤덮이고 있었다. 짐승들의 포효가 지축을 뒤흔들고, 날것들의 날갯짓이 하늘을 채웠다.

그들과 맞서기 위해 모였던 헌터들은 그들이 지상에 도착하기도 전에, 먼저 내려와 있던 파멸의 군주의 손짓 한 번에 덧없이 증발해 버리고.

남은 사람들은 혼비백산 달아나고 있었으나 그들이 살아서 이곳을 벗어날 수 있을 가능성은 희박해 보였다.

'하지만…….'

애덤 한 명 정도는 살릴 수 있다.

진우에게 조종받고 있는 하이오크 그림자 병사가 겁에 질린 애덤의 손목을 덥석 잡았다.

"으, 으악!"

검은 갑옷을 입은 하이오크를 보고 질겁해 비명을 질렀던 애덤은 곧 오크의 눈에서 익숙한 사람의 그림자를 보았다.

"서, 성진우 헌터님?"

그에게 설명하고 있을 시간은 없었다.

설명은 그를 옮기고 해도 충분하니까.

하이오크에 빙의된 진우가 애덤을 끌고 발밑의 그림자 속으로 들어가려고 시도했을 때.

어느새 다가온 누군가가 하이오크의 어깨를 움켜쥐었다.

휙.

하이오크가 뒤를 돌아보자 기괴한 파충류 눈동자를 한 중년 남자가 이쪽을 노려보고 있었다.

[어딜 가려 하느냐, 그림자여?]

남자가 입을 쩌억 벌렸다.

그 입안에서 뭉쳐지는 가공할 만한 힘.

진우가 애덤을 바라보았다.

그 순간 애덤도 무언가를 직감한 것처럼 진우를, 정확히는 진우가 움직이는 하이오크를 응시했다.

"헌터님 저는."

콰아아아아아아아아아아–!

남자의 입에서 쏟아져 나온 브레스가 그림자 병사를 흔적도 없이 지워 버렸다.

"크윽!"

순간 몸이 불타오르는 감각을 느낀 진우가 극심한 통증에 몸부림쳤다.

하이오크와 신경만 연결되어 있었기에 자신은 빠져나올 수 있었지만, 옆에 있던 애덤 요원은 그러지 못했다.

마지막으로 본 그의 모습.

불꽃에 까맣게 타들어 가는 그의 눈동자를 떠올리며 진우는 뿌득 이를 갈았다.

콰앙!

땅을 내려치자 지진이 난 것처럼 일대가 들썩거렸다.

'젠장…….'

예상했었어야 했다.

싸움이 길어지면 길어질수록 더 강해지는 그림자 군단이 상대라면.

적들 역시 전장을 최대한 줄이고 병력을 한곳으로 모을 수 있다는 사실을 염두에 두고 있었어야 했다.

군주들은 자신들의 계획을 원래대로 행할 것처럼 여덟 개의 통로를 모두 열어 두고서는.

'내게서 가장 멀리 떨어져 있는 게이트에 모든 병력을 집중했다.'

뼈아픈 실책이었다.

다른 지역이 공격받는 동안 번 시간으로 그림자 병사들을 늘려 반격을 꾀하려 했던 계획이 수포로 돌아갔다.

뭔가 심상치 않은 일이 벌어졌다는 것을 눈치챈 류즈캉이 조심스럽게 다가왔다.

"성진우 헌터……."

그때.

뒤늦게 캐나다의 소식을 접한 연락 담당자가 사색이 된 얼굴로 다가왔다.

"헌, 헌터님들…… 캐나다가……."

그의 뒷말은 굳이 듣지 않아도 알 수 있었다.

진우가 고개를 들자.

하늘을 가리고 있던 게이트가 자신의 목적을 다했다는 듯 서서히 점멸하며 자취를 감추고 있었다.

* * *

그림자 병사 하나와 그 옆에 있던 인간이 불타 없어졌다.

불사의 병사조차 단 한 방에 녹이는 파멸의 숨결.

'…….'

용제는 자신이 만들어 낸 결과물, 발밑에 쌓인 재들을 만족스럽게 내려다보다 이내 돌아섰다.

오랫동안 차원의 틈새에 갇혀 힘을 쓸 일이 없었던 혼세의 병사들이 물을 만난 고기처럼 마음껏 해방감을 누리고 있었다.

지그시 눈을 감은 용제는 두 팔을 넓게 벌리고 자유를 만끽했다.

살아 있는 것들의 심장소리가.

그들의 비명 소리가.

피조물들이 파괴되어 가는 기분 좋은 소리가 환상적인 음악을 듣고 있는 것처럼 계속해서 들려왔다.

그때.

쿠웅!

지상에 착지하는 고대 용들과.

살며시 땅 위에 내려선 두 명의 군주들.

그리고 다수의 군단장들.

그들 모두가 최강의 군주인 용제에게 공손히 무릎을 꿇어 예를 다했다.

용제는 미소를 지었다.

전율하고 있는 대기의 마나들이 손에 쥐였다.

이 땅을 강화시키기 위해 풀어놓은 마나들은, 마나를 쓸 수 있는 자들의 힘까지 강화했다.

그래.

준비는 이쪽에서도 끝이 났다.

크하하하하하!

땅이 울릴 정도로 강렬한 웃음을 터트리던 용제가 아직도 쏟아져 내리고 있는 병사들을 향해 소리쳤다.

[전부 부수어라! 그것이 우리에게 주어진 유일한 사명일지니!]

그의 머리 위를 빠르게 지나쳐 간 수백의 용들이, 지상을 향해 거센 불길을 쏟아 내며 땅 위의 모든 것들을 태우기 시작했다.

콰아아아아아아아—!

* * *

불 꺼진 국장실에는 데이비드 브레넌 국장만이 혼자 남아 있었다.

그는 지금도 끊임없이 들어오고 있는 보고들과 윗선의 연락들을 무시한 채, 큰딸의 결혼식을 위해 아껴 두었던 값비싼 술을 따서 홀짝거렸다.

어두운 내부에는 음소거된 TV 화면만이 반짝거리고 있었다.

화면으로 잠시 잠깐씩 보이는 마수들.

속보를 보내고 있는 방송국에서 같은 영상을 반복해 틀어 주는 이유를 그는 모르지 않았다.

'다 죽었겠지.'

캐나다를 지원하기 위해 보냈던 헌터관리국의 요원들처럼.

살아남은 사람은 없을 것이다.

헌터도, 요원도, 영상을 촬영했던 기자들도.

전부 죽었다.

그래도 카메라맨이 목숨을 걸고 찍었던 짧은 영상 덕에 적들의 대략적인 규모를 파악할 순 있었다.

"다 끝났다고!"

국장은 미친 사람처럼 버럭 소리를 질렀다.

성진우 헌터는 과장하지 않았다.

용만 수백 마리.

그 뒤로도 거인이며, 짐승이며, 벌레 같은 것들이 해일처럼 밀려들었다.

인간의 역량으로는 도저히 감당할 수 없는 재앙들.

성진우 헌터가 최대한 게이트에서 멀리 떨어지라고, 몇 번이나, 거듭해서 강조했었던 이유를 이제야 알 수 있었다.

세상은 끝났다.

그러나.

"미친놈!"

정작 성진우 자신은 저런 것들과 싸우려고 소환수들을 이끌고 중국에 가지 않았던가?

어떻게 저런 것들의 존재를 알고 있으면서도 싸울 생각을 할 수 있는지.

가능하다면 그의 머리통을 부숴 뇌라도 꺼내 보고 싶었다.

'그러기 전에 내 머리통이 먼저 수십 조각으로 분해되겠지만 말이야.'

흐흣.

뭐가 그리 웃긴지 피식피식 실소를 흘리던 국장이 품속에서 사진 한 장을 꺼내 들었다.

귀찮다는 표정이 역력한 자신과 고깔모자를 쓴 딸의 얼굴이 찍혀 있는 사진이었다.

'이때가 열여섯 살이었나?'

만약 다음 해에 딸아이가 던전 브레이크의 희생양이 될 줄 알았더라면 시간을 좀 더 내서라도, 아니 직장을 그만둬서라도 사진을 몇 장 더 찍어 놓을걸.

둘이 모두 나온 사진이 이 정도밖에 없다는 사실이 아버지의 가슴을 먹먹하게 만들었다.

홀짝.

또 한 잔이 비었다.

딸이 무덤에 들어갔을 때, 이 술을 따는 일은 없을 줄 알았는데.

씁쓸하게 입맛을 다시던 그가 술병을 흔들었다.

이제 어느덧 술병도 반이 비어 있었다.

"그래…… 다 끝난 거야."

캐나다는 벌써 국토의 반 정도가 사라졌다고 한다.

이것도 추정치일 뿐.

그들이 얼마나 빠른 속도로 미국을 향해 진군하고 있는지는 사실 아무도 알 수 없었다.

국장은 거칠게 넥타이를 풀었다.

"네놈들 손에는 죽지 않겠다."

마수들에게 복수를 다짐하며, 절대 놈들에게는 죽지 않겠노라고 딸의 무덤 앞에서 약속했었다.

적어도 목숨이 끊어지는 순간만은 자신이 선택한다.

겨우 그런 결심이 서자 그는 까마득한 아래가 내려다보이는 창가에 딱 붙어 섰다.

서늘한 바람이 땀에 젖은 이마를 스치고 지나갔다.

'……내가 가는 곳에 딸도 있었으면 좋겠군.'

눈물을 글썽이던 그가 눈을 질끈 감고 아래로 떨어지려 할 때.

누군가가 그의 어깨를 붙들었다.

"헉!"

소스라치게 놀란 그가 눈을 휘둥그레 뜨고 뒤돌아보자, 거기엔 낯익은 얼굴의 사내가 한 명 서 있었다.

"서, 성진우 헌터?"

귀신이라도 본 것처럼 혈색이 창백해진 국장에게 진우가 말했다.

"찾고 싶은 게 있습니다."

세계가 종말을 앞두고 있는 지금 이 시점에 그는 대체 뭘 찾겠다는 걸까?

아니, 그보다 눈앞에 있는 사람이 정말 성진우 헌터이기는 한 걸까?

국장은 술에 취해 헛것이 보이는가 싶어서 고개를 세차게 흔들었다.

하지만 그럴수록 점점 더 또렷해지는 진우의 모습을 보고 앞에서 있는 사람이 가짜가 아니라는 사실을 깨달았다.

취기가 확 달아나며 그의 목소리가 높아졌다.

"뭘, 뭘 찾고 계십니까?"

"룬석."

진우는 국장에게 자신의 의도를 명확하게 전달했다.

"카미쉬가 남긴 룬석을 저에게 넘겨주십시오."

"……!"

놀라움도 잠시.

국장은 거의 반사적으로 고개를 가로저었다.

"헌터님도 알고 계시다시피 카미쉬의 룬석은 저희 헌터관리국의……."

거기서 말문이 콱 막혀 왔다.

이놈의 직업병.

헌터관리국이 뭐가 어쨌단 말인가? 헌터관리국은커녕 미국이 절단 나게 생긴 상황에서 그놈의 룬석 따위가 뭐라고.

'아직 술이 덜 깼나 보군.'

국장은 양손으로 자신의 두 뺨을 '짝' 소리 나게 때렸다.

뺨이 화끈 달아오르며 그제야 머리가 좀 돌아가기 시작했다.

흐리멍덩했던 눈의 초점이 원래대로 돌아오고.

국장은 룬석이 지닌 가치보다 진우가 룬석을 가지려 하는 이유가 헌터관리국, 아니 미국에 훨씬 더 중요하다는 결론을 금세 낼 수 있었다.

잠깐의 고민 끝에.

국장은 진우의 기분이 상하지 않도록 조심스레 물었다.

"룬석을 드릴 수는 있습니다. 하지만 룬석이 왜 필요하신 겁니까?"

그러자.

진우가 일말의 망설임도 없이 곧바로 대답했다.

"반격의 도구로 쓸 겁니다."

* * *

일찍이 진우는 시스템의 눈을 통해 룬석에 새겨진 스킬을 확인했었다.

분명히 그 안에는 용의 힘이 담겨 있었다.

그러나 그동안 룬석에 그다지 관심을 보이지 않았던 이유는 그 스킬의 단점이 너무 명확했기 때문이었다.

바로 자신에게는 필요 없는 힘이라는 것.

'하지만…… 지금은 상황이 다르다.'

헌터관리국의 지하 9층까지 내려간 국장과 진우 두 사람은 룬석이 보관된 강화 유리 상자 앞에 섰다.

진우는 이제 시스템이 아니라 본인의 눈과 감각으로 룬석에 들어 있는 스킬을 읽어 냈다.

기억하고 있던 그대로였다.

끔찍한 위력의 스킬.

그러나 지금과 같은 상황에서는 그 끔찍한 힘이 단점을 상쇄해 주리라.

두근, 가슴이 뛰었다.

가만히 룬석을 들여다보고 있던 국장이 물었다.

"헌터님께서는 그 지배자란 존재가 마수들을 이곳으로 보내는 것이라고 하셨지 않습니까?"

"예."

"그럼 마수들의 몸에 들어 있는 이 룬석들은 다 뭡니까?"

"인간들이 마수들을 더 효율적으로 사냥할 수 있게 만들어 주려는 그들의 선물입니다."

지배자들이 원하는 것은 인간들과 마수들의 격렬한 싸움으로 이 땅에 마나가 뿌리내리도록 하는 것.

인간들의 희생은 일종의 부작용이지, 그들의 궁극적인 목적이 아니다.

마수가 죽으면 그 마수의 능력이 자동으로 봉인되도록 심어진 돌, 룬석은 인간들의 마수 사냥을 도우려는 지배자들의 배려였다.

그렇게 저장된 카미쉬의 힘.

진우는 반격의 열쇠가 되어 줄 용의 능력을 손에 넣었다.

룬석을 쥔 진우를 긴장된 눈빛으로 응시하던 국장이 마른침을 꼴깍 삼켰다.

"정말로…… 그것만 있으면 마수들을 막을 수가 있는 겁니까?"

"시도는 해 봐야겠죠."

지금 이 시간에도 용제가 이끄는 군단들은 세상의 모든 것을 부수며 전진, 전진만을 거듭하고 있다.

지배자들이 마나로 세계를 강화시켜 놓은 덕분에 군단들의 진군 속도가 이 정도에 그치고 있었으나 그것도 잠시.

곧 모든 땅이 불타오르게 될 터.

이대로 세상이 무너져 가는 걸 손 놓고 구경만 할 수는 없는 노릇 아닌가?

그들이 그토록 두려워했던 그림자 군주의 힘.

비열하게 뒤를 쳐서라도 막고 싶어 했던 그 힘이 나약한 피조물의 손에 들어와서 어떻게 사용될 수 있는지 이제 그들에게 보여 주려 한다.

"할 수 있는 데까진 해볼 겁니다."

진우의 두 눈에 담긴 의지가 국장의 가슴을 쿵 때렸다.

적들의 힘을 정확히 파악하고 있으면서도 싸움을 피하려 하지 않는 진우 앞에서, 그저 달아날 생각에만 급급했던 자신이 얼마나 한심했는지 깨달았다.

'딸이 있는 곳으로 가고 싶다고? 이 머저리 같은 녀석…….'

한없이 부끄러워졌다.

그리고 설사 어떤 결과가 돌아온다 할지라도 그의 싸움을 마지막까지 지켜보고 싶어졌다.

"면목 없지만…… 이렇게 부탁드리겠습니다. 제발 그놈들을, 그 괴물들을 막아 주십시오."

고개 숙인 국장의 눈에서 눈물이 흘러나왔다.

어쩌면.

자신이 정말로 피하고 싶었던 건 마수들의 손에 맞는 최후가 아니었을지도 모른다.

괴물들과의 싸움을 최전선에서 이끌어 가야 할 미 헌터관리국의 수장으로서, 괴물들에게 유린당하는 자국민들을 지켜보고 있을 용기가 없었던 것이다.

지푸라기라도 좋다.

실오라기 하나라도 좋다.

일말의 희망이 남아 있다면 그게 어떤 것이든 잡아 보고 싶어졌다.

그 뜨거운 마음이 눈물이 되어 흘러내리고 있었다.

진우는 말없이 국장의 어깨 위에 한 손을 얹었다.

"……."

국장에게는 그 한 번의 손길이 백 마디 말보다 더 든든하게 느껴졌다.

국장은 뒤늦게 눈물을 닦아 냈다.

"이거 추태를 보였군요. 죄송합니다, 헌터님."

진우는 그가 진정되기를 잠시 기다렸다가 입을 열었다.

"그리고 하나 더. 찾고 싶은 사람이 있습니다."

* * *

진우는 국장을 따라 헌터관리국 본부 근처의 아파트로 들어섰다.

"이렇게 가까운 곳에서 모시고 있었습니까?"

"지켜야 할 것은 손이 닿는 곳에 둬야 한다는 것이 헌터관리국의 신념이라서 말입니다."

목적지가 그리 높지는 않은지 국장은 계단을 택했다.

등이 살짝 땀이 차기 시작할 때쯤, 4층의 어느 집 문 앞에서 멈춰 선 국장이 진우를 돌아보았다.

"여깁니다."

진우는 고개를 끄덕였다.

똑똑.

어떤 약속이 되어 있는지 국장은 초인종을 누르는 대신 문을 가볍게 두 번 두드렸다.

잠깐의 정적이 흐른 후.

안에서 국장의 얼굴을 확인한 요원이 문을 열었다.

"……국장님?"

코를 찌르는 술 냄새에 살짝 인상을 찌푸렸던 요원은 뒤늦게 국장 옆에 서 있는 진우를 보고 펄쩍 뛰었다.

"……!"

그나마 처음 만났을 때처럼 총을 뽑아 들진 않았던 것이 다행이라고 할까?

낯선 방문자를 보고 본능적으로 허리춤에 손을 댔던 요원은 당시의 기억이 떠오르는지 당황스러운 표정을 지었다.

"성진우 헌터님……?"

어째서 세계 최강의 헌터가 이곳을 방문했는지 생각해 볼 겨를도 없이, 국장이 방문자를 데리고 집 안으로 들어섰다.

안에서 대기하고 있던 다른 요원이 국장을 맞이했다.

"부인은?"

"안에 계십니다. 헉!"

문을 열어 준 요원과 마찬가지로 그도 진우를 보고 화들짝 놀랐다.

"국장님, 이분은……?"

"헌터님께서 부인을 만나고 싶어 하셔 이리로 모신 거네. 부인에게 성진우 헌터님이 오셨다고 말씀드려 주겠나?"

"……알겠습니다."

그때.

"이런 시기에 저를 찾아오는 분이 있을 줄은 몰랐습니다."

기다렸다는 듯 방문이 열리며 부인이 걸어 나왔다.

노마 셀너 부인.

지금은 헌터들의 힘을 한계 이상으로 끌어올려 주는 '업그레이더'로 활동하고 있지만 전에는 영능력자였던 여성.

한 걸음 앞으로 나선 진우가 노부인에게 정중히 고개를 숙였다.

"들어와요."

부인은 진우를 안으로 안내했다.

뒤에 서 있던 국장도 진우를 따라 들어가려고 했으나, 부인이 가볍게 그를 제지했다.

"성 헌터님은 아마 조용히 대화를 나누고 싶으실 겁니다. 그렇죠?"

부인이 돌아보며 묻자 진우가 고개를 끄덕였다.

그 말 그대로였다.

국장이 흠흠 헛기침 소리를 내며 옷매무새를 다듬는 사이 방문이 닫혔다.

문을 완전히 닫은 부인이 방 한쪽 구석에서 자신을 기다리고 있는 진우를 향해 천천히 돌아섰다.

그런데 진우의 전신이 그녀의 시야에 들어온 순간.

그녀는 자신의 입에서 터져 나오는 감탄을 막을 수가 없었다.

"맙소사!"

마지막으로 봤을 때와 전혀 다른 모습.

"당신은…… 당신은 제가 알던 그 사람이 아니군요."

부인의 눈동자가 흔들렸다.

전에는 그의 내면 깊은 곳에 어둠이 자리 잡고 있었다면, 지금의 그는 완벽히 어둠 그 자체가 됐다.

그녀의 눈에는 진우를 둘러싸고 있는 죽음의 힘이 선명히 보였다.

그러나 진우는 고개를 좌우로 가로저으며 부정했다.

"저는 부인께서 알던 그 사람이 맞습니다. 다만 그때 부인께서 보셨던 어둠이 저와 하나가 되었지요."

"아아……."

세상의 그 어떤 단어로 이 경이로운 광경을 표현할 수 있을까?

인간에게 깃든 신의 힘이라니.

진우에게서 흘러나오는 가공할 힘의 끝자락을 응시하며, 부인은 그저 감탄성만을 거듭했다.

벌어진 입을 한참 동안 다물지 못하던 그녀가 가까스로 정신을 차렸다.

"제게…… 헌터님을 도울 힘 같은 것은 없습니다."

아니.

세상에 어떤 능력을 가진 이가 이 남자에게 도움을 줄 수 있을까?

이미 그는 인간을 아득히 초월해 있는 존재인데 말이다.

그러나 진우의 생각은 달랐다.

진우는 겁에 질려 있는 부인에게 살며시 다가가며 물었다.

"부인께서는 미래를 보실 수 있다고 하셨지요?"

"어느 정도는……."

"그렇다면 제 미래도 한번 봐 주시겠습니까?"

본격적인 싸움으로 들어가기에 앞서, 진우는 이 싸움의 끝을 그녀의 눈을 통해 보고 싶었다.

어떤 대답이 나온다고 해도 마음이 편해질 수 있을 것 같았다.

망설이던 셀너 부인이 느릿하게 고개를 끄덕였다.

두 손을 내민 그녀가 진우의 양손을 하나씩 잡고 눈을 감았다.

어둠의 안쪽을 들여다보는 것은 그녀에게도 크나큰 용기가 필요한 일이다.

하지만 그 이상의.

아니, 그와는 비교되지 않을 정도로 거대한 용기가 필요한 적과 맞서려 하는 전사의 부탁을, 그녀는 거절할 수 없었다.

시간이 찰나와 같이 흐르고.

셀너 부인이 눈을 떴을 때, 그녀의 눈에서 주체할 수 없는 눈물이 볼을 타고 흘러내렸다.

"당신…… 정말로 혼자서 그 모든 것들을 짊어지실 건가요?"

"……."

진우는 대답하지 않았다.

"이럴 수가…… 어떻게 한 사람에게 이렇게 가혹한 짐이…… 하나를 희생해서 모든 것을 지킬 생각인가요?"

진우의 얼굴이 환해졌다.

"다행히 거기까지는 갈 수 있단 말이군요."

"다행이라니요! 그 누구도 기억하지 못할 겁니다. 혼자만의 외로운 싸움이 될 거라고요!"

진우는 자신을 만류하는 그녀의 손을 놓았다. 싸우겠다고 마음먹었을 때, 그 정도는 각오하고 있었다.

부인에게서 한 걸음 물러선 진우가 다시금 정중히 인사했다.

"갑자기 쳐들어와 무리한 부탁을 드려 죄송했습니다."

"성진우 헌터님!"

부인이 애타게 부르는 목소리가 끝나기도 전에 진우는 발밑의 그림자 속으로 사라졌다.

부인의 소리에 놀란 요원들이 급히 안으로 들이닥쳤으나, 이미 진우는 자취를 감추고 난 뒤였다.

* * *

'…….'

진우는 언젠가 유진호를 찾기 위해 그랬던 것처럼 시내에서 가장 높은 건물 위로 올라가 기감을 최대로 확장시켰다.

저 멀리, 북쪽 땅 끝에서.

셀 수 없을 정도로 많은 숫자의 병력들이 남하하고 있는 것이 느껴졌다.

이미 그 위쪽에선 다른 생명체의 기운이 거의 느껴지지 않았다.

그들 모두가 혼세의 주민들에게 먹혔다.

민병구, 고건희, 애덤 화이트, 그리고 아버지.

그들과의 싸움으로 희생되었던 많은 이들의 얼굴이 진우의 뇌리를 스치고 지나갔다.

분노.

가슴속 저 밑바닥에서부터 스멀스멀 기어 올라오고 있는 분노가 검은 심장을 물들여 가기 시작한다.

진우는 눈을 감고 저 거대한 군단 속에서 용제의 기운을 찾아 헤맸다.

태풍처럼 소용돌이치며 주위의 모든 것을 그야말로 집어삼키고 있는 힘의 덩어리 안에서 그 중심부를 찾아내는 것은 그리 어렵지 않았다.

'……찾았다.'

진우는 용제를 보았다.

그 순간.

용제도 진우를 보았다.

자신을 훑고 간 날카로운 기감. 이런 감각은 녀석밖에 없을 터.

자리에 우뚝 멈춰 선 용제가 진우가 있는 방향을 노려보았다.

사악한 뱀의 눈동자는 한참 동안 어둠에서 눈을 돌리지 않았다.

그곳에 자신을 위협하는 진짜 적이 있음을 알아차렸기 때문에.

'…….'

'…….'

그림자 군주와 파멸의 군주는 그렇게 공간을 넘어 서로의 시선을 마주했다.

파멸의 군주가 먼저 이빨을 드러냈다.

[나는 여기에 있다!]

수백, 수천 개의 벼락이 동시에 몰아치는 것 같은 끔찍한 괴성이 지구의 온 하늘을 울렸다.

[이미 네 동족들 수천만의 목숨이 날아갔다. 너는 언제까지 그렇게 숨어 있을 셈이냐?]

진우는 두 눈에 섬뜩한 안광이 번들거렸다.

'곧 찾아가겠다.'

그리고 그때는.

하고 싶은 말을 속으로 삼킨 진우가 스르륵 그림자 속으로 사라졌다.

– 나 혼자만 레벨업 Ⅷ권에서 계속됩니다

나 혼자만 레벨업 7

1판　1쇄 발행 2019년 8월 19일
1판 23쇄 발행 2024년 8월 1일

지은이_ 추공
발행인_ 최원영
편집장_ 이호준
편집디자인_ 최은아
영업_ 김민원 조은걸

펴낸곳_ (주) 디앤씨미디어
등록_ 2002년 4월 25일 제 20-260호
주소_ 서울시 구로구 디지털로32길 30 코오롱디지털타워빌란트 1301-1308호
전화_ 02-333-2513(대표)
팩시밀리_ 02-333-2514
E-mail_ papy_dnc@dncmedia.co.kr
블로그_ blog.naver.com/gnpdl7

값 12,000원

ISBN 979-11-364-0127-4 (04810)
ISBN 979-11-364-0120-5 (set)